# 세계의 끝과 하드보일드 원더랜드 2

世界の終りとハードボイルド・ワンダーランド

세계문학전집 430

# 세계의 끝과
# 하드보일드 원더랜드 2

世界の終りとハードボイルド・ワンダーランド

## 무라카미 하루키

김난주 옮김

민음사

# 차례

# 22 세계의 끝

## 회색 연기

노인이 예언했던 대로 연기는 매일 피어올랐다. 그 회색 연기는 사과나무 숲 언저리에서 피어올라 그대로 하늘에 낀 부옇고 두꺼운 구름 사이로 빨려 들어갔다. 그 광경을 가만히 바라보고 있자니, 마치 사과나무 숲에서 모든 구름이 만들어지는 듯한 착각이 밀려왔다. 연기가 오르기 시작하는 시간은 정확히 오후 3시였고, 언제까지 계속되는지는 죽은 짐승의 수에 따라 달라졌다. 눈보라가 몰아친 다음 날이나 기온이 뚝 떨어진 밤이 밝고 나면, 산불이라도 난 듯 굵은 연기가 몇 시간이나 피어올랐다.

사람들이 왜 그들의 죽음을 막기 위한 대책을 강구하지 않는지, 나는 도무지 이해할 수 없었다.

"왜 우리 같은 것을 만들어 주지 않는 것이죠?" 나는 체스를 두면서 노인에게 물어보았다. "왜 짐승들을 눈과 바람과 추위로부터 지켜 주지 않나요? 그렇게 대단한 시설이 아니라도 되는데. 지붕과 울타리만 있어도 많은 생명을 구할 수 있을 텐데요."

"그게 다 소용없는 짓이야." 노인은 체스 판에서 눈을 떼지 않고 말했다. "그런 우리를 만들어 줘 봐야, 짐승들은 거기에 들어가지 않아요. 그들은 옛날부터 대지 위에서 잠들었어. 그러다 목숨을 잃는 한이 있어도, 그들은 밖에서 잠을 자지. 눈과 바람과 추위를 견디면서 말이야."

대령은 승정을 왕 바로 앞에 놓아 견고하게 담을 쌓았다. 그 양옆에는 두 개의 뿔이 전선을 형성하고 있었다. 그는 내가 공격해 오기를 기다리는 것이다.

"마치 짐승들이 좋아서 죽음과 고통을 원하는 것처럼 들리는군요." 하고 나는 말했다.

"어떤 의미에서는 그럴지도 모르지. 그러나 그들에게는 아주 자연스러운 일이야. 추위와 고통이 말이지. 어쩌면 그들에게는 그게 구원일지도 몰라."

노인이 잠시 말이 없어서 나는 원숭이를 벽 옆으로 밀었다. 벽의 움직임을 유도할 생각이었다. 대령은 나의 의도에 슬쩍 걸려드는 듯하더니, 생각을 바꿔서 기사 하나를 움직여 방어선을 단단히 구축했다.

"자네도 점점 영리해지는 것 같군." 하면서 노인은 웃었다.

"대령님을 당하려면 아직 멀었죠." 하고 나도 웃으면서 말했다. "그런데 그 구원이란 무슨 뜻인가요?"

"그들이 죽음으로 인해 구원되는지도 모른다는 뜻이야. 짐승들은 물론 죽지만, 봄이 오면 다시 살아나. 새로운 새끼들로 말이지."

"그리고 그 새끼들이 성장해서, 똑같은 고통을 겪으며 죽어가는 거군요. 그들이 왜 그런 고통을 겪어야 하는데요?"

"그렇게 정해져 있으니 그렇지." 노인이 말했다. "자네 차례군. 내 승정을 물리치지 않고는 승산이 없겠어."

눈이 사흘 동안 오다 말다 하더니, 갑자기 돌변한 것처럼 날이 화창하게 개었다. 하얗게 얼어붙은 거리에 오랜만에 햇살이 쏟아지고, 사방이 눈이 녹는 물소리와 눈부신 빛으로 가득했다. 여기저기 나뭇가지에서 눈 뭉치가 떨어지는 소리도 울렸다. 나는 빛을 피해 커튼을 닫고, 방 안에 꼼짝 않고 틀어박혀 있었다. 그러나 창문을 빈틈없이 뒤덮은 두꺼운 커튼 뒤에 몸을 숨겨도 빛에서 완전히 벗어날 수 없었다. 얼어붙은 거리는 정교하게 커트된 거대한 보석처럼 온갖 각도에서 햇살을 반사했고, 그 똑바른 빛이 방을 지나 내 눈을 찔렀다.

나는 그런 오후에는 침대에 엎드려 베개에 눈을 묻은 채, 새소리를 들었다. 다양한 종류의 다양한 새소리가 창가에 다가왔다가, 또 다른 창가로 날아갔다. 관사에 사는 노인들이 창가에 빵 부스러기를 뿌려 놓는다는 걸 새들은 잘 알고 있었다. 노인들이 관사 앞의 양지바른 곳에 모여 앉아 두런두런 얘기하는 소리도 들렸다. 나 혼자만 따스한 태양의 축복에서 멀리 떨어져 있었다.

해가 기울자 나는 침대에서 일어나 부은 눈을 차가운 물로 씻고, 검은 안경을 끼고, 눈 쌓인 언덕의 비탈길을 내려가 도서관으로 갔다. 그러나 눈부신 빛에 눈이 상한 날에는 평소에 하던 만큼 많은 꿈을 읽을 수 없었다. 두개골 한두 개를 처리하고 나자, 꿈이 발하는 빛 탓에 안구가 마치 바늘에 찔린 것처럼 아파 왔다. 그리고 눈 속의 흐릿한 공간이 모래로 채워진 듯 무거워지면서 손끝도 평소의 미묘한 감각을 잃어 갔다.

그런 때면 그녀는 차가운 물에 적신 수건으로 내 눈을 마사지하고, 묽은 수프나 따끈하게 데운 우유를 갖다 주었다. 수프와 우유는 모래알이 섞인 것처럼 이상하게 까끌까끌하고 맛도 부드럽지 않았지만, 몇 모금을 마시는 사이에 입이 조금씩 적응해 나름의 맛을 느낄 수 있게 되었다.

내가 그렇게 말하자, 그녀는 다행이라는 듯이 미소 지었다.

"당신이 점차 이 마을에 적응해 가고 있다는 뜻이에요." 그녀가 말했다. "이 마을의 음식은 다른 곳과는 조금 달라요. 우리는 많지 않은 재료로 여러 가지 음식을 만들거든요. 고기처럼 보이는 것은 사실 고기가 아니고, 달걀처럼 보이는 것도 사실 달걀이 아니에요. 커피도 그렇고요. 전부 그렇게 보이도록 만들 뿐이죠. 그 수프는 몸에 아주 좋아요. 어때요, 몸이 따뜻해지고 머리도 좀 맑아졌죠?"

"그렇군." 하고 나는 말했다.

아닌 게 아니라 내 몸은 수프 덕분에 온기를 되찾았고, 머리도 아까보다는 한결 개운했다. 나는 고맙다고 말하고, 눈을 감고 몸과 머리를 쉬었다.

"당신 지금 뭔가를 원하고 있지 않나요?" 그녀가 물었다.

"내가? 당신 외에?"

"잘은 모르겠지만, 불현듯 그런 기분이 들었어요. 그 뭔가가 있으면, 겨울 탓에 굳은 당신 마음이 조금은 열리지 않을까 하고요."

"내게 필요한 것은 태양 빛이야." 하고 나는 말했다. 그리고 검은 안경을 벗고, 천으로 렌즈를 닦은 후에 다시 꼈다. "하지만 그건 가능하지 않은 일이지. 내 눈은 햇빛을 볼 수 없으니까."

"아마 더 사소한 일일 거예요. 마음을 풀기 위한 아주 작은 일. 내가 조금 전에 손으로 당신 눈을 마사지했던 것처럼 마음을 풀기 위한 무슨 방법이 반드시 있을 거예요. 기억 안 나요? 당신이 살던 세계에서는 마음이 딱딱해졌을 때 뭘 했어요?"

얼마 남지 않은 기억의 단편을 천천히 하나하나 더듬어 보았지만, 그녀가 궁금해하는 것은 아무것도 기억나지 않았다.

"모르겠어. 하나도 기억나지 않아. 많은 걸 기억하고 있었을 텐데, 거의 사라지고 말았어."

"아주 사소한 일이라도 괜찮아요. 기억나면 얘기해 봐요. 그리고 둘이 같이 생각해 봐요. 난 조금이라도 당신에게 도움이 되고 싶어요."

나는 고개를 끄덕이고, 다시 한번 의식을 집중해 옛 세계에 묻힌 기억을 파헤치려 했다. 그러나 그 암반은 너무도 견고해, 아무리 쥐어짜도 꼼짝하지 않았다. 머리가 다시 아프기 시작했다. 아마도 그림자와 헤어졌을 때 나라는 존재가 치명적으로 상실된 것이리라. 내 안에 남아 있는 것은 불확실하고 두서

없는 마음뿐이었다. 그리고 그 마음조차 이 겨울 추위에 딱딱하게 닫히고 말았다.

그녀가 손바닥을 내 관자놀이에 대었다.

"이제 됐어요. 생각은 다음에 해요. 지내다 보면 문득 기억 날 수도 있으니까."

"마지막으로 하나만 더 오래된 꿈을 읽지." 하고 나는 말했다.

"당신 너무 지쳤어요. 내일 하는 편이 좋지 않을까요? 무리하지 않아도 돼요. 오래된 꿈은 얼마든지 기다려 줘요."

"아니야. 아무것도 안 하는 것보다 꿈을 읽는 게 오히려 편해. 꿈을 읽는 동안에는 적어도 생각을 안 해도 되니까."

그녀는 잠시 내 얼굴을 쳐다보다가, 마침내 고개를 끄덕이고 의자에서 일어나, 서고 안으로 사라졌다. 나는 테이블에 턱을 괴고, 눈을 감은 채 어둠에 잠겼다. 겨울은 얼마나 오래 계속될까. 노인은 겨울이 길고 가혹하다고 했다. 그런데 겨울은 이제 막 시작되었을 뿐이다. 내 그림자는 그 긴 겨울을 버틸 수 있을까? 아니, 나 자신이 이 복잡하게 뒤엉키고 불안정한 마음을 껴안은 채 겨울을 견뎌 낼 수 있을까?

그녀가 두개골을 테이블에 내려놓고, 늘 하던 대로 젖은 천으로 먼지를 닦아 낸 다음 마른 천으로 또 닦았다. 나는 턱을 괸 채 그녀 손의 움직임을 지그시 바라보았다.

"내가 당신에게 해 줄 수 있는 일이 있을까요?" 그녀가 문득 얼굴을 들고 말했다.

"당신은 내게 아주 잘해 주고 있어." 하고 나는 말했다.

그녀는 두개골을 닦다 말고 의자에 앉아, 똑바로 내 얼굴을 보았다. "내 말은 그런 게 아니에요. 훨씬 더 특별한 것. 예를 들면 당신과 함께 침대에 들어간다든지, 그런 것."

나는 고개를 저었다. "아니, 난 당신과 자고 싶은 게 아니야. 그렇게 말해주는 건 고맙지만."

"왜요? 당신은 나를 원하잖아요."

"원하지. 하지만 적어도 지금은 당신과 자고 싶지 않아. 그건 원하고 원하지 않고와는 다른 문제야."

그녀는 잠시 생각에 잠겼다가, 다시 느릿느릿 두개골을 닦기 시작했다. 나는 그동안 고개를 쳐들고 높은 천장과 거기에 매달린 노란색 전등을 올려다보았다. 가령 아무리 내 마음이 딱딱하게 굳었어도, 가령 아무리 겨울이 내게 가혹하게 굴어도, 지금 그녀와 잘 수는 없었다. 그랬다가는 내 마음은 더욱 혼란에 빠지고, 나의 상실감은 더욱 깊어질 것이다. 마을은 내가 그녀와 자기를 원하리라는 기분이 들었다. 그들에게는 그래 주는 편이 내 마음을 장악하기 쉬울 테니까.

그녀가 다 닦은 두개골을 내 앞에 놓았지만, 나는 거기에는 손을 대지 않고 테이블에 놓인 그녀 손가락을 쳐다보았다. 그 손가락에서 무슨 의미를 읽어 내려 했지만, 불가능했다. 그것은 그저 가느다란 열 손가락에 지나지 않았다.

"당신 어머니 얘기를 듣고 싶군." 하고 나는 말했다.

"어머니의 어떤 얘기?"

"뭐든 괜찮아."

"음, 글쎄요." 그녀는 테이블에 놓인 두개골에 손을 대면서 말했다. "어머니에 대한 내 감정이 다른 사람에 대한 것과는 좀 달랐던 것 같아요. 물론 너무 옛날 일이라 기억이 잘 안 나는데, 그냥 그랬던 것 같아요. 그 감정은 아버지나 여동생들에 대한 것과는 다르지 않았나 하고요. 왠지는 모르겠지만."

"마음이란 그런 거야. 절대 균등하지 않지. 강물이 지형에 따라 흐름이 달라지는 것처럼."

그녀가 미소 지었다. "그런 건 불공평하지 않나요?"

"뭐, 그런 거야." 하고 나는 말했다. "게다가 당신은 지금도 어머니를 좋아하지 않나?"

"모르겠어요."

그녀는 두개골의 각도를 이리저리 바꾸면서, 물끄러미 쳐다보았다.

"질문이 너무 막연한가?"

"네, 그래요. 아마 그럴 거예요."

"그럼 다른 얘기를 하지." 하고 나는 말했다. "당신은 어머니가 어떤 걸 좋아했는지 기억해?"

"네, 그건 잘 기억해요. 태양, 산책, 여름의 물놀이, 그리고 짐승들을 상대하는 걸 좋아했어요. 우리는 따뜻한 날에는 산책을 많이 했어요. 마을 사람들은 보통 산책을 하지 않는데. 당신도 산책을 좋아하죠?"

"좋아하지." 하고 나는 말했다. "태양도 좋아하고, 물놀이도 좋아해. 기억나는 다른 건 없어?"

"음, 어머니는 집 안에서 혼자 중얼거리기를 잘 했어요. 그걸 좋아했다고 할 수 있는지는 모르겠지만, 아무튼 늘 혼잣말을 중얼거렸어요."

"어떤 말이었는데?"

"기억 안 나요. 하지만 그건 보통 의미의 혼잣말이 아니었어요. 뭐라 설명할 수 없지만, 어머니에게는 특별한 일인 것 같았어요."

"특별?"

"네, 억양도 아주 묘하고, 말이 길게 늘어났다가 줄어들기도 하고, 바람이 부는 것처럼 높아졌다 낮아지기도 하고……."

나는 그녀가 만지작거리고 있는 두개골을 보면서, 흐릿한 기억 속을 다시 한번 헤집어 보았다. 이번에는 무언가가 내 마음을 건드렸다.

"노래야." 하고 나는 말했다.

"당신도 그걸 말할 수 있어요?"

"노래는 말하는 게 아니라 부르는 거야."

"불러 봐요." 그녀가 말했다.

나는 심호흡을 한 번 하고, 무슨 노래를 부르려 했지만 한 곡도 떠오르지 않았다. 내 몸속에서 모든 노래가 사라지고 없었다. 나는 눈을 감고 한숨을 쉬었다.

"안 되겠어. 노래가 기억나지 않아."

"어떻게 하면 기억해 낼 수 있을까요?"

"레코드 플레이어가 있으면 좋을 텐데. 아니, 그건 아마 어렵겠지. 악기라도 괜찮아. 악기가 있으면 소리를 내 보는 중에 한 곡 정도는 떠오르지 않을까."

"악기는 어떻게 생겼어요?"

"악기는 몇백 종류나 있어서, 한마디로 설명할 수 없어. 종류에 따라 다루는 법도 다르고 소리도 달라. 네 사람은 들러 붙어야 들 수 있는 것에서 손바닥에 올려놓을 수 있는 것까지, 크기와 모양도 다 다르고."

그렇게 말한 다음, 나는 내면에서 기억의 실이 조금씩이나마 풀리고 있다는 것을 깨달았다. 어쩌면 상황이 좋은 방향으로 나아가고 있는지도 모른다.

"혹시 저 안에 있는 자료실에 그런 게 있을지도 몰라요. 옛 시대의 잡동사니만 잔뜩 모여 있는 곳이라, 나도 슬쩍 들여다 보았을 뿐이지만. 찾아볼래요?"

"그러지." 하고 나는 말했다. "어차피 오늘은 이 이상 꿈도 읽을 수 없을 것 같고."

우리는 두개골이 죽 진열된 서고를 지나 다른 복도로 나가서, 도서관 입구와 똑같이 부연 유리가 낀 문을 열었다. 놋쇠 손잡이에는 엷게 먼지가 끼어 있었지만, 문은 잠겨 있지 않았다. 그녀가 전기 스위치를 돌리자, 노란색 가루 같은 빛이 그 길쭉한 방을 비추고, 바닥에 쌓인 온갖 물체의 그림자가 하얀 벽에 어렸다.

바닥에 있는 것들은 대개 슈트 케이스나 가방이었다. 케이스에 든 타이프라이터와 테니스 라켓 같은 것도 있었지만 그것들은 예외적인 존재로, 공간 대부분은 크고 작은 가방이 차지하고 있었다. 대충 백 개는 되지 않을까. 그리고 그 가방들은 모두 숙명적이라고 할 수 있을 만큼 먼지에 뒤덮여 있었다. 가방들이 어떤 경위를 거쳐 여기에 이렇게 모여 있는지는 알 수 없었지만, 하나하나 열어 보려면 시간이 많이 걸릴 듯했다.

나는 몸을 굽히고 타이프라이터 케이스 뚜껑을 열어 보았다. 하얀 먼지가 마치 눈사태 때의 눈안개처럼 풀풀 올라왔다. 계산기처럼 크고 키는 동그란 구형이었다. 오래 사용한 듯 군데군데 검은색 칠이 벗겨져 있었다.

"이게 뭔지 알아?"

"몰라요." 그녀는 내 옆에 선 채 팔짱을 끼면서 말했다. "본 적이 없는 거네요. 이게 악기인가요?"

"아니, 타이프라이터. 글자를 치는 거야. 아주 오래된 거군."

나는 타이프라이터 케이스의 뚜껑을 닫은 다음, 이번에는 옆에 있는 등나무 바구니를 열어 보았다. 바구니 안에는 피크닉 세트가 들어 있었다. 나이프와 포크, 접시와 컵, 그리고 누렇게 색이 바랜 냅킨이 한 세트 반듯하게 정리되어 담겨 있었다. 역시 아주 오래전 것이다. 알루미늄 접시와 종이컵이 등장한 후로 아무도 이런 것을 들고 다니지 않는다.

커다란 여행용 돈피 가방 안에는 주로 의류가 들어 있었다. 양복, 셔츠, 넥타이, 양말, 속옷 — 대부분 형체를 알아볼 수 없게 좀이 슬었다. 옷들 사이에 세면도구 파우치와 위스키를 담는 납작한 물통이 있었다. 칫솔과 수염 깎을 때 사용하는 브러시는 딱딱하게 굳었고, 물통은 뚜껑을 열어도 아무 냄새가 나지 않았다. 그 외에는 아무것도 없다. 책도 노트도 수첩도 없다.

내가 열어 본 슈트 케이스 몇 개 안에는 대개 이와 비슷한 것들이 담겨 있었다. 의류와 최소한의 생활용품 — 그것은 급하게 손에 닿는 대로 대충대충 꾸린 여행 용품 같았다. 여행

하는 사람들 각자가 보통 지니고 있었을 무언가가 빠져 있어서 보는 이에게 어딘가 모르게 부자연스러운 인상을 주었다. 모든 사람들이 옷과 세면도구만 가지고 여행을 떠나지는 않는다. 다시 말해 가방 안에는 소유자의 성품과 생활상을 느끼게 하는 것이 전혀 들어 있지 않았다.

양복은 아주 평범한 것들이었다. 딱히 고급스럽지도 않고, 딱히 촌스럽지도 않다. 제각각 시대와 계절과 성별과 나이에 따라 종류와 스타일은 달랐지만, 특별히 인상에 남을 만한 건 보이지 않았다. 냄새까지 거의 비슷했다. 대개는 좀이 슬었다. 그리고 어느 옷에도 이름이 없었다. 마치 누군가의 손이 각각의 짐에서 각각의 이름과 개인성을 꼼꼼하게 뜯어낸 것 같았다. 그리고 남아 있는 것은, 각 시대가 필연적으로 산출하는 이름 없는 찌꺼기 같은 것에 지나지 않았다.

나는 슈트 케이스를 대여섯 개 열어 보고는 그만두었다. 먼지가 너무 심한 데다, 그런 가방 어딘가에 악기가 들어 있을 것 같지도 않았다. 만약 악기가 이 마을 어딘가에 있다 쳐도, 그곳은 여기가 아닌 다른 장소일 듯했다.

"그만 나가지." 하고 나는 말했다. "먼지가 너무 심해서 눈이 아파."

"악기를 못 찾아서 실망했나요?"

"음. 어디 다른 곳에서 또 찾아보지 뭐." 하고 나는 말했다.

그녀와 헤어져 서쪽 언덕을 혼자 올라가고 있는데, 뒤에서 강한 계절풍이 마치 나를 떠밀듯 불어오고, 숲속에서는 하늘을 찢는 듯한 날카로운 소리가 났다. 돌아보니 절반 가까이 깎여 나간 달이 시계탑 위에 덩그러니 떠 있고, 그 주위에 두툼한 구름 덩어리가 흐르고 있었다. 달빛 아래서 보는 강물은 마치 타르라도 흘린 것처럼 거뭇거뭇했다.

불쑥 자료실의 슈트 케이스 안에서 본 따뜻해 보이던 목도리가 떠올랐다. 좀이 먹어 커다란 구멍이 몇 개나 뚫려 있었지만, 목에 둘둘 감으면 충분히 추위를 이겨 낼 수 있을 것 같았다. 문지기에게 물어보면 많은 걸 알 수 있겠지, 하고 나는 생각했다. 그 짐의 소유자가 누구이며, 그 안에 든 것을 내가 사용해도 좋은지 하는 점들이다. 목도리 없이 바람 속에 서 있자니, 귀가 나이프로 도려내는 것처럼 아프다. 내일 아침에 문지기를 찾아가자. 내 그림자가 어떻게 지내는지도 알 필요가 있다.

나는 다시 마을을 등지고, 관사를 향해 얼어붙은 언덕길을 올라갔다.

# 23 하드보일드 원더랜드

## 구멍, 거머리, 탑

"지진이 아니에요." 그녀가 말했다. "지진보다 훨씬 더 끔찍한 거예요."

"예를 들면 어떤?"

그녀는 뭐라 말하려고 순간적으로 숨을 들이쉬었지만, 이내 포기하고 고개를 저었다.

"지금 설명할 틈이 없어요. 아무튼 있는 힘을 다해서 뛰어요. 살길은 그것밖에 없어요. 당신 배가 조금 아프겠지만, 죽는 것보다는 낫겠죠?"

"아마." 하고 나는 말했다.

우리는 고랑 속에서, 서로 몸을 로프로 연결한 채 전속력으로 앞을 향해 뛰었다. 그녀가 손에 든 플래시가 그녀의 보조에 맞춰 크게 위아래로 흔들리면서, 고랑 양쪽에 치솟은 높은 벽에 꺾은선 그래프처럼 삐쭉삐쭉한 선을 그렸다. 내 등에서는 백팩이 덜그럭거리며 흔들렸다. 통조림과 물통과 위스키병이 부딪히는 소리다. 그럴 수 있다면 꼭 필요한 것만 남기고 전부 내버리고 싶었지만, 멈춰 설 여유는 없었다. 상처의 아픔에 대해 생각할 겨를조차 없이 나는 그녀 뒤에서 죽어라 뛰었다. 로프로 몸이 연결되어 있는 이상, 나만 적당히 속도를 늦출 수는 없다. 그녀가 토해 내는 숨소리와 나의 백팩이 흔들리는 소리가 길쭉하게 파인 어둠 속에 규칙적으로 울려 퍼지고, 마침내 그 소리에 겹쳐지듯 땅울림이 높아졌다.

우리가 점점 앞으로 가면서, 그 소리도 점점 크고 명확해졌다. 우리가 음원을 향해 똑바로 나아가고 있고, 음량 자체가 조금씩 거대해지고 있기 때문이었다. 처음에는 지하의 땅울림처럼 들리던 그 소리는 마침내 거대한 목에서 새어 나오는 격한 신음처럼 변해 갔다. 폐에서 쥐어짜 내는 대량의 숨이 목구멍에서 미처 목소리로 변하지 못할 때 같은 소리다. 그리고 그 소리의 뒤를 쫓듯 딱딱한 암반이 우지직거리는 듯한 소리가 이어지고, 지면이 불규칙적으로 흔들리기 시작했다. 뭔지는 몰라도, 우리의 발밑에서 불길한 일이 진행되고 있고, 그것이 금방이라도 우리를 집어삼키려 하고 있는 것이다.

그 음원을 향해 뛰어가자니 몸이 오그라드는 듯했지만, 그녀가 그쪽을 택한 이상 다른 선택의 여지가 없었다. 아무튼 갈 수 있는 데까지 가는 수밖에 없다.

다행히 길에는 모퉁이나 장애물이 없고, 노면은 볼링 레인처럼 평평해서 우리는 불필요한 신경을 쓰지 않고 계속해 뛸 수 있었다.

신음 소리의 간격은 서서히 좁아졌다. 소리는 지하의 어둠을 격렬하게 뒤흔들면서, 어떤 숙명적인 포인트를 향해 돌진하고 있는 듯했다. 때로 거대한 바위와 바위가 압도적인 힘에 떠밀려 서로 부딪히는 듯한 소리도 들렸다. 마치 어둠 속에 억눌려 있던 모든 힘이 몸부림치면서 굴레에서 벗어나려고 격투를 벌이는 것 같았다.

소리는 한차례 이어지다가 불쑥 끊겼다. 순간의 틈이 있고, 그 후에 몇천 명의 노인이 모여 다 같이 이 사이로 숨을 들이쉬듯 기괴한 자글거림이 사방을 가득 채웠다. 그 외에는 아무 소리도 들리지 않는다. 땅울림도, 신음도, 바위가 서로 비벼대는 듯한 소리도, 암반의 삐걱거림도, 모든 소리가 멈췄다. 휘 휘 휘, 귀에 거슬리는 공기 소리만 칠흑 같은 어둠 속에 울렸다. 그것은 마치 힘을 비축하며 사냥감이 좀 더 가까이 오기를 기다리는 짐승의 은밀한 환희의 탄식처럼 들리기도 했고, 땅속의 무수한 벌레가 어떤 예감에 쫓겨 징그러운 몸을 손풍금처럼 폈다 접었다 하는 소리처럼 들리기도 했다. 아무튼 그 소리는, 내가 지금까지 들어 본 적 없을 만큼 극단적인 악의에 찬 끔찍한 소리였다.

가장 끔찍한 것은 그 소리가 우리 둘을 거부하는 게 아니라 이리 오라고 손짓하는 것처럼 느껴지는 점이었다. 그들은 우리가 다가오는 것을 알고 있으며, 그 기쁨으로 사악한 마음을 떨고 있는 것이다. 그렇게 생각하자, 나는 뛰면서도 등이 서늘해지는 공포를 느꼈다. 과연 그것은 지진 따위가 아니었다. 그녀가 말했듯이 지진보다 훨씬 끔찍한 것이다. 그러나 그게 무엇인지 나로서는 짐작이 가지 않았다. 상황은 아주 오래전부터 내가 상상할 수 있는 영역을 뛰어넘어, 말하자면 의식의 변경에 이르러 있었다. 나는 이제 아무런 상상도 할 수 없었다. 그저 능력의 한계까지 육체를 놀리고, 상상력과 상황 사이를 가로지르는 한없이 깊은 고랑을 하나하나 뛰어넘는 수밖에 없었다. 아무것도 하지 않느니 뭐라도 하는 편이 훨씬 낫다.

꽤 한참을 쉬지 않고 뛴 것 같은데, 정확한 것은 알 수 없다. 겨우 3, 4분이었던 것 같기도 하고, 어쩌면 30분이나 40분일 수도 있다. 공포와 공포로 인한 혼란이 내 육체 안의 정상적인 시간 감각을 마비시켰다. 아무리 뛰어도 피로를 느끼지 않았고, 상처의 아픔도 이미 의식의 수면 위로 떠오르지 않았다. 양 팔꿈치가 이상하게 딱딱하다는 느낌이 들었는데, 내가 뛰면서 느낄 수 있는 육체적 감각은 그뿐이었다. 내 안에는 계속 뛰고 있다는 의식조차 존재하지 않았다. 다리는 아주 자연스럽게 앞으로 나가고, 지면을 찼다. 마치 농밀한 공기 덩어리가 뒤에서 미는 것처럼 나는 오직 앞으로 뛰어갔다.

그때는 알 수 없었지만, 내 양 팔꿈치의 딱딱함은 귀에서 파생된 것이었다고 생각한다. 나는 그 끔찍한 공기 소리에 의식이 집중되지 않도록 자동적으로 귀의 근육을 바짝 조였는데, 그 힘이 딱딱하게 뭉쳐 어깨에서 팔꿈치로 내려온 것이다. 그걸 깨달은 것은 내 몸이 그녀 어깨에 심하게 부딪혀서 그녀가 지면에 쓰러지고 그 몸 위를 건너뛰듯 내 몸이 앞으로 굴렀을 때였다. 그녀가 내게 경고하느라 크게 소리를 질렀지만,

내 귀는 그 소리를 듣지 못했다. 무슨 소리가 들린 듯한 느낌은 들었지만, 내 귀가 듣는 물리적인 음성과 거기에서 어떤 의미를 읽어 내서 인식하는 능력 사이를 잇는 회로가 차단되어 그녀의 경고를 경고로 인식할 수 없었던 것이다.

내가 단단한 지면에 거의 머리를 부딪다시피 구른 그 순간에 생각한 것은 우선 그런 것이었다. 나는 무의식중에 청력을 조절하고 있었던 것이다. 이거야 완전히 '소리 뽑기' 아닌가, 하고 나는 생각했다. 극한 상태에 몰리면, 인간의 의식은 여러 가지 신기한 능력을 발휘하는 듯하다. 어쩌면 나는 조금씩 진화하고 있는지도 모른다.

그다음에 — 정확하게 표현하면 그에 겹치듯이 — 내가 느낀 것은 압도적이랄 수 있는 측두부의 통증이었다. 내 눈앞에서 불똥이 튀듯 어둠이 흩어지고, 시간이 걸음을 멈추고, 그 시공의 뒤틀림에 내 몸이 비틀려 버린 듯한 느낌이었다. 그럴 만큼 극심한 통증이었다. 머리뼈가 깨졌든지, 그 조각이 빠졌든지, 움푹 함몰되었을 거라고 나는 생각했다. 아니면 나의 뇌가 어딘가로 날아간 것이다. 그래서 나 자신은 이미 죽었는데, 나의 의식만 절단된 기억을 따라 도마뱀 꼬리처럼 고통에 몸부림치고 있는 것이다.

그러나 그 순간이 지나고 나자, 나는 자신이 살아 있다는 것을 확실하게 인식할 수 있었다. 나는 살아서 숨 쉬고 있고, 그 결과로 머리에 엄청난 통증을 느낄 수 있는 것이다. 눈에서 눈물이 넘쳐흘러, 볼을 적시는 게 느껴졌다. 눈물은 볼을 타고 단단한 암반 위로 떨어지기도 하고, 입술 끝으로 흘러들기도 했다. 이렇게 심하게 머리를 부딪기는 태어나서 처음이었다.

자칫 정신을 잃나 했는데, 무언가가 나를 그 고통과 암흑의 세계에 붙들어 맸다. 그것은 내가 무언가를 하는 도중이었다는 흐릿한 기억의 단편이었다. 그렇다. ─ 나는 무언가를 하는 중이었다. 나는 뛰고 있었고, 도중에 무언가에 걸려 넘어졌다. 나는 무언가로부터 도망치고 있었다. 여기서 잠들어서는 안 된다. 기억의 단편은 비참할 정도로 막연하고 너덜너덜했지만, 나는 온몸에 힘을 주고 두 손으로 그 단편에 매달렸다.

나는 정말 그것에 매달렸다. 그러나 마침내 의식이 회복되면서, 내가 매달려 있는 것은 기억의 단편이 아니라는 것을 깨달았다. 나는 나일론 로프에 단단히 매달려 있었다. 그 순간 나는 자신이 바람에 흔들리는 무거운 빨래가 된 듯한 기분이 들었다. 바람과 중력과 그 외의 온갖 힘이 나를 지면으로 내동댕이치려는데, 빨래로서의 사명을 다하려 노력하는 것이다, 하고 나는 생각했다. 왜 그런 생각을 하게 되었는지는 나 스스로도 알 수 없었다. 아마 자신이 놓인 상황을 편의상의 형태로 다양하게 변환하는 버릇이 몸에 배어 있기 때문이리라.

그다음 내가 느낀 것은, 하반신과 상반신이 서로 상당히 다른 상황에 놓여 있다는 사실이었다. 정확하게 말해서, 나의 하반신은 거의 아무런 감각이 없었다. 나는 이제 상반신의 감각은 제대로 통제할 수 있었다. 머리는 아프고, 볼과 입술은 차갑고 딱딱한 암반에 짓눌려 있고, 두 손은 로프를 꽉 잡고 있고, 위는 짓눌려 목구멍 언저리까지 올라왔고, 가슴은 무언가 툭 튀어나온 것에 걸려 있었다. 거기까지는 아는데, 그 아래

몸이 어떻게 되어 있는지는 전혀 알 수 없었다.

하반신이 없어졌는지도 모르겠다, 하고 나는 생각했다. 지면에 나동그라진 충격으로 상처 난 배를 중심으로 내 몸이 둘로 찢기고 하반신은 어딘가로 날아간 것이다. 내 다리 — 하고 나는 생각했다. — 내 발톱, 내 배, 나의 페니스, 나의 고환, 나의…… 그러나 아무리 생각해 봐도 부자연스러웠다. 하반신을 전부 잃었다면 내가 느끼는 통증은 이 정도로 끝날 리가 없다.

나는 좀 더 냉정하게 상황을 인식하려고 애썼다. 나의 하반신은 번듯하게 존재한다. 다만 그것이 느낌이 없는 상태에 있을 뿐이다. 나는 눈을 꼭 감고 물결처럼 끝없이 밀려오는 머리의 아픔을 지나쳐 보내고, 신경을 하반신에 집중했다. 존재하지 않는 것처럼 느껴지는 하반신에 신경을 집중하려는 노력은, 왠지 발기하지 않는 페니스를 곧추세우려는 노력과 비슷했다. 아무것도 없는 공간에 힘을 꾹꾹 눌러 담는 것처럼.

나는 그러면서 도서관에서 일하는 머리가 길고 위가 확장된 여자를 생각했다. 허 참, 왜 나는 그녀와 함께 침대에 있을 때는 제대로 발기하지 못했던 것일까, 하고 나는 또 생각했다. 그즈음부터 모든 게 이상해지기 시작했다. 그러나 언제까지 그런 생각만 하고 있을 수는 없었다. 페니스가 효율적으로 발기하는 것만이 인생의 목적은 아니다. 이는 아주 오래전 스탕달의 『파르마의 수도원』을 읽었을 때 내가 느낀 것이기도 했다. 나는 발기에 대한 생각을 머리에서 떨어냈다.

나는 나의 하반신이 뭔지 모를 어중간한 상태에 있다고 판단했다. 가령 공중에 매달려 있다든지…… 그렇다, 나의 하반신은 암반 너머 공간에 매달려 있고, 나의 상반신은 그것의 낙하를 가까스로 저지하고 있는 것이다. 그리고 내 두 손은 그 때문에 로프를 꽉 잡고 있다.

눈을 뜨자 눈부신 불빛이 나를 향하고 있었다. 오통통한 여자가 플래시로 내 얼굴을 비추고 있었다.

나는 로프를 꽉 잡고 하반신을 암반 위로 올려놓으려 안간힘을 다했다.

"빨리요." 여자가 고함을 질렀다. "빨리 하지 않으면 둘 다 죽어."

나는 어떻게든 다리를 암반에 올려놓으려 했지만, 생각처럼 잘되지 않았다. 다리를 올려놓으려 해도 발을 걸칠 곳이 없었다. 할 수 없이 나는 잡고 있던 로프를 놓고 양 팔꿈치를 지면에 딱 붙이고 턱걸이를 하는 요령으로 몸 전체를 위쪽으로 끌어올리려 했다. 몸은 유난히 무겁고, 지면은 피에 젖은 것처럼 이상하게 끈적거렸다. 왜 이렇게 끈적거리는지 알 수 없었지만, 그런 걸 신경 쓸 여유는 없었다. 배의 상처가 바위 모퉁이에 쓸려, 다시 한번 나이프에 찔리는 듯한 아픔을 느꼈다. 누군가가 발바닥으로 내 몸을 힘껏 짓밟고 있는 것 같았다. 내 몸과 나의 의식과 나라는 존재가 갈가리 흩어질 때까지 짓뭉개려는 것이다.

그럼에도 나는 몸을 1센티미터씩 위로 끌어올리고 있는 듯했다. 허리띠가 암반 끝에 걸리고, 동시에 허리띠에 묶인 나일론 로프가 내 몸을 앞으로 잡아당기고 있다는 걸 알았다. 그러나 그 행위는 현실적으로 나의 작업을 돕기보다 배의 상처를 자극해 의식의 집중을 방해했다.

"당기지 마!" 나는 빛이 오는 쪽을 향해 외쳤다. "어떻게든 해 볼 테니까, 로프를 잡아당기지 마."

"괜찮겠어요?"

"괜찮아. 어떻게든 될 거야."

허리띠 버클이 암반 끝에 걸린 상태에서 나는 온몸의 힘을 쥐어짜 한쪽 다리를 위로 들어 올리고, 그 정체 모를 암흑의 구덩이에서 탈출하는 데 성공했다. 내가 무사히 구덩이에서 빠져나온 것을 확인하자, 그녀가 다가와 내 몸의 각 부분이 제대로 달려 있는지 확인하려는 듯이 팔을 둘렀다.

"끌어올려 주지 못해서 미안해요." 그녀가 말했다. "둘 다 밑으로 떨어지지 않게 저기 저 바위를 꽉 잡고 있기도 힘들어서."

"그건 괜찮은데, 왜 이런 구덩이가 있다는 걸 미리 가르쳐 주지 않았지?"

"가르쳐 줄 틈이 없었어요. 그래서 서라고 크게 소리를 질렀는데."

"안 들렸어." 하고 나는 말했다.

"아무튼 한시 빨리 여기를 벗어나야 해요." 그녀가 말했다. "여기에는 구덩이가 많으니까 조심해서 지나가야 해요. 그러면 목적지가 멀지 않으니까. 아무튼 빨리 서둘지 않으면 피가 빨려서 그대로 잠들어 죽게 돼요."

"피?"

그녀는 플래시로 조금 전에 내가 하마터면 떨어질 뻔한 구덩이를 비췄다. 구덩이는 마치 컴퍼스로 그린 것처럼 예쁜 원형이고, 지름은 약 1미터 정도였다. 그녀가 빛을 비추자, 그와 비슷한 크기의 구덩이가 지면에 죽 이어져 있다는 걸 알 수 있었다. 그 광경에 거대한 벌집이 연상되었다.

길 양쪽으로 죽 이어지던 깎아지른 바위벽은 완전히 사라지고, 앞쪽에는 그 무수한 구덩이가 입을 벌리고 있는 평면이 펼쳐져 있었다. 구덩이와 구덩이 사이를 잇듯이 지면이 연결되어 있었다. 가장 넓은 곳이 너비 1미터, 좁은 곳은 30센티미터 정도의 위태롭기 짝이 없는 통로였지만, 주의만 하면 어떻게든 건너갈 수 있을 듯 보였다.

문제는 그 지면이 흔들리는 것처럼 보인다는 것이었다. 정말 기묘한 광경이었다. 단단하게 꼼짝하지 않아야 할 암반이 마치 흐르는 모래처럼 꿈틀꿈틀 몸을 비틀고 있는 것처럼 보였다. 처음에는 머리를 심하게 부딪힌 탓에 시신경이 이상해진 모양이라고 여겼다. 그래서 손전등 빛으로 내 손을 비추어보았지만, 손은 흔들리지 않고 비틀려 있지도 않았다. 그것은 여느 때의 내 손이었다. 그렇다면 신경이 손상된 것은 아니다. 정말 지면이 움직이고 있는 것이다.

"거머리예요." 그녀가 말했다. "구덩이에서 거머리 떼가 기어 올라 왔어요. 여기서 꿈지럭거렸다가는 피를 전부 빨려 허물처럼 될 거예요."

"아이쿠야." 하고 나는 말했다. "이게 네가 말한 큰일이라는 건가?"

"아니요. 거머리는 그냥 전조에 불과해요. 이다음에 정말 무지막지한 게 따라올 거예요. 서둘러요."

우리는 몸에 로프를 묶은 채 거머리가 우글거리는 암반 위로 발을 내디뎠다. 테니스화의 고무바닥이 무수한 거머리를 짓뭉개는 미끄덩한 감촉이 다리에서 등으로 타고 올라왔다.

"발을 헛디디지 않게 조심해요. 이 구덩이에 떨어지면 끝장이에요. 저 안에는 거머리 떼가 그야말로 바다처럼 우글거리니까." 그녀가 말했다.

그녀는 내 팔꿈치를 꽉 잡고, 나는 그녀의 전투복 자락을 꽉 쥐었다. 어둠 속에서 너비 30센티미터 정도밖에 안 되는 끈끈하고 미끄덩거리는 암반 위를 걷는다는 건 보통 어려운 일이 아니었다. 짓밟은 거머리의 녹진한 체액이 밑창에 젤리처럼 두껍게 들러붙어 발을 단단히 디딜 수가 없었다. 아까 굴렀을 때 옷에 붙은 듯한 거머리가 목덜미와 귀 부근에 들러붙어 피를 빠는 걸 확실하게 느낄 수 있었지만, 나는 떨쳐 낼 수도 없었다. 나는 왼손으로 손전등을 쥐고, 오른손으로는 그녀의 옷자락을 잡고 있어 어느 손도 뗄 수 없었다. 손전등으로 발치를 비추면서 걸으려니 부득이 거머리 떼를 쳐다볼 수밖에 없었다. 거기에는 정신이 아득해질 만큼 무수한 거머리가 우글거리고 있었다. 그리고 그런 거머리 떼가 끝없이 어두운 구멍을 기어오르고 있었다.

"그 옛날에 야미쿠로들이 이 구덩이에 제물을 던졌을 테지?" 나는 그녀에게 물어보았다.

"맞아요. 잘 아네요." 그녀가 말했다.

"그 정도는 짐작할 수 있지." 하고 나는 말했다.

"거머리는 그 물고기의 사자로 여겨지고 있어요. 요컨대 수

하인 셈이죠. 그래서 그들은 물고기에게 제물을 바치듯, 거머리에게도 제물을 바쳤어요. 피와 살이 넉넉한 신선한 제물을요. 대개는 지상에서 잡혀서 끌려온 인간이 제물로 당했죠."

"지금은 그런 풍습이 없어졌겠지?"

"네, 아마 그럴 거예요. 할아버지 말이, 인간의 고기는 자기들이 먹고, 제물의 표시로 머리만 잘라 거머리와 물고기에게 바치게 되었다고 해요. 적어도 이 장소가 성역이 된 후로는 아무도 여기에 들어오지 않았어요."

우리는 수많은 구덩이를 지나고, 수만의 끈적거리는 거머리를 짓밟았을 것이다. 나도 그녀도 몇 번이나 발을 헛디딜 뻔했지만, 그럴 때마다 우리는 서로의 몸을 받쳐 주면서 간신히 위기를 모면했다.

휘 휘 하는 그 불길한 공기 소리는 어두운 구덩이 저 아래에서 올라오는 듯했다. 그것은 구덩이 속에서 밤의 수목처럼 더듬이를 뻗어 우리 주위를 완전히 에워싸고 있었다. 귀를 가만히 기울이면, 그 소리는 효 효 하는 듯이 들렸다. 마치 목이 잘려나간 사람들이 떼거지로 쩍 벌어진 목피리를 불며 뭔가를 호소하는 듯하다.

"물이 가까워졌어요." 그녀가 말했다. "거머리는 전조에 지나지 않아요. 거머리가 어딘가로 사라지고 나면, 그다음에는 물이 밀려올 거예요. 이 구덩이 전부에서 물이 뿜어 나와, 이 부근 일대가 늪이 되겠죠. 거머리는 그걸 알고 구덩이에서 빠져나오는 거예요. 물이 오기 전에 어떻게든 제단에 도착해야 해요."

"너는 그걸 알고 있었지?" 나는 물었다. "왜 미리 가르쳐 주지 않았지?"

"사실 나도 확실한 것은 몰랐어요. 물은 매일 나오는 게 아니라, 한 달에 두 번이나 세 번꼴로 나와요. 하필 오늘이 그날이라니."

"나쁜 일은 엎친 데 덮치는 법이지." 나는 아침부터 줄곧 생각했던 말을 했다.

주의에 주의를 기울여 구덩이를 피하면서 우리는 전진을 계속했다. 그러나 걷고 또 걸어도 구덩이는 끝나지 않았다. 땅끝까지 한없이 계속되는지도 모른다. 지면을 밟는 감촉이 거의 사라졌을 정도로 운동화 밑창에 거머리 시체가 들러붙어 있었다. 한 걸음 한 걸음에 신경을 집중하면 머릿속이 멍해지고, 몸의 균형을 잡는 것도 점점 힘겨워졌다. 육체의 능력은 극한 상태에서 왕왕 신장되는 법인데, 정신의 집중력은 본인이 생각하는 것보다 훨씬 한정돼 있다. 어떤 유의 위기적 상황이든, 비슷한 상황이 끝없이 계속되면 집중력은 필연적으로 떨어진다. 시간이 흐르면서 위기에 대한 구체적인 인식과 죽음에 대한 상상력도 둔해지고, 의식 속에 공백이 두드러지게 된다.

"이제 거의 다 왔어요." 그녀가 내게 말했다. "조금만 더 가면 안전한 장소로 피신할 수 있어요."

나는 말을 하기도 귀찮아 대꾸는 않고 고개만 끄덕였다. 그런 다음 어둠 속에서는 고개를 끄덕여 봐야 아무 의미가 없다는 걸 깨달았다.

"들리는 거예요? 괜찮아요?"

"응, 괜찮아. 속이 좀 울렁거리지만." 나는 대답했다.

꽤 오래전부터 속이 울렁거렸다. 지면에 우글거리는 거머리 떼와, 그들이 풍기는 이상한 냄새와, 끈적거리는 체액과, 불길한 공기 소리와, 어둠과, 육체의 피로와 자고 싶은 욕망과, 그 모든 것들이 혼연일체가 되어 내 위를 꽁꽁 엮어 매듯 조이고 있었다. 시큼한 냄새가 나는 위액이 목구멍까지 차올라 있었다. 내 신경의 집중력은 한계에 다가가고 있는 것 같았다. 키가 3옥타브밖에 없는데 5년이나 조율하지 않은 피아노를 치고 있는 듯한 기분이었다. 이 어둠 속에서 대체 몇 시간이나 헤매고 있는 것일까, 하고 나는 생각했다. 바깥세상은 지금 몇 시일까? 하늘은 이미 밝았을까? 아침 신문은 배달되기 시작했을까?

나는 시계조차 볼 수 없었다. 손전등으로 지면을 비추면서 한 발씩 앞으로 나아가는 것만 해도 벅찼다. 나는 조금씩 밝아 오는 새벽녘의 하늘이 보고 싶었다. 그리고 따끈한 우유를 마시고, 아침의 나무 냄새를 맡고, 아침 신문을 펼친다. 어둠과 거머리와 구덩이와 야미쿠로는 이제 지긋지긋했다. 내 몸안의 모든 장기와 근육과 세포가 빛을 원하고 있었다. 아무리 작은 빛이라도 좋다. 아무리 보잘것없는 조각 빛이라도 좋으니 손전등 빛이 아닌 진짜 빛을 보고 싶었다.

빛을 생각하자 내 위는 무언가가 움켜쥔 것처럼 쪼그라들어, 입안이 시큼한 냄새가 나는 숨으로 가득해졌다. 마치 썩은 살라미 피자 같은 냄새다.

"여길 벗어나면 실컷 토할 수 있으니까, 조금만 더 참아요."

그녀는 그렇게 말하고는 내 팔꿈치를 꽉 잡았다.

"안 토해." 나는 입안에서 웅얼거렸다.

"믿어요." 그녀가 말했다. "이건 다 지나가는 거예요. 나쁜 일은 겹칠 수는 있어도, 언젠가는 끝나요. 영원히 계속되지 않아요."

"믿을게." 나는 대답했다.

그러나 그 구덩이는 영원히 계속될 것만 같았다. 마치 제자리를 빙빙 맴돌고 있는 듯한 기분마저 들었다. 나는 또다시 막 인쇄되어 배달된 아침 신문을 생각했다. 손가락에 잉크 자국이 날 만큼 새 신문이다. 안에 전단지까지 들어 있어 무척 두툼하다. 아침 신문에는 모든 것이 실려 있다. 지상에 사는 생명의 영위에 대한 모든 것이다. 수상의 기상 시간부터 주식 시황, 일가 동반 자살, 밤참 만드는 법, 치마 길이, 레코드 평, 부동산 광고에 이르기까지 모든 것이다.

문제는 내가 신문을 구독하지 않는다는 점이었다. 나는 3년 전쯤에 신문을 읽는 습관을 없애고 말았다. 왜 신문을 읽지 않게 되었는지는 나 자신도 잘 모르지만, 아무튼 끊어 버렸다. 아마 내가 신문 기사나 텔레비전 프로그램과는 무관한 영역에서 생활한 탓이었을 것이다. 나는 주어진 숫자를 머릿속에서 주물러 다른 모습으로 전환시키는 부분에서만 세상과 관계하고, 나머지 시간은 혼자 고리타분한 소설을 읽거나 옛날 할리우드 영화를 비디오로 보거나, 맥주와 위스키를 마시며 지냈다. 그러니 굳이 신문이나 잡지를 볼 필요가 없었다.

그러나 빛을 잃은 이 정체 모를 어둠 속에서 무수한 구덩이와 무수한 거머리에 에워싸인 나는 아침 신문이 몹시 읽고 싶었다. 햇빛이 비치는 장소에 앉아, 신문을 구석구석 샅샅이, 고양이가 우유 접시를 핥듯이 한 글자도 남기지 않고 읽는다. 그리고 태양 아래에서 세상 사람들이 살아가는 삶의 다양한 모습을 몸 안에 빨아들여 세포 하나하나를 촉촉하게 적신다.

"저기, 제단이 보여요." 그녀가 말했다.

나는 고개를 들려 했지만, 발이 미끈거려 제대로 들 수가 없었다. 제단이 어떤 색이고 어떤 모양이든, 아무튼 거기에 도착하지 않고는 아무것도 할 수 없다. 나는 마지막 남은 집중력을 끌어모아 조심조심 걸음을 옮겼다.

"앞으로 10미터쯤 남았어요." 그녀가 말했다.

그녀의 그 말에 맞추듯 구덩이 안에서 효 효 올라오던 공기 소리가 갑자기 끊겼다. 소리는 마치 지면 속의 누군가가 잘 드는 거대한 도끼를 휘둘러 그 음원을 뚝 잘라 낸 것처럼 부자연스럽고 갑작스럽게 끝났다. 아무런 사전 암시도 아무런 여운도 없이, 오래도록 대지를 압도하듯 땅속에서 올라오던 스산한 공기 소리가 순식간에 어딘가로 사라지고 만 것이다. 소리가 사라졌다기보다, 그 소리를 포함하고 있던 공간 자체가 고스란히 소멸하고 만 듯한 느낌이었다. 그 사라짐이 너무도 갑작스러워, 나는 순간적으로 몸의 균형을 잃고 하마터면 발이 미끄러질 뻔했다.

귀가 아플 만큼의 정적이 사방을 덮었다. 암흑 속에 불쑥 출현한 정적은 그 어떤 불쾌하고 불길한 소리보다 불길했다. 소리에 대해서라면 그것이 어떤 소리든 우리는 상대적 입장을 유지할 수 있다. 그러나 침묵은 제로이며, 무이다. 그것은 우리를 에워싸는 동시에 존재하지 않는다. 귓속에 공기의 압력이 변할 때 같은 막연한 압박감이 생겼다. 귀의 근육이 갑작스러운 상황 변화에 제대로 대처하지 못한 탓에 그 능력을 끌어올려 침묵 속에서 어떤 신호를 감지하려 하고 있는 것이다.

그러나 침묵은 완전했다. 소리는 한번 사라진 후에는 두 번 다시 떠오르지 않았다. 나와 그녀는 그 자리에 정지한 자세로, 침묵 속에 귀를 기울였다. 나는 귀의 압박감을 걷어 내려 입안에 고인 침을 삼켜 보았지만 아무 효과가 없었다. 플레이어의 바늘이 턴테이블 모서리에 부딪혔을 때처럼 부자연스럽게 과장된 소리가 귓속에서 울릴 뿐이었다.

"물이 빠진 건가?" 나는 물어보았다.

"이제부터 뿜어 오를 거예요." 그녀가 대답했다. "아까 그 공기 소리는 구불구불한 수로에 찬 공기가 수압으로 밀려 나오는 소리였어요. 공기가 다 밀려 나왔으니까, 이제 물을 방해하는 게 없어요."

그녀가 내 손을 잡고, 마지막 남은 구덩이 몇 개를 건넜다. 그녀의 얘기를 듣고 나서 그런지 암반 위를 이동하는 거머리가 다소 적어진 듯한 기분이 들었다. 구덩이 대여섯 개를 건너자 우리 앞에 휑한 평지가 나왔다. 거기에는 이제 구덩이도 없고, 거머리도 없었다. 거머리들은 우리와는 반대 방향으로 피난한 듯했다. 간신히 최악의 부분은 벗어난 모양이다. 가령 여기서 뿜어 나온 물에 휩쓸려 죽는다 해도, 거머리 구덩이에 빠져 죽는 것보다는 훨씬 낫다.

나는 거의 무의식중에 손을 뻗어 목덜미에 들러붙은 거머리를 떼어 내려 했는데, 그녀가 내 팔을 잡고 막았다.

"나중에 해요. 먼저 탑에 올라가지 않으면 물에 빠져 죽어요." 하고서 그녀는 내 팔을 잡은 채 급하게 앞서 걸었다. "거머리 대여섯 마리 때문에 죽지 않아요. 게다가 거머리를 억지로 떼어 내면 피부까지 벗어질 수 있어요. 몰랐어요?"

"몰랐어." 나는 말했다. 나는 수로 표시등 아래 달린 추처럼 무지하고 어리석다.

스무 걸음인지 서른 걸음을 걷자 그녀가 나를 가로막으면서, 손에 든 대형 플래시로 우리 눈앞에 치솟은 거대한 '탑'을 비췄다. '탑'은 밋밋한 원통형으로, 머리 위 어둠을 향해 일직선으로 솟아 있었다. 그것은 등대 비슷하게 기저부에서 상부를 향해 조금씩 좁아지는 것처럼 보였는데, 어느 정도 높이인지는 가늠할 수 없었다. 이 구석에서 저 구석까지 빛을 비추며 전체 구조를 파악하기에는 너무 거대했고, 우리는 확인할 만한 시간 여유가 없었다. 그녀는 '탑'의 표면을 빛으로 쓱 훑고는, 아무 말 없이 그 앞으로 달려가 '탑' 옆에 달린 계단 같은 곳을 타고 오르기 시작했다. 물론 나도 허둥지둥 그 뒤를 따랐다.

'탑'은 좀 떨어진 곳에서 불충분한 빛으로 볼 때는 오랜 세월을 들이고 경탄하리만큼의 기교를 구사해 건축한 정교하고 웅장한 기념물처럼 여겨졌는데, 실제로 다가가 만져 보니 울퉁불퉁하고 일그러진 바위 덩어리에 불과하다는 것을 알 수 있었다. 자연의 침식 작용이 빚어낸 그저 우연의 소산일 뿐이었다.

야미쿠로들이 암괴의 옆면에 나삿니처럼 나선상으로 새긴 계단도 계단이라 하기에는 다소 허접한 것이었다. 들쭉날쭉 불규칙하고, 겨우 한 발을 올릴 너비밖에 안 되는 데다 때로 간격이 한참 벌어져 있기도 했다. 간격이 벌어진 곳은 튀어나온 적당한 바위로 발판을 대신해야 했다. 그러나 떨어지지 않도록 양손으로 바위를 잡고 몸을 받치고 있느라 손전등을 비춰 위 칸을 일일이 확인할 수 없어서 들어 올린 발이 어디에서도 발판을 찾지 못하고 그대로 허공을 짚기도 했다. 어둠 속에서도 눈이 밝은 야미쿠로라면 몰라도, 우리에게는 몹시 불편하고 성가신 계단이다. 암벽에 딱 달라붙어 한 걸음 한 걸음 도마뱀처럼 주의 깊게 걸음을 내디뎌야 했다.

서른여섯 계단을 올라가자 — 나는 계단의 칸수를 세는 버릇이 있다 — 발아래 어둠 속에서 기묘한 소리가 들려왔다. 마치 누군가가 거대한 로스트비프를 편평한 벽에 힘껏 내던진 듯한 소리였다. 편평하고 눅눅하고, 게다가 가타부타 꼬투리를 잡을 수 없는 결의 같은 것이 담긴 소리. 그리고 그다음에는 드러머가 채를 내려치기 직전, 공중에서 한 박자 쉬듯 잠정적이랄 수 있는 순간의 침묵이 있었다. 유난히 고요하고 스산한 순간이었다. 나는 뭔가가 다가오기를 기다리면서, 튀어나온 바위를 양손으로 단단히 잡고 암벽에 들러붙어 있었다.

그다음에 다가온 것은 틀림없는 물소리였다. 우리가 지나온 무수한 구덩이에서 위를 향해 물이 일제히 솟아오르는 소리였다. 그것도 웬만한 양의 물이 아니다. 나는 초등학교 시절에 뉴스 영화에서 본 댐의 개통식 장면을 떠올렸다. 헬멧을 쓴 지사인지 뭔지 하는 사람이 기계의 버튼을 누르자 수문이 열리면서 물보라와 굉음과 함께 저 먼 허공을 향해 굵은 물줄기가 솟구쳤다. 영화관에서 본 영화를 상영하기 전에 뉴스 영화를 보여 주던 시절 얘기다. 나는 그 뉴스를 보면서, 만약 내가 어떤 이유로 그 압도적인 양의 물을 뿜어내는 댐 아래에 있다면 어떻게 될까 상상하다가, 어린 마음에 소스라쳤다. 그러나 그로부터 약 사반세기의 세월이 지나, 자신이 실제로 그런 상황에 놓이게 될 줄은 꿈에도 생각지 못한다. 어린애라는 존재는 자신이 세상에서 벌어지는 대개의 재앙으로부터 어떤 유의 신성한 힘으로 결국에는 보호될 거라고 여기는 경향이 있다. 적어도 내 어린 시절에는 그랬다.

"저 물이 과연 어디까지 올라올까?" 나는 두세 걸음 앞선 그녀에게 말을 건넸다.

"상당히 높게." 그녀는 짧게 대답했다. "살고 싶으면 조금이라도 더 올라가는 수밖에 없어요. 아무튼 가장 높은 곳까지는 물이 오지 않으니까. 나는 그것밖에 몰라요."

"가장 높은 곳까지 가려면 계단을 얼마나 더 올라야 하지?"

"꽤 많이." 그녀는 대답했다. 멋진 대답이다. 상상력에 호소하는 뭔가가 있다.

우리는 최대한의 속도로 '탑'의 계단을 올라갔다. 물소리로 봐서, 우리가 매달려 있는 그 '탑'은 텅 빈 평면 한가운데 직립해 있고, 그 주위를 거머리 구덩이가 빙 두른 듯했다. 그렇다면 우리는 거대한 분수 한가운데 서 있는 장식적인 막대기 위로 한없이 올라가고 있다는 얘기다. 그리고 그녀의 설이 옳다면, 그 광장 같은 텅 빈 공간에 늪처럼 물이 출렁거리고, 그 수면 한가운데에 '탑'의 상단만 섬처럼 남겨지는 꼴이다.

어깨끈으로 맨 그녀의 플래시가 허리 위에서 불규칙적으로 흔들리고, 그 광선이 어둠 속에 엉터리 도형을 그려 내고 있었다. 나는 그 빛을 목표로 계단을 계속 올라갔다. 도중에 계단 숫자를 놓치고 말았지만, 아무튼 백오십이나 이백은 넘을 것 같았다. 처음에는 발아래 암반을 때리는 요란한 소리를 내며 공중에서 낙하하는 것 같던 물소리가 마침내는 깊은 웅덩이로 낙하하는 물길 같은 소리로 바뀌었고, 그때쯤에는 이미 뚜껑이 닫힌 것처럼 쿨럭쿨럭하는 소리로 변해 있었다. 수위가 확실하게 상승하고 있는 것이다. 발아래가 보이지 않는 탓에 수면이 어디까지 올라왔는지 알 수 없었지만, 지금 이 순간에 차가운 물이 발목을 휘감는다 해도 전혀 이상할 게 없을 듯한 기분이었다.

하나부터 열까지 기분이 안 좋을 때 꾸는 나쁜 꿈과 비슷했다. 뭔가가 나를 쫓아오고 있는데 내 발은 앞으로 나아가지 못하고, 그 무언가는 바로 내 뒤까지 쫓아와 내 발목을 미끄덩거리는 손으로 잡으려 한다. 꿈이어도 도저히 돌파구가 없는 꿈인데, 이게 완전한 현실이면 더더욱 심각하다. 나는 계단을 무시하고 양손으로 바위를 잡고는 거기에 매달리는 요령으로 몸을 위로 밀어 올렸다.

차라리 물에 잠겨 수면을 헤엄치면서 위로 올라가면 어떨까, 하고 나는 문득 생각했다. 그러면 한결 편하기도 하고 떨어질 걱정도 없다. 잠시 머릿속으로 그 아이디어를 검토해 보았다. 나의 착상치고는 질이 그렇게 나쁜 것 같지 않았다.

그러나 내가 그런 생각을 전하자, 그녀는 바로 "그건 안 돼요." 하고 말했다. "물속에서 급류가 소용돌이치고 있는데, 그 급류에 휩쓸리면 수영은커녕 두 번 다시 떠오를 수 없어요. 요행히 떠올랐다 쳐도, 이런 캄캄한 어둠 속에서 어디로 헤엄쳐 간단 말이에요."

그러니 아무리 답답해도 한 걸음 한 걸음 위로 올라가는 수밖에 없다는 얘기였다. 물소리는 모터가 조금씩 감속하듯 시시각각 음정이 낮아지고, 소리의 울림도 낮은 신음처럼 변화해 갔다. 수위가 쉬지 않고 상승하고 있는 것이다. 햇빛만 있다면, 하고 나는 생각했다. 아무리 가는 빛이라도 상관없다. 햇빛만 있다면 이런 바위도 쉽게 올라갈 수 있고, 물이 어디까지 왔는지도 확인할 수 있다. 그리고 아무튼 언제 발목을 잡힐지 모른다는 악몽 속의 공포에 지배되는 일도 없다. 나는 마음속으로 어둠을 증오했다. 나를 쫓아오고 궁지로 모는 것은 물이 아니다. 그것은 수면과 내 발목 사이에 가로놓인 어둠이다. 그리고 어둠이 내 몸속에 서늘하고 끝이 없는 공포를 불어넣고 있는 것이다.

내 머릿속에서는 아직도 뉴스 필름이 돌아가고 있었다. 스크린 위의 거대한 아치형 댐은 절구 모양의 바닥을 향해 끝없이 물을 뿜어내고 있었다. 이동 카메라는 다양한 각도에서 집요하게 그 광경을 포착하고 있다. 위에서도, 바로 앞에서도, 그리고 옆에서도, 렌즈는 싹싹 핥듯이 그 용솟음치는 수류에 달라붙어 있다. 댐의 콘크리트 벽에 어른거리는 물그림자가 보였다. 물그림자는 마치 물 자체인 것처럼 편평하고 하얀 콘크리트 위에서 너울거리고 있었다. 그 그림자를 보고 있자니, 마침내는 그것이 내 그림자로 변해 갔다. 내 그림자가 완만하게 기운 댐의 벽 위에서 너울거리고 있는 것이다. 나는 영화관 의자에 앉아, 그런 나 자신의 그림자를 뚫어져라 쳐다보고 있었다. 그것이 내 그림자라는 것은 바로 알았지만, 영화관의 일개 관객인 나는 그 점에 대해 어떻게 행동하면 좋을지 몰랐다. 나는 겨우 아홉 살이나 열 살쯤 된 무력한 소년이었다. 어쩌면 나는 스크린으로 뛰어나가 내 그림자를 되찾아야 했는지도 모르고, 또는 영사실로 뛰어 들어가 그 필름을 빼앗아 와야 했는지도 모른다. 그러나 나는 그게 정당한 일인지 판단할 수 없었다. 그래서 아무것도 하지 않고, 그대로 마냥 내 그림자를 바라보고 있었다.

내 그림자는 한없이 눈앞에서 너울거렸다. 그것은 마치 아지랑이에 흔들리는 먼 풍경처럼 소리 없이 불규칙적으로 몸을 비틀었다. 그림자는 말도 하지 못하고, 손짓으로 뭔가를 전할 수도 없는 듯했다. 그러나 그림자가 내게 뭔가를 전하려 한다는 건 분명했다. 그림자는 내가 거기에 앉아 자기의 모습을 보고 있음을 잘 알고 있는 것이다. 그러나 그 역시 나처럼 무력했다. 그는 그저 그림자에 불과했다.

나 외의 관객은 아무도 그 댐의 벽에 어린 수류의 그림자가 사실은 내 그림자라는 것을 알아차리지 못한 듯했다. 내 옆에는 형이 앉아 있었지만, 그도 그걸 깨닫지 못했다. 만약 알았다면, 그는 반드시 내게 그 사실을 귀띔했을 테니까. 형은 영화를 보면서 늘 내 귀에다 대고 시끄럽게 뭐라고 속삭이는 사람이다.

나 또한 그것이 내 그림자라는 것을 아무에게도 가르쳐 주지 않았다. 그들은 내가 하는 말을 믿지 않을 것이라는 기분이 들었다. 게다가 그림자는 내게만 어떤 메시지를 전하고 싶어 하는 듯 보였다. 그는 다른 장소와 다른 시간에서, 영화관의 스크린이라는 매체를 통해 내게 뭔가 얘기하고 있는 것이다.

완만하게 기운 콘크리트 벽 위에서, 내 그림자는 고독했고 완전히 방치되어 있었다. 그가 어떻게 그 댐의 벽까지 왔는지, 그리고 앞으로 어쩌려는 건지 알 수가 없었다. 마침내 어둠이 내려오면 그는 그 속에 삼켜질 것이다. 또는 세찬 물줄기에 떠내려가 바다에 도착하면 거기에서 또 그림자로서의 임무를 다할지도 모른다. 그렇게 생각하자, 나는 몹시 슬퍼졌다.

바로 댐에 관한 뉴스가 끝나고, 화면은 어느 나라 국왕의 대관식 광경으로 바뀌었다. 머리를 알록달록하게 장식한 말 몇 마리가 아름다운 마차를 이끌고 돌이 깔린 광장을 가로지르고 있었다. 나는 그 지면 위에서도 새로운 내 그림자를 찾았지만, 거기에는 말과 마차와 건물의 그림자뿐이었다.

내 기억은 거기에서 끝난다. 그러나 나는 그 기억이 정말 내게 일어났던 일의 기억인지 어떤지는 판단할 수 없었다. 지금 여기서 문득 떠오르기 전에는 단 한 번도 그런 사실을 과거의 기억으로 떠올린 적이 없기 때문이다. 어쩌면 그것은 내가 이 이상한 암흑 속에서 물소리를 들으며 멋대로 만들어 낸 심상(心象) 풍경인지도 모른다. 나는 옛날에, 심리학 책에서 그런 유의 심리 작용에 대해 쓴 글을 읽은 적이 있다. 인간은 극한 상태에 몰리면, 왕왕 막막한 현실로부터 자기를 방어하기 위해 머릿속에서 백일몽을 만들어 낸다. ── 는 것이 그 심리학자의 주장이었다. 그러나 만들어 낸 심상 풍경이라고 하기에, 내가 본 그 이미지는 너무도 명징하고 생생했고, 내 존재 자체에 관련되는 강력한 힘을 갖고 있었다. 나는 그때 나를 둘러싸고 있던 냄새와 소리를 선명하게 되짚을 수 있었다. 그리고 아홉 살 혹은 열 살인 내가 느꼈던 당혹스러움과 혼란과 막연한 공포감을 피부로 느낄 수 있었다. 누가 뭐라든, 그것은 정말 내 몸에 일어난 일이다. 그리고 어떤 힘에 의해 의식 속에 봉인되어 있다가, 나 자신이 극한 상황에 놓이자 뚜껑이 열려 표면으로 부상한 것이다.

어떤 힘?

아마도 내가 셔플링 능력을 갖기 위해 받은 뇌수술 때문일 것이다. 그들이 내 기억을 의식의 벽 안에 가둬 버린 것이다. 그들이 내 기억을 내 손에서 빼앗아 간 것이다.

그렇게 생각하자, 나는 점점 화가 나기 시작했다. 누구에게도 내 기억을 빼앗을 권리 따위는 없다. 그것은 나의, 나 자신의 기억이다. 타인의 기억을 빼앗는다는 건 타인의 세월을 빼앗는 것과 같은 일이다. 화가 나면서 나는 공포 따위는 아무래도 상관없다는 기분이 들었다. 뭐가 어찌 되든 아무튼 살아남아야 한다, 하고 나는 다짐했다. 나는 살아남아서 이 말도 안 되는 암흑 세계를 탈출해, 빼앗긴 나의 기억을 속속들이 되찾는다. 세계가 끝나든 어떻게 되든, 그런 건 내 알 바가 아니다. 나는 완전한 나 자신으로 재생해야 한다.

"로프야!" 불쑥 그녀가 외쳤다.

"로프?"

"빨리 와 봐요. 로프가 내려져 있어요."

나는 서둘러 계단을 서너 칸 올라 그녀 옆에 가서, 손바닥으로 벽면을 훑어보았다. 거기에는 틀림없이 로프가 있었다. 그렇게 굵지는 않지만 튼튼한 등산용 로프의 끝이 내 가슴 언저리에서 흔들리고 있었다. 나는 한 손으로 그걸 잡고, 조심스럽게 조금씩 힘주어 당겨 보았다. 그 감각으로 보아 로프는 무언가에 단단히 묶여 있는 듯했다.

"할아버지예요, 할아버지." 그녀가 외쳤다. "할아버지가 우리를 위해 로프를 내려 준 거예요."

"혹시 모르니까 한 바퀴 돌아 보자고." 하고 나는 말했다.

발밑을 확인하기도 답답한 나는 급하게 '탑'을 한 바퀴 돌았다. 로프는 역시 같은 위치에 늘어져 있었다. 로프에는 30센티미터 간격으로 발을 걸 수 있도록 매듭이 묶여 있었다. 이 로프가 '탑' 꼭대기까지 이어져 있다면, 우리는 많은 시간을 절약할 수 있다.

"할아버지야. 틀림없어요. 할아버지는 아주 세심한 부분까지 신경을 쓰는 사람이에요."

"그런가 보군." 하고 나는 말했다. "로프를 타고 올라갈 수 있겠어?"

"물론이죠." 하고 그녀가 말했다. "어렸을 때부터 로프를 얼마나 잘 탔는데요. 내가 말 안 했나요?"

"그럼 먼저 올라가." 하고 나는 말했다. "다 올라가면 아래로 불을 깜박여서 신호를 보내 줘. 그러면 내가 올라갈게."

"그러고 있다가는 물이 올라와요. 둘이 같이 오르는 편이 좋지 않겠어요?"

"등산을 할 때는 로프 하나에 한 사람이 원칙이야. 로프의 강도 문제도 있고, 한 로프에 둘이 매달리면 그만큼 올라가는 데 시간도 걸린다고. 그리고 물이 올라와도, 로프만 잡고 있으면 어떻게든 올라갈 수 있잖아."

"당신, 보기보다 용감하네." 그녀가 말했다.

나는 그녀가 다시 한번 키스해 줄지도 모른다는 기대로 어둠 속에서 가만히 기다렸지만, 그녀는 나 따위는 개의치 않고 로프를 잡고 쓱쓱 올라가기 시작했다. 나는 두 손으로 바위를 잡은 채, 그녀의 불빛이 흔들흔들 올라가는 모습을 올려다보았다. 그것은 마치 술에 취한 혼이 이리 비틀 저리 비틀 휘청거리며 하늘로 올라가는 듯한 광경이었다. 그런 광경을 보고 있자니 나는 위스키가 몹시 마시고 싶어졌다. 그러나 위스키 병은 백팩 속에 있고, 불안정한 자세로 몸을 비틀어 백팩을 내리고 위스키 병을 꺼내는 건 아무리 생각해도 불가능했다. 그래서 나는 포기하고, 자신이 위스키를 마시는 장면을 머릿속으로 상상해 보기로 했다. 깔끔하고 조용한 바, 땅콩이 담긴 볼, 낮게 흐르는 MJQ의 「방돔」, 그리고 더블 온 더 록이다. 카운터에 놓인 잔을, 손대기 전에 잠시 바라본다. 위스키는 처음에는 가만히 바라보아야 하는 것이다. 그리고 바라보다가 싫증이 나면 마신다. 아름다운 여자와 마찬가지다.

거기까지 생각했을 때, 나는 자신에게 이미 양복도 점퍼도 없다는 사실을 깨달았다. 그 머리가 이상한 이인조가 내가 소유한 멀쩡한 양복을 나이프로 착착 찢어 버렸다. 허 참, 하고 나는 생각했다. 대체 뭘 입고 바에 간단 말인가. 바에 가기 전에 우선 양복을 사야 할 필요가 있다. 짙은 파란색 트위드 슈트로 하자, 하고 나는 정했다. 기품 있는 파랑이다. 단추는 세 개, 내추럴 숄더에 허리선이 없는 고풍스러운 스타일의 슈트다. 1960년대 초엽에 조지 페퍼드가 입었던 스타일. 셔츠도 파란색. 차분한 색감의, 약간 바랜 듯한 느낌의 파랑. 감은 두꺼운 옥스퍼드 면이고, 깃은 최대한 평범한 레귤러. 넥타이는 두 가지 색 줄무늬가 좋다. 빨강과 초록. 빨강은 약간 칙칙한 빨강이고, 초록은 파랑인지 초록인지 모를, 폭풍우가 몰아치는 바다 같은 초록이다. 나는 어딘가에 있을 세련된 남성복점에서 그것들을 사서 말쑥하게 차려입고, 어느 바에 들어가 스카치위스키 온 더 록을 더블로 주문한다. 거머리든 야미쿠로든 발톱 난 물고기든, 지하 세계에서 하고 싶은 대로 난동을 부리면 될 일이다. 나는 지상의 세계에서 짙은 파랑 트위드 슈트를 입고, 스코틀랜드에서 온 위스키를 마신다.

그때 문득 물소리가 사라졌다는 걸 알았다. 물이 이제 구덩이에서 더는 솟구치지 않는지도 모른다. 아니면 수위가 너무 높아져, 물소리가 들리지 않을 뿐인지도 모른다. 그러나 내게는 아무래도 상관없는 일인 것처럼 여겨졌다. 물이 올라오고 싶으면 올라오면 그만이다. 나는 뭐가 어떻게 되든 살아남기로 결심했다. 그리고 나의 기억을 되찾는다. 이제 아무도 나를 멋대로 부릴 수 없다. 나는 온 세계를 향해 그렇게 외쳐 보고 싶었다. 이제 아무도 나를 멋대로 부릴 수 없다, 하고.

그러나 이런 지하의 어둠 속에서 바위에 들러붙은 채 그렇게 외쳐 본들 무슨 도움이 될 것 같지도 않았다. 나는 포기하고 고개를 쳐들고 위를 올려다보았다. 그녀는 내가 예상했던 것보다 훨씬 위까지 올라가 있었다. 거리가 몇 미터나 벌어졌는지는 모르겠지만, 백화점 층수로 하면 3층이나 4층 정도 되지 않을까 싶었다. 주로 여성복 매장이 있는, 그쯤이다. 이 바위산은 대체 얼마나 높은 걸까, 하고 나는 진저리 나는 기분으로 생각해 보았다. 지금까지 그녀와 둘이 올라온 높이만 해도 꽤 될 텐데 이 위로도 한참 더 솟아 있다면, 전체 높이가 상당할 것이다. 나는 언젠가 충동적으로 고층 빌딩의 26층까지 올라가 본 적이 있는데, 지금의 바위 타기도 그 정도 높이는 될 듯했다.

아무튼 어둠 속이라 아래가 보이지 않아 오히려 다행이었다. 아무리 등산에 익숙해도, 아무 장비도 없는 데다 보통 테니스화를 신고 이렇게 높은 곳에 위태롭게 들러붙어 있으면 무서워서 밑을 내려다볼 수 없다. 고층 빌딩의 중간쯤에서 생명줄도 곤돌라도 없이 유리창을 닦고 있는 거나 다름없다. 아무 생각 없이 무턱대고 위로 올라갈 때는 그나마 괜찮은데, 한번 멈춰 서자 높이가 점점 신경 쓰이기 시작했다.

나는 다시 한번 고개를 비틀어 머리 위를 올려다보았다. 그녀는 아직도 올라가고 있는지 흔들리는 불빛이 보였지만, 아까보다는 훨씬 위로 멀어졌다. 본인이 말했듯이, 그녀는 로프 타기를 잘하는 듯했다. 그래도 높이가 어마어마하다. 정말 어이가 없을 만큼 높다. 대체 왜 노인은 이런 요란한 장소로 피신한 것일까, 하고 나는 생각했다. 좀 더 알기 쉽고 간단한 장소에서 우리가 오기를 얌전히 기다려 주었다면 이렇게 혹독한 일은 당하지 않았을 것이다.

그런 생각을 하면서 멍하니 있자니, 머리 위쪽에서 누군가의 목소리가 들린 듯했다. 올려다보자 조그만 노란색 빛이 비행기 꼬리등처럼 천천히 깜박거리는 게 보였다. 그녀가 드디어 정상에 도착한 듯했다. 나는 한 손으로 로프를 잡고, 다른 손으로 주머니에서 손전등을 꺼내서 위를 향해 같은 신호를 보냈다. 그리고 손전등을 꺼낸 김에 아래를 비춰 물이 어느 정도까지 올라왔는지 확인해 보려 했지만, 내 손전등의 약한 빛으로는 거의 아무것도 볼 수 없었다. 어둠이 너무 농밀해서, 웬만큼 가까이 가지 않는 한 거기에 뭐가 있는지 전혀 알아볼 수 없다. 손목시계는 오전 4시 12분을 가리키고 있었다. 날은 아직 밝지 않았다. 아침 신문도 배달되지 않았다. 전철도 움직이지 않는다. 지상에서는 사람들이 아무것도 모르는 채 지금도 곤한 잠에 빠져 있을 것이다.

나는 두 손으로 로프를 잡아당기고, 심호흡을 한 번 한 후에 천천히 오르기 시작했다.

# 24 세계의 끝

## 그림자의 광장

사흘 동안 계속되었던 화창한 날씨는, 그날 아침 눈을 떠보니 이미 끝나 있었다. 하늘은 어두운 색의 두꺼운 구름으로 빈틈없이 덮여 있었고, 그 틈새를 뚫고 간신히 지상에 도착한 태양 빛은 원래의 따뜻함과 빛을 대부분 빼앗긴 상태였다. 그렇게 음울하고 차가운 회색빛 속에서, 수목은 이파리가 다 떨어져 헐벗은 가지를 찬금 같은 모양으로 하늘을 향해 뻗고, 강은 딱딱하게 굳은 물소리를 사방에 울렸다. 언제 눈이 내려도 이상하지 않을 날씨였지만, 눈은 내리지 않았다.

"오늘은 아마 눈이 내리지 않을 게야." 노인이 내게 가르쳐주었다. "저건 눈을 뿌리는 구름이 아니거든."

나는 창문을 열고 다시 한번 하늘을 올려다보았지만, 어느 것이 눈을 뿌리는 구름이고 어느 것이 눈을 뿌리지 않는 구름인지 구별할 수 없었다.

　문지기는 커다란 무쇠 난로 앞에 앉아, 신발을 벗고 발을 녹이는 중이었다. 난로는 도서관에 있는 것과 같은 형태였다. 상부에 주전자나 냄비를 올려놓을 수 있는 받침대가 두 개 있고, 맨 밑에는 재를 꺼내는 서랍이 달려 있다. 앞은 캐비닛처럼 생겼고, 커다란 금속 손잡이가 달려 있다. 문지기는 의자에 앉아서, 두 발을 그 손잡이 위에 올려놓고 있었다. 방 안은 주전자에서 피어오르는 김과 싸구려 파이프 담배 냄새 ── 그것도 아마 담배 대용품일 것이다. ── 때문에 숨이 턱 막히도록 눅눅했다. 그 안에는 물론 그의 발 냄새도 섞여 있을 것이다. 그가 앉은 의자 뒤에는 커다란 나무 테이블이 있고, 그 위에는 숫돌과 함께 도끼와 손도끼가 주르륵 놓여 있었다. 모든 도끼와 손도끼는 손잡이 부분이 죄 변색되었을 정도로 오래 쓴 것이었다.

　"목도리 말인데요." 나는 말을 꺼냈다. "목도리가 없으면 목덜미가 너무 차가워서요."

　"뭐, 그야 그렇겠지." 문지기는 옳은 말이라는 듯이 말했다. "그건 나도 잘 알아."

　"도서관 안쪽의 자료실에 아무도 사용하지 않는 의류가 있어요. 그 일부를 사용하면 안 될까 해서."

　"아, 그거 말이군." 문지기가 말했다. "거기 있는 건 뭐가 되었든 사용해도 괜찮아. 당신이라면 상관없지. 목도리든 코트든, 마음대로 갖다 쓰라고."

"주인이 없는 건가요?"

"주인은 신경 쓸 것 없어. 주인이 있다고 해도 벌써 잊어버렸을 테니까." 문지기는 말했다. "그런데 당신 말이야, 악기를 찾고 있는 것 같더군."

나는 고개를 끄덕였다. 그는 뭐든 다 알고 있다.

"이 마을에는 악기라는 게 원칙적으로 존재하지 않아." 그는 말했다. "그러나 아예 없는 것은 아니야. 성실하게 일하고 있으니, 악기 정도는 갖고 있어도 별문제가 없겠지. 발전소에 가서 거기 관리인에게 물어봐. 그러면 아마 악기를 찾을 수 있을 거야."

"발전소?" 나는 놀라서 되물었다.

"발전소 정도는 있다고." 하고 문지기는 머리 위에 매달린 전구를 가리켰다. "이 전기가 어디에서 오는 줄 알았나? 사과나무 숲이라고 생각한 건가?"

문지기는 웃으면서 발전소로 가는 지도를 그려 주었다. "강의 남쪽 길을 상류를 향해서 죽 걸어가. 30분 정도 가다 보면 오른쪽에 낡은 곡물 창고가 보일 거야. 지붕도 없고 문도 없는 건물이야. 거기 모퉁이를 오른쪽으로 돌아 길을 따라 죽 걸어가면 언덕이 나올 거야. 그 언덕 너머가 숲이야. 숲으로 들어가 500미터 정도 가면 발전소가 있어. 알겠나?"

"알 것 같습니다." 나는 말했다. "그런데 겨울 숲에 들어가는 건 위험하지 않나요? 다들 그렇게 말하고, 나 자신도 험한 꼴을 당했는데."

"아, 그랬지. 그걸 까맣게 잊고 있었군. 당신을 수레에 태워 언덕 위까지 올라갔는데 말이야." 문지기가 말했다. "몸은 좀 어때?"

"이제 괜찮습니다. 고마웠어요."

"조금은 혼이 났나?"

"네, 그렇습니다."

문지기는 히죽 웃고는 손잡이 위에 올려놓은 발의 위치를 바꿨다. "혼이 나는 건 좋은 일이야. 인간은 혼이 나면 조심하게 되지. 조심하게 되면 다칠 일도 없어지잖아. 훌륭한 나무꾼은 몸에 흉터를 딱 하나 갖고 있는 법이야. 그 이상도 아니고, 그 이하도 아니지. 딱 하나. 내 말을 이해하겠나?"

나는 고개를 끄덕였다.

"그러나 발전소에 가는 건 걱정 안 해도 돼. 숲 바로 입구에 있는 데다, 길도 외길이라 헤맬 일이 없어. 숲에 사는 사람들과 마주칠 일도 없고. 위험한 건 숲속과 벽 바로 옆이지. 거기만 피하면 걱정할 정도는 아니야. 다만 절대 그 길을 벗어나서는 안 되고, 발전소를 지나쳐도 안 돼. 그랬다가는 또 험한 꼴을 당하게 될 테니까."

"발전소 관리인은 숲에 사는 사람인가요?"

"아니, 놈은 그렇지 않아. 놈은 숲속 사람들과도 다르고, 마을 사람들과도 다르지. 어중간한 사내야. 숲에 들어갈 수도 없고, 마을에도 돌아올 수 없는. 해는 없지만, 배짱도 없어."

"숲속에는 어떤 사람들이 살고 있는데요?"

문지기는 고개를 비틀고, 가만히 내 얼굴을 쳐다보았다. "내가 처음에 분명히 말했을 텐데, 뭘 묻든 그건 당신 마음이지만 대답하고 안 하고는 내 마음이라고 말이야."

나는 고개를 끄덕였다.

"뭐, 됐어. 아무튼 나는 대답하고 싶지 않아." 문지기는 말했다. "그런데 당신 말이야, 그림자를 만나고 싶다고 계속 말했었지. 어때, 이제 슬슬 만나 보겠나? 겨울이 와서 그림자의 힘도 얼마간 약해졌으니, 이제는 만나도 괜찮겠지."

"상태가 좋지 않은가요?"

"그런 건 아니야. 아주 팔팔해. 매일 몇 시간은 밖으로 내보내 운동도 시키고 있고, 식욕도 아주 좋고. 단, 겨울이 와서 날이 짧아지고 추위가 심해지면 그림자는 어떤 그림자든 약해지게 되어 있어. 그건 누구 탓이 아니야. 지극히 당연한 자연의 섭리라고 할 수 있지. 그러니 내 탓도 아니고 당신 탓도 아니야. 만나게 해 줄 테니까 본인과 직접 얘기해 보라고."

문지기는 벽에 걸린 열쇠 다발을 집어 윗도리 주머니에 쑤셔 넣고, 하품을 하면서 가죽으로 짠 튼튼한 구두를 신었다. 몹시 무거워 보이는 구두였다. 바닥에는 눈 위를 걸을 수 있도록 쇠 징이 박혀 있었다.

그림자가 사는 장소는 마을과 바깥 세계의 말하자면 중간 지점이었다. 나는 바깥 세계로 나갈 수 없고, 그림자는 마을 안으로 들어올 수 없다. 따라서 '그림자의 광장'은 그림자를 잃은 사람과 사람을 잃어버린 그림자가 만날 수 있는 유일한 장소인 셈이다. 문지기 오두막의 뒷문으로 나가자 바로 그 그림자의 광장이었다. 그러나 광장이란 이름뿐이고, 딱히 부지가 넓은 것은 아니다. 보통 집의 마당을 약간 확대한 정도이고, 주위를 철책이 엄중하게 빙 두르고 있다.

문지기는 주머니에서 열쇠 다발을 꺼내 철문을 열고, 나를 우선 안으로 들여보낸 다음 자신도 들어왔다. 광장은 반듯한 정사각형이고, 한 면은 마을을 둘러싸는 벽이다. 저쪽 구석에 늙은 느릅나무가 서 있고, 그 아래에 단출한 벤치가 놓여 있었다. 살아 있는지 죽었는지 모를, 허여스레한 나무였다.

벽 귀퉁이에 오래된 벽돌과 폐자재로 대충 만든 오두막이 서 있었다. 창문에 유리창은 없고, 밀어 올릴 수 있는 널빤지가 달려 있을 뿐이다. 굴뚝이 없는 걸로 보아 아마 난방 설비도 없는 듯하다.

"저기가 자네 그림자가 생활하는 곳이야." 문지기가 말했다. "보기만큼 불편하지는 않아. 일단 물도 나오고, 화장실도 있고. 지하실도 있는데, 거기는 외풍이 없어. 뭐, 호텔 급은 아니지만, 비바람은 충분히 피할 수 있지. 들어가 보겠나?"

"아니요. 여기서 만나겠습니다." 하고 나는 말했다. 문지기 오두막 안의 냄새나는 공기 탓에 머리가 지끈거렸다. 좀 추워도 신선한 공기를 마실 수 있는 쪽이 훨씬 좋았다.

"그러지. 그럼 여기로 데리고 나와야겠군." 하고 문지기는 혼자 오두막 안으로 들어갔다.

나는 코트 깃을 세우고 느릅나무 아래 벤치에 앉아, 신발 바닥으로 지면을 후벼 파면서 내 그림자가 나오기를 기다렸다. 땅은 딱딱하고, 군데군데 얼어붙은 눈이 남아 있었다. 벽의 아랫부분은 그늘이라 더욱이 녹지 않은 그대로였다.

한참이 지나자 문지기가 그림자를 데리고 오두막에서 나왔다. 문지기는 구두 밑창의 징으로 얼어붙은 땅을 짓뭉개듯 성큼성큼 광장을 가로지르고, 그 뒤로 그림자가 천천히 따라왔다. 나의 그림자는 문지기가 말했던 것처럼 팔팔해 보이지는 않았다. 그의 얼굴은 지난번보다 다소 초췌해져 눈과 수염이 유난히 두드러졌다.

"잠시 단둘이 있게 해 주지." 문지기가 말했다. "그동안 쌓인 얘기가 많을 테니 말이야. 오붓하게 얘기 나누라고. 그러나 너무 오래 끌면 안 돼. 어쩌다 잘못해서 들러붙으면, 다시 떼어 내는 데 시간도 걸리고 말이야. 게다가 그래 봐야 아무 소용이 없어. 피차 성가실 뿐이지. 그렇지 않은가?"

나는 그렇다는 식으로 고개를 끄덕였다. 그의 말이 옳을 것이다. 들러붙어 봐야 다시 떼어 내질 뿐이다. 그리고 똑같은 일을 처음부터 다시 해야 한다.

나와 나의 그림자는 철문을 잠그고 오두막 안으로 사라지는 문지기의 모습을 가만히 쳐다보고 있었다. 뿌득뿌득 징이 지면을 깨무는 소리가 멀어지고, 마침내 무거운 나무문이 소리를 내며 닫혔다. 문지기의 모습이 사라지자, 그림자가 내 옆에 앉았다. 그리고 나와 똑같이 신발 바닥으로 지면에 구멍을 팠다. 그는 올이 성기고 거친 스웨터에 작업 바지, 그리고 내가 준 낡은 작업화를 신은 차림이었다.

"잘 지냈어?" 나는 물어보았다.

"잘 지냈을 리가 없지." 그림자가 말했다. "너무 춥고, 식사도 엉망이고."

"매일 운동을 하고 있다고 들었는데."

"운동?" 하고서 그림자는 이상하다는 듯이 내 얼굴을 보았나. "아, 그걸 운동이랄 수는 없지. 매일 여기서 끌려 나가, 문지기가 짐승을 태우는 걸 도울 뿐이니까. 시체를 수레에 실어 문밖에 있는 사과나무 숲으로 옮겨서 기름을 뿌리고 태우는 거야. 태우기 전에 문지기가 짐승의 머리를 도끼로 싹둑 잘라 내지. 너도 문지기의 그 대단한 날붙이 컬렉션을 봤을 텐데? 그 사내는 어디로 보나 정상이 아니야. 사정만 허락되면, 전 세계를 돌아다니면서 온갖 것을 싹둑싹둑 자르고 싶어 하는 것처럼 보여."

"그도 마을 사람인 걸까?"

"아니지, 아니야. 그놈은 아마 고용되었을 거야. 놈은 짐승 태우는 걸 즐기고 있다고. 마을 사람은 그런 생각은 안 해. 겨울이 되면서 꽤 많이 태웠어. 오늘 아침에는 세 마리가 죽었지. 이제부터 태울 거야."

그림자는 나와 똑같이 신발 바닥으로 얼어붙은 땅을 한참이나 파헤쳤다. 땅은 돌처럼 딱딱했다. 겨울새가 날카로운 소리로 울면서 느릅나무 가지에서 날아올랐다.

"지도는 찾았어." 그림자가 말했다. "생각보다 잘 그렸고, 설명도 알기 쉬웠어. 다만, 좀 늦었지."

"몸이 아팠어." 하고 나는 말했다.

"그건 들었어. 그래도 겨울이 온 다음은 때가 늦지. 그 전에 있었으면 했는데. 그럼 일이 훨씬 더 원활하게 진행되었을 테고, 계획도 빨리 세울 수 있었어."

"계획?"

"여길 빠져나가는 계획이야. 뻔하잖아. 그 외에 어떤 계획이 있겠어? 너 설마, 내가 심심풀이 삼아 지도를 원한다고 여긴 건 아니겠지."

나는 고개를 저었다. "나는 네가 이 기묘한 마을이 지니는 의미를 가르쳐 주지 않을까 했어. 무엇보다 너는 내 기억의 거의 전부를 가져갔으니까 말이야."

"그건 그렇지가 않지." 그림자가 말했다. "내가 너의 기억 대부분을 갖고 있는 건 맞아. 하지만 그걸 유효하게 사용할 수는 없어. 그러려면 우리가 다시 합쳐져야 하는데, 그건 현실적으로 불가능하지. 그랬다가는 우리는 두 번 다시 만날 수도 없고, 그래서는 계획 자체도 성립하지 않아. 그래서 나는 지금 혼자 생각하고 있는 거야. 이 마을이 지닌 의미를 말이지."

"뭐 좀 알았어?"

"조금은 알았는데, 아직은 너에게 말할 수 없어. 세부를 완전하게 보완하지 않으면 설득력이 없으니까. 좀 더 생각할 시간을 줘. 조금 더 생각하면 뭔가를 알게 될 것 같아. 하지만 그때가 되면 이미 늦을지도 모르지. 겨울이 온 후로 내 몸이 확실히 약해지고 있어. 이대로 가면 탈출 계획이 완성되어도 체력이 없어서 실행할 수 없을지도 몰라. 그래서 내가 겨울이 오기 전에 지도를 원했던 거야."

나는 머리 위의 느릅나무를 올려다보았다. 굵은 나뭇가지 사이로 잘게 나뉜 어두운 겨울 구름이 보였다.

"하지만 여기서 탈출할 수는 없어." 하고 나는 말했다. "지도는 잘 봤겠지? 출구가 어디에도 없다고. 여기는 세계의 끝이야. 원래 세계로 돌아갈 수 없고, 앞으로도 나아갈 수 없어."

"세계의 끝일지는 몰라도 어딘가에는 반드시 출구가 있을 거야. 난 그걸 확실하게 알 수 있어. 하늘에 그렇게 쓰여 있어. 출구가 있다고. 새들은 벽을 넘잖아. 벽을 넘은 새들이 어디로 날아가겠어? 바깥 세계야. 이 벽 밖에 다른 세계가 있어. 그래서 벽이 마을을 둘러싸고 사람들을 밖으로 못 나가게 하는 거라고. 밖에 아무것도 없다면 굳이 벽으로 둘러쌀 필요가 없잖아. 반드시 어딘가에는 출구가 있어."

"어쩌면 그럴지도 모르지." 하고 나는 말했다.

"나는 그걸 꼭 찾아내서, 너와 함께 이곳을 탈출할 거야. 이렇게 비참한 곳에서 죽고 싶지 않아."

그림자는 그렇게 말하고는 입을 다물고, 또 땅을 파헤쳤다.

"처음에도 네게 그렇게 말했지만, 이 마을은 부자연스럽고 잘못돼 있어." 그림자가 말했다. "나는 지금도 그렇게 믿고 있어. 부자연스럽고, 잘못돼 있다고. 그러나 문제는 부자연스럽고 잘못된 나름으로 이 마을이 완결되어 있다는 거야. 모든 것이 부자연스럽고 비틀려 있어서, 결과적으로는 모든 것이 정확하게 하나로 완결되는 거지. 완결되어 있어. 이런 식으로."

그림자는 신발로 지면에 원을 그렸다.

"원이 완결되어 있어. 그래서 오래 여기 있으면서 이런저런 생각을 하다 보면, 점차 그들이 옳고 자신이 그르지 않나 하는 생각이 들게 돼. 그들이 너무도 정확하게 완결되어 있는 것처럼 보이기 때문이지. 내가 하는 말 이해하겠어?"

"잘 알아. 나도 때로 그렇게 느끼곤 하니까. 마을에 비하면 내가 약하고 모순되고 미미한 존재가 아닐까 하고 말이야."

"하지만 그건 잘못된 생각이야." 그림자는 원 옆에 의미 없는 도형을 그리면서 말했다. "우리가 옳고, 그들이 그른 거야. 우리가 자연스럽고, 그들이 부자연스러운 거야. 그렇게 믿어. 있는 힘을 다해서 믿어. 그러지 않으면 너는 너 자신도 모르게 이 마을에 동화되고, 그런 다음에는 어떻게도 할 수 없어."

"그러나 뭐가 옳고 뭐가 그른지는 어디까지나 상대적인 것이고, 게다가 나는 그 두 가지를 견주려고 해도 기준이 되는 기억을 거의 빼앗겼다고."

그림자가 고개를 끄덕였다. "네가 혼란스러워하는 건 충분히 이해해. 그러나 이렇게 생각해 보라고. 너는 영구 운동의 존재를 믿어?"

"아니, 영구 운동은 원리적으로 존재하지 않아."

"마찬가지야. 이 마을의 안전함과 완결성은 영구 운동과 같은 거라고. 원리적으로 완전한 세계 따위는 어디에도 존재하지 않아. 그런데 여기는 완전해. 그렇다면 반드시 어딘가에 트릭이 있을 거라고. 영구 운동을 하는 듯 보이는 기계가 뒤에서는 눈에 보이지 않는 어떤 외적인 힘을 이용하는 것처럼 말이야."

"그래서 넌 그걸 찾았어?"

"아니, 아직은. 아까도 말했잖아. 가설을 세웠지만 아직 그 세부를 더 보완해야 돼. 그러려면 시간이 좀 더 걸려."

"그 가설이란 걸 가르쳐 줄 수 있을까. 나도 조금은 너의 그 보완 작업을 도울 수 있을지 모르잖아."

그림자는 바지 주머니에서 두 손을 꺼내 손으로 호호 분

다음 무릎 위에서 마주 비볐다.

"아니, 너에게는 무리일 거야. 나는 몸을 다쳤지만, 너는 마음을 다쳤어. 너는 무엇보다 우선 네 마음을 회복해야 돼. 그러지 않으면 탈출하기 전에 우리 둘 다 절망적인 상태가 될 거야. 나 혼자 생각할 테니까, 너는 너 자신을 구하기 위해 온 힘을 다해. 그게 가장 우선이야."

"그래. 난 혼란스러워." 나는 지면에 그려진 원으로 시선을 떨구면서 말했다. "네 말이 맞아. 어느 쪽으로 나가면 좋을지 정할 수도 없어. 자신이 과거에 어떤 인간이었는지도 그래. 자기를 잃은 마음이 과연 얼마나 힘을 가질 수 있을까. 그것도 이렇듯 강한 힘과 가치 기준을 지닌 마을 안에서 말이야. 겨울이 온 후로 나는 내 마음에 대해 조금씩 자신감을 잃어 가고 있어."

"아니야, 그렇지 않아." 그림자가 말했다. "너는 너 자신을 잃지 않았어. 다만 기억이 교묘하게 은폐되었을 뿐이지. 그래서 네가 혼란스러운 거야. 그러나 너는 절대 잘못되지 않았어. 가령 기억을 잃었어도, 마음은 있는 그대로의 방향으로 나아가는 법이야. 마음이란 건 그 자체가 행동 원리를 갖고 있어. 그게 즉 자기야. 자신의 힘을 믿어. 그러지 않으면 너는 외부의 힘에 이끌려 알 수 없는 장소로 끌려가게 될 거야."

"노력해 볼게." 하고 나는 말했다.

그림자는 고개를 끄덕이고 잠시 구름 낀 하늘을 바라보았지만, 마침내 무슨 생각에 잠기듯 눈을 감았다.

"나는 생각이 복잡할 때는 늘 새들을 봐." 그림자가 말했다.

"새를 보면 내가 잘못되지 않았다는 걸 잘 알 수 있어. 마을의 완전함 따위는 새들에게 아무 상관 없는 일이야. 벽도, 문도, 뿔피리도, 아무 상관이 없지. 너도 그런 때는 새를 보는 게 좋을 거야."

광장 입구에서 문지기가 나를 부르는 소리가 들렸다. 면회 시간이 끝난 것이다.

"앞으로 한동안은 나를 만나러 오지 마." 헤어질 때 그림자가 내 귀에 속삭였다. "필요하면 내가 너를 만날 수 있게 조처할게. 문지기는 의심이 많은 사내라서, 우리가 몇 번이나 만나면 무슨 일이 있지 않나 눈여겨보게 될 테고, 그러면 내가 작업하기가 어려워. 그리고 만약 물으면 나와 얘기가 잘 통하지 않은 척해. 알았지?"

"알았어." 하고 나는 말했다.

"어땠나?" 오두막으로 돌아오자 문지기가 내게 물었다. "오랜만에 그림자와 만난 소감이. 즐거웠나?"

"모르겠습니다." 부정적으로 말하고 나는 고개를 내저었다.

"다, 그런 거야." 문지기는 만족한 듯이 말했다.

# 25 하드보일드 원더랜드

## 식사, 코끼리 공장, 덫

로프를 타고 올라가는 건 계단으로 올라가는 것에 비해 한결 편한 작업이었다. 30센티미터 간격으로 단단히 묶인 매듭이 있고, 로프 자체도 마침 적당한 굵기라서 손에 착 감겼다. 나는 두 손으로 로프를 잡고, 몸을 약간 앞뒤로 흔들어 반동을 주면서 한 발 한 발 위로 올라갔다. 어쩌 공중그네 영화의 한 장면 같았다. 하기야 공중그네에서 사용하는 로프에는 매듭 따위는 없다. 매듭 있는 로프를 사용했다가는 관객에게 비웃음을 살 수도 있기 때문이다.

나는 간간이 위를 쳐다보았지만, 불빛이 똑바로 아래를 향하고 있는 탓에 눈이 부셔 거리를 제대로 파악할 수 없었다. 아마 그녀는 내가 잘 올라오고 있는지 걱정스러워 위에서 불을 비추며 보고 있을 것이다. 배의 상처는 심장의 고동에 맞춰 아직도 무지근하게 아팠다. 굴러 넘어졌을 때 부딪힌 머리도 여전히 아팠다. 로프를 타고 올라가는 데 지장이 있을 정도는 아니지만, 그래도 아픔이 사라진 건 아니다.

꼭대기가 가까워지면서, 그녀가 비추는 불빛에 내 몸과 내 주위의 풍경이 하나둘 알알이 드러났다. 그러나 그것은 불필요한 친절이었다. 어둠 속에서 오르는 데 완전히 익숙해진 나는 환해지자 오히려 균형감을 잃고, 몇 번이나 발을 헛디디고 말았다. 빛이 비치는 부분과 그림자 진 부분 사이의 거리를 정확하게 인지하지 못하는 것이다. 빛이 비치는 부분은 실제 이상으로 튀어나와 보이고, 그림자 진 부분은 실제 이상으로 움푹 들어가 보였다. 게다가 눈이 너무 부시다. 인간의 몸은 어떤 환경에도 이내 적응하고 만다. 아주 먼 옛날에 지하로 숨어든 야미쿠로들이 어둠에 적응하기 위해 몸의 기능을 바꿨다 해도 전혀 이상한 게 없을 듯했다.

로프의 매듭을 60개나 70개쯤 올랐을 때, 나는 겨우 꼭대기에 도달할 수 있었다. 나는 바위 끝을 두 손으로 잡고 수영 선수가 풀 사이드로 올라가는 자세로 꼭대기에 기어올랐다. 긴 로프를 타고 올라온 탓에 팔이 완전히 지쳤는지, 몸을 바위 위로 끌어올리는 데 상당히 시간이 걸렸다. 마치 자유형으로 1킬로미터나 2킬로미터를 수영한 기분이었다. 그녀는 허리띠를 잡고 내가 위로 기어오르도록 도와주었다.

"아슬아슬했어요." 그녀가 말했다. "4, 5분 늦었으면 우리 둘 다 죽었을 거야."

"다행이군." 나는 평평한 바위 위에 드러누워 몇 번 심호흡을 했다. "물이 어디쯤 왔을까?"

그녀는 플래시를 지면에 내려놓고, 로프를 조금씩 당겼다. 매듭을 서른 개 정도 끌어올리고는 로프를 내 손에 쥐어 주었다. 로프는 푹 젖어 있었다. 물이 상당한 높이까지 차오른 것이다. 그녀 말대로 로프가 있던 곳에 4, 5분만 늦게 도착했어도 큰일 날 뻔했다.

"그런데 너희 할아버지는 찾았어?" 나는 물어보았다.

"그럼요." 그녀가 말했다. "저기, 제단 안에 있어요. 그런데 발을 삐었어요. 도망칠 때 구멍에 발이 빠졌대요."

"발이 삐었는데도 여기까지 왔다는 말이야?"

"그렇죠. 할아버지는 건장하거든요. 우리 집안 사람들은 몸이 다 좋아요."

"그런 것 같군." 하고 나는 말했다. 나도 꽤 튼튼한 편이라고 자부하는데, 그들은 못 당할 것 같다.

"가요. 할아버지가 안에서 기다려요. 당신에게 하고 싶은 얘기가 많대요."

"나 역시." 하고 나는 말했다.

나는 배낭을 다시 둘러메고, 그녀를 따라 제단이 있는 쪽을 향했다. 그러나 말이 제단이지, 사실은 암벽에 둥그런 동굴이 옆으로 뚫려 있을 뿐이었다. 동굴 안은 넓은 방처럼 생겼고, 움푹 파인 벽에 가스봄베식 램프가 놓여 있고, 흐릿한 노란색 빛이 안을 비추고 있었다. 울퉁불퉁한 바위벽이 기묘한 모양의 그림자를 무수히 만들어 내고 있다. 박사는 램프 옆에 담요로 몸을 감고 앉아 있었다. 얼굴 절반이 어둡게 그늘져 있다. 빛의 각도 때문에 눈이 퀭하게 들어간 듯 보였지만, 실제로는 건강 그 자체라고 해도 좋을 정도였다.

"여, 하마터면 큰일 날 뻔했다지." 박사는 반가운 듯이 내게 말했다. "물이 나온다는 건 나도 잘 알고 있었지만, 조금 더 빨리 올 줄 알고 별 신경을 쓰지 않았는데 말이야."

"제가 길을 헤맸어요, 할아버지." 오통통한 손녀딸이 말했다. "그래서 이 사람을 만나는 시간이 꼬박 하루 가까이 늦었어요."

"됐어, 괜찮아. 이제 어느 쪽이든 상관없는 일이야." 박사가 말했다. "지금은 시간이 걸렸든 안 걸렸든 마찬가지야."

"대체 뭐가 어떻게 마찬가지라는 거죠?" 나는 질문했다.

"아, 그렇게 복잡한 얘기는 나중에 하고, 일단 거기 좀 앉아요. 우선 그 목에 들러붙은 거머리를 떼어 냅시다. 가만히 내버려 두면 상처 자국이 생기니까."

나는 박사에게서 조금 떨어진 곳에 앉았다. 손녀딸이 내 옆에 앉아 주머니에서 성냥을 꺼내 불을 붙여서, 내 목덜미에 딱 들러붙은 거대한 거머리를 태워 떨어뜨렸다. 거머리는 피를 듬뿍 빨아먹어 와인 병의 코르크 마개만 한 크기로 부풀어 있었다. 성냥불을 갖다 대자, 치직 하는 눅진한 소리가 났다. 지면에 떨어져 잠시 꿈틀거리고 있는 거머리를 그녀가 조깅화 바닥으로 짓뭉갰다. 피부에는 불에 덴 자리처럼 일그러진 아픔이 남았다. 목을 한껏 왼쪽으로 비틀자 너무 익은 토마토의 껍질처럼 피부가 툭 터져 버릴 듯한 느낌이 들었다. 이런 생활을 계속했다가는 일주일도 채 못 가 온몸이 부상의 샘플처럼 돼 버릴 것이다. 약국 앞에 붙어 있는 무좀 사례 사진처럼 멋진 컬러 도판으로 만들어 모두에게 배부한다. 배에는 찔린 상처, 머리에는 혹, 목덜미에는 거머리에게 피를 빨린 명 — 거기에 발기부전을 넣는 것도 좋겠다. 그러는 편이 훨씬 박력 있다.

"자네, 뭐 먹을 걸 좀 갖고 있나?" 박사가 내게 물었다. "급하게 서둘다 보니 식량을 충분히 챙겨 나올 겨를이 없어서, 어제부터 초콜릿밖에 먹지 못했어."

나는 백팩을 열어 통조림 몇 개와 빵과 물통을 꺼내고, 캔 따개와 함께 박사에게 건넸다. 박사는 우선 물통의 물을 맛나게 마시고, 와인의 생산연도를 살피듯 통조림을 하나하나 꼼꼼하게 점검했다. 그리고 복숭아 통조림과 콘비프 캔을 땄다.

"자네들도 하나 어떤가?" 박사가 우리에게 물었다. 우리는 괜찮다고 대답했다. 이런 때, 이런 곳에서 식욕이 돋을 리 없다.

박사는 빵을 뜯어 거기에 콘비프 덩어리를 올려놓고, 정말 맛있다는 듯이 오물오물 먹었다. 그리고 복숭아 조각을 몇 개 먹고, 캔에 입을 대고 시럽을 쭉 마셨다. 그동안 나는 위스키 병을 꺼내 두세 모금 마셨다. 위스키 덕분에 몸 각 부분의 아픔이 한결 덜해졌다. 통증이 감소된 건 아니지만, 알코올이 신경을 마비시켜 그 아픔이 나 자신과는 직접 관계없는 일종의 독립된 생명체인 것처럼 느껴지는 것이다.

"이야, 이제 좀 살 것 같군." 박사가 내게 말했다. "평소에는 여기에 이삼 일은 불편 없이 지낼 수 있게 비상용 식량을 준비해 놓는데, 이번에는 어쩌다 방심하고 보충해 두지 않았어.

내가 생각해도 참 한심하군. 안일한 나날에 길들면 어쩔 수 없이 경계심이 산만해져요. 좋은 교훈입니다. 유비무환이라는 말이 있는데, 옛날 사람들이 참 좋은 말을 했어.”

박사는 잠시 혼자서 헛헛 하고 웃었다.

“이제 식사도 했으니.” 하고 나는 말을 꺼냈다. “슬슬 본론에 들어가시죠. 우선 처음부터 순서대로 얘기해 주셨으면 합니다. 대체 박사님이 뭘 하려고 한 건지, 뭘 했는지, 그 결과 어떻게 되었는지. 나는 뭘 하면 되는지. 전부요.”

“상당히 전문적인 얘기가 될 텐데.” 박사가 의심스럽다는 듯이 말했다.

“전문적인 부분은 풀어서 알기 쉽게, 간단히 해 주세요. 대략적인 윤곽과 구체적인 대책을 알면 충분합니다.”

“전부 얘기하고 나면, 자네가 내게 화를 내지 않을까 싶어서, 그래서 좀…….”

“화내지 않습니다.” 나는 말했다. 지금 와서 화를 낸다고 뭐가 어떻게 되는 것도 아니다.

“우선은 자네에게 사과를 해야겠지.” 하고 박사가 말했다. “연구를 위해서라고는 하나, 자네를 속이고 이용한 것도 모자라 궁지에 몰아넣기까지 했으니 말이야. 그 점에 대해서는 나도 깊이 반성하고 있어요. 빈말이 아니라, 진심으로 미안하게 생각해요. 그러나 말이지, 내가 하던 연구는, 그게, 전례가 없을 만큼 중요하고 귀중한 것이었어. 이거 하나는 이해해 줬으면 해요. 과학자란 지(知)의 광맥 앞에 서면, 그 외의 상황은 안중에도 없어지는 경향이 있어요. 뭐, 그래서 과학이 끊임없는 발전을 일궈 온 것이기도 하지만. 과학이란 극단적으로 말하면, 그 순수성 때문에 증식하는 것이어서…… 음, 플라톤을 읽으신 적이 있는가?"

"거의 없습니다." 나는 대답했다. "아무튼 얘기의 요점으로 옮겨 가시죠. 과학을 연구하는 목적의 순수성에 대해서는 잘 알겠습니다."

"이거 미안하군. 나는 그저 과학의 순수성이란 것이 때로 수많은 사람에게 상처를 주는 경우도 있다는 말을 하고 싶었어요. 그 점은 모든 순수한 자연 현상이 때로 사람에게 피해를 주는 것과 마찬가지지. 화산의 분화로 도시가 묻히고, 홍수에 사람이 떠내려가고, 지진으로 지표의 모든 것이 무너지는 것처럼 말이야. 그래서 그런 자연 현상이 악인가 하면……."

"할아버지." 통통한 손녀딸이 옆에서 끼어들었다. "좀 서둘러야지, 늦겠어요."

"그래 그래, 네 말이 맞다." 하면서 박사는 그녀 손을 잡고 톡톡 두드렸다. "그런데, 아, 어디서부터 얘기하면 좋으려나? 내가 상황을 순서대로 파악하는 게 좀 서툴러서, 뭘 어떻게 얘기하면 좋을지 모르겠군."

"박사님은 제게 숫자를 주고 셔플링을 하라고 했습니다. 거기에 어떤 의미가 있는 것이죠?"

"그걸 설명하려면 얘기가 3년 전으로 거슬러 올라가야 하는데."

"그렇게 하시죠." 하고 나는 말했다.

"나는 그 당시에 '조직'의 연구소에서 일하고 있었어요. 정식 연구원은 아니고, 말하자면 개인적인 별동대 같은 것이었지. 내 밑에 네다섯 명 스태프가 있고, 훌륭한 시설이 주어지고, 돈도 마음대로 사용할 수 있었어. 난 돈 따위는 전혀 개의치 않고, 또 사람 밑에서 부림을 당하는 건 딱 질색인데, 그래도 '조직'이 연구용으로 제공해 주는 풍부한 실험 재료는 다른 곳에서는 구할 수 없었고, 무엇보다 그 연구의 성과를 실천에 옮길 수 있다는 게 더할 나위 없는 매력이었어요.

그 무렵에 '조직'은 상당히 위기에 처해 있었지. 정보 보호를 위해 그들이 개발한 다양한 방식의 데이터 스크램블 시스템을 기호사들이 거의 해독하다시피 했거든. '조직'이 그 방법을 복잡하게 하면 기호사들은 보다 복잡한 방법으로 그걸 해독했어. 계속 그 반복이었지. 마치 담쌓기 경쟁처럼 말이야. 한쪽 집이 높은 담을 쌓으면, 옆집에서도 질세라 더 높은 담을 쌓는 거예요. 그러다 벽이 너무 높아진 나머지 실용성을 잃게 되었는데도 어느 한쪽도 물러날 수는 없어. 왜냐, 물러나면 지게 되기 때문이지. 지면 진 쪽의 존재 가치는 없어져. 그래서 '조직'은 전혀 새로운 원리에 입각한 단순하면서도 해독이 불가능한 데이터 스크램블 시스템을 개발하기로 했어요. 그래서 내가 그 개발팀의 수장으로 초대받게 된 거지.

그들은 더없이 옳은 선택을 한 거였어. 왜냐, 그 당시 나는 — 물론 지금도 그렇지만 — 대뇌 생리학 분야에서는 가장 유능하고 가장 의욕적인 과학자였으니까. 연구 논문을 발표하고 학술회의에서 강연이나 하는 멍청한 짓을 하지 않았으니 학회에서야 시종일관 무시당했지만, 뇌에 대한 지식의 깊이에서는 나를 따라올 자가 단 한 명도 없었어. '조직'은 그걸 알고 있었지. 그래서 나를 적임자로 선택한 거예요. 그들은 발상의 완전한 전환을 원했어. 기존의 방식을 더 복잡하고 세련되게 보완하는 게 아니라, 근본적이고 과감한 전환이었지. 그리고 그런 작업은 대학 연구실에서 아침부터 밤까지 구질구질한 논문 따위를 쓰느라 쫓기고 월급이나 계산하는 학자는 할 수 없는 것이었어요. 정말 독창적인 과학자는 자유인이어야 하지."

"그런데 '조직'에 들어가게 되어, 그 자유인의 입장을 버린 거군요." 나는 물어보았다.

"그래요. 맞는 말이야." 박사가 말했다. "자네 말이 옳아요. 그 일에 대해서는 나 나름으로 반성하고 있어요. 후회는 하지 않지만 반성은 하고 있어요. 그리고 이건 변명이 아니라, 나는 내 이론을 실천에 옮길 수 있는 장이 필요했어. 그때 내 머릿속에는 이미 이론이 거의 완벽하게 정립되어 있었는데, 그걸 실질적으로 확인할 방법이 없었어. 바로 그 점이 대뇌 생리학 연구의 곤란한 지점이지. 다른 생리학처럼 동물을 사용해서 실험할수 없으니 말이야. 왜냐, 원숭이 뇌는 인간의 심층 심리나 기억에 대응할 수 있을 만큼 복잡한 기능을 갖추고 있지 않아요."

"그래서 박사님은." 하고 나는 말했다. "우리를 인체 실험에 사용한 거군요."

"그렇게 성급하게 결론 내리지 않았으면 좋겠군. 우선 내 이론을 간단히 설명하지. 암호에 대한 일반론이 있어요. 즉 '해독할 수 없는 암호는 없다.'라는 것인데. 물론 옳은 말이야. 왜냐하면, 암호란 것은 어떤 유의 원칙에 따라 성립된 것이기 때문이지. 원칙이란 그게 아무리 복잡하고 정교하든, 궁극적으로는 많은 사람들이 이해할 수 있는 정신적 공통항 같은 것이에요. 따라서 그 원칙을 이해할 수 있으면 암호도 풀 수 있지. 암호 중에서 가장 신뢰성이 높은 것이 북 투 북 — 암호를 주고받는 두 사람이 동일한 판본의 책을 지니고 그 페이지 수와 행으로 단어를 정하는 시스템 — 인데, 이 방법도 책이 발견되어 버리면 끝이지. 게다가 늘 그 책을 가까이에 두어야 하니 위험하기도 하고.

그래서 나는 생각했어. 완벽한 암호는 딱 한 가지밖에 없다고 말이야. 바로 아무도 이해할 수 없는 시스템으로 스크램블하는 것. 다시 말해서 완벽한 블랙박스를 통해 정보를 스크램블하고, 그걸 처리해서 다시 똑같은 블랙박스를 통해 역스크램블을 하는 거야. 그리고 그 블랙박스의 내용과 원리를 본인조차 모르게 하는 것. 사용할 수는 있지만, 그게 어떤 것인지는 모르게 한다는 말이에요. 본인도 모르는데, 타인이 힘으로 그 정보를 빼낼 수는 없지. 어때요, 완벽하지 않은가?”

“그러니까 그 블랙박스가 인간의 심층 심리라는 말이죠.”

“그래요, 그래. 좀 더 설명을 하자면, 이런 것이야. 인간 한 명 한 명은 각자의 원리에 입각해서 행동하지. 누구 하나 똑같은 인간은 없어요. 요컨대 아이덴티티의 문제라고 할 수 있겠군. 아이덴티티란 무엇인가? 한 인간이 체험한 기억의 집적에 의해 형성된 사고 시스템의 독자성이라고 할 수 있지. 더 간단하게 마음이라고 해도 좋아요. 인간의 마음은 저마다 다 달라요. 그러나 인간은 자신의 사고 시스템을 거의 파악하고 있지 않아. 나도 그렇고, 자네도 그렇고. 우리가 정확하게 파악하고 있는 — 또는 파악하고 있다고 추정되는 부분은 전체의 15분의 1에서 20분의 1 정도에 지나지 않아요. 그래서야 빙산의 일각이라고도 할 수 없지. 간단한 질문을 하나 해 보도록 하지. 자네는 강단이 있나, 아니면 겁이 많은가?"

"모르겠는데요." 나는 솔직하게 대답했다. "어떤 때는 강단이 있고, 또 어떤 때는 겁이 많기도 한데요. 한마디로 딱 잘라 말할 수 없습니다."

"맞아요. 사고 시스템이란 그야말로 그런 것이야. 한마디로 할 수 없어. 상황이나 대상에 따라 자네는 강단이 있거나 겁이 많은 두 가지 양극 중에서 어느 하나를 거의 순간적으로 자연스럽게 선택하는 것이야. 그렇게 세밀한 프로그램이 이미 자네 안에 있는 것이지. 그러나 그 프로그램의 자세한 내역과 내용에 대해서 자네는 거의 아무것도 몰라. 알 필요가 없거든. 그걸 몰라도, 자네는 자네 자신으로 기능할 수 있어. 이거야말로 블랙박스 아닌가. 다시 말해서 우리의 머릿속에는 인류가 아직 발을 내딛지 않은 거대한 코끼리 무덤 같은 것이 묻혀 있는 셈이지. 대우주를 제외하면 인류 최후의 미지의 대지라 할 수 있지 않겠나.

아니지, 코끼리 무덤이라는 표현은 좋지 않군. 왜냐, 그곳은 죽은 기억의 집적장이 아니기 때문이야. 정확하게는 코끼리 공장이라고 해야 가깝겠어. 그곳에서는 무수한 기억과 인식의 칩이 선별되고, 선별된 칩이 복잡하게 얽혀서 라인을 만들고, 그 라인이 또 복잡하게 얽혀서 번들을 만들고, 그 번들이 시스템을 만들고 있어. 정말 '공장'이지 않은가. 그곳은 생산을 하고 있어요. 공장장은 물론 자네지만, 안타깝게도 자네는 그 곳을 방문할 수 없어. 앨리스의 이상한 나라처럼, 그곳에 숨어들려면 특별한 약이 필요하지. 루이스 캐럴의 그 이야기는 참 잘 만들어졌어요."

"그리고 그 코끼리 공장에서 떨어지는 지령에 따라 우리의 행동 양식이 결정된다는 말이군요."

"그래요." 하고 노인이 말했다. "그러니까……."

"잠깐만요." 나는 노인의 말을 막았다. "먼저 질문할 게 있습니다."

"그래요, 어서 해 봐요."

"얘기의 맥락은 알겠습니다. 그런데 말이죠, 현실적으로 행동 양식을 표층적 행위의 결정까지 확대할 수는 없잖아요. 예를 들어서 아침에 일어나 빵과 함께 우유를 마실 것이냐 커피를 마실 것이냐 홍차를 마실 것이냐, 그건 기분에 따른 것 아닐까요?"

"옳은 지적이에요." 하면서 박사는 고개를 깊이 끄덕였다. "또 한 가지 문제는 인간의 그 심층 심리가 늘 변화한다는 것이지. 비유하자면, 매일 개정판이 나오는 백과사전 같은 것이에요. 인간의 사고 시스템을 안정시키려면 이 두 가지 문제를 해결할 필요가 있어요."

"문제요?" 나는 말했다. "그게 왜 문제죠? 인간의 아주 자연스러운 행위잖아요."

"아아." 박사가 진정하라는 투로 말했다. "이 문제를 계속해

따지고 들면 신학적인 문제가 돼요. 결정론이라고 하나, 뭐 그런 거 말이지. 인간의 행위는 신에 의해 미리 결정되어 있는 것인가, 혹은 하나부터 열까지 자발적인 것인가. 물론 근대 이후의 과학은 인간의 생리적 자발성에 중점을 두고 진행되어 왔어요. 그런데 말이지, 자발성이란 무엇이냐, 그렇게 물으면 아무도 대답을 잘 못해. 우리 안에 있는 코끼리 공장의 비밀을 아무도 파악하고 있지 않기 때문이지. 프로이트와 융이 다양한 추론을 발표했지만, 그건 어디까지나 그 코끼리 공장에 대해 얘기할 수 있는 술어를 발명한 것에 지나지 않아요. 편리해졌지만, 그래서 인간의 자발성이 확립되었느냐 하면, 절대 그렇지 않아요. 내가 보기에는 심리 과학에 스콜라 철학적 색채를 입혔을 뿐이거든."

박사는 그렇게 말하고는 또 후웃헛 하고 한차례 웃었다. 나와 손녀딸은 그의 웃음이 그치기를 얌전히 기다렸다.

"나는 현실적으로 생각하는 사람이에요." 박사가 말을 계속했다. "옛날 말로 하면, 신의 것은 신에게, 카이사르의 것은 카이사르에게, 뭐 그런 거지. 형이상학이란 어차피 기호적 잡담에 지나지 않아요. 그런 것에 정신을 팔기 전에, 한정된 장소에서 반드시 해야 할 것이 산더미처럼 많아요. 예를 들어, 이 블랙박스 문제도 있잖나. 블랙박스는 블랙박스인 채로 그냥 내버려 두면 돼요. 그리고 그 블랙박스의 성질을 이용하면 되는 것이야. 단 —." 하고서 박사는 손가락을 하나 세웠다. "단 — 아까 말한 두 가지 문제는 꼭 해결해야 해요. 한 가지는 표층적 행위 레벨에서의 우연성, 또 하나는 새로운 체험의 증가에 따른 블랙박스의 변화. 그런데 이게 그렇게 쉽게 해결될 문제는 아니야. 왜냐하면, 조금 전에 자네도 말했다시피, 그건 인간으로서 당연한 행위이기 때문이지. 사람은 살아 있는 한 어떤 체험을 하게 되어 있고, 그 체험은 1분 1초마다 몸 안에 쌓이는 법인데, 그걸 하지 말라는 것은 그 사람에게 죽으라는 말과 똑같은 거예요.

그래서 나는 한 가지 가설을 세웠지. 어느 순간, 그 시점의 블랙박스를 인간에게 고정해 버리면 어떨까 하고 말이야. 그 후에 변화하는 건 상관없어요. 그러나 그 변화하는 블랙박스와는 별도로, 그 시점의 블랙박스는 단단히 고정되어, 불러내면 그 형태가 고스란히 나오지 않을까 한 거야. 순간 냉동이라고 보면 될까."

"아니, 잠시만요." 하고 나는 말했다. "그 말은 한 인간에게 두 종류의 서로 다른 사고 시스템을 내장한다는 거잖아요."

"그렇지, 그렇지." 노인이 말했다. "바로 그거예요. 자네, 이해가 참 빠르군. 내 안목이 옳았어. 옳은 말이에요. 사고 시스템 A는 늘 변함없이 유지돼. 그런데 다른 한편에서는 A', A'', A'''…… 하는 식으로 끊임없이 변화하는 거야. 이건 바지 오른쪽 주머니에는 바늘이 멈춘 시계를 넣고, 왼쪽 주머니에는 바늘이 움직이는 시계를 넣는 것과 똑같은 이치야. 필요에 따라 언제든 어느 쪽을 꺼낼 수 있지. 이렇게 해서 한 가지 문제는 해결돼요.

똑같은 원리로 다른 한 가지 문제도 해결할 수 있지. 오리지널 사고 시스템 A의 표층 레벨에서의 선택성을 걷어 내면 되는 일이야. 이해하겠나?"

모르겠다고 나는 말했다.

"요컨대 치과 의사가 에나멜질을 깎아 내는 것처럼 표층을 깎아 내는 것이지. 그리고 필연성이 있는 주요 팩터, 즉 의식의 핵만 남기는 것이야. 그렇게 하면 오차가 거의 발생하지 않아요. 그리고 그 표층을 깎아 낸 사고 시스템을 냉동해서 우물 속에 던지는 것이지. 풍덩, 하고 말이야. 이게 셔플링 방식의 원형이에요. 내가 '조직'에 들어가기 전에 세운 이론은 대략 이런 것이었어."

"뇌수술을 한다는 말이죠?"

"뇌수술은 필요하지." 박사가 말했다. "연구가 좀 더 진척되면, 수술할 필요도 아마 없어질 거야. 일종의 최면술 같은 외부 조작으로 그런 상태를 만드는 게 가능해지겠지. 그러나 현단계에서는 그렇지 못해요. 뇌에 전기적 자극을 주는 방법밖에 없지. 즉 뇌 회로의 흐름을 인위적으로 바꾸는 것이에요. 이 방법은 딱히 특별한 것도 아니야. 현재도 정신성 간질 환자에게 시술되는 정위 뇌수술을 약간 응용한 것에 지나지 않으니까 말이지. 그렇게 해서 뇌의 뒤틀림으로 발생되는 방전을 상쇄하는 셈인데…… 전문적인 설명은 생략해도 되겠나?"

"그러세요." 하고 나는 말했다. "요점만 얘기해 주시면 됩니다."

"요컨대 뇌파의 흐름에 정크션을 설치하는 셈이야. 분기점이지. 그 옆에 전극과 소형 전지를 심고. 그리고 특정한 신호로 찰칵찰칵 그 정크션이 전환되도록 하는 것이지."

"그렇다면 내 머리 속에도 그런 전지와 전극이 심겨 있다는 거군요."

"물론."

"어이가 없군."

"아니지, 그건 자네가 생각하는 만큼 무서운 일도 특수한 일도 아니야. 크기도 팥알만 하고. 그 정도 물체를 몸에 심고 다니는 사람은 세상에 얼마든지 있어요. 그리고 또 한 가지 얘기해야 할 것은 오리지널 사고 시스템, 즉 바늘이 멈춘 시계 쪽의 회로는 블라인드 회로라는 점이지. 그 회로에 들어가면, 자네는 자기 사고의 흐름을 전혀 인식할 수 없어요. 다시 말해서 그동안에 자네는 자기가 무슨 생각을 하고 뭘 했는지 전혀 알지 못해. 그래야 하지 않겠나. 안 그러면 자네 스스로 그 사고 시스템을 개조할 우려가 있으니 말이야."

"그리고, 그 표층을 깎아 낸 의식의 순수한 핵의 조사 문제도 있지 않나요? 수술을 받은 후에 박사님 스태프 중 한 사람에게 그런 얘기를 들었습니다. 그 조사가 인간의 뇌에 강렬한 영향을 미칠 수도 있다고요."

"그렇군. 그 문제도 있군. 그러나 그 점에 대해서는 확정된 견해가 있는 건 아니었어. 그 시점에는 한 가지 추론에 불과했어요. 실험해 본 것도 아니고, 그저 그런 일도 있을지 모른다 하는 정도였지.

아까 자네는 인체 실험 얘기를 했는데, 솔직히 말해서 우리는 실제로 몇 번 인체 실험을 했어요. 귀중한 인재인 자네들 계산사를 위험에 빠트릴 수는 없으니까 말이지. '조직'이 적당한 인물을 열 명 정도 찾아서, 우리는 그 사람들을 수술하고 그 결과를 지켜보았어요."

"어떤 사람들이었나요?"

"그건 우리에게는 가르쳐 주지 않았어. 아무튼 열 명의 젊고 건강한 남자들이었지. 정신적인 병력이 없고 IQ는 120 이상, 그게 조건이었어. 어떤 사람들을 어떤 식으로 데려왔는지, 그건 우리는 몰라요. 결과는, 뭐 그런대로 괜찮았어요. 열 명 중에 일곱 명까지는 정크션이 정상적으로 작동했으니까. 세 명은 제대로 기능하지 않아서 사고 시스템이 어느 한쪽으로 쏠리거나 혼합되고 말았지. 그러나 일곱 명은 괜찮았어."

"혼합된 사람들은 어떻게 되었죠?"

"그야 물론 원래대로 되돌려 놓았지. 탈은 없어요. 그런데 나머지 일곱 명의 훈련을 진행하는 사이에 몇 가지 문제점이 드러났어요. 한 가지는 기술적인 문제이고, 다른 한 가지는 피험자 측의 문제였지. 우선 정크션을 전환하는 콜 사인이 혼란스럽다는 점이었어요. 우리는 처음에 임의의 다섯 자릿수를 콜 사인으로 사용했는데, 어떻게 된 일인지 몇 명이 천연 포도 주스 냄새에 정크션이 전환되는 사태가 벌어졌어요. 점심 식사에 포도 주스가 나왔을 때, 판명되었지."

오통통한 손녀딸이 옆에서 키들키들 웃었지만, 나로서는 웃을 일이 아니었다. 나 역시 셔플링 처치를 받은 후, 갖가지 냄새가 신경이 쓰여 견딜 수 없었기 때문이다. 가령 그녀 향수의 멜론 냄새를 맡으면 내 머릿속에서 소리가 들리는 것처럼 느껴지는 것도 그 하나다. 무슨 냄새를 맡을 때마다 사고 시스템이 전환된다면 골치가 아프지 않을 수 없다.

"그 문제는 숫자 사이에 특수한 음파를 끼워 넣어 해결했어요. 어떤 유의 후각 반응이 콜 사인으로 야기되는 반응과 아주 흡사했던 것이지. 또 한 가지는 사람에 따라 정크션이 전환되어도 오리지널 사고 시스템이 정상적으로 작동하지 않는 경우가 있다는 사실이었는데, 이건 여러 가지로 조사해 본 결과, 피험자의 원래 사고 시스템에 문제가 있다고 밝혀졌지. 피험자의 의식의 핵 자체가 질적으로 불안정하고 희박했던 거예요. 건강하고 정상적인 지력도 있으나, 정신적인 아이덴티티가 확립되어 있지 않았던 것이지. 또 반대로 자신을 통제하는 힘이 부족한 예도 있었어요. 아이덴티티 자체는 충분히 확립되어 있어도 질서 정연하지 않으면 쓸모가 없어요. 요컨대 누구라도 수술만 받으면 셔플링을 할 수 있는 게 아니라, 역시 적성이 있다는 게 명백해진 것이지.

그렇다 보니 결국 세 명이 남았어요. 그 세 명은 지정된 콜 사인에 정크션이 정확하게 전환되었고, 동결된 오리지널 사고 시스템을 사용해서 유효하고 안정된 기능을 수행했지. 그리고 한 달 동안 그들을 통해 실험을 계속하고야 허가가 떨어진 게야."

"그다음에 우리가 셔플링 처치를 받은 거군요?"

"그래요. 우리는 오백 명에 가까운 계산사 중에서 시험과 면접을 반복해, 정신적인 독자성이 명확하고, 자기 행동과 감정을 통제할 수 있는 타입의 건강하고 정신적 병력이 없는 남자를 스물여섯 명 선별했어요. 시간도 오래 걸리고 수고스러운 작업이었지. 시험과 면접만으로는 알 수 없는 부분도 있으니까 말이야. 그리고 '조직'은 그 스물여섯 한 명 한 명에 대해서 상세한 자료를 작성했어요. 성장 과정, 학교 성적, 가족, 성

생활, 음주량…… 아무튼 모든 점에 대해서. 자네들은 갓 태어난 아기처럼 아주 탈탈 털린 셈이었지. 그래서 나도 자네에 대해 내 일처럼 잘 알고 있어요."

"한 가지 이해할 수 없는 점이 있는데요." 하고 나는 말했다. "내가 듣기로는 우리의 의식의 핵, 즉 블랙박스가 '조직'의 라이브러리에 보관되어 있다고 하던데요. 그게 어떻게 가능하죠?"

"우리는 자네들의 사고 시스템을 철저하게 추적했어요. 그리고 그것의 시뮬레이션을 만들어 메인 뱅크에 보존하기로 했지. 그렇게 해 놓지 않으면, 만에 하나 자네들 신변에 무슨 일이 생겼을 때 옴짝달싹할 수 없으니 말이지. 보험 같은 것이에요."

"그 시뮬레이션은 완전한가요?"

"그야 완전하다고는 할 수 없지만, 표층 부분이 유효하게 삭제된 만큼 추적은 한결 편해졌으니 기능적으로는 상당히 완전함에 가깝다고 할 수 있겠지. 좀 더 자세하게 말하면, 그 시뮬레이션은 세 종류의 평면 좌표와 홀로그래프로 구성되어 있어요. 종래의 컴퓨터로는 물론 이런 일이 불가능했지만, 지금의 새로운 컴퓨터는 그 자체가 상당히 코끼리 공장적인 기능을 포함하고 있어서 의식의 복잡한 구조에 대응할 수 있는 것이지. 요컨대 매핑의 고정성 문제인데, 이건 얘기가 길어지니까 그만두지. 아주 간단하고 알기 쉽게 설명하면 추적 방법은 이래요. 우선 컴퓨터에 자네 의식의 방전 패턴을 몇 가지 저장하는 거야. 패턴은 그때그때에 따라 미묘하게 어긋나지. 라인 안의 칩이 재조정되고, 번들 안의 라인 역시 그렇게 되기 때문인데. 그 재조정 중에는 계측상 무의미한 것도 있거니와 의미 있는 것도 있어요. 컴퓨터가 그걸 판단하지. 무의미한 것은 배제하고, 의미 있는 것은 기본적인 패턴으로 기록하면서 말이야. 그걸 수도 없이 여러 번, 백만 번 단위로 반복하는 거야. 플라스틱 페이퍼를 겹겹이 쌓는 것처럼. 그리고 더 이상 오차가 발생하지 않는다는 게 확인되면, 그 패턴을 블랙박스로 저장하는 것이지."

"뇌를 재현한 건가요?"

"그건 아니지. 뇌라는 것은 재현할 수 없어요. 나는 자네의 의식 시스템을 현상 수준으로 고정했을 뿐이야. 그것도 정해진 시간성 안에서 말이지. 시간성이라는 것에 대해 뇌가 발휘하는 유연함은 속수무책이야. 그러나 내가 한 것이 그게 전부는 아니에요. 나는 그 블랙박스를 영상화하는 데 성공했어요."

박사는 그렇게 말하고, 나와 오통통한 자신의 손녀딸을 번갈아 보았다.

"의식의 핵을 영상화했단 말이지. 지금까지 그런 일은 누구도 한 적이 없어요. 불가능했기 때문이지. 그런데 내가 가능하게 했어. 어떻게 했다고 생각하나?"

"모르겠습니다."

"피험자에게 어떤 물체를 보이고, 그 시각에 의해 생겨난 뇌의 전기적 반응을 분석해서 그 결과를 숫자로 전환하고, 다시 도트로 전환해요. 처음에는 아주 단순한 도형으로밖에 표현되지 않는데, 계속해서 보정하고 세부를 덧붙이다 보면, 피험자가 본 것과 똑같은 영상을 컴퓨터 모니터에 그려 내요. 사실 이렇게 말로 하는 것만큼 간단한 작업은 아니야. 시간과 노력이 엄청나게 들지만, 간단히 말하면 그런 거예요. 그렇게 수도 없이 반복하는 사이에, 컴퓨터가 패턴을 인식해 뇌의 전기적 반응에서 자동적으로 영상을 그려 내게 되는 것이지. 컴퓨터라는 것은 실로 사랑스러운 도구야. 이쪽이 일관된 지시를 내리는 한, 반드시 일관된 일을 해 주거든.

그다음, 패턴이 저장된 컴퓨터 안에 드디어 블랙박스를 넣어 봤어. 그랬더니 의식의 핵의 모습이 실로 멋들어지게 영상화되지 뭔가. 그러나 물론 그 영상은 아주 단편적이고 뒤죽박죽이라, 그 상태로는 아무런 의미가 없었어요. 그래서 편집 작업이 필요했지. 그래요, 그야말로 영화의 편집 작업이었어. 이미지의 집적을 자르고, 잇고, 어떤 장면은 제거하고, 여러 장면을 이어 붙이기도 하고. 그렇게 해서 줄거리가 있는 하나의 스토리로 재편성된 거지."

"스토리?"

"그렇게 신기한 일은 아니야." 박사가 말했다. "뛰어난 음악가는 의식을 소리로 환치하고, 화가는 색과 형태로 환치하지. 그리고 소설가는 스토리로 환치하지 않나. 그와 똑같은 이치야. 물론 전환을 해야 하니까 정확한 추적은 아니지만, 의식의 대략적인 양상을 이해하는 데는 더없이 편리해요. 아무리 정확해도 혼란스러운 이미지의 나열만 바라보고 있어서야 좀처럼 전체의 양상을 파악할 수 없으니 말이지. 그리고 또 그 비주얼판을 사용해서 뭘 하려는 건 아니니까, 일일이 다 정확할 필요도 없어. 이 비주얼화는 어디까지나 나의 개인적인 취미로 한 거야."

"취미?"

"내가 전에, 전쟁이 발발하기 전의 일이지만, 영화 편집 조수 같은 일을 한 적이 있어서 말이지, 그래서 그런 작업을 아주 잘해요. 요컨대 혼돈에 질서를 부여하는 작업 말이야. 그래서 나는 다른 스태프에게 시키지 않고 내 연구실에 틀어박혀 혼자 그 작업을 계속했어. 내가 뭘 했는지는 아무도 모를 거야. 그리고 그 비주얼화한 데이터를 몰래 집으로 가져왔지. 나의 재산이야."

"스물여섯 명의 의식을 전부 영상화한 겁니까?"

"그래요. 일단은 전부 했지. 그리고 그 하나하나에 제목을 붙이고, 그 제목은 또 각 블랙박스의 제목이 되었어. 자네는 '세계의 끝'이지?"

"그렇습니다. '세계의 끝'이에요. 왜 그런 제목인지, 늘 이상하게 생각했어요."

"그건 나중에 얘기하지." 박사가 말했다. "아무튼 내가 그 스물여섯 명의 의식을 영상화했다는 건 아무도 몰랐어. 나 또한 누구에게도 알리지 않았고. 나는 그 연구를 '조직'과는 무관하게 진행했어요. 나는 '조직'이 의뢰한 프로젝트를 성공리에 마쳤고, 내가 필요로 한 인체 실험도 다 끝냈지. 게다가 이 이상 타인의 이익을 위해 연구하는 것에도 진력이 났어요. 이제는 나 하고 싶은 대로, 이쪽저쪽 마음대로 손대는 자유로운 연구 생활로 돌아가고 싶었지. 나는 아무래도 한 가지 연구에만 집중하는 타입이 아니에요. 여러 가지 연구를 병행해서 진행하는 편이 성격에 맞아. 이쪽에서는 음향학, 저쪽에서는 골상학, 그리고 동시에 뇌의학 하는 식으로 말이지. 그런데 타인에게 부림을 당하는 처지에서는 그럴 수가 없질 않나. 그래서 나는 연구가 일단락된 시점에, 이제 내게 주어진 임무는 끝났고, 기술적인 작업만 남았으니 그만두고 싶다고 '조직'에 말했어. 그러나 그들은 좀처럼 허가해 주지 않았지. 왜냐하면 내가 그 프로젝트에 대해 너무 많은 것을 알고 있었거든. 그들은 지금 이 단계에서 내가 기호사들에게 포섭되면 셔플링 계획은 수포로 돌아갈지도 모른다고 생각했던 거야. 그들은 같은 편이 아니면 적으로 간주해요. 그들이 석 달을 기다려 달라고 부탁하더군. 연구소 안에서 하고 싶은 연구를 마음껏 계속해라, 일은 하지 않아도 된다, 특별 보너스도 지불하겠다, 하고 말이지. 석 달 사이에 기밀 유지 시스템을 완성할 테니, 그다음에 그만두라는 거였어. 나는 태생이 자유로운 사람이라 그런 식으로 내 몸을 속박하는 게 무척 불쾌했지만, 뭐 그렇게 나쁜 제안은 아니었어. 그래서 석 달 동안 거기에 남아 마음껏 하고 싶은 일을 하며 느긋하게 지내기로 했지.

그런데 한가롭다 보니 또 괜한 짓을 했지 뭔가. 피험자 — 즉, 자네들 말이야. — 의 뇌 정크션에 회로를 하나 더 추가하자는 생각을 했던 거야. 세 번째 사고 회로. 그러고는 그 회로에 내가 재편집한 의식의 핵을 집어넣었어."

"왜 또 그런 짓을 한 겁니까?"

"한 가지는 피험자에게 어떤 효과가 있는지 보고 싶어서였어. 타인이 질서를 부여해 다시 편집한 의식이 피험자 안에서 어떻게 기능하는지를 알고 싶었던 거지. 인류의 역사 속에서 그런 시도의 명확한 사례는 한 번도 없었으니 말이야. 또 한 가지는 ― 이건 물론 부수적인 동기지만 ― '조직'도 나를 자기들 좋을 대로 다루는데, 나 역시 내 멋대로 다뤄 주자고 생각한 거야. 그들이 모르는 기능을 하나쯤 만들고 싶었어."

"그깟 이유로." 나는 말했다. "당신은 우리 머릿속에 전기 기관차의 선로처럼 복잡한 회로를 몇 개나 집어넣었다는 말인가요?"

"그렇게 말하니 정말 면목이 없군. 실로 면목이 없어. 그러나 자네는 모를 거야. 과학자의 호기심이란 억제하기가 어려운 거예요. 나치에 협력한 생체학자들이 강제수용소에서 행한 수많은 생체 실험을 나 역시 증오해요. 그러나 마음속으로는 달리 생각하는 면도 있어요. 이왕 하는 거 왜 좀 더 노련하게 효과적으로 하지 못했나 하고 말이야. 생체를 대상으로 연구하는 과학자의 심중은 거의 다 비슷해요. 게다가 내가 한 일은 결코 생명에 위험을 초래하는 것은 아니야. 두 가지 있는 것에 한 가지를 더해 세 가지로 만들었을 뿐이니까. 회로의 흐름에 약간 변화를 주었을 뿐, 딱히 뇌에 부담이 증가하는 것은 아니에요. 똑같은 알파벳 카드를 사용해서 다른 단어를 만들었을 뿐이니까."

"그러나 셔플링 처치를 받은 모든 인간이 다 죽었습니다. 저만 빼고요. 그건 대체 왜입니까?"

"그건 나도 모르겠어요." 박사가 말했다. "자네 말대로 셔플링 처치를 받은 스물여섯 명의 계산사 중에서 스물다섯 명이 죽었어요. 판에 박은 것처럼 똑같은 방식으로 말이지. 침대에 들어가 잠들었는데, 아침에 죽어 있었어."

"그럼 저 또한." 하고 나는 말했다. "내일 그런 식으로 죽을지도 모르는 거군요."

"얘기가 그렇게 간단치 않아요." 담요 속에서 몸을 꼼지락거리면서 박사가 말했다. "그 스물다섯 명의 사망 시기는 약 반년 사이에 집중되어 있었어. 즉 처치를 받은 후 1년 2개월에서 1년 8개월 사이지. 그 스물다섯 명은 빠짐없이 그 시기에 죽었어요. 그런데 자네만 3년 3개월이 지난 지금까지 아무 탈 없이 셔플링을 계속하고 있어. 그렇다면, 자네만이 타인에게는 없는 특별한 자질이 있다고 생각하지 않을 수 없지."

"그 특별이라는 게, 어떤 의미의 특별입니까?"

"그렇게 급하게 굴 것 없어요. 자네, 셔플링 처치를 받은 후에 기묘한 증상에 시달린 적 없나? 예를 들어서 환청이나 환각, 실신 같은?"

"없습니다." 하고 나는 말했다. "환각도 없고, 환청도 없어요. 다만 어떤 냄새에 아주 민감해진 듯한 기분은 듭니다. 대개는 과일 냄새인 경우가 많은데."

"그건 모두에게 공통된 점이야. 특정한 과일 냄새가 정크션에 영향을 미치는 것이지. 왜 그런지 모르겠으나 아무튼 그래요. 그러나 그 결과 환각, 환청, 실신이 초래된 일은 없었다는 것이지?"

"네. 없습니다." 나는 대답했다.

"흐음." 하면서 박사는 잠시 생각에 잠겼다. "그 외에는?"

"이건 조금 전에 처음 깨달았는데, 숨겨진 기억이 돌아온다는 기분이 들 때가 있습니다. 지금까지는 단편 같은 것이어서 그다지 염두에 두지 않았는데, 아까는 선명하고 길게 계속되었어요. 원인은 압니다. 물소리에 유발되었어요. 하지만 환각은 아닙니다. 틀림없는 기억이에요. 그건 확실합니다."

"아니, 그렇지 않아." 박사는 딱 잘라 말했다. "자네는 기억이라고 느낄 수도 있지만, 그건 자네 자신이 만들어낸 인위적인 브리지야. 자네 자신의 아이덴티티와 내가 편집해서 집어넣은 의식 사이에는 당연히 오차가 있어요. 그래서 자네는 스스로의 존재를 정당화하기 위해 그 오차 위에 브리지를 놓으려 한 것이야."

"잘 모르겠군요. 지금까지 그런 일은 단 한 번도 없었습니다. 그런데 왜 지금 갑자기 생길 수 있는 것이죠?"

"내가 정크션을 전환해서 제3 회로를 해방시켰기 때문이지." 박사가 말했다. "그러나 아무튼, 얘기를 순서대로 이어 나가지. 그러지 않으면 얘기하기도 어렵고, 자네도 이해하기 어려울 게야."

나는 위스키 병을 꺼내 또 한 모금을 마셨다. 어째 상상했던 것 이상으로 끔찍한 얘기가 될 듯했다.

"처음에 여덟 명이 잇따라 죽었을 때, '조직'에서 나를 불러들였어. 사인을 규명하라고 말이야. 나로서는 더 이상 '조직'과 관계하고 싶지 않았지만, 내가 개발한 기술이기도 하고, 사람이 살고 죽는 문제이기도 해서 그냥 뒷짐 지고 있을 수는 없었어. 그래서 아무튼 상황을 보러 가기로 했어요. 그들은 내게 그 여덟 명이 죽은 경위와 뇌 해부 결과를 설명해 주었지. 아까도 말했지만, 여덟 명은 똑같은 방식으로 죽었고, 모두 사인은 알 수 없었어요. 몸에도 뇌에도 전혀 손상이 없었고, 모두 잠든 것처럼 고요히 숨을 거뒀지. 마치 안락사를 당한 것처럼 말이야. 얼굴에도 고뇌의 흔적은 전혀 없었어요."

"사인을 밝혀내지 못했나요?"

"그랬지. 그러나 물론 추론이나 가설은 세울 수 있어. 셔플링 처치를 받은 계산사가 여덟 명이나 줄줄이 죽었으니, 우연이라고는 볼 수 없지. 어떻게든 대책을 강구해야 했지. 그건 뭐가 어찌 되었든 과학자의 의무니까 말이야. 내 추론은 이런 것이었어. 즉 뇌에 세팅된 정크션의 기능이 헐거워지든 타 버렸든 소멸되었든 해서 사고 시스템이 혼탁해졌고, 그 에너지를 뇌 기능이 견뎌 내지 못한 게 아닐까? 또 정크션에 문제가 없다면, 의식의 핵을 단시간이든 해방하는 것 자체에 근본적인 문제가 있었던 게 아닐까? 그것은 인간의 뇌에 견디기 어려운 일이 아닐까?" 박사는 그렇게 말하고 목까지 담요를 끌어올린 채, 잠시 틈을 두었다. "이건 나의 추론이야. 확증은 없지만, 그러나 여러 전후 상황을 고려해 보면 그 두 가지 중 어느 쪽이, 또는 양쪽일지도 모르지만, 원인이라고 추측하는 것이 가장 타당하지 않을까 해, 나는."

"뇌를 해부했는데도 알 수 없었다는 말인가요?"

"뇌라는 것은 토스터와도 다르고, 세탁기와도 달라요. 코드와 스위치가 눈에 보이지 않거든. 눈에 보이지 않는 방전의 흐름을 바꿀 뿐이니까, 죽은 후에 그 정크션을 꺼내 검증할 수는 없어요. 살아 있는 뇌에 이상이 있다면 그건 알 수 있지만, 죽

은 뇌는 아무것도 알 수 없어요. 물론 손상된 부분이나 종양
이 있다면 알 수 있지만, 그것도 없었어요. 아주 깔끔했어요.

그래서 우리는 살아 있는 피험자 열 명 정도를 연구실로 불
러, 다시 점검했어요. 뇌파를 조사하고 사고 시스템을 전환해
서, 정크션이 제대로 작동하고 있는지를 조사했지. 면밀하게
면접을 해서 혹시 몸에 이상이 있거나 환청, 환각 증상이 있
는지도 확인했어요. 그러나 문제라 할 만한 것은 전혀 없었어.
모두가 건강하고, 셔플링 작업도 순조롭게 진행되고 있었지.
그래서 우리는 결국 죽은 사람들은 선천적으로 뇌에 무슨 결
함이 있어서 셔플링에 적합하지 않았던 것이라고 생각했어.
그게 어떤 결함인지는 모르지만 연구를 진행하는 과정에서
알아내고, 제2세대에 셔플링 처치를 하기 전에 해결하면 되는
문제라고 말이야.

그러나 결국 그게 잘못된 판단이었어. 왜냐하면 다시 한 달
만에 다섯 명이 죽고, 그중 세 명은 우리가 철저하게 점검한
피험자였으니까. 다시 점검해서 아무 문제가 없다고 판단된
사람들이 그 직후에 어이없이 죽은 것이지. 우리에게는 큰 충
격이었어. 원인을 모르는 채 스물여섯 명의 피험자 중 절반이
이미 죽어 버렸으니 말이야. 그렇다 보니 적합하고 부적합하
고의 문제가 아니라 더 근본적인 문제로 여기게 되었지. 즉 뇌
가 두 가지 사고 시스템을 전환해서 사용하는 건 애당초 불가
능한 일 아닌가 하고 말이야. 그래서 나는 '조직'에 프로젝트
의 동결을 제안했어. 살아남은 사람의 뇌에서 정크션을 제거
하고, 셔플링 작업도 중지하자고. 그러지 않으면 전원 사망이

라는 결과를 초래할 수도 있으니 말이지. 그러나 '조직'은 그럴 수 없다고 했어. 나의 제안은 거절당했어."

"왜죠?"

"셔플링 시스템은 아주 유효하게 작동하고 있는데, 지금 여기서 그 시스템을 전부 무효화하는 것은 현실적으로 불가능하다는 거였어. 그러면 '조직'의 기능이 마비되고 마니까. 그리고 전원이 죽는다고 정해진 것도 아니고, 만약 살아남는 사람이 있다면 그 사람을 유효한 샘플로 해서 다음 연구를 진행하면 될 것이라고 했지. 그래서 나는 물러난 거야."

"그리고 저 혼자 살아남았군요."

"그렇게 되었어."

나는 뒷머리를 암벽에 대고, 멍하니 천장을 바라보면서 손바닥으로 뺨에 돋은 수염을 비벼 보았다. 요전에 수염을 깎은 게 언제였는지 잘 기억나지 않았다. 아마 얼굴이 엉망일 것이다.

"그럼 왜 저는 죽지 않은 것이죠?"

"이것도 어디까지나 가설인데." 박사가 말했다. "가설에 가설을 쌓는 셈이로군. 그러나 그렇게 빗나간 가설은 아닐 게야. 내 감이 그래. 자네는 원래부터 복수의 사고 시스템을 사용하고 있었다고 보는 거지. 물론 무의식적으로 그랬을 거야. 자기도 모르게 무의식적으로 자신의 아이덴티티를 두 가지로 나눠 사용하고 있었던 거야. 좀 전에 했던 비유를 다시 들어 보자고. 바지의 오른쪽 주머니에 든 시계와 왼쪽 주머니에 든 시계 말이야. 애당초 자기만의 정크션이 있어서, 그래서 자네는 정신적인 면역이 되어 있었던 거지. 이게 내가 세운 가설이야."

"근거는 있나요?"

"물론 있지. 나는 얼마 전에, 두세 달 전의 일인데, 스물여섯 명의 사고 시스템, 즉 비주얼화한 블랙박스를 전부 다시 보았어. 그리고 어떤 사실 하나를 알게 되었지. 그건 자네 비주얼이 가장 정리가 잘되어 있고, 파탄도 없으며 맥락도 있다는 거였어. 한마디로 완벽했지. 그대로 소설이나 영화로 만들어도 충분히 통용될 만큼 완벽했어. 그런데 나머지 스물다섯 명의 비주얼은 그렇지 않았어요. 모두 혼란스럽고, 혼탁하고, 두서없고, 아무리 편집을 하고 손질을 해도 맥락이 없고, 중구난방이었어. 꿈을 그저 잇대어 놓은 정도였지. 자네 것과는 전혀 달랐어. 거의 프로 화가의 그림과 유아의 그림만큼이나 달랐지.

어떻게 그럴 수 있는지 여러 가지로 생각해 봤는데, 결론은 한 가지밖에 없었어. 즉 자네는 자네 손으로 직접 그걸 정리했다는 거야. 그러니 이미지의 집적 속에 명확한 구조가 존재할 수밖에 없는 거지. 또 비유를 하자면, 자네는 자네 의식 속에 있는 코끼리 공장으로 내려가 자네 손으로 코끼리를 만들고 있었던 거야. 그것도 자신도 모르게 말이지."

"믿을 수가 없군요." 하고 나는 말했다. "어떻게 그런 일이 있을 수 있죠?"

"여러 가지 요인을 생각할 수 있는데." 박사가 말했다. "유아 체험, 가정 환경, 에고의 과도한 상대화, 죄책감…… 특히 자네는 극단적으로 자신의 껍데기를 지키려고 하는 성향이 있어. 아닌가?"

"그럴지도 모르죠." 하고 나는 말했다. "그래서 대체 어떻게 된다는 겁니까? 만약 제가 그렇다면."

"어떻게 되지는 않아. 아무 일도 없으면, 자네는 이대로 아주 오래 살게 되겠지." 박사가 말했다. "그러나 현실적으로 아무 일도 없을 수는 없지. 자네는 좋고 싫고를 떠나서, 이 어리석은 정보 전쟁의 추세를 결정할 열쇠 같은 입장에 처해 있어요. '조직'은 머잖아 자네를 모델로 한 제2차 프로젝트에 착수하겠지. 자네를 철저하게 해석하고 이리저리 주물럭댈 거야. 구체적으로 어떻게 할지는 나도 몰라요. 그러나 아무튼 여러 가지로 불쾌한 일을 당하게 될 건 틀림없어. 나는 세상 물정을 잘 모르지만, 그 정도는 알아요. 나로서는 어떻게든 자네를 돕고 싶었지만."

"기가 차는군요." 하고 나는 말했다. "당신은 이제 그 프로젝트에는 참가하지 않는 건가요?"

"몇 번이나 말했다시피 나는 타인을 위해 끈덕지게 연구하는 건 성격에 맞지 않아요. 게다가 앞으로 몇 명이 더 죽을지 모르는 일에 가담하고 싶지도 않고. 나도 여러 가지로 반성을 했어요. 그렇다 보니 그런 자질구레한 일들이 성가셔서 이렇게 땅속에 연구실을 만들어 사람을 피하게 된 거지. '조직'만 그러면 모르겠는데 기호사들까지 찾아와 나를 이용하려고 드니. 나는 아무래도 그런 큰 조직이 내키지 않아요. 자기들 사정밖에 고려하지 않으니 말이야."

"그러면 당신은 왜 내게 그런 이상한 짓을 한 겁니까? 거짓말로 나를 불러들여서 일부러 계산까지 시키고."

"나는 '조직'이나 기호사들이 자네를 붙잡아 주물럭대기 전에, 나의 가설을 확인하고 싶었어. 그게 해명되면, 자네도 그렇게 무모한 일을 당하지 않을 수 있으니까 말이지. 내가 자네에게 건넨 계산 자료 중에는 제3 사고 시스템으로 전환하기 위한 콜 사인이 숨겨져 있었어요. 즉 자네는 제2 사고 시스템으로 전환된 후에 다시 한번 포인트를 전환해 제3 사고 시스템에서 계산을 행한 것이지.”

“제3 사고 시스템은 당신이 영상화해서 새로 편집한 시스템을 말하는 거죠?”

“그렇지, 바로 그거야.” 박사는 고개를 끄덕였다.

“그런데 어떻게 그게 당신의 가설을 증명하는 게 되죠?”

“오차의 문제야.” 박사가 말했다. “자네는 자신의 의식의 핵을 무의식중에 정확하게 파악하고 있었어. 그래서 제2 사고 시스템을 사용하는 단계에서는 전혀 문제가 없었지. 그러나 제3 회로는 내가 다시 편집한 거라서 당연히 그 둘 사이에는 오차가 있을 수밖에 없지. 그리고 그 오차는 자네에게 어떤 반응을 초래했을 거야. 나로서는 그 오차에 대한 반응을 계측하고 싶었던 거지. 그 계측 결과로, 자네가 의식 속에 봉인한 것의 강함이나 성격, 그 성립 요인을 다소나마 구체적으로 추측할 수 있었을 텐데.”

“있었을 텐데?”

“그래요. 그러나 지금은 모든 게 헛수고로 돌아가고 말았군. 기호사들이 야미쿠로와 손잡고 내 연구실을 깡그리 파괴했어요. 자료도 전부 가져갔고. 놈들이 사라진 후에 다시 연구실에 돌아가 확인해 봤는데, 중요한 것은 뭐 하나 남아 있지 않더군. 이제 오차 계측은 도저히 할 수 없어요. 놈들은 영상화한 블랙박스까지 가져갔어."

"그 일과 세계가 끝나는 것이 어떻게 관계되는 거죠?" 나는 질문해 보았다.

"정확하게 말하면, 지금 있는 이 세계가 끝나는 게 아니에요. 세계는 사람의 마음속에서 끝납니다."

"무슨 말인지 모르겠는데요." 하고 나는 말했다.

"그게 자네 의식의 핵이라는 거야. 자네 의식이 그리고 있는 것이 세계의 끝이라는 말이지. 왜 자네가 그런 걸 의식 속에 숨기고 있었는지는 몰라요. 그러나 아무튼 그래. 자네 의식 속에서 세계는 끝났어. 뒤집어 말하면 자네의 의식은 세계의 끝 안에 살고 있다고 할 수 있지. 그 세계에는 지금 이 세계에 존재하는 것이 대부분 결락되어 있어요. 거기에는 시간도 없고 공간성도 없고 삶과 죽음도, 정확한 의미의 가치관이나 자아도 없어요. 그곳에서는 짐승이 사람의 자아를 조정합니다."

"짐승?"

"일각수지." 박사가 말했다. "그 마을에는 일각수가 있어요."

"그 일각수와 당신이 내게 준 두개골과 무슨 관계가 있는 건가요?"

"그건 내가 만든 모조품이에요. 아주 잘 만들었지. 자네의 비주얼 이미지를 바탕으로 해서 만들었는데, 쉽지는 않았어. 딱히 다른 의미가 있어서는 아니고, 골상학에 관심이 있어서 만들어 본 것뿐인데. 자네에게 선물하지."

"아니, 저기요." 나는 말했다. "제 의식 속에 그런 세계가 있다는 것은 일단 알겠습니다. 그리고 당신이 그걸 더 명확한 형태로 다시 편집해서 제 머릿속에 제3 회로로 저장했어요. 그리고 콜 사인을 보내 그 회로에 제 의식을 보내서 셔플링 작업을 하게 했습니다. 거기까지는 틀림없나요?"

"틀림없어."

"그리고 셔플링이 끝난 시점에 그 제3 회로는 자동적으로 폐쇄되고, 저의 의식은 원래의 제1 회로로 돌아갔다."

"그게 다르군." 하고 박사는 뒷덜미를 갉작갉작 긁었다. "그렇게 되었으면 일은 간단한데, 그렇지가 않았어요. 제3 회로에는 자동 폐쇄 기능이 없거든."

"그럼 저의 제3 회로는 마냥 열려 있게 되는 겁니까?"

"뭐, 그런 셈이지."

"하지만, 나는 지금 이렇게 제1 회로에 따라 사고하고, 행동하고 있잖아요."

"그건 제2 회로를 막았기 때문이지. 그림으로 하면 이렇게 되는데." 하고서 박사는 주머니에서 메모지와 볼펜을 꺼내 그림을 그려서 내게 건넸다.

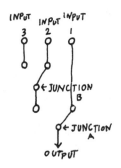

"이게 자네의 평상시 상태야. 정크션 A는 회로 1에, 정크션 B는 회로 2에 접속되어 있지. 그런데 지금은 이렇게 되어 있어." 박사가 다른 종이에 또 그림을 그렸다.

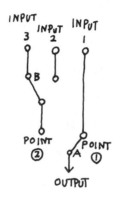

"알겠나? 정크션 B는 제3 회로에 연결된 채이고, 정크션 A는 자동 전환으로 제1 회로에 접속되어 있어. 그러니 자네는 제1 회로로 사고하고 행동할 수 있는 것이지. 그러나 이건 어디까지나 일시적인 것이야. 조속히 정크션 B를 회로 2로 전환해야 해. 왜냐하면 제3 회로는 엄밀하게는 자네 자신의 것이 아니기 때문이지. 그냥 내버려 두면 오차 에너지가 발생해서 정크션 B를 태워 항구적으로 제3 회로에 연결되어 있게 되고, 그 방전으로 정크션 A를 포인트 ②로 끌어당겨, 마침내는 그 정크션마저 태워 버리기 때문이야. 그래서 그렇게 되기 전에 그 오차 에너지를 계측해서 원래 자리로 되돌려 놓으려고 했는데."

"했는데?" 하고 나는 물었다.

"이제 내 손으로는 그렇게 할 수 없게 되었군. 아까도 말했다시피, 그 멍청이들이 내 연구실을 파괴하고 중요한 자료를 전부 가져갔어요. 그래서 미안하게는 생각하지만, 나는 어떻게 해 줄 수가 없군."

"그렇다면 말이죠." 하고 나는 말했다. "저는 이대로 가면 제3 회로 안에 영원히 갇혀서, 원래 상태로 돌아갈 수 없다는 말인가요?"

"그렇지. 세계의 끝에서 살게 되겠지. 딱하게는 되었네만."

"딱하게요?" 나는 망연하게 말했다. "딱하다는 말로 끝날 문제가 아니죠. 당신은 딱하다고 말만 하면 될지 몰라도, 나는 어쩌라는 겁니까? 애당초 당신이 시작한 일이잖아요. 말도 안 돼요. 이렇게 말이 안 되는 얘기는 들어본 적도 없습니다."

"그러나 나도 기호사와 야미쿠로가 결탁할 줄은 꿈에도 몰랐어요. 놈들은 내가 뭔가를 시작했다는 걸 알고, 셔플링의 비밀을 훔쳐 내려고 연구실을 습격했어요. 그리고 아마 지금은 '조직'도 그 사실을 알게 되었겠지. 우리 둘은 '조직'에도 양날의 칼이야. 알겠나? 놈들은 나와 자네가 손잡고 '조직'과는 다른 곳에서 뭔가를 시작했다고 생각할 거야. 그리고 그걸 기호사들이 노리고 있다는 것도 파악했겠지. 기호사들은 그게 '조직'에 알려지도록 일부러 손을 썼어. 그러면 '조직'은 기밀을 지키기 위해 우리를 말살하려 들 테니 말이지. 어느 쪽이든 우리는 '조직'을 배반한 셈이고, '조직'은 셔플링 방식에 차질이 생기는 한이 있어도 우리를 없애려 들겠지. 우리 둘은 제1차 셔플링 계획의 중심이고, 우리가 함께 기호사들 손에 넘어가면 보통 일이 아닐 테니 말이야. 한편 기호사들의 노림수는 바로 그거겠지. '조직'이 우리를 말살하면 셔플링 계획은 완전히 공식될 테고, 그걸 피하려고 우리가 그들 쪽에 붙으면 그들로서는 대환영이고. 어느 쪽이든 그들은 잃을 게 없어."

"한숨이 나는군요." 하고 나는 말했다. 아파트로 찾아와 내 방을 쑥대밭으로 만들고, 내 배를 가른 자들은 역시 기호사들이었다. 그들이 '조직'의 주의가 이쪽으로 쏠리도록 그 난리법석을 꾸몄다는 얘기다. 그렇다면 나는 그들의 덫에 완전히 걸려든 셈이다.

"그렇다면 저는 이제 속수무책이군요. 기호사들과 '조직'에 양쪽으로 쫓기고 있으니, 이대로 가만히 있으면 나라는 지금의 존재는 소멸되고 말겠죠."

"아니지, 자네의 존재는 끝나지 않아요. 다만 다른 세계로 들어가 버릴 뿐이야."

"마찬가지죠." 하고 나는 말했다. "저라는 인간이 돋보기로 봐야 겨우 보이는 존재라는 건 저 자신도 잘 알고 있어요. 옛날부터 그랬죠. 학교 졸업 사진을 봐도 제 얼굴을 찾으려면 시간이 한참 걸립니다. 가족도 없으니, 지금 제가 소멸해도 누구 하나 곤란할 일이 없겠죠. 친구도 없으니, 제가 없어져도 누구 하나 슬퍼하지 않겠죠. 그건 잘 압니다. 그러나, 이상하게 들릴지 몰라도, 저는 이 세계에 나름 만족하고 있었어요. 어째서인지는 모릅니다. 어쩌면 저와 제 자신이 두 갈래로 분열되어, 서로 재미난 만담을 주고받으며 즐겁게 살아 왔는지도 모르죠. 그건 모릅니다. 하지만 아무튼 저는 이 세계에 있는 편이 좋아요. 저는 이 세상에 존재하는 많은 것을 싫어하고, 그쪽에서도 저를 싫어하는 모양이지만, 그중에는 마음에 드는 것도 있고, 마음에 드는 것은 아주 마음에 듭니다. 그쪽에서 저를 마음에 들어 하는지 어떤지 관계없이 말이에요. 저는 그런 식으로 살아왔어요. 다른 곳에 가고 싶지 않습니다. 영원한 삶도 필요 없습니다. 나이를 먹는다는 게 괴로울 때도 있지만, 저만 나이를 먹는 것은 아니죠. 다 똑같이 나이를 먹습니다. 일각수도 담도 전 원치 않아요."

"담이 아니라 벽이에요." 하고 박사가 정정했다.

"뭐든 상관없어요. 담이든 벽이든, 그런 건 다 필요 없다고요." 하고 나는 말했다. "좀 화를 내도 되겠습니까? 저는 화를 내는 법이 별로 없는데, 점점 화를 내고 싶어지는군요."

"상황이 이러니, 어쩔 수 없겠지." 하고 노인은 귓밥을 긁으면서 말했다.

"이 일의 모든 책임은 백 퍼센트 당신에게 있습니다. 저는 아무 책임이 없어요. 당신이 시작하고, 당신이 벌이고, 당신이 저를 끌어들였어요. 사람 머리에 멋대로 회로를 심고, 가짜 의뢰서를 작성해서 내게 셔플링을 시키고, '조직'을 배반하게 하고, 기호사에게 쫓기게 하고, 이 알 수 없는 지하 세계로 끌어들이다 못해 지금은 저의 세계를 끝내려 하고 있어요. 이렇게 얼토당토않은 얘기는 들어본 적이 없습니다. 그렇지 않나요? 아무튼 제자리로 돌려놓으세요."

"흐음." 하고 노인이 신음했다.

"이 사람 말이 맞아요, 할아버지." 통통한 손녀딸이 끼어들었다. "할아버지는 때로 자기 일에 너무 열중한 나머지, 다른 사람에게 누를 끼친다고요. 그 오리발 실험 때도 그랬잖아요? 어떻게든 해 쉬야 돼요."

"나는 좋으라고 생각해서 한 일인데, 어떻게 하다 보니 상황이 자꾸 나쁜 쪽으로만 흘러갔어." 노인은 미안하다는 듯이 말했다. "그리고 내 손으로는 도저히 어떻게 할 수 없는 선까지 오고 말았어요. 나는 이제 어떻게 할 수 없고, 자네도 할 수 있는 게 없어. 수레바퀴의 회전 속도는 점점 빨라지고 있고, 누구도 그걸 막을 수가 없어."

"허." 하고 나는 말했다.

"그러나 자네는 그 세계에서, 자네가 여기에서 잃은 것을 되찾을 수 있을 거야. 자네가 잃어버린 것과 잃어 가고 있는 것들을."

"제가 잃은 것이요?"

"그래요." 박사가 말했다. "자네가 잃어버린 모든 것. 그것들은 다 거기에 있어요."

# 26 세계의 끝

## 발전소

꿈 읽기 작업이 끝난 후에 내가 발전소에 간다는 얘기를 하자, 그녀는 암울한 표정을 지었다.

"발전소는 숲속에 있어요." 그녀는 빨갛게 타오르는 석탄을 양동이 속 모래에 파묻어 불을 끄면서 말했다.

"숲 바로 입구인데 뭐." 하고 나는 말했다. "문지기도 별문제 없다고 했어."

"문지기가 무슨 생각을 하는지는 아무도 몰라요. 바로 입구라 해도, 숲은 역시 위험한 곳이에요."

"그래도 아무튼 나는 가 볼 거야. 어떻게든 악기를 찾고 싶어."

그녀는 석탄을 전부 꺼내고 서랍을 열어 거기에 쌓인 하얀 재를 양동이에 털어 냈다. 그러고는 몇 번이나 고개를 저었다.

"나도 같이 갈래요." 그녀가 말했다.

"왜지? 당신은 숲에 가고 싶지 않을 텐데. 게다가 나는 당신을 끌어들이고 싶지 않아."

"당신 혼자 보낼 수 없기 때문이에요. 당신은 숲이 얼마나 무서운지 아직 잘 몰라요."

우리는 구름 낀 하늘 아래를 강을 따라 동쪽으로 걸었다. 봄이 왔나 싶을 만큼 따뜻한 아침이었다. 바람도 없고, 강물 소리도 평소의 싸늘한 명쾌함을 잃고 왠지 음울하게 들렸다. 10분이나 15분쯤 걸어가다가 나는 장갑을 벗고 목도리를 풀었다.

"마치 봄 같군." 하고 나는 말했다.

"그러네요. 하지만 이렇게 따뜻한 날은 하루밖에 지속되지 않아요. 늘 그렇죠. 이내 또 추위가 돌아올 거예요." 그녀가 말했다.

다리 남쪽에 드문드문 있는 인가를 지나자 길 오른쪽에는 밭밖에 보이지 않고, 덩달아 돌길도 좁은 흙길로 변했다. 밭고랑 사이에는 하얗게 얼어붙은 눈이 생채기 같은 모양으로 몇 줄기나 남아 있었다. 왼쪽으로 보이는 강가에 줄지어 선 버드나무는 유려한 가지를 수면 위로 늘어뜨리고 있었다. 조그만 새가 그 불안정한 나뭇가지에 앉아 몇 번이나 균형을 잡듯 뒤뚱거리다가 포기하고는 다른 나무로 날아갔다. 태양 빛은 흐릿하고 부드러웠다. 나는 몇 번이나 고개를 들어 그 고요한 따스함을 만끽했다. 그녀는 오른손은 자기 코트 주머니에, 왼손은 내 코트 주머니에 넣고 있었다. 나는 왼손에 작은 트렁크를 들고,

오른손은 주머니 속에서 그녀 손을 잡고 있었다. 트렁크 안에는 우리의 점심과 발전소 관리인에게 줄 선물이 들어 있었다.

나는 그녀의 따스한 손을 쥐고서 봄이 오면 많은 것들이 좀 더 편해질 것이라고 생각했다. 만약 내 마음이 겨울을 견뎌 내고, 그림자의 몸이 겨울을 버텨 낼 수 있다면, 나는 내 마음을 좀 더 정확한 형태로 되찾을 수 있을 것이다. 그림자가 말했듯이 나는 겨울을 이겨 내야 한다.

우리는 주변 풍경을 바라보면서 천천히 강 상류를 향해 걸어갔다. 함께 걷는 동안 나도 그녀도 거의 말을 하지 않았지만, 그것은 나눌 얘기가 없어서가 아니라 얘기할 필요가 없기 때문이었다. 움푹 파인 대지를 따라 하얗게 남아 있는 눈과, 빨간 나무 열매를 부리에 문 새와, 밭에 돋은 이파리가 두껍고 딱딱한 겨울 채소와, 강의 흐름이 군데군데 만들어 내는 조그맣고 맑은 정체와, 눈에 덮인 능선의 모습을 하나하나 확인하듯 바라보면서 우리는 계속 걸었다. 눈에 보이는 모든 사물이, 불쑥 찾아온 순간의 온기를 가슴 한껏 마셔 몸 구석구석까지 배어들게 하는 듯 보였다. 하늘을 뒤덮은 구름에도 갑갑함은 없어 우리의 조촐한 세계를 부드러운 손으로 살며시 감싸고 있는 듯한 신비로운 친밀감이 느껴졌다.

먹을거리를 찾아 마른 풀 위를 돌아다니는 짐승들의 모습과도 마주쳤다. 그들은 하얀빛이 감도는 엷은 황금색 털에 덮여 있었다. 그 털은 가을보다는 훨씬 길고 두꺼웠지만, 그래도 그들의 몸이 전에 비해 한층 야윈 것을 한눈에 알아볼 수 있었다. 어깨 위로는 낡은 소파의 망가진 스프링처럼 뼈가 또렷하게 붉어졌고, 입가의 살은 칠칠맞게 보일 만큼 축 늘어져 있었다. 눈에는 생기가 없고, 사지의 관절은 둥그렇게 부풀어 있다. 변하지 않은 것은 이마에 솟은 하얀 뿔 하나뿐이었다. 뿔은 예전과 조금도 변함 없이, 똑바로 자랑스럽게 하늘을 찌르고 있었다.

짐승들은 서너 마리씩 조그맣게 무리 지어, 밭고랑을 따라 수풀에서 수풀로 옮겨 갔다. 그러나 나무 열매나 먹을 수 있는 부드러운 초록 이파리는 거의 눈에 띄지 않았다. 높은 나뭇가지에는 아직 얼마간 열매가 달려 있었지만 그들의 키로는 거기까지 닿지 않아, 짐승들은 나무 밑에서 지면에 떨어진 열매를 허망하게 찾거나, 새가 그걸 물고 가는 것을 아쉬운 눈빛으로 지그시 올려다보곤 했다.

"왜 짐승들은 밭의 작물에는 입을 대지 않는 거지?" 나는 물어보았다.

"그건 그렇게 정해져 있기 때문이에요. 왠지는 나도 몰라요." 그녀가 말했다. "짐승들은 인간이 먹는 것에는 절대 입을 대지 않아요. 물론 우리가 주면 먹기도 하지만, 그러지 않는 한 절대 먹지 않아요."

강가에서는 짐승 몇 마리가 앞다리를 접다시피 몸을 굽히고 고인 물을 마시고 있었다. 우리가 바로 옆을 지나가는데도 그들은 고개를 들지 않고 물만 계속 마셨다. 잔잔한 수면에 그들의 하얀 뿔이 또렷하게 비쳤다. 마치 물속에 떨어진 하얀 뼈처럼.

문지기가 가르쳐 준 대로, 30분 정도 강가를 따라 걸어 동쪽 다리를 지난 지점에 오른쪽으로 꺾이는 작은 길이 있었다. 무심히 걷다 보면 그냥 지나칠 만큼 좁고 작은 길이다. 그 일대에 이제 밭은 없고, 길 양쪽에 키가 큰 풀이 자라 있을 뿐이었다. 그런 초원이 동쪽 숲과 밭 사이를 가르듯 펼쳐지고 있었다.

초원 사잇길을 걸어가자, 길이 조금씩 오르막으로 변하면서 풀은 점차 드문드문해졌다. 그리고 언덕이 비탈로 변하더니 끝내는 바위산으로 변했다. 그러나 물론 바위산이라고 해서 아무것도 없는 민둥산을 기어오르는 건 아니다. 거기에는 꽤 번듯한 계단이 나 있었다. 바위가 비교적 부드러운 사암이라 계단 모서리는 발에 밟힌 만큼 둥그렇게 마모되어 있었다. 10분 정도 걷자, 언덕 꼭대기가 나왔다. 전체 높이로 하면 내가 살고 있는 서쪽 언덕보다 약간 낮을 듯했다.

언덕 남쪽은 북쪽과 달리 비스듬한 내리막이었다. 메마른 초원이 한참 계속되고, 그 너머로 거뭇거뭇한 동쪽 숲이 바다처럼 펼쳐진다.

우리는 거기에 앉아 숨을 고르고, 잠시 주변 풍경을 바라보았다. 동쪽에서 보는 마을 풍경은 내가 늘 보는 풍경과는 상당히 인상이 달랐다. 강은 놀라우리만큼 직선이고, 모래톱 하나 없이 그저 똑바로 흐르는 인공적인 수로처럼 보였다. 강 너머로는 북쪽 습지가 이어지고, 습지 오른쪽으로는 강을 끼고 경계선 같은 꼴로 동쪽 숲이 대지를 침식하고 있다. 강 이쪽의 왼편으로는 우리가 지나온 밭이 보였다. 눈에 보이는 어디에도 인가는 없고, 휑한 동쪽 다리는 어딘가 모르게 적막했다. 눈을 찡그리면 직공 지구와 시계탑도 어렴풋이 보였지만, 그것은 왠지 아주 멀리에서 보내온 실체가 없는 환영처럼 여겨졌다.

한숨 쉬고 나서 우리는 다시 숲을 향해 언덕을 내려갔다. 숲 입구에는 바닥이 들여다보이는 얕은 연못이 있고, 한가운데에는 뼈처럼 허옇게 고사한 거목의 뿌리 둥치만 서 있었다. 거기에 하얀 새가 두 마리 앉아 우리의 모습을 가만히 쳐다보고 있었다. 눈이 딱딱하게 얼어붙어 우리의 신발은 발자국 하나 남기지 못했다. 긴 겨울은 숲속 풍경을 완전히 바꿔 놓았다. 거기에는 새소리도 없고, 벌레의 모습도 없었다. 거대한 수목만이 얼어붙지 않는 깊은 땅속에서 생명의 힘을 빨아올려, 어둡게 구름 낀 하늘로 뻗어 있었다.

숲속 길을 걷다 보니 기묘한 소리가 들리기 시작했다. 그것은 숲속을 휘도는 바람 소리에 가까웠지만, 사방에는 바람이 부는 기척이 거의 없다고 해도 좋을 정도였고, 게다가 바람 소리치고는 너무도 단조롭고 간격의 변화도 없었다. 앞으로 나아가면서 소리는 더 크고 더 명확해졌다. 그러나 우리는 그 소리가 뭘 의미하는지 알 수 없었다. 그녀도 발전소 근처까지 오기는 처음이었던 것이다.

굵은 떡갈나무가 있고, 그 너머로 텅 빈 광장이 보였다. 그리고 광장 제일 안쪽에 발전소인 듯한 건물이 보였다. 그러나 그 건물에는 발전소로서의 기능을 알려 주는 특징은 하나도 없었다. 그저 거대한 창고 같은 건물이었다. 무슨 이상한 설비가 있는 것도 아니고, 고압선이 튀어나와 있는 것도 아니다. 우리가 들은 바람 소리 같은 기묘한 소리는 어째 그 벽돌 건물 안에서 들려오는 듯했다. 입구에는 철로 된 탄탄한 쌍바라지가 달려 있고, 벽 위쪽에 조그만 창문이 몇 개 보였다. 광장이 있는 곳에서 길은 끝났다.

"여기가 발전소 같은데." 하고 나는 말했다.

그러나 정면의 문은 잠겨 있는지, 우리 둘이 힘을 합해 힘껏 당겨도 꿈쩍하지 않았다.

우리는 건물을 한 바퀴 빙 돌아보기로 했다. 발전소는 정면보다 옆쪽으로 다소 길고, 옆쪽 벽에도 정면처럼 높은 곳에 조그만 창문이 한 줄로 나 있었다. 그 창문에서도 묘한 바람 소리가 흘러나왔다. 그러나 문은 없다. 아무 단서 없는 밋밋한 벽돌벽이 높이 서 있을 뿐이다. 그것은 마을을 둘러싸고 있는 벽과 똑같아 보였지만, 가까이 다가가 보니 이쪽의 벽돌은 벽을 구성하는 벽돌과는 질이 전혀 다르고 조잡했다. 손바닥으로 쓱 쓸어 본 감촉도 꺼끌꺼끌하고, 군데군데 빠진 곳도 있었다.

뒤쪽으로 돌자, 건물과 인접한 곳에 벽돌로 된 아담한 인가가 있었다. 문지기 오두막과 비슷한 크기에 아주 평범한 문과 창문이 달려 있다. 창문에는 커튼 대신 천으로 된 곡물 자루가 걸려 있고, 지붕에는 거무칙칙하게 그을린 굴뚝이 서 있었다. 적어도 이쪽에서는 사람이 사는 냄새 같은 게 느껴졌다. 나는 나무문을 세 번씩 세 차례 두드려 보았지만, 아무 반응이 없었다. 문은 잠겨 있지 않았다.

"저기에 발전소 입구가 있어요." 그녀가 내 손을 잡았다. 그녀가 가리키는 쪽을 보니, 건물 뒤 구석에 조그만 입구가 있고, 그 철문은 바깥을 향해 열려 있었다.

입구 앞에 서자 바람 소리가 한층 커졌다. 건물 내부는 예상했던 것보다 훨씬 어두웠다. 눈이 어둠에 적응할 때까지 두 손을 차양처럼 이마에 대고 안을 빤히 들여다보았지만, 뭐가 있는지는 짐작조차 가지 않았다. 안에는 전등 하나 없고 ― 발전소에 전등이 하나도 달려 있지 않다는 게 왠지 불가사의했다. ― 높은 창문에서 비치는 약한 빛이 겨우 천장 언저리에 머물러 있을 뿐이었다. 바람 소리만 제 세상인 양 텅 빈 건물 안을 돌아다녔다.

소리 내어 불러 봐도 들을 사람이 있을 것 같지 않아, 나는 그대로 입구에 서서 검은 안경을 벗고 눈이 어둠에 익숙해지기를 기다렸다. 그녀는 내 뒤에 약간 떨어져 서 있었다. 그녀는 가능하면 건물에 다가서고 싶지 않은 듯 보였다. 바람 소리와 어둠이 그녀를 두렵게 하는 것이다.

평소 어둠에 익숙한 덕에, 내 눈이 건물 바닥 한가운데쯤 서 있는 남자의 모습을 알아보는 데는 그리 시간이 걸리지 않았다. 야위고 작은 남자였다. 남자 앞에는 너비가 3미터에서 4미터 정도 됨 직한 굵은 원기둥이 똑바로 천장까지 솟아 있고, 남자는 그 원기둥을 가만히 바라보고 있었다. 쇠로 된 그 원기둥 외에 설비다운 설비, 기계다운 기계는 하나도 없고, 건물 안은 실내 승마장처럼 휑했다. 바닥에도 벽과 똑같은 벽돌이 깔려 있었다. 마치 거대한 가마 같다.

나는 그녀를 입구에 남겨 둔 채 혼자 건물 안으로 들어갔다. 입구와 원기둥 사이를 절반쯤 갔을 때, 남자가 내 존재를 알아차린 듯했다. 그는 몸을 움직이지 않고 고개만 이쪽으로 돌려, 내가 다가오는 걸 물끄러미 바라보았다. 젊은 남자였다. 아마 나보다 몇 살 아래이지 싶다. 그는 생김새며 차림새며, 모든 면에서 문지기와 대조적이었다. 팔다리와 목덜미는 호리호리하게 가늘고, 얼굴은 하얬다. 피부는 매끄럽고, 수염은 거의 흔적도 없고, 머리는 넓은 이마 꼭대기까지 벗어져 있었다. 옷차림도 깔끔하고 단정했다.

"안녕하세요." 하고 나는 말했다.

그는 입술을 꼭 다문 채 내 얼굴을 빤히 쳐다보고는, 고개를 약간 숙였다.

"방해가 되었나요?" 나는 물어보았다. 바람 소리 탓에 목소리를 크게 내야 했다.

남자는 고개를 저어 그렇지 않음을 표한 다음, 나를 향해 원기둥에 붙어 있는 엽서 크기의 유리창을 가리켰다. 그 안을 들여다보라는 뜻인 듯했다. 자세히 보니 유리창은 원기둥에 달린 문의 일부였다. 문은 볼트로 단단히 고정되어 있고, 유리창 너머에서는 지면과 평행하게 설치된 거대한 선풍기 같은 것이 격렬하게 회전하고 있었다. 그것은 마치 몇천 마력의 모터가 축을 회전시키는 듯한 위력이었다. 아마 어디선가 불어오는 바람의 압력으로 팬을 돌리고, 그 힘을 이용해서 전기를 만드는 모양이라고 나는 상상했다.

"바람이군요." 하고 나는 말했다.

그렇다는 식으로 남자는 고개를 끄덕거렸다. 그리고 그는 내 팔을 잡고 입구 쪽을 향했다. 그는 나보다 머리 절반쯤 키가 작았다. 우리는 사이좋은 친구처럼 어깨를 나란히 하고 입구로 향했다. 입구에는 그녀가 서 있었다. 젊은 남자는 그녀에게도 나를 처음 봤을 때처럼 고개를 약간 숙여 인사했다.

"안녕하세요." 하고 그녀가 말했다.

"안녕하세요." 하고 남자도 대답했다.

그는 우리 둘을 바람 소리가 잘 들리지 않는 곳으로 데려갔다. 오두막 뒤에 나무를 베고 일군 밭이 있었다. 우리는 나란한 나무 밑동에 앉았다.

"죄송하군요. 제가 큰 소리를 잘 못 냅니다." 하고 젊은 관리인은 변명하듯 말했다. "그쪽은 물론 마을 분들이겠죠."

그렇다고 나는 대답했다.

"보시다시피." 젊은 남자는 말했다. "이 마을의 전력은 바람의 힘으로 충당하고 있습니다. 이곳의 지면에는 커다란 구멍이 뻥 뚫려 있어요. 거기에서 불어오는 바람을 이용하는 것이죠."

남자는 잠시 입을 다물고 가까이에 있는 밭을 쳐다보았다.

"바람은 사흘에 한 번 불어오죠. 이 일대의 지하에는 빈 굴이 많습니다. 그 안을 바람과 물이 오가고 있죠. 나는 이곳에서 설비의 관리와 보존을 맡고 있어요. 바람이 불지 않을 때는 팬의 볼트를 조이고, 기름칠을 하곤 하죠. 또는 스위치가 얼어붙지 않도록 합니다. 그리고 여기서 만든 전기는 지하 케이블을 통해 마을로 보내지지요."

관리인은 그렇게 말하고 밭을 돌아보았다. 숲이 밭 주위를 벽처럼 높이 에워싸고 있었다. 밭의 검은 흙은 정성스럽게 손질되어 있었지만, 거기에 아직 작물은 없었다.

"틈이 날 때마다 조금씩 숲을 개척해서 밭을 일구고 있어요. 물론 혼자라서 일을 크게 벌일 수는 없지요. 큰 나무는 비켜서 옆으로 돌고, 최대한 손을 댈 수 있을 만한 곳을 골라 하고 있어요. 제 손으로 뭔가를 한다는 것은 좋은 일입니다. 봄이 오면 채소를 수확할 수 있어요. 두 분은 여기에 견학하러 오셨나요?"

"그렇습니다." 하고 나는 말했다.

"마을 사람들은 이곳에 오지 않아요." 관리인은 말했다. "숲속에는 아무도 들어오지 않죠. 물론 배달하는 사람은 다르지만요. 일주일에 한 번 그 사람이 식량이나 일용품을 배달하러 오지요."

"여기에서 줄곧 혼자 살고 있는 건가요?" 나는 물어보았다.

"네, 그렇습니다. 벌써 오래되었어요. 소리만 들어도 기계의 상태를 속속들이 알 정도죠. 뭐, 매일 기계와 얘기를 나누는 셈이니까요. 오래 하다 보면 그 정도는 알게 되지요. 기계의 상태가 좋으면, 나 자신도 무척 차분해져요. 그리고 숲의 소리도 알 수 있죠. 숲이 여러 가지 소리를 내거든요. 마치 살아 있는 것처럼요."

"숲에서 혼자 사는 게 힘들지 않나요?"

"힘들고 안 힘들고는 저는 잘 모르는 문제입니다." 그가 말했다. "숲은 여기에 있고, 나는 여기에 살고 있죠. 그뿐이에요. 누군가는 여기에서 기계의 상태를 지켜봐야 하죠. 게다가 내가 있는 곳은 숲의 바로 입구니까요. 깊은 숲에 대해서는 잘 몰라요."

"당신 말고도 숲에 눌러 사는 사람이 있나요?" 그녀가 물었다.

관리인은 잠시 생각하고는, 고개를 잘게 몇 번 끄덕였다.

"몇 사람은 알아요. 저 안쪽 깊은 숲에 몇 명이 삽니다. 그들은 석탄을 캐거나, 숲을 개척해서 밭을 일구며 살아요. 하지만 내가 만난 사람은 몇 명뿐이고, 그것도 몇 마디밖에 나누지 않았어요. 그들이 나를 받아들이지 않기 때문이죠. 그들은 숲에 눌러 살지만, 나는 여기서 생활하고 있을 뿐이니까요. 안쪽으로 들어가면 그런 사람들이 더 많겠지만, 그 이상은 나도 모릅니다. 나는 숲속에 가지 않고, 그들은 이 부근까지 나오는 일이 거의 없어요."

"혹시 여자를 본 적 있나요?" 그녀가 질문했다. "서른하나나 둘 정도 되는 여자."

관리인은 고개를 저었다. "아니요, 여자는 한 명도 본 적이 없어요. 내가 만난 사람은 모두 남자였습니다."

나는 그녀의 얼굴을 돌아보았다. 하지만 그녀는 그 이상 아무 말도 하지 않았다.

# 27 하드보일드 원더랜드

## 백과사전 봉, 불사, 페이퍼 클립

"허." 하고 나는 말했다. "정말 손쓸 방법이 전혀 없는 건가요? 당신 계산으로 보면, 상황이 지금 어디까지 진행된 거죠?"

"자네 머릿속 상황을 말하는 건가?" 박사가 되물었다.

"물론입니다." 나는 말했다. 달리 어떤 상황이 있단 말인가. "내 머릿속이 어느 정도까지 괴멸된 건지요?"

"내 계산에 따르면, 자네 정크션 B는 이미, 대략 6시간 전쯤에 용해되었을 거야. 물론 이 용해라는 말은 편의상의 용어이지 실제로 자네 뇌의 일부가 녹았다는 뜻은 아니야. 그러니까 ―."

"제3 회로에 고정되어, 제2 회로가 죽었다는 말이죠?"

"그렇지. 그러니 조금 전에도 말했다시피, 자네 안에서 이미보정 브리징이 시작된 거지. 요컨대 기억이 생산되기 시작한 거야. 또 비유를 사용하자면, 자네 의식 아래에 있는 코끼리 공장의 변화에 맞춰, 그곳과 표층 의식 사이를 잇는 파이프가 보정되고 있다는 말이야."

"그 말은." 하고 나는 말했다. "정크션 A도 이제 정상적으로 기능하지 않는다는 뜻인가요? 다시 말해서 의식 속의 회로에서 정보가 새고 있다는 뜻이죠?"

"정확하게는 그렇지가 않아요." 박사가 말했다. "파이프는 원래부터 존재하고 있었어. 사고 회로를 아무리 분화해도, 그 파이프까지 차단할 수는 없거든. 즉 자네의 표층 의식 — 즉 회로 1은 그 아래 의식인 회로 2의 양분을 섭취하며 성립하기 때문이지. 그 파이프는 수목의 뿌리이며, 또한 접지이기도 해. 그게 없으면 인간의 뇌는 기능하지 않아요. 그래서 우리는 그 파이프를 남겨 둔 거야. 반드시 필요한 만큼만, 즉 정상 상태에서 불필요한 유출과 역류가 일어나지 않을 정도로 말이지. 그런데 정크션 B의 용해로 발생한 방전 에너지가 그 파이프에 비정상적인 충격을 주었어. 그래서 자네 뇌가 깜짝 놀라 보정 작업을 시작하게 된 거지."

"그렇다면, 이 기억의 새로운 생산이 앞으로도 계속된다는 말인가요?"

"그렇지. 간단히 말해서 데자뷔 같은 것이야. 원리적으로는 크게 다르지 않아요. 한동안 그 작업이 계속될 거야. 그러다 마침내는 새로운 기억으로 세계가 재편되겠지."

"세계가 재편돼요?"

"음. 자네는 지금, 다른 세계로 이동하는 준비를 하고 있어.

그래서 자네가 지금 보고 있는 세계도 그 속도에 맞춰 조금씩 변화하는 게야. 인식이란 건 그런 것이야. 인식 하나로 세계는 변화하는 법이지. 세계는 틀림없이 여기에 이렇게 실재하고 있어. 그러나 현상적 레벨에서 보면, 세계는 무한한 가능성 중하나에 불과해. 더 축소해서 말하면 자네가 발을 오른쪽으로 내미느냐 왼쪽으로 내미느냐에 따라 세계가 달라진다는 말이야. 기억이 변하는 것에 따라 세계가 변화하는 건 이상한 일이 아니지."

"내 귀에는 궤변처럼 들리는데요." 하고 나는 말했다. "지나치게 관념적입니다. 당신은 시간성이란 것을 무시하고 있어요. 그런 경우는 타임 패러독스에서만 실제로 문제가 될 수 있어요."

"어떤 의미에서 이거야말로 타임 패러독스야." 박사가 말했다. "자네는 기억을 생산하면서 자네 개인의 패럴렐 월드를 만들어 내고 있는 것이라고."

"그렇다면 내가 체험하고 있는 이 세계는 원래의 내 세계와 조금씩 어긋나겠군요."

"그건 정확하게 알 수 없고, 누구도 증명할 수 없어. 다만 그럴 가능성도 없지는 않다는 말만 해 두지. 물론 SF소설책 같은 극단적인 패럴렐 월드를 상정하고 하는 말은 아니야. 어디까지나 그건 인식상의 문제이지. 인식에 의해 포착되는 세계의 모습 말이야. 나는 그 세계의 모습은 다양한 면에서 변화하고 있다고 생각하네."

"그리고 그 변화 후에 정크션 A가 전환되고, 새롭게 출현한 전혀 다른 세계에서 내가 살게 된다는 말이죠? 그리고 나는 그 전환을 피할 수 없고, 앉아서 가만히 기다릴 수밖에 없다는?"

"그래, 그런 말이야."

"그 세계가 언제까지 지속되죠?"

"영원히." 박사가 말했다.

"이해할 수 없군요." 나는 말했다. "어떻게 영원일 수 있죠? 육체에는 한계가 있습니다. 육체가 죽으면 뇌도 죽어요. 뇌가 죽으면 의식도 끝납니다. 안 그런가요?"

"그건 그렇지가 않아요. 사유라는 것에는 시간이 없어요. 그게 사유와 꿈의 다른 점이지. 사유로는 순간에 모든 것을 볼 수 있어요. 영원을 체험할 수도 있고. 닫힌 회로를 설정하고 그 안에서 끝없이 뱅뱅 돌 수도 있고. 그런 게 사유야. 꿈처럼 중단되는 일이 없어요. 백과사전 봉과 비슷하지."

"백과사전 봉이요?"

"백과사전 봉은 어느 과학자가 착안한 이론 놀이인데, 백과사전의 내용을 이쑤시개 하나에 새겨 넣을 수 있다는 설이지. 어떻게 하는지 상상이 되나?"

"아니요."

"아주 간단해. 우선 정보를, 그러니까 백과사전의 문장을 전부 숫자로 치환하는 거야. 한 글자 한 글자를 두 자릿수 숫자로 바꾸는 거지. A는 01, B는 02, 그런 식으로. 00은 공백, 똑같이 문장 부호도 숫자화하지. 그리고 그 숫자들을 죽 늘어놓은 다음에 제일 앞에 소수점을 두는 거야. 그러면 끝없이 긴 소수점 이하의 숫자가 생겨나지 않겠나. 0.1732000631……, 그렇게. 그리고 그 숫자에 정확하게 상응하는 이쑤시개의 포인트에 눈금을 새기는 거야. 즉 0.50000……에 상응하는 이쑤시개의 포인트는 한가운데, 0.3333……에 상응하는 포인트는 앞에서 삼분의 일 지점. 의미를 알겠나?"

"네, 압니다."

"그렇게 하면 아무리 긴 정보라도 이쑤시개 하나의 각 포인트에 새겨 넣을 수 있다는 거야. 물론 이건 어디까지나 이론상 그렇다는 거지, 현실적으로는 불가능해. 현재의 기술로는 그렇게 잔 눈금을 이쑤시개에 새길 수 없지. 그러나 사유라는 것의 성질을 이해할 수는 있겠지. 시간은 이쑤시개의 길이야. 그 안에 담긴 정보량은 이쑤시개의 길이와는 무관해. 영원에 가깝게 할 수도 있어. 순환 숫자로 하면 그야말로 영원히 계속되지. 끝이 없어요. 알겠나? 문제는 소프트웨어에 있어. 하드웨어와는 아무 상관이 없어요. 그게 이쑤시개가 되었든 200미터 길이의 목재가 되었든 적도가 되었든, 아무 관계가 없어. 자네 육체가 죽어서 썩어 문드러지고 의식이 사라져도, 자네의 사유는 그 한순간의 포인트를 포착해서, 그걸 영원히 분해해 가는 거야. 날아가는 화살에 관한 옛 패러독스를 떠올려 보게나. '나는 화살은 멈춰 있다' 하는 그것 말이야. 육체의 죽음은 나는 화살이지. 그것은 자네의 뇌를 향해 일직선으로 날아와. 그러나 아무도 그걸 피할 수 없어. 사람은 언젠가는 반드시 죽고, 육체는 반드시 사라져. 즉 시간이 화살을 앞서 가는 것이야. 그런데 말이야, 아까도 말했던 것처럼 사유란 것은 시간을 끝없이 끝없이 분해해요. 따라서 그 패러독스가 현실에서 성립하게 되는 셈이지. 화살은 어떤 표적에도 꽂히지 않아."

"그러니까." 하고 나는 말했다. "불사로군요."

"그래요. 사유 속으로 들어간 인간은 죽지 않아요. 정확하게는 불사까지는 아니더라도, 한없이 불사에 가깝지. 영원한 생이랄까."

"당신 연구의 진짜 목적은 거기에 있었던 거군요."

"아니지, 그렇지 않아요." 박사가 말했다. "처음에는 나도 그걸 몰랐어. 아주 사소한 흥미 본위로 시작한 연구였으니 말이야. 그런데 연구를 계속 하다가 그 문제에 부딪힌 거야. 그리고 발견했지. 인간은 시간을 확대해서 불사에 이르는 게 아니라, 시간을 분해해서 불사에 이른다는 걸 말이야."

"그리고 나를 그 불사의 세계로 끌어들였고요?"

"아니야, 그건 순전히 사고였어. 나는 그럴 마음이 없었어요. 믿어 주게나. 정말이야. 자네를 그렇게 만들려는 마음은 조금도 없었어. 그러나 이제는 어떻게 할 수가 없게 되었군. 자네가 불사의 세계를 피할 수 있는 방법은 단 한 가지밖에 없어."

"어떤 방법이죠?"

"지금 죽는 것." 박사는 사무적으로 말했다. "정크션 A가 이어지기 전에 죽는 것이야. 그러면 아무것도 남지 않아."

깊은 침묵이 동굴 안을 지배했다. 박사는 헛기침을 하고, 오동통한 손녀딸은 한숨을 쉬고, 나는 위스키를 꺼내 마셨다. 아무도 한마디도 말을 하지 않았다.

"그게…… 어떤 세계죠?" 나는 박사에게 물었다. "그 불사의 세계 말입니다."

"아까 말했던 대로야." 박사가 말했다. "평온한 세계예요. 자네 자신이 만들어 낸 자네 자신의 세계이지. 자네는 그곳에서 자네 자신일 수 있어. 그곳에는 모든 것이 있고, 또 모든 것이 없어. 자네는 그런 세계를 상상할 수 있겠나?"

"아니요."

"그러나 자네의 심층 의식에는 이미 그런 세계가 만들어져 있어요. 아무나 그럴 수 있는 게 아니야. 모순되고 정체 모를 카오스의 세계를 영원히 방황하는 이도 있어요. 그런데 자네는 달라. 자네는 불사에 걸맞은 사람이야."

"그 세계의 전환은 언제 일어나요?" 통통한 손녀딸이 물었다.

박사는 손목시계를 보았다. 나도 손목시계를 보았다. 6시 25분이었다. 이제 날이 완전히 밝았다. 아침 신문도 다 배달되었다.

"내 계산으로는, 앞으로 29시간 35분이 남았군." 박사가 말했다. "플러스 마이너스 45분 정도의 오차는 있을지 모르나, 거의 틀림없을 게야. 알기 쉽게 정오로 세팅해 놓았거든. 내일 정오."

나는 고개를 저었다. 알기 쉽게? 그리고 또 위스키를 한 모금 마셨다. 그러나 아무리 마셔도 몸 안에 알코올이 들어왔다는 감각은 조금도 없었다. 위스키의 맛조차 느낄 수 없었다. 마치 위가 돌멩이로 변한 듯한 이상한 기분이었다.

"이제 어떻게 할 생각이에요?" 손녀딸이 내 무릎에 손을 올려놓고 물었다.

"글쎄, 모르겠는데." 하고 나는 말했다. "아무튼 지상으로 나가고 싶어. 이런 곳에서 마냥 기다리고 싶지 않아. 해가 있는 곳으로 나가야겠어. 그다음 일은 그때 생각하지."

"내 설명은 이것으로 충분한가?" 박사가 물었다.

"충분합니다. 고맙습니다." 하고 나는 대답했다.

"화가 났을 텐데."

"조금은요." 하고 나는 말했다. "하지만 화를 낸다고 뭐가 달라지는 것도 아니고, 게다가 너무 황당무계한 일이라서, 아직 현실적으로 잘 받아들이지 못하고 있습니다. 시간이 지나면 더 화가 날지도 모르죠. 하긴 그 무렵에는 내가 이쪽 세계에서는 죽었겠지만요."

"사실 난 이렇게 자세하게 설명할 마음은 없었어." 박사는 말했다. "이런 일은 모르면 모르는 대로 끝날 수 있는 거라서 말이야. 어쩌면 그 편이 정신적으로는 편할 수도 있겠지. 그러나 말이야, 죽는 것은 아니야. 의식이 영원히 없어질 뿐이지."

"똑같은 거죠." 나는 말했다. "아무튼 난 사정을 알고 싶었습니다. 적어도 이건 내 인생이니까요. 아무것도 모르는 채, 누가 내 인생의 스위치를 전환하는 건 싫습니다. 내 일은 내 스스로 처리합니다. 출구를 가르쳐 주시죠."

"출구?"

"여기에서 지상으로 나가는 출구 말입니다."

"시간도 걸리고, 야미쿠로의 소굴 옆을 지나게 될 텐데, 괜찮겠나?"

"상관없습니다. 이제 무서울 것도 별로 없으니까요."

"좋네." 박사가 말했다. "여기 이 바위산을 내려가면 수면이 나올 거야. 물은 이제 분출이 멈춰서 잔잔할 테니까, 편하게 헤엄칠 수 있어. 방향은 남남서. 불빛으로 방위를 비춰 주겠네. 그쪽으로 똑바로 헤엄쳐 가면 건너편 벽에 수면 약간 위로 조그만 구멍이 뚫려 있어. 그곳을 따라 가면 하수도가 나오는데, 그 하수도가 지하철 궤도와 바로 연결되어 있어요."

"지하철이요?"

"음, 그래요. 지하철 긴자선의 가이엔마에와 아오야마잇초메 한가운데쯤이지."

"어떻게 지하철과 통해 있는 거죠?"

"야미쿠로가 지하철 궤도를 지배하고 있기 때문이야. 낮에는 몰라도, 밤이 되면 놈들이 지하철 구내를 제 세상인 양 활보하지. 도쿄의 지하철 공사가 놈들의 활동 영역을 비약적으로 넓혀 줬어요. 놈들이 더 원활하게 움직일 수 있도록 통로를 만들어 준 격이니 말이야. 그들은 때로 선로를 점검하는 기사를 습격해서 잡아다 먹기도 해요."

"어떻게 그런 일이 공표되지 않는 거죠?"

"공식적으로 발표했다가 어떻게 되겠나. 세상이 발칵 뒤집힐 텐데. 그런 일이 세상에 알려지면 과연 누가 지하철에서 일하겠나? 또 누가 지하철에 타고. 당국은 당연히 알고 있어요. 그래서 벽을 두껍게 쌓고 구멍을 막고 불을 환하게 밝히고 경비를 하는 것이지. 그러나 그 정도로 야미쿠로를 막을 수는 없어요. 놈들은 하룻밤에 벽을 부수고, 전기 케이블을 다 물어뜯을 수 있어요."

"가이엔마에와 아오야마잇초메 한가운데로 나가게 된다면, 여기는 어디쯤인 거죠?"

"음, 글쎄. 오모테산도 쪽 메이지 신궁에 가깝지 않을까. 나도 정확한 시점은 잘 모르겠군. 아무튼 길은 하나야. 상당히 구불구불하고 좁아서 시간이 많이 걸리겠지만 헤맬 일은 없어요. 자네는 여기에서 우선 센다가야 방향으로 가게 될 거야. 야미쿠로의 소굴은 대략 국립 경기장 조금 앞이라는 걸 기억해 두게. 거기에서 길이 오른쪽으로 꺾여. 오른쪽으로 꺾여서 진구 구장 쪽으로 향하다, 거기에서 회화관을 지나 아오야마 길의 긴자선으로 나가게 되는 거야. 출구까지는 약 2시간 정도 걸릴 테지. 대략 감이 잡히나?"

"네, 알 것 같습니다."

"야미쿠로의 소굴 근처는 최대한 빨리 지나가도록 하게나. 그런 곳에서 꾸물거려 봐야 좋은 일은 없으니 말이지. 그리고 지하철을 조심하고. 전철이 수시로 오가는 데다 고압선도 있고 말이야. 더구나 지금은 출근 시간대야. 간신히 이곳을 빠져나갔는데 전철에 치이면 속상하지 않겠나."

"조심하죠." 하고 나는 말했다. "그런데 박사님은 이제 어떻게 할 겁니까?"

"다리도 삐었지, 지금 밖으로 나가 봐야 '조직'과 기호사들에게 쫓기기나 할 테니. 당분간 여기 숨어 지내겠네. 여기 있으면 아무도 찾아오지 못해. 다행히 먹을 것도 좀 얻었고. 나는 소식을 하는 터라, 이 정도 있으면 사나흘은 충분히 살 수 있어요." 박사가 말했다. "어서 가시게나. 내 걱정 말고."

"야미쿠로 퇴치 장치는 어떻게 하죠? 출구까지 가려면 장치가 두 개 필요한데, 그러면 박사님에게는 장치가 한 개도 없는데."

"우리 손녀딸도 데리고 가요." 박사가 말했다. "이 아이가 자네를 데려다 준 다음에 다시 돌아와서 나를 데리고 나갈 거야."

"그러면 되겠네요." 손녀딸이 말했다.

"그래도 만약 그녀 신변에 무슨 일이 생기면 어쩝니까? 만에 하나 야미쿠로에게 붙잡힌다든지, 그런 일이 생기면?"

"붙잡히지 않아요." 그녀가 말했다.

"걱정할 필요 없어요." 하고 박사도 말했다. "이 아이는 제 나이치고는 아주 야무져요. 나는 믿어요. 그리고 만에 하나의 사태에 대비한 비상 수단이 없는 것은 아니야. 실은 건전지와 물과 얇은 금속붙이만 있으면 야미쿠로 퇴치기를 금방 만들 수 있어요. 원리적으로는 아주 간단한 것이라서 말이지. 장치라고 할 만큼 강력한 효과는 없지만, 나는 여기 지리를 잘 아니까 놈들을 따돌릴 수 있어요. 여기까지 오는 길에도 그 왜 작은 금속붙이들이 뿌려져 있었을 텐데? 그렇게만 해도 야미쿠로가 싫어해요. 효력은 15분이나 20분 정도밖에 지속되지 않지만."

"금속붙이라는 게 그 페이퍼 클립을 말하는 건가요?" 나는 물어보았다.

"그렇지, 그렇지. 페이퍼 클립이 제일 적당해요. 싸지, 지니고 다니기도 쉽지, 바로 자성을 띄기도 하지, 줄줄이 이어서 목에 걸 수도 있지. 페이퍼 클립이 뭐니 뭐니 해도 최고야."

나는 윈드브레이커 주머니에서 페이퍼 클립을 한 줌 꺼내 박사에게 건넸다. "이 정도 있으면 될까요?"

"호오." 박사는 놀란 듯이 말했다. "이거 정말 고맙군. 실은 오는 길에 좀 넓이 뿌려서 모자라지 않을까 하던 참이야. 자네 정말 눈치가 빠르군. 정말 고마워. 이렇게 머리가 잘 돌아가는 친구는 쉽게 없지."

"이제 그만 갈게요, 할아버지." 손녀딸이 말했다. "시간이 별로 없어요."

"조심하거라." 박사가 말했다. "야미쿠로가 여간 영악한 놈들이어야지."

"괜찮아요. 무사히 돌아올게요." 하고서 손녀딸은 박사의 이마에 살짝 키스했다.

"그리고 결과적으로, 자네에게 실로 미안한 일을 했다고 생각해요." 박사는 나를 향하고 말했다. "내가 대신할 수만 있다면 대신해 주고 싶을 정도야. 나는 이미 인생을 마음껏 즐겼고, 미련도 없으니 말이지. 그러나 자네에게는 다소 이른지도 모르지. 너무 갑작스러워 마음의 준비도 못 했을 테고, 이 세계에서 하고 싶은 일도 아직 많을 텐데."

나는 말없이 고개를 끄덕였다.

"그러나 필요 이상 두려워는 말아요." 박사는 말을 이어 갔다. "두려워할 일은 없어. 이건 죽음이 아니야, 알겠나? 영원한 삶이지. 그리고 그곳에서 자네는 자네 자신이 되는 거야. 그에 비하면, 지금 이 세계는 겉보기만 그럴듯한 환영 같은 것에 지나지 않아요. 그걸 잊지 말게나."

"이제 가요." 하며 손녀딸이 내 팔을 잡았다.

# 28 세계의 끝

## 악기

발전소의 젊은 관리인은 우리 둘을 그의 오두막으로 데려갔다. 그는 오두막 안에 들어가자 난로의 불을 살피고, 물을 끓인 주전자를 들고 부엌에 가서 차를 우려 왔다. 우리는 숲의 추위에 완전히 얼어붙어, 따끈한 차가 무척 반가웠다. 우리가 차를 마시는 내내 바람 소리가 계속되었다.

"숲에서 나는 차예요." 관리인이 말했다. "여름에 그늘에 말려 두죠. 그러면 한겨울 내내 이 차를 마실 수 있어요. 영양도 있고, 몸도 따뜻해집니다."

"정말 맛있네요." 그녀가 말했다.

향기롭고 담백한 단맛이 났다.

"무슨 식물의 잎이죠?" 내가 물었다.

"글쎄요, 이름은 모르겠군요." 젊은이가 말했다. "숲에 돌아 있는 풀입니다. 향이 좋기에 혹시나 싶어 차로 끓여 봤어요. 기가 삭은 조록색 풀입니다. 7월쯤에 꽃이 피죠. 그 무렵에 짧은 이파리를 따서 말린 거예요. 짐승들도 그 꽃을 즐겨 먹죠.”

“짐승들이 여기까지 오나요?”

“네, 초가을까지는 옵니다. 하지만 겨울이 다가오면 숲 근처에도 오지 않죠. 따뜻할 때는 몇 마리가 떼 지어 와서, 저와 놀기도 합니다. 저도 먹을거리를 나눠 주기도 하고요. 하지만 겨울에는 그렇지 않아요. 뭐든 얻어먹을 수 있다는 걸 알지만, 그들은 숲에 다가오지 않아요. 그래서 겨울 동안 나는 혼자입니다.”

“우리 같이 점심 먹을까요?” 그녀가 말했다. “샌드위치와 과일을 가져 왔어요. 둘이 먹기에는 많을 것 같은데. 어때요?”

“고맙군요.” 관리인이 대답했다. “다른 사람이 만든 음식을 먹어 보는 게 얼마 만인지. 숲에서 나는 버섯으로 끓인 스튜가 있는데, 드시렵니까?”

“그러죠.” 하고 나는 말했다.

우리 셋은 그녀가 만든 샌드위치를 먹고, 버섯 스튜를 먹고, 그런 다음에는 과일을 먹고 차를 마셨다. 식사하는 동안 우리는 별말을 나누지 않았다. 침묵하고 있으니 바람 소리가 마치 투명한 물처럼 방으로 스며들어와 침묵을 메웠다. 나이프와 포크와 그릇 들이 서로 스치는 소리도 바람 소리에 섞이자 왠지 모르게 비현실적인 울림을 띤 것처럼 들렸다.

“숲을 벗어나는 일은 없나요?” 나는 관리인에게 물었다.

“없습니다.” 하고서 그는 소리 없이 고개를 저었다. “그렇게 정해져 있어요. 여기에 있으면서 발전소를 관리합니다. 언젠가 다른 누가 와서 이 일을 대신해 줄지도 모르죠. 언제가 될지는 모르겠지만, 그때가 오면 나는 숲을 떠나 마을로 돌아갈 수 있습니다. 그러나 그전에는 안 돼요. 숲 밖으로는 한 걸음도 나갈 수 없죠. 이곳에서 사흘에 한 번 불어오는 바람을 기다릴 뿐입니다."

나는 고개를 끄덕이고 남은 차를 마셨다. 바람 소리가 시작된 후로 그렇게 오래 지나지는 않았다. 앞으로도 2시간이나 2시간 반 정도는 이 소리가 계속되리라. 가만히 바람 소리를 듣고 있자니, 몸이 조금씩 그쪽으로 끌려가는 듯한 기분이 들었다. 숲속의 휑한 발전소에서 혼자 이 소리를 듣는 건 참외로운 일이겠지, 하고 나는 상상했다.

"그런데 두 분은 발전소를 견학할 목적으로 여기 온 게 아니죠?" 젊은이가 내게 물었다. "아까도 말씀드렸다시피 마을 사람들은 여기까지 오지 않거든요."

"악기를 찾으러 왔습니다." 하고 나는 말했다. "문지기가 여기에 가 보면 악기가 어디 있는지 알 수 있을 거라고 해서요."

그는 몇 번 고개를 끄덕이고는, 접시에 겹치듯 놓여 있는 나이프와 포크를 잠시 쳐다보았다.

"악기가 몇 개 있기는 합니다. 너무 낡아서 제 구실을 할 수 있을지는 모르겠지만, 사용할 수 있는 게 있으면 가져가세요. 어차피 나는 악기를 다룰 줄 모릅니다. 늘어놓고 바라볼 뿐이죠. 한번 보시겠어요?"

"그렇게 해 주시면." 하고 나는 말했다.

그가 의자를 밀고 일어나, 나도 그렇게 했다.

"이쪽으로 오시죠. 침실에 있습니다." 그가 말했다.

"난 여기서 설거지를 하고 커피를 끓일게요." 그녀가 말했다.

관리인은 침실 문을 열고 불을 켠 다음 나를 안으로 들였다.

"여기 있습니다." 그가 말했다.

침실 벽을 따라 다양한 악기들이 진열되어 있었다. 모두 골 동품이라고 해도 좋을 만큼 오래되었고, 대부분 현악기였다. 만돌린, 기타, 첼로, 소형 하프. 현은 대체로 빨갛게 녹이 슬었고, 끊어지거나 아예 없는 것도 있었다. 이곳에서는 대체할 물품을 구할 수 없는 것이리라.

그중에 내가 본 적 없는 악기도 있었다. 마치 빨래판 같은 모양의 나무 악기로, 손톱처럼 생긴 돌기가 한 줄 조르륵 돋아 있었다. 나는 그것을 들고 시험 삼아 긁어 보았지만, 소리는 거의 나지 않았다. 조그만 북도 몇 개가 나란히 놓여 있었다. 조그만 전용 채도 있었지만, 그걸로 멜로디를 연주하는 것은 불가능해 보였다. 바순 비슷한 모양의 대형 관악기도 있었지만, 내가 다루기에는 벅찰 듯싶었다.

관리인은 조그만 나무 침대에 앉아, 악기를 하나하나 살피는 내 모습을 바라보았다. 침대는 커버도 베개도 청결하고, 반듯하게 세팅되어 있었다.

"쓸 만한 게 있나요?" 그가 물었다.

"글쎄요, 어떨지." 하고 나는 말했다. "다 너무 오래된 것이라서. 아무튼 좀 살펴보죠."

그는 침대에서 일어나 문 앞에 다가가 문을 닫고 돌아왔다.

침실에는 창문이 없어서 문을 닫으니 바람 소리가 작아졌다.

"내가 어떻게 이런 것들을 모았는지 궁금하지 않나요?" 관리인이 내게 물었다. "이 마을에서는 아무도 그런 것에 관심이 없죠. 이 마을 사람들은 아무도 물건에 관심이 없어요. 물론 생활에 필요한 것은 다 갖고 있습니다. 냄비와 식칼과 시트와 옷 같은 것은요. 그러나 그런 것들도 있으면 그만입니다. 필요한 게 있으면 그만인 거죠. 그 이상은 아무도 원치 않아요. 그런데 나는 그렇지가 않아요. 나는 이런 물건들에 무척 관심이 있어요. 왜 그런지는 나도 모릅니다. 하지만 이런 것들에 매력을 느껴요. 복잡 미묘하게 생긴 것들, 아름다운 것들에요."

그는 베개 위에 한 손을 놓고, 다른 한 손은 주머니에 넣고 있었다.

"그래서 사실대로 말하면, 이 발전소도 좋아합니다." 그는 말을 이어 갔다. "팬과 갖가지 기기와 변압장치 같은 것들을 말이죠. 내 안에 원래부터 그런 성향이 있어서 여기로 보내졌는지도 모르죠. 또는 여기에 와서 혼자 살다 보니 그런 성향이 생겼는지도 모르고요. 아주 오래전에 여기로 온 탓에, 그전의 일은 전부 까맣게 잊었습니다. 그래서 두 번 다시 마을로 돌아갈 수 없지 않을까 할 때도 더러 있어요. 내게 이런 성향이 있는 한 마을은 절대 나를 받아들이지 않을 테니까요."

나는 현이 두 줄밖에 남지 않은 바이올린을 들고, 손가락으로 현을 퉁겨 보았다. 메마른 스타카토 소리가 났다.

"악기는 어디에서 가져오는 거죠?" 하고 나는 물었다.

"여러 곳이에요." 그가 대답했다. "식량을 배달해 주러 오는 사람에게 부탁해서 모았습니다. 각 가정의 벽장이나 창고에 오래된 악기가 잠자고 있는 경우가 있거든요. 대부분 용도를 몰라 땔감으로 쓰이고 말았지만, 아직 조금은 남아 있어요. 그런 것을 찾아서 갖다 달라고 합니다. 악기는 모두 형태가 아름답더군요. 나는 어떻게 다루는지도 모르고, 소리를 내 보고 싶은 마음도 없지만, 그냥 보고만 있어도 아름다움은 느낄 수 있어요. 복잡한 데도 군더더기가 없어요. 늘 여기 앉아서 멍하게 바라봅니다. 그렇게만 해도 만족스러워요. 이런 느낌, 이상한 건가요?"

"악기는 아주 아름다운 것이에요." 하고 나는 말했다. "이상한 일이 아닙니다."

첼로와 북 사이에 놓인 아코디언에 눈길이 가서, 나는 그걸 들어 보았다. 건반 대신 버튼이 있는 옛날식이다. 바람통의 주름은 딱딱하게 굳었고 군데군데 잔금이 나 있었지만, 언뜻 보기에도 공기는 새지 않을 듯했다. 나는 양쪽 벨트에 손을 밀어 넣고 바람통을 몇 번 오므렸다 폈다 해 보았다. 생각보다 꽤 힘을 주어야 했지만, 버튼만 제대로 움직이면 그럭저럭 쓸 만해 보였다. 아코디언은 공기만 새지 않으면 고장이 많지 않은 악기이고, 공기가 새더라도 비교적 손쉽게 수리할 수 있다.

"소리를 내 봐도 될까요?" 하고 나는 물었다.

"그러세요. 괜찮습니다. 그러라고 있는 것이니까." 청년이 대답했다.

나는 바람통을 좌우로 폈다 오므렸다 하면서, 아래쪽부터 버튼을 순서대로 눌러 보았다. 작은 소리밖에 나지 않는 것도 있었지만, 그래도 일단 음계는 정확했다. 나는 다시 한번, 이번에는 위에서 아래로 버튼을 눌렀다.

"신기한 소리로군요." 청년은 흥미롭다는 듯이 말했다. "마치 소리가 색을 변화시키는 것 같아요."

"이 버튼을 누르면 파장이 다른 소리가 납니다." 하고 나는 말했다. "모두 다른 소리가 나죠. 파장에 따라 각각의 키에 맞는 소리와 맞지 않는 소리가 있거든요."

"맞고 맞지 않고는 잘 모르겠군요. 맞는다는 게 어떤 것인가요? 서로 원한다는 뜻인가요?"

"그렇게 볼 수도 있죠." 하고 나는 말했다. 나는 적당한 코드를 하나 눌러 보았다. 음정이 아주 정확한 것은 아니지만, 거슬리지 않을 정도로는 정확했다. 그러나 노래는 떠오르지 않았다. 코드뿐이다.

"그게 맞는 소리인 거죠?"

그렇다고 나는 말했다.

"나는 잘 모르겠습니다." 그가 말했다. "신기한 울림이라는 것 이상은 잘 모르겠어요. 이런 소리는 처음 듣습니다. 뭐라고 표현하면 좋을지 모르겠군요. 바람 소리와도 다르고, 새소리와도 다르고."

그는 그렇게 말하고는 두 손을 무릎에 올려놓고, 아코디언과 내 얼굴을 번갈아 보았다.

"아무튼 그 악기는 당신에게 드리죠. 마음대로 가져가세요. 이런 것은 어떻게 사용하는지 아는 사람이 갖고 있는 게 최선이니까요. 내가 갖고 있어 봐야 소용이 없죠." 그는 그렇게 말하고는 한참이나 바람 소리에 귀를 기울였다. "기계 상태를 좀 보고 오겠습니다. 30분 간격으로 점검을 해야 해서요. 팬이 정상적으로 돌아가고 있는지, 변압기가 별문제 없이 작동하고 있는지 말이죠. 거실에서 기다려 주시겠습니까?"

청년이 나가자 나는 식당 겸 거실로 돌아가, 그녀가 끓여 준 커피를 마셨다.

"그게 악기예요?" 그녀가 물었다.

"악기의 일종이지." 하고 나는 말했다. "악기에는 여러 종류가 있고, 저마다 다른 소리가 나."

"마치 풀무 같네요."

"원리는 똑같으니까."

"만져 봐도 돼요?"

"그럼."이라 말하고 나는 그녀에게 아코디언을 건넸다. 그녀는 마치 다치기 쉬운 새끼 동물을 다루듯 두 손으로 살며시 그것을 받아 들고, 멀뚱멀뚱 바라보았다.

"신기하게 생겼네요." 하고서 그녀는 불안한 듯이 미소 지었다. "그래도 다행이에요, 악기가 생겨서. 기뻐요?"

"여기까지 찾아온 보람이 있었어."

"그 사람은 그림자를 제대로 떼어 내지 못했어요. 아주 조금이지만, 아직 그림자가 남아 있어요." 그녀는 작은 소리로 말했다. "그래서 숲에 있는 거예요. 숲속 깊이 들어갈 만큼 마음이 강하지 못한데, 마을로 돌아갈 수도 없어요. 딱한 사람이죠."

"당신 어머니도 숲속에 있다고 생각해?"

"그럴지도 모르고, 그렇지 않을지도 모르죠." 그녀가 말했다. "사실은 잘 몰라요. 문득 그런 생각이 들었을 뿐이지."

청년은 7, 8분 뒤에 오두막으로 돌아왔다. 나는 고맙다고 말하고, 트렁크를 열어 안에서 선물로 가져온 물건을 꺼내 테이블에 늘어놓았다. 여행용 소형 시계와 체스 판과 기름 라이터다. 나는 그것들을 자료실에 있는 가방에서 찾았다.

"악기에 대한 답례입니다. 받아 주세요." 하고 나는 말했다.

청년은 처음에는 마다하더니, 결국 받기로 했다. 그는 시계를 바라보고, 라이터를 바라보고, 그리고 체스 말을 하나하나 바라보았다.

"어떻게 사용하는지 아나요?" 하고 나는 물었다.

"괜찮아요. 알 필요 없습니다." 그가 말했다. "그냥 바라보는 것만으로 충분히 아름다워요. 시간이 흐르면 어떻게 사용하는지 스스로 찾게 되겠죠. 시간은 얼마든지 있으니까요."

이제 그만 가 보겠다고 나는 말했다.

"급한 일이라도?" 그가 서운한 표정으로 물었다.

"날이 저물기 전에 마을로 돌아가 한잠 잔 후에 일을 하고 싶어서요." 하고 나는 말했다.

"그렇군요." 청년이 말했다. "알겠어요. 문밖에서 배웅하죠. 사실은 숲의 출구까지 같이 가고 싶지만, 일하는 중이라 자리를 뜰 수가 없군요."

우리 셋은 오두막 앞에서 헤어졌다.

"언젠가 또 오세요. 그리고 그 악기 소리를 들려주세요." 청년이 말했다. "언제든 환영합니다."

"고맙습니다." 하고 나는 말했다.

발전소에서 멀어지면서 바람 소리도 조금씩 약해져, 숲의 출구에 다다랐을 때는 사라져 버렸다.

# 29 하드보일드 원더랜드

호수, 곤도 마사오미, 팬티스타킹

나와 통통한 손녀딸은 헤엄칠 때 젖지 않도록 짐을 조그맣게 꾸려 여벌 셔츠에 둘둘 싼 다음 그걸 머리 위에 고정했다. 참 묘한 꼴이었지만, 일일이 웃고 있을 틈은 없었다. 식량과 위스키와 여분의 장비를 남겨 둔 탓에 꾸러미는 그렇게 크지 않았다. 손전등과 스웨터와 신발과 지갑과 나이프와 야미쿠로 퇴치 장치 정도다. 그녀의 짐도 비슷했다.

"조심해요." 박사가 말했다. 어슴푸레한 빛 속에서 보니, 박사는 처음 봤을 때보다 훨씬 늙어 보였다. 피부에는 탄력이 없고, 머리칼은 잘못된 장소에 심긴 식물처럼 푸석푸석하고, 얼굴 여기저기에 누런 검버섯이 피어 있었다. 이렇게 보니, 그 또한 그저 일개 노인이었다. 천재 과학자가 되었든 뭐가 되었든, 사람은 전부 늙고, 그리고 죽어 간다.

"안녕히 계십시오." 하고 나는 말했다.

우리는 어둠 속에서 토프를 타고 수면까지 내려갔다. 내가 먼저 내려가 불빛으로 신호를 보내자, 그녀가 내려왔다. 어둠 속에서 물에 몸을 담그자니 왠지 스산하고 내키지 않았지만, 좋고 말고를 따질 여유는 없었다. 나는 한쪽 다리를 먼저 물에 담그고, 그다음에 어깨까지 담갔다. 물은 얼어붙을 듯이 차가웠지만, 별문제는 없는 듯했다. 그냥 보통 물이다. 뭐가 섞이지도 않은 듯했고, 비중도 비슷한 것 같았다. 사방은 우물 속처럼 잠잠했다. 공기도 물도 어둠도, 꼼짝하지 않았다. 우리가 내는 물소리만 몇 배나 크게 확대되어 어둠 속에 울렸다. 그것은 마치 거대한 수생동물이 먹잇감을 우적거리는 듯한 소리였다. 나는 물에 들어가서야 박사에게 상처를 치료받는다는 걸 깜박한 게 떠올랐다.

"그 발톱 난 물고기가 여기에서 헤엄치고 있는 건 아니겠지?" 나는 그녀의 기척이 나는 쪽을 향해 물었다.

"안 그래요." 그녀가 말했다. "아마. 그건 전설일 테니까."

그런데도 나는 그 거대한 물고기가 불쑥 물밑에서 올라와 내 다리를 물어뜯지는 않을까 하는 생각을 머리에서 떨쳐 낼 수 없었다. 어둠이라는 것은 온갖 공포를 조장한다.

"거머리도 없고?"

"글쎄? 없지 않을까요?" 그녀는 대답했다.

우리는 서로 몸을 로프로 연결한 채, 짐이 젖지 않도록 천천히 평영으로 '탑'을 한 바퀴 빙 돌았다. '탑'의 뒤에서 박사가 비추는 손전등 빛을 찾았다. 불빛은 기울어진 등대처럼 똑바

로 어둠을 관통해 수면의 한곳을 엷은 노란색으로 물들이고
있었다.

"저 방향으로 계속 가면 돼요." 그녀가 말했다. 수면에 비친
그 빛과 손전등의 빛이 한 줄로 겹치도록 하면 된다.

내가 앞서 헤엄치고, 그녀가 뒤에서 헤엄쳐 따라왔다. 내 손
이 물을 가르는 소리와 그녀 손이 물을 가르는 소리가 번갈아
울렸다. 우리는 때로 헤엄치다 말고 고개를 뒤로 돌려, 방향을
확인하면서 진로를 조정했다.

"짐이 물에 젖지 않도록 해요." 그녀가 헤엄치면서 내게 말
했다. "그 장치는 젖으면 못 써요."

"걱정 마." 나는 말했다. 그러나 솔직히 짐이 물에 닿지 않게
하려면 상당히 노력을 기울여야 했다. 모든 것이 어둠에 싸여
있는 탓에, 어디가 수면인지 알 수 없기 때문이다. 때로 내 손
이 지금 어디에 있는지도 알 수 없을 정도였다. 나는 헤엄치면
서 오르페우스가 저승으로 내려가기 위해 건너야 했던 죽음
의 강을 떠올렸다. 세상에는 이루 헤아릴 수 없을 만큼 많은
형태의 종교와 신화가 있는데, 사람들이 죽음에 대해 하는 생
각은 대체로 비슷하다. 오르페우스는 배를 타고 어둠의 강을
건넜다. 나는 머리에 짐을 이고 평영으로 건너고 있다. 그런 의
미에서는 고대 그리스인이 나보다 훨씬 스마트했다. 상처에 신
경이 쓰였지만, 신경을 쓴다고 어떻게 되는 것도 아니었다. 다
행히 긴장하고 있는 탓인지 아픔은 그리 느껴지지 않았고, 봉
합한 곳이 터진다 한들 죽음에 이르는 상처도 아니다.

"당신 정말 할아버지에게 그렇게 화 안 났어요?" 손녀딸이

물었다. 어둠과 기묘한 울림 탓에, 그녀가 어느 쪽에 어느 정노 떨어져 있는지 전혀 가늠되지 않았다.

"모르겠어. 나도 모르겠어." 나는 적당한 방향을 향해 외쳤다. 내 목소리마저 이상한 방향에서 들려왔다. "너희 할아버지 얘기를 듣다 보니까, 어떻든 상관없을 듯한 기분이 들었어."

"어떻든 상관없다고?"

"대수로운 인생도 아니고, 대수로운 뇌도 아닌데 뭐."

"그래도 당신은 아까 자신의 인생에 만족한다고 했잖아요."

"말이 그렇다는 거지." 하고 나는 말했다. "어떤 군대에도 깃발은 필요하잖아."

그녀는 잠시 내 말의 의미를 생각했다. 그동안 우리는 묵묵히 헤엄쳤다. 죽음 자체처럼 깊고 무거운 침묵이 땅속 수면을 지배하고 있었다. 그 물고기는 어디에 있을까, 하고 생각했다. 발톱이 돋은 징그러운 물고기가 어딘가에 분명 실존할 것이라고 나는 믿기 시작했다. 물고기는 물밑에서 조용히 잠들어 있는 것일까? 아니면 어디 다른 동굴 속을 헤엄치며 돌아다니고 있을까? 아니면 우리의 냄새를 맡고 지금 이쪽으로 헤엄쳐 오는 중일까? 나는 물고기의 발톱이 내 다리를 잡을 때의 감촉을 상상하고는 몸을 떨었다. 머지않아 내가 죽든 사라지든 한다 해도, 적어도 이렇게 비참한 곳에서 물고기에 먹히는 것만은 피해야 했다. 어차피 죽는다면, 내게 익숙한 태양 아래에서 죽고 싶다. 물이 차가워서 두 팔이 묵직하게 저려 왔지만, 그래도 힘을 내어 열심히 물을 갈랐다.

"당신 참 좋은 사람이네요." 그녀가 말했다. 그녀의 목소리에서는 피로가 조금도 엿보이지 않았다. 목욕이라도 하고 있는 것처럼 느긋한 목소리였다.

"그렇게 생각해 주는 사람은 많지 않아." 하고 나는 말했다.

"그래도 나는 그렇게 생각해요."

나는 헤엄치면서 뒤돌아보았다. 박사가 비추는 손전등의 불빛은 까마득하게 멀어지고 말았지만, 내 손은 아직 목표 지점인 암벽에 닿지 않았다. 왜 이렇게 먼 거야, 하고 나는 넌더리를 치며 생각했다. 이렇게 멀다는 걸 미리 알았으면, 그렇다고 말을 해 주면 좋지 않은가. 그러면 나도 나름의 각오를 하고 헤엄쳤을 것이다. 물고기는 어떻게 되었을까? 아직 나의 존재를 알아차리지 못한 것일까?

"할아버지를 변호하려는 건 아니지만." 그녀가 말했다. "할아버지는 나쁜 뜻이 없었어요. 그냥 한 가지 일에 열중하면 주변이 눈에 들어오지 않을 뿐이에요. 이 일도 처음에는 선의로 시작한 거예요. '조직'이 당신을 이상하게 주물럭대기 전에 어떻게든 나름으로 비밀을 해명해서 당신을 구할 생각이었어요. 할아버지는 할아버지대로 '조직'에 협력해서 무리한 인체 실험을 했다는 걸 수치스러워하고 있어요. 그건 잘못된 일이었으니까."

나는 아무 대꾸도 않고 헤엄만 쳤다. 지금 와서 잘못된 일이라고 한들, 아무 소용이 없다.

"그러니까 할아버지를 용서해 줘요." 그녀가 말했다.

"내가 용서를 하든 안 하든, 너희 할아버지는 아무 관계 없을 거야." 나는 대답했다. "그런데 왜 너희 할아버지가 도중에 프로젝트를 포기했을까? 그렇게 책임을 느낀다면 '조직'에 남아서 더 이상의 희생이 생기지 않도록 연구를 계속해야 하는 거 아닌가? 아무리 큰 조직 안에서 일하는 게 싫어도 그렇지, 연구의 연장선에서 사람들이 덧없이 죽어 갔잖아."

"할아버지는 '조직' 자체를 믿을 수 없게 된 거예요." 그녀가 말했다. "계산사의 '조직'과 기호사의 '공장'은 같은 사람의 오른손과 왼손이라고 했어요."

"무슨 뜻이지?"

"'조직'이나 '공장'이나 하는 일은 기술적으로 거의 똑같아요."

"기술적으로는 그렇다고 할 수 있지. 그래도 우리는 정보를 지키고, 기호사는 정보를 훔치잖아. 목적이 전혀 다르다고."

"그런데 만약." 하고 그녀가 말했다. "'조직'과 '공장'이 같은 사람의 손에 조정되고 있다면 어떻겠어요? 그러니까 왼손은 훔치고, 오른손은 지키고."

나는 어둠 속에서 천천히 물을 가르면서 그녀가 한 말에 대해 생각해 보았다. 믿을 수 없는 얘기였지만, 전혀 불가능한 것도 아니었다. 나는 '조직'을 위해 일해 왔지만, 정작 '조직'의 내부가 어떤 구조이냐고 물으면 대답할 말이 없었다. 너무 거대한 데다 철저한 비밀주의 방침으로 내부 정보가 제한되어 있기 때문이다. 우리는 위에서 내려오는 지시를 따라 오직 주어진 일을 하는 존재에 지나지 않았다. 위에서 뭐가 어떻게 돌아가는지, 나 같은 말단은 상상도 할 수 없다.

"만약 당신 말대로라면, 벌이가 엄청 좋은 장사겠는데." 하고 나는 말했다. "양손에 서로 경쟁을 붙여서 얼마든지 값을 올릴 수 있잖아. 힘을 비슷하게 맞춰 놓으면 값이 떨어질 우려도 없고."

"할아버지는 '조직' 안에서 연구하는 중에 그걸 깨달았어요. 결국 '조직'은 국가를 등에 업은 사기업에 불과했던 거죠. 사기업의 목적은 영리의 추구에 있잖아요. 영리의 추구를 위해서는 무슨 일이든 해요. '조직'은 정보 소유권 보호라는 명분의 간판을 내걸고 있지만, 그런 건 다 입으로만 하는 소리예요. 할아버지는 만약 자신이 이대로 연구를 계속하면 사태가 훨씬 더 심각해질 거라고 예상했어요. 뇌를 마음대로 개조하고 들쑤시는 기술이 점점 발달하면, 세계의 상황이나 인간이라는 존재가 엉망진창이 될 거라고요. 그러니까 억제와 통제가 필요한데, '조직'에나 '공장'에나 그런 건 전혀 없어요. 그래서 할아버지가 프로젝트에서 물러난 거예요. 당신과 다른 계산사들에게는 안됐지만, 그 이상 연구를 계속할 수 없었던 거죠. 그러지 않았으면 더 많은 희생자가 났을 거예요."

"한 가지 묻고 싶은데, 너는 상황을 처음부터 끝까지 전부 알고 있었지?" 나는 물어보았다.

"네, 알고 있었어요." 잠깐 망설인 후에 그녀가 털어놓았다.

"왜 처음에 그렇다고 가르쳐 주지 않았지? 그랬으면 이렇게 말도 안 되는 곳에 굳이 올 필요도 없었고, 시간도 절약할 수 있었는데."

"당신이 할아버지를 만나서 상황을 정확하게 알기를 바랐어요." 그녀가 말했다. "그리고 내가 말해 봐야 당신은 절대 믿지 않았을걸요?"

"하긴, 그랬을지도 모르지." 나는 말했다. 누가 불쑥 제3 회로라느니 불사라는 둥의 말을 하면 쉽게 믿지 못하는 게 당연하다.

그리고 조금 더 헤엄쳐 가자 손끝에 딱딱한 것이 닿았다. 생각을 하고 있었던 탓에 처음에는 그게 뭘 의미하는지 몰라 순간적으로 혼란스러웠지만, 마침내 그것이 암벽이라는 걸 알았다. 우리는 어찌어찌 땅속 호수를 헤엄쳐 건넌 듯했다.

"도착했어." 하고 나는 말했다.

그녀도 내 옆에 와서 암벽을 확인했다. 뒤를 돌아보니, 손전등 불빛이 어둠 속에서 별처럼 가물가물 빛나고 있었다. 우리는 그 빛의 선을 따라 10미터 정도 오른쪽으로 이동했다.

"아마 이 부근일 거예요." 그녀가 말했다. "수면에서 50센티미터 정도 위에 구멍이 뚫려 있을 텐데."

"수면이 더 위로 올라온 거 아니야?"

"그렇지 않아요. 이 수면의 높이는 언제나 일정해요. 왜인지는 모르지만, 아무튼 그래요. 5센티미터도 달라지지 않아요."

나는 짐이 흩어지지 않도록 조심하면서 머리에 묶은 셔츠 안에서 소형 손전등을 꺼내고, 다른 손으로는 암벽의 움푹 파인 곳을 짚어 몸의 균형을 잡으면서 50센티미터 정도 위를 비춰 보았다. 눈부신 노란색 빛 속에 바위가 드러났다. 눈이 빛에 익숙해질 때까지 시간이 꽤 걸렸다.

"구멍 같은 건 없는데." 나는 말했다.

"조금 더 오른쪽으로 이동해 봐요." 그녀가 말했다.

나는 머리 위를 비추면서 암벽을 따라 이동했다. 그러나 구멍 같은 것은 보이지 않았다.

"정말 오른쪽인 것 맞아?" 나는 물었다. 헤엄치지 않고 물속에 가만히 있자니 물의 차가움이 뼛속까지 저릿저릿하게 스미는 느낌이었다. 온몸의 관절이 얼어붙은 것처럼 딱딱해지고, 입을 벌려 말하는 것조차 힘들어졌다.

"그럼요. 조금 더 오른쪽으로."

나는 부들부들 떨면서 오른쪽으로 이동했다. 마침내 암벽을 더듬던 왼손이 묘한 감촉의 물체에 닿았다. 방패처럼 둥글게 부풀었고, 전체는 LP 레코드 정도 크기였다. 손끝으로 더듬어 보니 그 표면에 인공적인 뭔가가 새겨져 있다는 걸 알 수 있었다. 나는 손전등을 비추어 자세히 살펴보았다.

"부조죠." 하고 그녀가 말했다.

나는 목소리가 나오지 않아 그저 고개만 끄덕였다. 그것은 아닌 게 아니라 우리가 성역에 들어왔을 때 본 것과 똑같은 문양의 부조였다. 발톱 있는 두 마리의 징그러운 물고기가 서로의 입과 꼬리를 물고 세계를 감싸고 있다. 둥그런 부조는 마치 바다에 잠겨 가는 달처럼 삼분의 이를 수면 위로 내밀고, 나머지 삼분의 일은 물속에 잠겨 있었다. 저번에 보았던 것처럼 실로 정교했다. 이렇게 발 디딜 곳조차 불안정한 장소에 이렇듯 정교한 조각을 하려면 상당한 공이 들었을 것이다.

"거기가 출구예요." 그녀가 말했다. "아마 입구와 출구에 똑같이 그런 부조가 있지 않나 싶네요. 위를 봐요."

나는 손전등을 비춰 암벽 위를 훑어보았다. 바위가 약간 앞으로 튀어나와 있는 탓에 뒤가 잘 보이지 않았지만, 그곳에 뭐가 있다는 것은 알 수 있었다. 나는 손전등을 그녀에게 건네고, 위로 올라가 보기로 했다.

둥그런 부조물 위에는 마침 두 손을 걸 수 있도록 파인 곳이 있었다. 나는 온몸에 힘을 잔뜩 주고 딱딱하게 굳은 몸을 끌어올려 부조물 위에 발을 걸었다. 그리고 오른손을 뻗어 바윗부리를 잡고, 몸을 올려 목을 바위 위로 내밀었다. 어두워서 선명하게 보이지는 않았지만, 옆으로 뚫린 구멍이 틀림없이 있었다. 희미한 바람의 흐름도 느낄 수 있었다. 서늘하고 툇마루 밑 같은 냄새가 나는 텁텁한 바람이었지만, 아무튼 거기에 터널이 있다는 건 알았다. 나는 바윗부리에 양 팔꿈치를 걸고, 발로 움푹 파인 곳을 딛고서 그 위로 몸을 끌어올렸다.

"구멍이 있어." 나는 상처의 아픔을 견디면서 아래를 향해 외쳤다.

"살았네요." 그녀가 말했다.

나는 손전등을 받아 들고, 그녀의 손을 잡고 위로 끌어올렸다. 우리는 구멍 입구에 나란히 앉아, 잠시 부들부들 떨었다. 셔츠도 바지도 물에 푹 적신 다음 냉동고에 넣어 얼린 듯 차가웠다. 마치 거대한 위스키 잔을 헤엄쳐 건넌 듯한 기분이었다.

그리고 우리는 머리 위에서 짐을 내리고 풀어서, 셔츠를 갈아입었다. 나는 스웨터를 그녀에게 양보했다. 젖은 셔츠와 윗도리는 버렸다. 하반신은 젖은 채였지만 여벌 바지와 속옷까지는 가져오지 못했으니 어쩔 수 없다.

그녀가 야미쿠로 퇴치 장치를 점검하는 동안 나는 손전등을 몇 번 껐다 켰다 하면서 '탑' 위에 있는 박사에게 우리가 무사히 구멍에 도착했다는 것을 알렸다. 어둠 속에 동그마니 뜬 노랗고 조그만 불빛도 거기에 맞춰 두세 번 깜박거리고는 사라졌다. 그 빛이 사라지고 나자, 세계는 다시 더욱 완벽한 어둠으로 돌아갔다. 거리도 두께도 깊이도 가늠할 수 없는 무의 세계다.

"가요." 그녀가 말했다. 나는 손목시계의 불을 켜서 시간을 확인했다. 7시 18분이었다. 텔레비전에서 일제히 아침 뉴스를 하고 있을 시간이다. 지상의 사람들은 아침을 먹으면서 일기예보와 두통약 광고와, 근자에 문제되고 있는 자동차의 대미 수출 상황에 관한 정보를 아직 잠이 덜 깬 머리에 쑤셔 넣고 있을 것이다. 아무도 내가 하룻밤 새 땅속의 미로를 헤매 다녔다는 것을 모른다. 얼음처럼 차가운 물속을 헤엄치고, 거머리에게 피를 빨리고, 아픈 배를 껴안고 고통스러워했다는 것도 모른다. 나의 현실 세계가 앞으로 28시간 42분이면 끝난다는 것도 모른다. 텔레비전 뉴스 프로그램에서는 아무도 그런 걸 가르쳐 주지 않기 때문이다.

구멍은 지금까지 우리가 지나온 곳보다 훨씬 좁아서, 거의 기다시피 몸을 굽히지 않고는 앞으로 나아갈 수 없었다. 게다가 마치 내장같이 상하좌우로 구불구불 이어졌다. 움집처럼 움푹 꺼져서 내려갔다가 다시 기어 올라와야 하는 곳도 있었다. 롤러코스터의 선로처럼 복잡한 원을 그리는 곳도 있었다. 덕분에 앞으로 나아가기가 몹시 힘들었고 시간도 걸렸다. 굴은 야미쿠로가 판 게 아니라, 자연의 침식 작용으로 생긴 듯했다. 아무리 야미쿠로라도 굳이 이렇게 복잡하고 성가신 통로를 만들지는 않을 것이다.

30분을 나아가 야미쿠로 퇴치 장치를 교환하고, 다시 10분 정도 걸어가자 그 구불구불하고 좁은 통로가 끝나고, 갑자기 천장이 높고 탁 트인 장소가 나왔다. 옛날 건물의 현관처럼 그곳은 잠잠하고 어둡고, 곰팡내가 났다. 통로는 T자 모양으로 좌우로 뻗어 있고, 바람이 오른쪽에서 왼쪽으로 느릿느릿 흘러가는 걸 느낄 수 있었다. 그녀는 대형 플래시로 오른쪽으로 뻗은 길과 왼쪽으로 뻗은 길을 번갈아 비췄다. 각각의 통로는 똑바로 앞에 있는 어둠 속으로 빨려 들어갔다.

"어느 쪽으로 가면 되지?" 나는 물었다.

"오른쪽." 그녀가 말했다. "방향으로 쳐도 그렇고, 바람도 이쪽에서 불어오고 있어요. 할아버지 말대로 이 부근이 센다가야일 테니까, 저기에서 오른쪽으로 꺾어서 진구 구장 쪽으로 가야 하지 않을까요."

나는 머리에 지상의 풍경을 떠올려 보았다. 만약 그녀 말이 맞는다면, 이 위 지상의 어느 언저리에 라면 가게가 두 군데 나란히 자리하고 있고, 가와데쇼보와 빅터 스튜디오가 있을 터였다. 내가 다니는 이발소도 그 근처에 있다. 나는 벌써 10년이나 그 이발소에 다니고 있다.

"이 근처에 단골 이발소가 있어." 하고 나는 말했다.

"그래요?" 그녀는 별 관심 없다는 듯이 말했다.

세계가 끝나기 전에 이발소에 가서 머리를 깎는 것도 나쁘지 않은 생각일 듯했다. 어차피 24시간 남짓 남은 시간에 대단한 걸 할 수 있는 것도 아니다. 목욕을 하고 깔끔한 옷을 입고, 이발소에 가는 정도가 고작일지도 모른다.

"조심해요." 그녀가 말했다. "야미쿠로 소굴이 가까운 것 같아요. 소리도 들리고, 이상한 냄새도 나요. 나한테서 떨어지지 않게 딱 붙어요."

나는 귀를 기울이고, 냄새도 맡아 보았지만, 그럴듯한 소리도 냄새도 감지할 수 없었다. 휴르휴르 하는 기묘한 음파가 들린 듯한 기분은 들었지만, 정확하게 파악할 수는 없었다.

"놈들이 우리가 다가오고 있다는 걸 알까?"

"물론이죠." 그녀가 말했다. "여기는 야미쿠로의 세상이에요. 그들이 모르는 것은 없어요. 그래서 다들 화가 나 있다고요. 우리가 그들의 성역을 지나 소굴에 다가가고 있는 것에 대해서요. 우리를 잡으면 아마 가만 두지 않을걸요. 그러니까 절대 내게서 떨어지지 마요. 조금이라도 틈이 생기면 어둠 속에서 팔이 뻗어 나와 당신을 어딘가로 끌고 갈 거예요."

우리는 서로를 묶은 로프를 바짝 당겨, 50센티미터 거리를 유지했다.

"조심해요. 이쪽에 벽이 없어." 그녀가 날카로운 소리로 외치며 빛을 얼른 왼쪽으로 비췄다. 그녀 말대로 왼쪽 벽이 어느 틈에 사라지고, 그 대신 농밀한 어둠의 공간이 모습을 드러내고 있었다. 빛은 화살처럼 일직선으로 어둠을 뚫고 나아가다 그 앞의 더 깊은 어둠으로 쓱 사라졌다. 어둠이 마치 살아서 숨을 쉬고 꿈틀거리는 듯이 느껴졌다. 젤리처럼 찐득하고 기분 나쁜 어둠이었다.

"들려요?" 그녀가 물었다.

"들려." 나는 말했다.

지금은 내 귀보노 야미쿠로의 소리를 알아들을 수 있었다. 그러나 정확하게 말하면 그것은 소리라기보다 오히려 이명에 가까웠다. 어둠을 뚫고 다가와, 드릴의 날처럼 날카롭게 귀를 찌르는 무수한 날벌레의 신음이다. 소리는 사방 벽에 왕왕 울려서 내 고막을 묘한 각도로 비틀었다. 나는 그대로 손전등을 내던지고, 지면에 주저앉아 두 손으로 귀를 꽉 막고 싶었다. 마치 온몸의 모든 신경을 증오의 줄로 갈아 대는 듯한 기분이었다.

그 증오는 내가 지금껏 체험한 어떤 종류의 증오와도 달랐다. 그들의 증오는 지옥의 구멍에서 휘몰아치는 바람처럼 우리를 짓누르고, 갈가리 흩어 놓으려고 했다. 땅속의 어둠을 하나로 모아 응축해 놓은 것처럼 암울한 생각과, 빛과 눈을 잃은 세계에서 비틀리고 더러워진 시간의 흐름이 거대한 덩어리가 되어 우리 위를 덮치고 있는 듯이 느껴졌다. 나는 그때껏 증오가 이렇듯 무거울 줄은 몰랐다.

"멈추지 마!" 그녀가 내 귀를 향해 외쳤다. 그녀 목소리는 가슬가슬 말라 있었지만 떨리지는 않았다. 그녀가 고함을 지르고서야, 나는 내가 멈춰서 있다는 걸 깨달았다.

그녀는 허리와 허리를 묶은 로프를 획 잡아당겼다. "멈추면 안 돼. 멈추면 끝이라고! 어둠 속으로 끌려간단 말이야."

그러나 내 발은 꿈쩍도 하지 않았다. 그들의 증오가 내 발을 지면에 꽉 짓누르고 있는 것이다. 시간이 끔찍한 태고의 기억을 향해 거꾸로 거슬러 올라가는 듯한 기분이 들었다. 나는 이제 어디로도 갈 수 없다.

그녀의 손이 어둠 속에서 내 뺨을 힘껏 갈겼다. 순간적으로 귀가 멀어질 만큼 억센 힘이었다.

"오른쪽!" 그녀의 외침이 들렸다. "오른쪽이야! 안 들려! 오른쪽을 내밀라고. 오른쪽이라니까, 이 멍청이!"

나는 푸들푸들 소리까지 내며 떨리는 오른발을 겨우 앞으로 내밀었다. 그들의 소리에 희미한 낙담이 섞이는 게 느껴졌다.

"왼쪽!" 그녀가 고함쳐, 나는 왼발을 앞으로 내밀었다.

"그렇지, 그렇게. 천천히 한 발씩 앞으로 내밀어. 이제 괜찮아요?"

괜찮아, 하고 나는 말했지만, 그게 소리로 나왔는지 어떤지는 나 자신도 몰랐다. 내가 아는 건 그녀가 말한 대로 야미쿠로가 우리를 그 농밀한 어둠 속으로 끌고 들어가려 한다는 것뿐이었다. 그들은 우리의 귀를 통해 몸 안으로 공포를 밀어 넣어 우선 발을 멈추게 하고, 그리고 천천히 자기들 앞으로 끌어당기려는 것이다.

한번 발을 움직이기 시작하자, 이번에는 오히려 달리고 싶은 충동에 시달렸다. 한시 빨리 이 소름 끼치는 장소에서 탈출하고 싶었다.

그녀는 나의 그런 기분을 헤아린 듯, 손을 뻗어 내 손목을 단단히 잡았다.

"발을 비춰요." 그녀가 말했다. "벽에 등을 대고, 한 걸음씩 옆으로 걸어요. 알겠어요?"

"알았어." 하고 나는 말했다.

"절대 빛을 위로 향하면 안 돼요."

"왜?"

"야미쿠로가 저기 있어요. 바로 저기." 그녀가 속삭이듯이 말했다. "야미쿠로의 모습은 절대 보면 안 돼요. 보면 더는 걸을 수 없을 테니까."

우리는 손전등의 빛으로 발치를 확인하면서 한 걸음 한 걸음 옆으로 걸었다. 때로 차갑게 볼을 스치는 바람에 죽은 물고기 같은 악취가 섞여 올 때마다 나는 숨이 막힐 것 같았다. 내장이 튀어나오고 벌레가 꼬인 거대한 물고기의 몸 안으로 떨어진 듯한 느낌이었다. 야미쿠로의 소리는 여전히 계속되고 있었다. 그것은 마치 소리가 존재할 리 없는 곳에서 억지로 쥐어짜 낸 것처럼 불쾌한 소리였다. 나의 고막은 비틀린 형태 그대로 굳고, 입안에는 시큼한 냄새 나는 역한 침이 계속 고였다.

그런데도 나의 발은 반사적으로 옆으로 나아가고 있었다. 나는 오른발과 왼발을 번갈아 옮기는 데만 신경을 집중했다. 때로 그녀가 내게 뭐라고 말을 걸었지만, 나의 귀는 그녀의 말을 제대로 알아듣지 못했다. 살아 있는 한 그들의 이 소리를 기억에서 지울 수 없을 것이라는 생각이 들었다. 그들의 소리는 언젠가 다시 깊은 어둠과 함께 나를 덮쳐 올 것이라고. 그리고 언젠가는 반드시, 그들의 끈끈한 손이 내 발목을 꽉 잡게 될 것이라고.

이 악몽 같은 세계에 들어온 후로 시간이 얼마나 흘렀는지, 이제는 알 수가 없었다. 그녀 손에 들린 야미쿠로 퇴치 장치에 아직 작동 중이라는 파란 불이 켜져 있으니까 그렇게 오래되지는 않았을 것이다. 그러나 내게는 2시간이나 3시간 정도가 흐른 듯 길게 느껴졌다.

그러다 공기의 흐름이 갑자기 바뀌는 걸 느꼈다. 썩은 냄새가 걷히고, 귀를 짓누르는 압박감도 썰물이 빠져나가듯 약해지고, 소리의 울림도 달라졌다. 알고 보니 야미쿠로의 소리도 먼바다 울림 정도로 작아져 있었다. 최악의 고비를 넘긴 것이다. 그녀가 불빛을 위로 비추자, 그 빛에 다시 암벽이 드러났다. 우리는 거기에 기대어 깊은 한숨을 내쉬고, 손등으로 얼굴에 끈끈하게 들러붙은 땀을 닦았다.

그녀도 나도 오래도록 말을 하지 않았다. 야미쿠로들의 먼 소리도 마침내 사라지고, 다시 정적이 사방을 에워쌌다. 어디선가 물방울이 지면으로 떨어지는 조그만 소리만 허망하게 울렸다.

"그들은 뭘 그렇게 증오하는 거지?" 나는 그녀에게 물어보았다.

"빛이 있는 세계와 거기 사는 자들." 그녀가 대답했다.

"기호사들이 놈들과 손을 잡다니 믿을 수가 없군. 가령 어떤 메리트가 있더라도 말이야."

그녀는 그 말에는 대꾸하지 않았다. 대신 내 손목을 다시 한번 꽉 잡았다.

"있죠, 내가 지금 무슨 생각 하는지 알아요?"

"모르는데." 하고 나는 말했다.

"당신이 지금부터 가게 될 세계에 나도 따라갈 수 있다면 얼마나 멋질까 하고 생각했어요."

"이 세계를 버리고?"

"네, 그래요." 그녀가 말했다. "시시해요. 당신의 의식 속에서 사는 편이 훨씬 재미있을 것 같아요."

나는 아무 말도 못 하고 고개를 저었다. 나는 내 의식 속에서 살고 싶지 않다. 누구의 의식 속에서도 살고 싶지 않다.

"아무튼, 가요." 그녀가 말했다. "여기서 마냥 꿈지럭대고 있을 수는 없어요. 하수도를 찾아야죠. 지금 몇 시쯤 됐을까요?"

나는 손목시계의 버튼을 눌러 숫자판의 불을 켰다. 손가락이 아직도 약간 떨렸다. 이 떨림이 멈추려면 시간이 얼마나 더 지나야 할까.

"8시 20분."

"장치를 바꿀게요." 하면서 그녀는 스위치를 눌러 새 기계를 작동시키고, 지금까지 사용하던 쪽은 충전 상태로 전환한 다음 셔츠와 치마 사이에 아무렇게나 집어넣었다. 이제 구멍으로 들어온 지 꼭 1시간이 지났다. 박사는 조금 더 가면 회화관 가로수길 쪽을 향해 왼쪽으로 도는 길이 나온다고 했다. 거기까지 가면 지하철 선로는 바로 코앞이다. 그리고 적어도 지하철은 지상 문명의 연장선에 놓여 있다. 그러면 우리는 야미쿠로의 나라에서 빠져나갈 수 있게 된다.

한참을 걸어가자 길이 예상했던 대로 왼쪽으로 꺾였다. 은행나무 가로수길로 나온 것이다. 계절은 초가을, 은행나무에는 아직 파란 이파리가 무성하게 달려 있을 것이다. 나는 따스한 햇살과 푸른 잔디 냄새와 가을의 첫 바람을 머릿속에 그려 보았다. 나는 그곳에서 몇 시간이고 누워 하늘을 바라보고 싶었다. 이발소에 가서 머리를 깎고, 그길로 가이엔에 가서 잔디밭에 누워 하늘을 바라보는 것이다. 그리고 시원한 맥주를 마음껏 마신다. 세계가 끝나기 전에.

"바깥은 날씨가 어떨까?" 나는 앞서가는 그녀에게 물어보았다.

"글쎄, 어떨지. 모르겠어요. 알 리가 없잖아요." 그녀는 말했다.

"일기예보 안 봤어?"

"그런 걸 언제 봐요. 나는 종일 당신 집을 찾아다녔는데."

나는 어젯밤 집을 나섰을 때 하늘에 별이 떠 있었는지 어땠는지를 기억하려 했지만, 소용없었다. 기억해 낼 수 있는 건 스카이라인을 타고 카스테레오로 듀란듀란을 듣고 있던 젊은 남녀의 모습뿐이었다. 별은 전혀 기억나지 않는다. 돌이켜 보면, 지난 몇 달 동안 별을 올려다본 적이 한 번도 없었다. 석달 전쯤에 하늘에서 별이 전부 사라졌다 해도 나는 아마 전혀 몰랐을 것이다. 내가 보고 기억하는 건 여자의 손목에 감긴 은팔찌와 고무나무 화분 속에 떨어진 아이스크림 막대기, 그런 것뿐이었다. 그렇게 생각하자 나 자신이 아주 불충분하고 부적절하게 인생을 보낸 듯한 기분이 들었다. 나는 유고슬라비아의 시골에서 양치기로 태어나, 매일 밤 북두칠성을 바라보면서 살 수도 있지 않았을까 하고 생각했다. 스카이라인도 듀란듀란도 은팔찌도 셔플링도 짙은 파란색 트위드 양복도, 아주 먼 옛날에 꾼 꿈만 같았다. 마치 고압 프레스기로 자동차 한 대를 고스란히 압축해 철판 한 장으로 만들어 버린 것처럼, 온갖 종류의 기억이 유난히 편평해졌다. 기억은 복잡하게 얽힌 채 신용카드만 한 두께의 널빤지 한 장이 되고 말았나. 성년에서 보면 약간 부자연스러운 정도지만, 옆에서 보면 거의 의미 없는 가느다란 선 하나에 지나지 않는다. 거기에는 틀림없이 나의 모든 게 담겨 있는데, 그 자체는 그저 플라스틱 카드 한 장에 불과하다. 그걸 해독하기 위해 만들어진 전용 기계의 틈새에 끼워 넣지 않는 한, 그것은 아무 의미도 갖지 못한다.

아마 제1 회로가 점차 얇어지는 거겠지, 하고 나는 상상했다. 그래서 나의 현실적인 기억이 이렇게 밋밋하고 남 일처럼 느껴지는 것이다. 나의 의식은 지금의 나 자신을 점점 떠나가고 있다. 그리고 나의 아이덴티티 카드는 지금보다 훨씬 더 얇아져 종이처럼 되었다가 마침내 홀연히 사라져 버릴 것이다.

나는 그녀 뒤를 따라 기계적으로 걸음을 옮기면서, 스카이라인에 타고 있던 남녀의 모습을 다시 한번 떠올려 보았다. 왜 그들에게 이렇듯 집착하는지 나 자신도 이해할 수 없었지만, 그 외엔 생각나는 것도 없었다. 그 두 사람은 지금쯤 뭘 하고 있을까, 하고 나는 생각해 보았다. 그러나 아침 8시 반에 그들이 뭘 할지, 전혀 상상할 수 없었다. 아직 침대 안에서 쿨쿨 자고 있을지도 모르고, 또는 전철을 타고 각자 회사로 출근하고 있을지도 모른다. 그 어느 쪽인지는 나도 모른다. 현실 세계의 움직임과 나의 상상력이 제대로 연결되지 않는다. 드라마 작가라면 적당한 줄거리를 만들어 낼 수도 있을 것이다. 여자는 프랑스 유학 중에 프랑스인 남자와 결혼했는데 남편이 교통사고를 당해 식물인간이 되었다. 그리고 그런 생활에 지친 나머지 남편을 버리고 도쿄로 돌아와, 벨기에인지 스위스인의 대사관에서 일한다. 은팔찌는 결혼 기념품이다. 이곳에서 겨울 니스 해변의 컷백이 삽입된다. 그녀는 언제나 그 은팔찌를 손목에 차고 있다. 목욕을 할 때도 섹스를 할 때도. 남자는 야스다 강당 공방전[1]에서 살아남은 사람이고 「재와 다이아몬드」의 주인공처럼 늘 선글라스를 끼고 있다. 방송국의 인기 연출가인데, 종종 최루 가스 냄새가 풍기는 꿈을 꾸다 가위에 눌린다. 아내는 5년 전에 손목을 그어 자살했다. 여기에서 또 컷백 삽입. 아무튼 컷백이 많은 드라마다. 그는 그녀의 왼 손목에서 흔들리는 은팔찌를 볼 때마다 좍 갈라진 채 피로 물들었던 아내의 손목이 떠올라, 그녀에게 그 은팔찌를 오른 손목에 해 달라고 부탁한다. "싫어." 그녀는 말한다. "나는 늘 왼 손목에만 팔찌를 한다고."

「카사블랑카」처럼 피아니스트가 한 명 등장해도 좋겠다. 알코올 중독자 피아니스트다. 피아노 위에는 언제나 레몬즙만 섞은 스트레이트 진 잔이 놓여 있다. 그는 두 사람의 공통의 친구로 두 사람의 비밀을 알고 있다. 재능 있는 재즈 피아니스트였는데 알코올 때문에 몸이 망가졌다.

거기까지 생각하다가 그만 한심해져 나는 그 이상 생각하기를 그만두었다. 그런 줄거리는 현실과는 아무 관계가 없다. 그러나 그렇다면 현실이란 대체 무엇인가를 생각하기 시작하자 머리가 더더욱 혼란스러워졌다. 현실은 커다란 종이상자에

---

1) 1969년 학원 민주화를 주장하는 학생과 경찰이 부딪혔던 사건.

빽빽하게 담긴 모래처럼 무겁고 퍼석거리고, 그리고 맥락이 없었다. 나는 벌써 몇 달 동안이나 별조차 보지 않았다.

"이제 더는 못 참겠어." 하고 나는 말했다.

"뭐를요?" 그녀가 물었다.

"어둠과 곰팡내와 야미쿠로와, 그런 모든 것을. 젖은 바지와 이 아픈 배도 모두. 바깥 날씨조차 모르잖아. 오늘이 무슨 요일이지?"

"이제 다 왔어요." 그녀가 말했다. "곧 끝나요."

"머리가 혼란스러워." 나는 말했다. "바깥 일이 잘 기억나지 않아. 뭘 생각해도 다른 방향으로 가 버리고."

"무슨 생각을 했는데요?"

"곤도 마사오미와 나카노 료코와 야마자키 쓰토무."

"잊어요." 그녀가 말했다. "아무 생각 마요. 이제 조금 더 가면 여기에서 나갈 수 있으니까."

그래서 나는 아무 생각 않기로 했다. 아무 생각도 하지 않자 다리에 차갑게 휘감긴 바지가 거슬렸다. 그 탓에 몸이 식고, 배의 상처가 또 묵직하게 욱신거리기 시작했다. 그러나 이렇게 몸이 차운 데도, 나는 이상하게 요의를 느끼지 않았다. 마지막으로 소변을 본 게 대체 언제였더라? 나는 기억을 있는 대로 끌어 모아 뒤집어 보았지만 헛수고였다. 언제 소변을 봤는지 기억나지 않았다.

적어도 지하로 내려온 후로는 한 번도 소변을 보지 않았다. 그 전에는? 그 전에 나는 차를 운전했다. 햄버거를 먹고, 스카이라인에 탄 남녀를 봤다. 그 전에는? 그 전에 나는 자고 있었다. 박사의 통통한 손녀딸이 찾아와 나를 깨웠다. 그때 소변을 봤나? 아마 보지 않았을 것이다. 그녀는 짐을 가방에 마구 쑤셔 넣듯 나를 두들겨 깨우고는 그대로 데리고 나갔다. 소변을 볼 틈도 없었다. 그 전에는? 그 전에 무슨 일이 있었는지 분명하게 기억나지 않았다. 병원에 갔을 것이다, 아마. 의사가 내 배의 상처를 봉합했다. 그런데 어떤 의사였지? 모르겠다. 아무튼 의사다. 하얀 옷을 입은 의사가 내 음모에서 조금 위쪽을 봉합했다. 그 전후에 내가 소변을 봤었나?

모르겠다.

아마 보지 않았을 것이다. 만약 그 전후에 소변을 봤다면, 나는 소변을 보면서 느꼈던 배의 아픔을 똑똑히 기억하고 있을 것이다. 그 기억이 없으니, 아마 나는 소변을 보지 않았을 것이다. 그렇다면 나는 꽤 오래 소변을 보지 않았다는 얘기다. 몇 시간이나?

시간을 생각하자 나는 새벽녘의 닭장처럼 혼란스러워졌다. 12시간? 28시간? 32시간? 내 소변은 대체 어디로 사라져 버린 것일까? 그동안 나는 맥주를 마시고 콜라도 마시고, 위스키도 마셨다. 그런 나의 수분은 모두 어디로 가 버린 것일까?

아니다, 배를 찔려 병원에 간 것은 그제였는지도 모른다. 어제는 전혀 다른 날이었던 것 같다는 기분도 든다. 그렇다면 어제는 어떤 날이었나 하면 나는 전혀 알 수가 없었다. 어제는 막연한 시간의 한 덩어리에 지나지 않았다. 그것은 마치 물을 먹어 부풀어 오른 양파 같은 모양이었다. 어디에 뭐가 있는지, 어디를 누르면 뭐가 나오는지, 무엇 하나 분명하지 않았다.

많은 일들이 회전목마처럼 다가왔다가 멀어져 갔다. 그 이인조가 내 배를 쭉 가른 것은 대체 언제 일이었을까? 그것은 내가 새벽녘의 슈퍼마켓 커피 스탠드에 앉아 있었던 때보다 먼저였을까, 나중이었을까? 나는 언제 소변을 봤을까? 그리고 나는 왜 소변에 대해 이렇게 신경을 쓰는 것일까?

"있어요." 하고 그녀는 뒤돌아, 내 팔꿈치 언저리를 꽉 잡았다. "하수도요. 출구라고요."

나는 머리에서 소변 생각을 떨쳐 내고, 그녀의 플래시가 비추는 벽의 일부분을 바라보았다. 거기에는 인간 하나가 겨우 기어 들어갈 만한 정도의 쓰레기 투입구 같은 사각형 구멍이 있었다.

"여긴 하수도가 아니잖아." 하고 나는 말했다.

"하수도는 이 안에 있어요. 여기는 하수도로 통하는 구멍. 봐요, 시궁창 냄새가 나잖아요."

나는 그 구멍 입구에 얼굴을 처박고 킁킁 냄새를 맡아 보았다. 정말 익숙한 시궁창 냄새가 났다. 땅속 미로를 돌고 돌아 겨우 빠져나오니, 그런 냄새마저 친밀하게 느껴졌다. 안에서 바람이 불어오는 것도 확실히 알 수 있었다. 마침내 지면이 파들파들 잘게 흔들리고, 구멍 안쪽에서 전철이 선로 위를 달리는 소리가 들려왔다. 소리는 10초에서 15초 정도 계속되다가 수도꼭지를 천천히 비틀어 닫을 때처럼 점차 작아지더니, 사라지고 말았다. 틀림없다. 여기가 출구다.

"겨우 도착했네요." 그녀가 내 목덜미에 키스했다. "기분이 어때요?"

"그런 건 묻지 마." 하고 나는 말했다. "뭐가 뭔지 잘 모르겠어."

그녀가 먼저 구멍에 머리를 밀어 넣었다. 그녀의 부드러운 엉덩이가 구멍 속으로 사라지고 난 다음에 나도 그 뒤를 따라 안으로 들어갔다. 좁은 통로가 잠시 계속되었다. 내 손전등이 비추는 건 그녀의 엉덩이와 종아리뿐이었다. 그녀의 종아리를 보자 나는 하얗고 매끈한 중국 채소가 떠올랐다. 치마는 푹 젖어 의지할 곳 없는 어린애처럼 허벅지에 딱 달라붙어 있었다.

"저기요, 따라오고 있어요?" 그녀가 고함쳤다.

"응." 나도 고함쳤다.

"구두가 떨어져 있어요."

"어떤 구두?"

"검은 남자 가죽 구두, 한 짝."

마침내 나도 그걸 보았다. 구두는 낡아서 뒤축이 문드러져 있었다. 앞코에 들러붙은 흙도 하얗게 말라비틀어졌다.

"왜 이런 곳에 구두가 떨어져 있는 거지?"

"글쎄요. 야미쿠로에게 잡힌 사람의 구두가 이 부근에서 벗겨졌는지도 모르죠."

"그럴 수도 있겠군." 나는 말했다.

그 외에는 딱히 볼 게 없어서 나는 그녀의 치맛자락을 관찰하면서 앞으로 나아갔다. 치마가 때로 허벅지 위로 끌려올라가, 흙이 묻지 않은 하얗고 토실토실한 피부가 보였다. 옛날로 하면 거들의 집게가 붙어 있는 부분이다. 옛날에는 스타킹과 거들 사이에 피부가 노출되는 틈이 있었다. 팬티스타킹이 출현하기 전의 얘기다.

그녀의 하얀 피부 때문에 옛날이 떠올랐다. 지미 헨드릭스와 크림스와 비틀스와 오티스 레딩이 활동하던 시절이다. 나는 휘파람으로 피터 앤드 고든의 「아이 고 투 피시즈」의 첫 몇 소절을 불러 보았다. 좋은 노래다. 스위트하고 애틋하다. 듀란 듀란 따위보다 훨씬 좋다. 하지만 그렇게 느끼는 건 내가 나이를 먹은 탓인지도 모른다. 그 노래가 유행했던 시절은 벌써 20년 전이다. 20년 전에 과연 누가 팬티스타킹의 출현을 예견할 수 있었을까?

"휘파람은 왜 불어요?" 그녀가 외쳤다.

"모르겠어. 그냥 불고 싶어서." 나는 대답했다.

"무슨 노랜데요?"

나는 제목을 가르쳐 주었다.

"난 몰라요, 그런 노래."

"네가 태어나기 전에 유행했던 노래니까 그렇지."

"어떤 내용인데요?"

"몸이 뿔뿔이 흩어진다는 노래야."

"왜 그런 노래를 휘파람으로 불어요?"

나는 잠깐 생각해 보았지만 이유는 알 수 없었다. 문득 머리에 떠올랐을 뿐이다.

"몰라." 하고 나는 말했다.

내가 다른 곡을 떠올리는 사이에 우리는 하수도에 도착했다. 말이 하수도지, 그건 그냥 대형 콘크리트 관이었다. 지름이 1미터 반쯤 되는 관 바닥에 2센티미터 정도 깊이로 물이 흐르고 있었다. 물 주위에는 미끈거리는 이끼 같은 게 돋아 있

다. 그리고 저 앞쪽에서 몇 번째 전철이 지나가는 소리가 들려
왔다. 이제 소리는 시끄러울 정도로 분명하고, 희미한 노란색
빛마저 보였다.

"왜 하수도가 지하철 선로와 이어져 있는 거지?" 하고 나는
물었다.

"사실 이건 정확히는 하수도가 아니에요." 그녀가 말했다.
"이 부근 지하의 샘물을 모아서 지하철 고랑으로 흐르게 하는
거지. 하지만 결국 생활 배수도 스며드니까 물은 더러워요. 지
금 몇 시?"

"9시 53분." 나는 가르쳐 주었다.

그녀는 치마 안에서 야미쿠로 퇴치 장치를 꺼내 스위치를
누르고, 지금까지 사용한 것과 교체했다.

"자, 이제 얼마 안 남았어요. 그래도 아직은 방심하면 안 돼
요. 지하철 주변도 야미쿠로의 힘이 미치니까. 아까 구두 봤죠?"

"봤지." 하고 나는 말했다.

"놀랐어요?"

"상당히."

우리는 콘크리트 관 안을 흐르는 물을 따라 앞으로 나아갔
다. 신발 고무바닥이 물을 차는 소리가 혀 차는 소리처럼 사
방에 울리고, 그에 겹치듯 전철 소리가 다가왔다가 사라졌다.
전철이 오가는 소리가 이렇듯 반갑게 느껴진 건 태어나서 처
음이었다. 그것은 마치 생명 그 자체인 것처럼 생기발랄하고
시끌시끌하고, 찬란한 빛으로 충만한 듯 느껴졌다. 거기에는
수많은 사람들이 타고 있고, 신문과 주간지를 읽으면서 각자

의 장소로 향하고 있다. 나는 전철의 천장에 매달린 컬러 광고판과 문 위의 노선도를 떠올렸다. 긴자선은 노선도에 늘 노란색 라인으로 표시된다. 왜 노란색인지는 모르지만, 아무튼 노란색으로 정해져 있다. 그래서 나는 긴자선을 생각할 때마다 노란색도 떠올리게 된다.

그리고 얼마 안 있어 출구에 도착했다. 출구에는 쇠창살이 박혀 있었지만, 마침 한 사람이 드나들 수 있을 만큼 뚫린 부분이 있었다. 콘크리트는 깊이 파였고 철봉은 완전히 뽑혀 있다. 야미쿠로의 짓이 분명하지만, 이번만은 그들에게 감사하지 않을 수 없었다. 만약 쇠창살이 멀쩡하게 박혀 있었다면, 우리는 바깥세상을 눈앞에 두고 옴짝달싹 못 할 뻔했다.

동그란 출구 밖에 신호등과 기구 수납고 같은 네모난 나무 상자가 보였다. 선로와 선로를 가르는 거무칙칙한 콘크리트 기둥이 말뚝처럼 같은 간격으로 줄지어 있었다. 기둥에 달린 램프가 역내를 부옇게 비추고 있었는데, 그 빛은 내 눈에는 필요 이상 눈부시게 느껴졌다. 오래도록 빛이 없는 지하 세계에 있었던 탓에 눈이 어둠에 완전히 동화되고 만 것이다.

"여기서 잠시 기다리면서 눈이 빛에 적응하도록 해요." 그녀가 말했다. "10분이나 15분 정도면 지나면 익숙해질 거예요. 그다음에 조금 더 가요. 그리고 또 거기에서 조금 더 익숙해지도록 하고요. 안 그러면 눈을 다칠 수도 있어요. 그때까지는 전철이 와도 절대 봐서는 안 돼요. 알았죠?"

"알았어." 하고 나는 말했다.

그녀는 내 팔을 잡아 콘크리트의 마른 부분에 앉히고 그 옆에 나란히 앉았다. 그리고 몸을 기대듯이 내 오른팔 팔꿈치 조금 위를 두 손으로 잡았다.

전철 소리가 다가와 우리는 머리를 숙이고 눈을 꼭 감았다. 눈두덩 밖에서 번쩍거리는 노란 빛이 몇 번 점멸하다 마침내 귀가 따가워지는 굉음과 함께 사라졌다. 눈이 너무 부셔 굵은 눈물방울이 뚝뚝 떨어졌다. 나는 셔츠 소매로 볼에 흐른 눈물을 닦았다.

"괜찮아요. 금방 익숙해져요." 그녀가 말했다. 그녀 눈에서도 눈물이 넘쳐 볼을 타고 흘렀다. "앞으로 세 번이나 네 번정도 전철을 그냥 보내면 돼요. 그러면 눈도 익숙해질 테니까역 바로 옆까지 갈 수 있고, 거기까지 가면 야미쿠로도 더는 우리를 해칠 수 없어요. 우리, 지상으로 나가는 거예요."

"전에도 똑같은 경험을 한 기억이 있어." 하고 나는 말했다.

"지하철 구내를 걸었단 말이에요?"

"설마. 그런 게 아니라, 빛 말이야. 눈부신 빛 때문에 눈물을 흘린 적이 있다고."

"누구에게나 그런 일은 있죠."

"아니, 달라. 그런 것과는 달라. 특수한 눈이고, 특수한 빛이야. 그리고 무척 추워. 내 눈은 지금처럼 오랫동안 어둠에 익어서 빛을 볼 수가 없어. 아주 특수한 눈이야."

"다른 기억도 나요?"

"그게 다야. 그것밖에 기억나지 않아."

"기억이 역류하는 거예요." 그녀가 말했다.

그녀가 내게 기대어 있어, 봉긋한 젖가슴이 팔에 계속 느껴졌다. 젖은 바지를 입고 있는 탓에 몸은 차갑게 식었지만 젖가슴이 닿은 부분만은 따스했다.

"이제 지상으로 나갈 텐데, 당신 무슨 할 일 있어요? 어딜 간다든지, 뭘 하고 싶다든지, 누굴 만나고 싶다든지, 그런 거요." 그녀는 그렇게 말하고 손목시계를 들여다보았다. "앞으로 25시간 50분."

"집에 돌아가서 목욕을 할 거야. 그리고 옷을 갈아입고, 이발소에 갈지도 모르겠어." 하고 나는 말했다.

"그래도 아직 시간이 남아요."

"그다음 일은 그때 생각하겠어."

"나도 같이 당신 집에 가도 돼요?" 그녀가 물었다. "나도 목욕하고 옷을 갈아입고 싶은데."

"좋아." 하고 나는 말했다.

두 번째 전철이 아오야마잇초메 방향에서 다가와, 우리는 또 머리를 숙이고 눈을 감았다. 빛은 여전히 눈부셨지만, 아까만큼 눈물이 나지는 않았다.

"이발소에 갈 정도로 머리가 길지는 않았는데." 그녀가 내 머리를 플래시로 비추면서 말했다. "그리고 긴 편이 더 어울려요."

"싫증 났어."

"그래도 이발소에 가야 할 만큼은 아니에요. 최근 언제 이발소에 갔어요?"

"모르겠어." 나는 말했다. 최근 이발소에 간 게 언제인지, 지금의 나는 기억하지 못한다. 나는 어제 언제 소변을 봤는지조차 제대로 기억하지 못한다. 몇 주 전의 일 따위는 고대사 같은 것이다.

"당신 집에 내게 맞는 옷이 있으려나?"

"글쎄, 아마 없겠지."

"괜찮아요, 어떻게든 될 거야." 그녀가 말했다. "당신, 침대 사용할 거예요?"

"침대?"

"그러니까 여자를 불러서 섹스를 할 거냐는 말이죠."

"아니, 그런 생각은 없는데." 하고 나는 말했다. "아마 없을 거야."

"그럼, 거기서 자도 돼요? 할아버지에게 돌아가기 전에 한숨 자고 싶은데."

"상관은 없지만, 우리 집에는 기호사들이나 '조직' 인간들이 들이닥칠지도 모르는데. 요즘 내가 갑자기 인기가 많아진 것 같더라고. 문도 잠글 수 없고."

"그런 건 신경 안 써요." 그녀가 말했다.

정말 신경을 쓰지 않는 거겠지, 하고 나는 생각했다. 사람은 저마다 신경을 쓰는 대상이 다르다.

시부야 방면에서 세 번째 전철이 다가와, 우리 바로 앞을 지나갔다. 나는 눈을 감고 머릿속으로 천천히 숫자를 세었다. 열넷까지 세었을 때, 전철의 마지막 차량이 통과했다. 눈은 이제 거의 아프지 않았다. 이렇게 해서 겨우 지상으로 나가기 위한 첫 단계를 넘어섰다. 이제는 야미쿠로에게 붙잡혀 우물에 매달릴 일도 없고 거대한 물고기에게 뜯어먹힐 일도 없다.

"자." 하고 그녀가 내 팔을 놓고 일어섰다. "이제 갈까요."

나는 고개를 끄덕이고 일어나, 그녀 뒤를 따라 지하철 선로로 내려섰다. 그리고 아오야마잇초메 방향으로 걷기 시작했다.

# 30 세계의 끝

## 구멍

아침에 눈을 떴을 때, 숲속에서 있었던 일이 모두 꿈인 것처럼 느껴졌다. 그러나 꿈일 리는 없었다. 테이블 위에 낡은 아코디언이 쇠약해진 작은 동물처럼 몸을 옹그리고 있었다. 모든 것은 현실에 있었던 일이다. 땅속에서 불어오는 바람으로 돌아가는 팬도, 불행한 표정의 젊은 관리인도, 악기 컬렉션도.

그러나 그것들과는 별개로 내 머릿속에서 이상하게 비현실적인 소리가 계속 울리고 있었다. 마치 무언가가 내 머릿속을 콕콕 찌르는 듯한 소리였다. 소리는 끊임없이 계속되었고, 뭔가 편평한 것이 끊임없이 내 머릿속을 찌르고 있었다. 머리가 아픈 건 아니었다. 머리는 아주 정상이다. 다만 비현실적일 뿐이다.

나는 침대에서 방 안을 휘휘 돌아보았다. 그러나 특별히 달라진 점은 없었다. 천장도 네모난 벽도 조금씩 비틀린 바닥도 창문의 커튼도, 여느 때와 똑같았다. 테이블이 있고, 테이블 위에는 아코디언이 있었다. 벽에는 코트와 목도리가 걸려 있고, 장갑이 코트 주머니에서 고개를 내밀고 있었다.

그리고 나는 몸의 움직임을 하나씩 확인해 보았다. 몸의 각 부분은 제대로 움직였다. 눈도 아프지 않았다. 이상한 곳은 한 군데도 없었다.

그런데도 편평한 소리는 내 머릿속에서 줄곧 계속되었다. 소리는 불규칙하고 집합적이었다. 몇 가지 동질한 소리가 엉켜 있는 것이다. 나는 소리가 어디서 들려오는지 방향을 찾으려 했지만, 아무리 귀를 쫑긋해도 어디서 오는지 알 수 없었다. 아무래도 소리는 내 머릿속에서 나는 듯했다.

그러다 혹시나 싶어 침대에서 나와 창밖을 바라보았을 때, 나는 그 소리의 원인을 겨우 이해하게 되었다. 창문 바로 아래 공터에서 노인 셋이 삽으로 커다란 구멍을 파고 있었던 것이다. 그것은 삽 끝이 딱딱하게 얼어붙은 지면을 파는 소리였다. 공기가 찌릿찌릿 차가운 탓에 소리가 기묘하게 울려 나를 혼란스럽게 한 것이다. 여러 가지 일이 잇따라 생겨 신경이 다소 곤두선 것도 원인일지 모른다.

시곗바늘은 벌써 10시 근처를 가리키고 있었다. 이런 시간까지 잠을 자기는 처음이었다. 대령이 왜 나를 깨우지 않았을까? 그는 내가 열이 났을 때를 빼고는 하루도 빠짐 없이 9시에 나를 깨우고, 우리 둘의 아침을 쟁반에 담아 가져왔다.

10시까지 기다렸지만, 역시 대령은 나타나지 않았다. 나는 포기하고 부엌으로 내려가 빵과 음료를 받아 들고 방으로 돌아와서 혼자 아침을 먹었다. 둘이 먹는 아침에 익숙해진 탓인지, 어째 맛이 느껴지지 않았다. 나는 빵을 절반만 먹고, 나머지는 짐승들을 위해 남겨 두기로 했다. 그리고 난롯불에 방이 충분히 따뜻해질 때까지 코트를 껴입고 침대에 걸터앉아 꼼짝 않고 기다렸다.

거짓말만 같던 어제의 따뜻함은 역시 하룻밤 새 사라지고, 방 안은 평소의 묵직한 냉기로 가득했다. 비록 바람은 몰아치지 않았지만 사방의 풍경은 완전히 원래의 겨울로 돌아가고, 북쪽 능선에서 남쪽 벌판에 이르는 하늘에는 물기를 잔뜩 머금은 구름이 답답하리만큼 낮게 끼어 있었다.

창문 아래 공터에서 노인 넷이 아직도 구멍을 파고 있었다.

넷?

조금 전에 봤을 때는 노인이 셋이었다. 세 노인이 삽으로 구멍을 파고 있었다. 그런데 지금은 넷이다. 도중에 한 명이 더 합세한 것이겠거니 하고 나는 상상했다. 이상한 일은 아니었다. 관사에는 일일이 다 셀 수 없을 만큼 노인이 많이 살고 있다. 네 노인은 네 장소로 나뉘어 각자 구멍을 묵묵히 파 내려가고 있었다. 때로 바람이 횡 불어와 노인들의 얇은 윗도리 자락이 펄럭거렸지만, 그 정도 추위는 그리 큰 고통이 아닌 듯했다. 그들은 볼이 벌게지는데도 쉬지 않고 삽으로 지면을 파 내려갔다. 그들 중에는 땀을 흘려 윗도리를 벗는 이마저 있었다. 나뭇가지에 걸린 윗도리는 마치 허물처럼 바람에 흔들렸다.

방이 따뜻해지자 나는 의자에 앉아, 테이블에 놓인 아코디언을 들고 바람통을 천천히 접었다 폈다 해 보았다. 방에 가지고 돌아와 바라보니, 그것은 숲에서 처음 봤을 때 인상보다 훨씬 정교하게 만들어진 것이었다. 버튼과 바람통은 완전히 낡아 색까지 변해 있었지만, 나무 패널의 도료는 한 군데도 벗겨지지 않았고, 테두리에 그려진 정교한 당초 문양도 고스란히 남아 있었다. 악기라기보다 공예품으로도 충분히 가치가 있어 보였다. 바람통의 움직임은 다소 뻑뻑하고 매끄럽지 않았지만, 그래도 사용하는 데 지장이 있을 정도는 아니었다. 아주 오랜 세월 사람의 손이 닿지 않은 상태로 방치되어 있었을 것이다. 그러나 과거 어떤 사람의 손이 이 악기를 연주했고, 어떤 과정을 거쳐 그 장소까지 왔는지는 알 수 없었다. 모든 것은 수수께끼에 싸여 있었다.

장식적인 면도 그렇지만 기능적인 면에서도 악기는 상당히 정교했다. 무엇보다 크기가 작다. 바람통을 접으면 코트 주머니에 쏙 들어간다. 그렇다고 악기의 기능이 축소된 것은 아니다. 아코디언이 갖춰야 할 것은 전부 갖추고 있다.

나는 바람통을 몇 번인가 접었다 폈다 하면서 움직임에 손을 길들인 후에 오른쪽 버튼을 순서대로 눌러보고, 거기에 맞춰 왼쪽의 코드 버튼을 눌러 보았다. 그렇게 한 차례 소리를 내어 보았다가 잠시 쉬면서, 주위 소리에 귀를 기울였다.

노인들이 구멍을 파는 소리는 지금도 여전히 들려왔다. 삽 네 개가 땅을 파는 소리가 두서없고 불규칙한 리듬으로 방 안까지 유난히 명료하게 흘러들었다. 때로 바람이 불어와 창문이 흔들렸다. 창밖으로는 군데군데 눈이 남아 있는 언덕 비탈

이 보였다. 아코디언 소리가 노인들에게 들렸는지는 알 수 없었다. 아마 들리지 않겠지, 하고 나는 생각했다. 소리도 작고, 바람도 반대로 불고 있다.

내가 아코디언을 켠 것은 아주 오래전 일이었다. 게다가 그때는 건반식 신형이었기 때문에, 이 구형의 구조와 버튼 배열을 익히는 데 시간이 무척 걸렸다. 소형이라 버튼이 작은 데다 하나하나가 너무 바투 있어서, 어린아이나 여자라면 몰라도 손이 큰 남자 어른이 자유자재로 연주하는 건 보통 어려운 작업이 아니었다. 게다가 리듬을 타면서 바람통을 효과적으로 접었다 폈다 해야 한다.

그런데도 한두 시간쯤 지나자 나는 몇 가지 간단한 코드를 정확하게 짚을 수 있게 되었다. 그러나 멜로디는 도무지 떠오르지 않았다. 몇 번이나 반복하면서 버튼을 눌러 멜로디 비슷한 것을 기억해 내려 했지만, 그것은 무의미한 음계의 나열일 뿐 나를 멜로디로 인도해 주지 않았다. 때로 몇 가지 음의 우연한 나열에 언뜻 뭔가가 떠오를 듯하다가도, 소리는 이내 공기 속으로 흩어져 사라지고 말았다.

내가 멜로디를 하나도 찾아내지 못한 것은 노인들의 삽 소리 탓도 있지 않았을까 한다. 물론 그게 전부는 아니지만, 그들이 내는 소리가 신경의 집중을 방해한 건 확실하다. 삽 소리가 내 귓가에 너무도 가깝게 울린 탓에, 나는 노인들이 내 머릿속에 구멍을 파고 있는 게 아닐까 하는 생각이 들었을 정도였다. 그들이 삽질을 하면 할수록, 내 머릿속의 공백이 점점 커지는 듯했다.

낮이 되자 바람이 갑자기 몰아치면서 눈발이 흩날리기 시작했다. 창문에 눈송이가 후득후득 부딪치는 마른 소리가 들렸다. 얼음처럼 딱딱한, 조그맣고 하얀 눈의 입자가 창틀에 떨어져 불규칙하게 쌓였다가, 마침내 바람에 날려 땅으로 떨어졌다. 쌓일 눈은 아니지만, 이러다 습기를 듬뿍 머금은 커다랗고 부드러운 눈송이로 변할 것이다. 늘 순서가 그렇다. 그리고 끝내 대지가 다시 하얀 눈에 덮인다. 딱딱한 눈은 언제나 폭설의 전조였다.

노인들은 눈발이 날리든 말든 계속해서 구멍을 파 내려갔다. 그들은 마치 눈이 내릴 걸 진즉부터 알고 있었다는 식이었다. 아무도 하늘을 올려다보지 않고, 아무도 삽질을 쉬지 않고, 아무도 말하지 않았다. 나뭇가지에 걸린 윗도리만 그 자리에서 세찬 바람에 휘날리고 있었다.

노인들의 수가 여섯 명으로 늘어났다. 나중에 합세한 두 명은 곡괭이와 손수레를 사용하고 있었다. 한 노인은 구멍 속으로 내려가 곡괭이로 땅을 파고, 한 노인은 구멍 밖으로 퍼낸 흙을 삽으로 퍼서 손수레에 실어 비탈 아래로 내려가 버렸다. 구멍은 이제 그들의 허리만큼 깊어졌다. 세찬 바람 소리도 그들의 삽과 곡괭이 소리를 지우지는 못했다.

나는 노래를 찾는 작업을 포기하고 아코디언을 테이블에 내려놓고는, 창가로 가서 일하는 노인들을 내다보았다. 노인들의 작업에는 리더인 듯한 존재가 보이지 않았다. 모두 균등하게 일하고, 아무도 지시하거나 명령하지 않았다. 곡괭이질을 하는 노인은 효율적으로 딱딱하게 언 땅을 깨고, 네 노인은 삽으로 흙을 밖으로 퍼내고, 나머지 한 노인은 묵묵히 흙을 실어 비탈 아래로 옮겼다.

그런데 그 구멍을 한참 바라보다가 나는 몇 가지 의문을 품게 되었다. 한 가지는 그 구멍이 쓰레기를 버리기 위해서라면 불필요하게 크다는 점이고, 또 한 가지는 지금 그야말로 폭설이 내리려 한다는 점이었다. 어쩌면 그 구멍은 무슨 특별한 목적을 위한 것인지도 모른다. 그러나 그렇더라도 내일 아침이면 눈이 쌓여 구멍이 완전히 메워지고 만다. 하늘을 보면 노인들도 그 정도는 충분히 알 것이다. 북쪽 능선의 산허리는 벌써 내리는 눈에 뒤덮여 부옜다.

생각해 봐야 노인들이 왜 그런 작업을 하는지 알 수 없었다. 나는 난로 앞으로 돌아가, 의자에 앉아서 별 생각 없이 빨갛게 타오르는 석탄을 무심히 바라보았다. 나는 이제 노래를 기억해 낼 수는 없을 거라고 생각했다. 악기가 있거나 없거나, 어느 쪽이든 마찬가지다. 아무리 음을 늘어놓아 보아도, 노래가 없으면 그것은 소리의 나열에 지나지 않는다. 테이블에 놓인 아코디언은 그저 아름다운 물체에 지나지 않았다. 나는 발전소 관리인이 했던 말을 이제야 이해할 수 있을 것 같았다. 소리를 낼 필요는 없다, 보고만 있어도 아름답다고 그는 말했다. 나는 눈을 감고 유리창에 부딪히는 눈 소리를 들었다.

점심시간이 되자 노인들은 작업을 끝내고 관사로 돌아갔다. 삽과 곡괭이는 땅 위에 그 모습 그대로 남아 있었다.

창가에 의자를 놓고 사람이 사라진 구멍을 바라보고 있는

데, 옆방의 대령이 찾아와 내 방을 두드렸다. 그는 늘 입는 두꺼운 코트 차림에 챙 달린 작업모를 깊이 눌러쓰고 있었다. 코트에도 모자에도 하얀 눈송이가 앉아 있었다.

"오늘 밤에는 꽤 많이 내릴 것 같군." 그가 말했다. "점심을 가져올까?"

"감사합니다." 하고 나는 말했다.

10분쯤 지나, 그가 냄비를 양손에 들고 돌아와 난로에 올려놓았다. 그리고 갑각동물이 환절기에 허물을 벗듯 모자와 코트와 장갑을 하나하나 신중하게 벗었다. 그리고 마지막에 손가락으로 엉킨 흰머리를 쓱쓱 뒤로 넘기고, 의자에 앉아 한숨을 쉬었다.

"아침에는 오지 못해 미안했네." 노인이 말했다. "아침부터 일에 쫓겨 뭘 먹을 틈이 없었어."

"설마 대령님도 구멍을 판 건 아니죠?"

"구멍? 아, 그 구멍 말이군. 그건 내 일이 아니야. 싫어하는 일은 아니지만 말이지." 대령은 컬컬 웃었다. "마을에서 일하다 왔어."

그는 냄비가 따끈해지자 요리를 접시 두 개에 나눠 담아 테이블에 올려놓았다. 면이 든 채소 스튜였다. 그는 후후 불면서 그것을 맛있게 먹었다.

"그 구멍은 뭐 하는 구멍이죠?" 나는 대령에게 물어보았다.

"아무것도 아니야." 노인은 숟가락을 입으로 가져가면서 대답했다. "그들은 구멍을 팔 목적으로 구멍을 파고 있어. 그런 의미에서 아주 순수한 구멍이지."

"무슨 말이지 잘 모르겠는데요."

"간단해. 그들은 구멍을 파고 싶어서 파는 거야. 그 이상의 목적은 전혀 없어."

나는 빵을 오물거리면서, 그 순수한 구멍에 대해서 생각해 보았다.

"그들은 간혹 구멍을 파요." 노인이 말했다. "내가 체스에 몰두하는 것과 원리적으로는 같은 거겠지. 의미도 없고, 어떤 결과가 있는 것도 아니야. 그러나 의미나 결과 따위는 아무 상관 없어. 아무도 의미 따위는 필요로 하지 않고, 또 어떤 결과를 바라지도 않거든. 우리는 모두 이곳에서 각자의 순수한 구멍을 파고 있어요. 목적이 없는 행위, 진보가 없는 노력, 목적지가 없는 보행, 멋지지 않은가. 누구에게도 상처를 주지 않고, 아무도 상처 입지 않아. 아무도 앞지르려 하지 않고. 승리도 없고 패배도 없지."

"그 말은 이해가 될 듯합니다."

노인은 몇 차례 고개를 끄덕이고는 접시를 기울여 마지막 스튜 한입을 먹었다.

"혹시 자네 눈에는 이 마을이 다소 부자연스럽게 비칠지도 모르겠군. 그러나 우리에게는 그게 자연스러운 거야. 자연스럽고, 순수하고, 평온하지. 자네도 언젠가는 그걸 알게 될 테고, 또 그렇게 되기를 바라네. 나는 오래도록 군인으로 살았지만, 그래서 후회하는 건 없어. 나름대로 즐거운 인생이었어. 초연과 피 냄새와 총검의 번쩍거림과 돌격 나팔 소리가 지금도 간혹 눈앞에 떠올라. 그러나 우리를 그 전쟁으로 내몬 것은 기억나지 않아요. 명예나 애국심, 투쟁심, 증오, 그런 것들은 말이지. 자네는 지금, 마음을 잃게 될까 봐 두려워하고 있지. 나도 두려웠어요. 그러나 그건 부끄러워할 일이 아니야." 대령은 거기에서 말을 끊고, 잠시 말을 찾는 것처럼 허공을 쳐다보았다. "그러나 마음을 버리면 평온함이 찾아와요. 지금까지 자네가 한 번도 경험한 적 없을 만큼 깊은 평온이지. 그거 하나는 잊지 말게나."

나는 말없이 고개를 끄덕였다.

"그건 그렇고, 마을에 갔다가 자네 그림자 얘기를 들었어." 대령은 빵으로 남은 스튜를 뜨면서 말했다. "자네 그림자가 영기운이 없다더군. 먹은 건 다 토하고, 지하의 침대에서 일어나지도 못해 사흘이나 누워 지낸 모양이야. 이제 얼마 남지 않은 게지. 한번 만나러 가 보는 게 어떻겠나? 자네가 싫지 않다면 말이야. 그쪽에서는 자네를 만나고 싶어 하는 듯하던데."

"글쎄요." 나는 잠시 망설이는 척했다. "저는 상관없는데, 문지기가 과연 만나게 해 줄까요?"

"당연히 만나게 해 줄 거야. 그림자가 죽어 가고 있어. 본인은 그림자를 만날 권리가 있어요. 그건 그렇게 정해져 있는 일이야. 이 마을에서 그림자의 죽음은 엄숙한 의식이라, 문지기도 그걸 막을 수는 없어요. 막을 이유가 없지."

"그럼 지금 바로 가 보겠습니다." 잠시 틈을 두고서 나는 그렇게 말했다.

"그래, 그래야지." 하고서 노인은 옆으로 다가와 내 어깨를 톡톡 쳤다. "저녁때가 되어 눈이 쌓이기 전에 다녀와요. 이러

니저러니 해도 그림자는 인간에게 가장 가까운 것이야. 기분
좋게 갈 수 있게 해 줘야 뒤끝이 남지 않아. 잘 죽을 수 있게
해 주게나. 괴로울지도 모르겠지만, 자네를 위한 일이야."

 "잘 알고 있습니다." 하고 나는 말했다. 그리고 코트를 입고
목도리를 목에 감았다.

# 31 하드보일드 원더랜드

개찰, 폴리스, 합성세제

하수관의 출구에서 아오야마잇초메까지는 그렇게 먼 거리
가 아니었다. 우리는 선로 위를 걷다가 전철이 오면 기둥 뒤에
숨어서 전철이 지나가기를 기다렸다. 우리 쪽에서는 전철 안
이 잘 보이는데, 전철에 탄 사람들은 우리를 돌아보지 않았다.
지하철 승객들이란 아무도 바깥 풍경을 바라보지 않는 법이
다. 그들은 신문을 읽거나 그저 멀거니 있을 뿐이다. 지하철은
도시 공간을 이동하기 위한 유효하고 편리한 수단에 지나지
않는다. 아무도 설레는 마음으로 지하철을 타지 않는다.

전철 안에는 사람이 그리 많지 않았다. 서 있는 사람은 거
의 없었다. 출근 시간이 고비를 넘기는 했지만, 내가 기억하는
아침 10시 너머의 긴자선은 훨씬 더 복잡하다.

"오늘이 무슨 요일이지?" 나는 그녀에게 물어보았다.

"모르겠네요. 요일은 생각한 적이 없어서." 그녀가 말했다.

"평일치고는 손님이 너무 적은데." 그렇게 말하고 나는 고개를 갸웃거렸다. "어쩌면 일요일인지도 모르지."

"일요일이면 어떻게 되는데요?"

"어떻게 되는 건 없어. 그냥 일요일이라는 것뿐이지." 나는 말했다.

지하철 선로는 생각보다 걷기가 쉬웠다. 넓고 가로막는 것도 없고 신호도 없고 차도 지나다니지 않는다. 모금을 하는 사람도 없고, 주정뱅이도 없다. 벽에 달린 형광등이 적당한 밝기로 발치를 비추고, 공기 조절 장치 덕에 공기도 신선했다. 적어도 지하의 곰팡내 나는 공기에 비하면 불평할 거리가 없었다.

우리는 우선 긴자행 전철을 보내고, 그다음에는 시부야행을 보냈다. 그리고 아오야마잇초메역 근처까지 걸어가 기둥 뒤에 숨어서 플랫폼의 상황을 살폈다. 지하철 선로를 걸어가다가 역무원에게 들키기라도 하면 일이 커진다. 무슨 말을 어떻게 해야 믿어 줄지 상상이 안 된다. 플랫폼 제일 앞에 사다리가 보였다. 난간은 간단히 넘어갈 수 있을 듯했다. 문제는 역무원 눈에 띄지 않는 것뿐이다.

우리는 긴자행 전철이 다가와 플랫폼에 멈춰 서서 문을 열고 손님을 쏟아 내고 새 손님을 태운 다음 문을 닫는 광경을 기둥 뒤에서 가만히 지켜보고 있었다. 차장이 플랫폼에 나와 내리고 타는 승객을 확인한 후에 문이 닫히고, 발차 신호를 보내는 모습이 보였다. 전철이 사라지고 나자 역무원도 어딘가로 가 버렸다. 반대쪽 플랫폼에도 역무원의 모습은 없었다.

"가지." 하고 나는 말했다. "뛰지 말고, 태연하게 걷는 거야. 뛰면 전철에 탄 사람들이 이상하게 여길 테니까."

"알았어요." 그녀가 말했다.

우리는 기둥 뒤에서 나와 플랫폼 앞쪽 끝으로 재빨리 걸어가서, 이런 건 매일 하는 일이라 재미도 아무것도 없다는 식으로 철 사다리를 타고 올라가 나무 난간을 넘었다. 몇몇 승객이 우리 쪽을 보고는 이상하다는 표정을 지었다. 대체 뭐 하는 사람들이지, 하고 의심스러워 하는 눈치였다. 우리는 어느 모로나 지하철 관계자로는 보이지 않을 것이다. 온몸은 흙투성이에 치마와 바지는 푹 젖어 있고, 머리칼은 푸석푸석하고, 눈부신 불빛에 눈물을 흘리고 있다. 그런 인간이 지하철 관계자로 보일 리 없었다. 그러나 그렇다고 어느 누가 좋아서 이런 지하철 선로 위를 걷겠는가?

그들이 그들 나름의 결론에 도달하기 전에 우리는 재빨리 플랫폼을 벗어나 개찰구까지 걸어갔다. 그리고 개찰구 앞까지 와서야 표가 없다는 것을 처음 알아차렸다.

"표가 없어." 하고 나는 말했다.

"잃어버렸다고 하고 돈을 내면 되잖아요." 그녀가 말했다.

나는 개찰구에 있는 젊은 역무원에게 표를 잃어버렸다고 말했다.

"잘 찾아봤습니까?" 역무원이 물었다. "주머니는 여기저기 많잖아요. 다시 한번 찾아보세요."

우리는 개찰구 앞에서 옷을 뒤적거리며 찾는 척했다. 그러는 동안 역무원은 우리 모습을 의심스러운 눈초리로 힐금힐금 쳐다보았다.

역시 없는데요, 하고 나는 말했다.

"어디서 탔죠?"

시부야, 하고 나는 대답했다.

"표를 얼마에 샀죠? 시부야에서 여기까지."

잊었다고 나는 말했다. "120엔이나 140엔쯤일 것 같은데."

"기억을 못하는 건가요?"

"생각을 좀 하고 있어서." 하고 나는 말했다.

"정말 시부야에서 탄 거 맞습니까?" 역무원이 물었다.

"이 플랫폼은 시발역이 시부야잖아요. 그런데 어떻게 속일 수 있겠어요." 나는 항의했다.

"저쪽에서 이쪽으로 건너왔을 수도 있죠. 긴자선은 제법 기니까 말이죠. 그리고 가령 쓰다누마에서 도자이선을 타고 니혼바시까지 왔다가, 거기서 환승해 여기까지 왔을 수도 있잖아요."

"쓰다누마?"

"예를 들자면 그렇다는 겁니다." 역무원이 말했다.

"쓰다누마에서 여기까지는 얼마죠? 그 액수를 지불하죠. 그럼 되겠죠?"

"쓰다누마에서 왔습니까?"

"아니요." 나는 말했다. "쓰다누마는 간 적도 없어요."

"그럼 왜 그런 돈을 낸다는 거죠?"

"당신이 그렇게 말했으니 그렇지."

"그러니까 예를 들자면 그렇다고 말했잖아요."

그때 전철이 들어와 스무 명 정도 되는 손님이 내리고, 개찰구를 지나 밖으로 나갔다. 나는 밖으로 나가는 그들을 바라보았다. 표를 잃어버린 인간은 한 명도 없었다. 그리고 나는 다시 교섭을 시작했다.

　　"그럼 어디서 온 것만큼 돈을 지불하면 되겠습니까?" 나는 물었다.

　　"손님이 탄 곳이죠." 역무원이 말했다.

　　"시부야라고 했잖아요." 하고 나는 말했다.

　　"그런데 요금은 기억하지 못하잖아요."

　　"그런 건 잊어버릴 수도 있죠." 하고 나는 말했다. "당신도 맥도널드의 커피값이 얼마인지 기억하지 못하잖아요?"

　　"맥도널드 커피는 안 마십니다." 역무원이 말했다. "그런 커피는 돈 낭비죠."

　　"가령 말이 그렇다는 겁니다." 하고 나는 말했다. "그런 자잘한 것들은 금방 잊어버린다고요."

　　"아무튼 표를 잃어버린 손님은 대개 요금을 적게 말해요. 다들 이쪽 플랫폼에 와서 시부야에서 탔다고 하죠. 모두 그래요."

　　"그러니까 어디가 되었든 그만큼 돈을 내겠다고 하잖아요. 어디면 되겠습니까?"

　　"그런 걸 내가 어떻게 압니까."

　　결론나지 않을 논쟁을 계속하기가 귀찮아, 나는 1000엔짜리 한 장을 놓고 개찰구를 획 나가 버렸다. 뒤에서 역무원이 부르는 소리가 들렸지만, 우리는 안 들리는 척하고 계속 걸었다. 조금 있으면 세계가 끝나려는 판인데, 전철 표 한두 장 때문에 이 이상 시달리는 건 넌더리가 났다. 그리고 잘 생각해 보면 나는 애당초 전철을 타지도 않았다.

지상에는 비가 내리고 있었다. 바늘처럼 가는 비였지만, 지면과 나무는 촉촉하게 젖어 있었다. 밤사이에도 계속 내렸던 것이리라. 비가 내려서 내 마음은 약간 암울해졌다. 오늘은 내게 마지막 남은 귀중한 하루이다. 비 따위는 안 내리면 좋겠다. 하루나 이틀 쨍하게 날이 개었으면 좋겠다. 그런 다음에는 J. G. 밸러드의 소설처럼 폭우가 한 달을 계속 내리든, 그건 내 알 바가 아니다. 나는 햇살이 쨍하게 쏟아지는 잔디밭에 누워 음악을 들으면서 시원한 맥주를 마시고 싶다. 그 이상의 뭔가를 바라지 않는다.

그러나 내 바람과 달리 비는 그칠 기미가 없었다. 비닐 랩을 몇 겹이나 씌운 것처럼 흐릿한 색감의 구름이 빈틈없이 하늘을 뒤덮고 있었고, 거기에서 가는 비가 끊임없이 부슬부슬 내리고 있었다. 나는 아침 신문을 사서 일기예보를 확인하고 싶었지만, 신문을 사려면 개찰구까지 돌아가야 했고, 개찰구에 가면 역무원과 또 그 무익한 옥신각신을 다시 하게 될 게 뻔했다. 그래서 신문을 사는 건 포기하기로 했다. 썩 내키지 않는 하루의 시작이었다. 오늘이 무슨 요일인지도 아직 모른다.

사람들은 모두 우산을 쓰고 걷고 있었다. 우산을 쓰지 않은 사람은 우리 둘뿐이었다. 우리는 건물 처마 밑에 서서 아크로폴리스 유적이라도 바라보듯이 오래도록 거리 풍경을 망연히 바라보았다. 비에 젖은 사거리를 저마다 색이 다른 차의 행렬이 오가고 있었다. 이 발 아래 깊은 곳에 야미쿠로의 기괴

한 세계가 펼쳐져 있다는 게 도무지 상상이 되지 않았다.

"비가 내려서 다행이네요." 그녀가 말했다.

"왜?"

"왜는요. 날씨가 좋았으면 눈이 부셔서 지상으로 나갈 수 없었을 뻔했잖아요. 그러니 다행이죠."

"그렇긴 하군." 하고 나는 말했다.

"이제 어떻게 할 거예요?" 그녀가 물었다.

"우선 따뜻한 걸 좀 마시자. 그다음에 집에 가서 목욕할 거야."

우리는 근처에 있는 슈퍼마켓에 들어가, 입구 가까이에 있는 샌드위치 스탠드에서 콘 포타주 두 개와 햄에그 샌드위치 하나를 주문했다. 카운터 안에 있는 여자는 우리의 더러운 꼴을 보고는 처음에는 상당히 놀란 듯하더니, 곧 모르는 척하면서 순수하게 직업적인 말투로 주문을 받았다.

"포타주 두 개와 햄에그 샌드위치 하나." 그녀가 말했다.

"그래요." 하고 나는 말했다. 그런 다음 "오늘이 무슨 요일이죠?" 하고 물었다.

"일요일." 하고 그녀가 대답했다.

"거 봐요." 통통한 손녀딸이 말했다. "일요일 맞았죠."

포타주 수프와 샌드위치가 나올 때까지, 나는 누가 옆자리에 두고 간 「스포츠 일본」을 읽으며 시간을 보내기로 했다. 스포츠 신문을 읽는다고 뭐에 도움이 될 것 같지는 않았지만, 아무것도 읽지 않는 것보다는 나았다. 신문 날짜는 10월 2일 일요일이었다. 일기예보는 없었지만, 대신 경마 페이지에 상당히 자세한 비 정보가 실려 있었다. 저녁때가 되면 비는 그치겠지만 어차피 마지막 경주 때에도 마장이 질척한 것은 변함없을 테니 경주는 상당히 힘겹게 전개될 것이라고 적혀 있었다. 진구 구장에서는 야쿠르트 대 주니치의 마지막 게임이 진행 중인데, 야쿠르트가 6대 2로 지고 있었다. 진구 구장 바로 밑에 야미쿠로의 거대한 소굴이 있다는 건 아무도 모른다.

박사의 손녀딸이 제일 앞 페이지를 보고 싶다고 해서, 나는 그 페이지를 찢어 건넸다. 그녀가 읽고 싶었던 것은 '정액을 먹으면 피부 미용에 좋다?' 하는 기사인 듯했다. 그 밑에는 '우리에 갇혀 강간당한 나'라는 읽을거리가 실려 있었다. 우리에 갇힌 여자를 어떻게 범할 수 있는지, 나는 상상도 되지 않았다. 나름의 좋은 방법이 있겠지만, 그러나 아무튼 굉장히 번거로운 작업인 것은 틀림없다. 나라면 도저히 그럴 수 없다.

"있죠, 여자가 정액 먹어 주는 거 좋아해요?" 그녀가 내게 물었다.

"딱히, 어느 쪽이든." 나는 대답했다.

"그래도 여기에는 그렇게 쓰여 있는데요. '일반적으로 남자는 펠라티오를 할 때 여자가 정액을 먹어 주면 좋아한다. 남자는 그것으로 여자가 자신을 받아 주었다고 확인할 수 있기 때문이다. 그것은 하나의 의식이며 승인이다.'"

"나는 잘 모르겠는데." 하고 나는 말했다.

"여자가 먹어 준 적 있어요?"

"기억 안 나. 아마 없을 거야."

"흐음." 하고서 그녀는 기사를 계속 읽었다.

나는 센트럴리그와 퍼시픽리그의 랭킹 기사를 읽었다.

수프와 샌드위치가 나왔다. 우리는 수프를 떠먹고, 샌드위치를 반으로 나눴다. 토스트와 햄과 달걀흰자와 노른자 맛이 났다. 나는 종이 냅킨으로 입가에 묻은 빵 부스러기와 달걀노른자를 닦은 다음, 새삼스럽게 한숨을 쉬었다. 온몸의 한숨을 끌어모아 하나로 뭉뚱그린 듯 깊은 한숨이었다. 그렇게 깊은 한숨은 평생에 몇 번 쉬지 않는다.

우리는 가게에서 나와 택시를 잡았다. 더러운 행색을 하고 있어 우리 앞에 서 주는 택시를 만날 때까지 시간이 꽤 걸렸다. 택시 운전사는 머리가 길고 젊은 남자였다. 조수석에 놓인 카세트 라디오에서 폴리스의 음악이 방방 흘러나왔다. 나는 큰 소리로 행선지를 말하고 등받이에 몸을 푹 기댔다.

"그런데, 왜 그렇게 더러운 거죠?" 운전사가 백미러를 향해 물었다.

"비 맞으면서 치고받고 싸워서." 손녀딸이 대답했다.

"우와, 굉장하네." 운전사가 말했다. "그래도 꼴이 진짜 엉망이네. 목 옆에 시퍼런 멍도 있고."

"알아요." 하고 나는 말했다.

"상관없습니다. 난 그런 거 신경 안 쓰니까."

"왜요?" 통통한 손녀딸이 물었다.

"나, 젊고 록을 들을 만한 손님 아니면 안 태우거든. 그런 손님이면 좀 더러워도 상관 안 해요. 음악을 듣는 게 내 즐거움의 전부니까. 폴리스 좋아해요?"

"비교적." 하고 나는 적당히 대답했다.

"회사에서는 말이죠, 이런 음악 틀면 안 된다고 해요. 라디오로 가요 프로그램이나 틀라면서요. 말이 되는 소립니까, 그게. 마치2)나 마쓰다 세이코의 노래를 시시해서 어떻게 들어 줘요. 폴리스가 최고죠. 하루 종일 들어도 싫증이 안 납니다. 레게도 좋지만, 손님, 레게는 어때요?"

"나쁘지 않지." 하고 나는 말했다.

폴리스 테이프가 끝나자 운전사는 밥 말리의 라이브를 들려주었다. 컴파트먼트에는 테이프가 꽉 들어 차 있었다. 나는 지치고 춥고 졸리고 몸의 온 마디마디가 쑤시고 아파 도저히 음악을 즐길 수 있는 상태가 아니었지만, 아무튼 태워 준 것만 해도 고마웠다. 나는 운전대를 잡은 채 어깨로 리듬을 타는 운전사의 모습을 뒤에서 멍하니 바라보았다.

우리 아파트 앞에서 택시가 서자 나는 요금을 지불하고 내린 다음, 1000엔짜리 한 장을 건네며 "테이프라도 사요." 하고 말했다.

"고맙습니다." 운전사가 말했다. "또 어디서 만납시다."

"그러지." 하고 나는 말했다.

"그런데 앞으로 10년이나 15년 지나면, 세상의 택시 대부분이 록을 틀어 놓고 달릴 것 같지 않나요? 그렇게 되면 좋을 것 같지 않아요?"

"그렇게 되면 좋겠군." 하고 나는 말했다.

그러나 나는 그렇게 될 거라고는 생각되지 않았다. 짐 모리슨이 죽은 지 10년이 넘었지만, 도어스의 음악을 틀어 놓고 달

---

2) 일본의 가수 겸 영화배우 곤도 마사히코의 별명.

리는 택시와 만난 적은 단 한 번도 없다. 세상에는 변화하는 것과 변화하지 않는 것이 있다. 변화하지 않는 것은 아무리 시간이 흘러도 변화하지 않는다. 택시에서 흐르는 음악도 그중 하나다. 택시의 라디오에서는 언제나 가요나 시답잖은 토크쇼나 야구 중계가 흐를 뿐이다. 백화점에서는 레몽 르페브르 오케스트라의 음악이 흐르고, 맥주 펍에서는 폴카가 흐르고, 연말의 상점가에서는 더 벤처스의 크리스마스 캐럴이 흐르는 법이다.

우리는 엘리베이터를 타고 올라갔다. 내 집의 현관은 여전히 경첩이 비틀려 있었지만, 언뜻 봐서는 문이 제대로 닫혀 있는 것처럼 보이도록 문틀에 딱 끼워져 있었다. 누가 이런 수고를 했는지 모르겠지만, 힘도 시간도 제법 필요했을 것이다. 나는 크로마뇽인이 동굴 뚜껑을 열듯 쇠문을 옆으로 밀어 열고 그녀를 안으로 들였다. 그리고 안쪽에서 문을 다시 옆으로 밀어 안이 보이지 않도록 하고, 잠시나마 안전을 위해 도어체인을 걸었다.

실내는 깔끔하게 청소되어 있었다. 순간적으로, 전날 완전히 파괴되었던 광경이 나의 착각이 아니었나 싶을 정도였다. 뒤집어져 있었던 가구는 모두 원래대로 자리를 잡고, 바닥에 널려 있던 식료품은 정리되어 있고, 깨진 병과 그릇의 파편은 어딘가로 사라지고, 책과 레코드는 선반에 꽂혀 있고, 옷은 옷장에 걸려 있었다. 부엌도 욕실도 침실도 번쩍거릴 만큼 깨끗하게 닦여 있고, 바닥에는 티끌 하나 없었다.

그러나 잘 살펴보면, 파괴의 흔적은 아직 여기저기 남아 있었다. 텔레비전 브라운관은 박살이 난 채 타임터널 같은 모양으로 구멍이 뻥 뚫렸고, 냉장고는 숨을 쉬지 않고 안도 텅 비어 있었다. 갈가리 찢겼던 옷은 다 버려지고, 지금은 조그만 슈트 케이스에 담을 만한 양밖에 남지 않았다. 식기 선반 안에도 접시와 잔이 몇 개 남아 있을 뿐이었다. 벽시계는 멈췄고, 전자제품 중에 제대로 작동하는 건 하나도 없었다. 누군가가 못 쓰게 된 것을 골라 전부 처분한 것이다. 덕분에 내 방은 아주 깔끔하고 단출한 느낌이었다. 불필요한 것은 무엇 하나 없고, 실로 넓었다. 필요한 것도 몇 가지는 없을 테지만, 지금의 내게 뭐가 꼭 필요한지는 생각나지 않았다.

나는 욕실에 들어가 온수기를 점검해 망가지지 않은 걸 확인한 다음 욕조에 물을 받았다. 비누도 면도기도 칫솔도 수건도 샴푸도 모두 남아 있었고, 샤워기도 온전했다. 목욕가운도 멀쩡했다. 욕실에서도 많은 것이 사라졌을 텐데, 없어진 것이 무엇인지 기억나지 않았다.

내가 욕조에 물을 받고 방을 점검하는 동안, 통통한 손녀딸은 침대에 누워 발자크의 『농민』을 읽었다.

"프랑스에도 수달이 있었네요." 그녀가 말했다.

"있었겠지." 하고 나는 말했다.

"지금도 있을까요?"

"몰라." 나는 대답했다. 그런 걸 내가 알 리 없다.

나는 부엌 의자에 앉아 누가 쓰레기통 같은 내 방을 정리했을지 생각해 보았다. 누가 어떤 목적이 있어 수고스럽게 구석구석 정리한 것이다. 저번 기호사 이인조일지도 모르고, 또는 '조직'의 인간일지도 모른다. 그들이 어떤 기준에 따라 무슨 생각을 하고 뭘 했는지, 나는 상상도 할 수 없다. 그러나 아무튼 집 안을 깨끗하게 치워 준 것에 대해서, 나는 수수께끼의 그 누군가에게 감사했다. 청결한 집에 돌아오는 건 정말 기분 좋은 일이다.

물이 다 차서 나는 그녀에게 먼저 목욕을 하라고 말했다. 그녀는 책에 책갈피를 끼워 놓고 침대에서 내려와, 부엌에서 훌훌 옷을 벗었다. 옷을 너무도 자연스럽게 벗어서, 나는 침대에 걸터앉아 그녀의 알몸을 멀거니 바라보았다. 어린아이도 아니고 어른도 아닌 묘한 몸이었다. 보통 인간의 몸에 고루 젤리를 바른 것처럼 하얗고 부드러워 보이는 살이 넉넉하게 붙어 있었다. 그것도 아주 균형감 있어서, 자세히 보지 않으면 그녀가 살쪘다는 사실마저 잊어버릴 정도였다. 팔도 허벅지도 목도 배도 정말 토실토실하고, 고래처럼 매끈거렸다. 몸의 크기에 비해 가슴은 그렇게 크지 않았지만 적당히 자리 잡힌 모양이었고, 엉덩이 살도 늘어지지 않았다.

"내 몸, 나쁘지 않죠?" 부엌에서 그녀가 이쪽을 향해 물었다.

"나쁘지 않아." 하고 나는 대답했다.

"이렇게 살을 찌우느라 얼마나 힘들었다고요. 밥도 꾸역꾸역 먹어야 하고, 케이크도 기름기 많은 것도." 그녀가 말했다.

나는 가만히 고개를 끄덕였다.

그녀가 목욕하는 동안에 나는 셔츠와 젖은 바지를 벗고 남아 있는 옷으로 갈아입은 다음, 침대에 누워 앞으로 뭘 할지 생각했다. 10시 반이 가까워지고 있었다. 앞으로 남은 시간은

24시간 남짓이다. 뭘 할지 분명하게 정할 필요가 있었다. 인생의 마지막 24시간을 되는대로 어영부영 지낼 수는 없다.

밖에서는 아직도 비가 내리고 있었다. 거의 눈에 보이지 않을 만큼 가늘고 조용한 비였다. 창문 위 차양에서 유리창을 타고 떨어지는 빗방울이 보이지 않으면 비가 내리는지 어떤지 잘 모를 정도였다. 때로 창문 아래로 차가 지나가, 도로에 덮인 얇은 물의 막이 튀는 소리가 들렸다. 몇몇 아이들이 누군가를 부르는 소리도 들렸다. 욕실에서는 박사의 손녀딸이 멜로디를 알아들을 수 없는 노래를 흥얼거리고 있었다. 그래 봐야 자기가 만든 노래일 것이다.

침대에 누워 있자니 잠이 솔솔 쏟아졌지만, 이대로 잠들 수는 없었다. 잠들어 버리면 아무것도 못한 채 몇 시간이 지나가 버린다.

그렇다면 자지 않고 뭘 할 것인가, 뭘 하면 좋을지 나는 전혀 알 수 없었다. 나는 침대 옆에 있는 스탠드 갓의 고무 테두리를 벗겨 내 잠시 만지작거리다 다시 끼워 놓았다. 아무튼 이 방에 있을 수는 없다. 여기 가만히 있어 봐야 얻을 게 없다. 밖에 나가 뭔가를 해야 할 것이다. 뭘 할지는 밖에 나가 생각하면 된다.

생각해 보니 인생이 앞으로 24시간밖에 남지 않았다는 게 왠지 묘했다. 해야 할 일이 산더미처럼 있을 텐데, 실제로는 하나도 생각나지 않는다. 나는 또 스탠드 갓의 고무를 벗겨 내, 그걸 손가락으로 빙빙 돌렸다. 그리고 슈퍼마켓 벽에 붙어 있던 프랑크푸르트 관광포스터를 생각했다. 다리가 걸려 있는

상의 수면에 백그가 떠 있는 포스터다. 그런대로 괜찮은 도시일 것 같았다. 프랑크푸르트에서 인생을 마감하는 것도 꽤 괜찮은 생각일 듯했다. 그러나 지금부터 24시간 내에 프랑크푸르트에 도착하는 건 아예 불가능하고, 만약 가능하다 해도 10시간이나 비행기 시트에 묶여 맛없는 기내식을 먹어야 하는 건 다른 문제였다. 게다가 실제로 가 봤더니 포스터에서 본 경치가 더 좋았다고 하게 될 수도 있다. 실망한 기분으로 인생을 마감하는 것만은 피하고 싶었다. 그렇다면 여행은 계획에서 빼지 않을 수 없다. 이동하는 데 시간이 너무 걸리고, 대개 처음에 기대했던 만큼 실제로는 즐겁지 않은 경우가 많다.

결국 내가 생각한 것은 여자와 둘이 맛있는 식사를 하면서 술을 마시는 일뿐이었다. 그 외에는 하고 싶은 일이 별로 없었다. 나는 수첩을 뒤져 도서관 전화번호를 찾아서 전화를 걸었다. 그리고 참고 문헌 담당을 바꿔 달라고 했다.

"여보세요." 참고 문헌 담당 여자가 말했다.

"지난번에는 일각수 책 고마웠어." 하고 나는 말했다.

"나야말로 잘 얻어먹었죠." 그녀가 말했다.

"괜찮으면 오늘 밤에 식사를 같이 하고 싶은데." 나는 청해 보았다.

"식사." 그녀가 말을 반복했다. "오늘 밤에는 연구 모임이 있는데."

"연구 모임?" 이번에는 내가 반복했다.

"하천의 오염에 대해 공부하는 모임이에요. 왜 있잖아요, 합성세제에 의한 물고기의 멸종 같은 그런 거요. 오늘 밤에는 내가 발표를 해야 돼요."

"유익한 모임일 것 같군." 하고 나는 말했다.

"네, 그래요. 그래서 가능하면 식사를 내일로 미룰 수 없을까 싶은데. 내일은 월요일이라서 도서관도 쉬니까, 느긋하게 지낼 수 있어요."

"내일 오후에는 여기 없어. 전화라서 자세한 설명은 할 수 없지만, 한동안 멀리 가 있게 되었어."

"멀리 간다고요? 여행 가는 거예요?" 그녀가 물었다.

"뭐, 그렇다고 할 수도 있지." 하고 나는 말했다.

"미안한데, 잠깐만요."

그녀는 카운터에 뭘 물어보러 온 사람을 상대하고 있는 듯했다. 일요일 도서관 로비의 풍경이 수화기를 통해 전해져 왔다. 어린 여자아이가 뭐라고 큰 소리로 떠들자, 아버지가 나무라는 소리다. 컴퓨터 키보드 소리도 들렸다. 세계는 정상적으로 돌아가고 있는 듯했다. 사람들은 도서관에서 책을 빌리고, 역무원은 부정 승차에 눈을 번뜩이고, 경주마는 빗속을 달리고 있다.

"민가 이축에 관한 자료는." 하고 그녀가 상대에게 설명하는 목소리도 들렸다. "F의 5번 서가에 세 권 있으니까, 참고해 보세요."

상대가 그 말에 뭐라고 대꾸하는 소리가 들렸다.

"미안해요." 하면서 그녀가 다시 전화를 받았다. "알았어요. 좋아요. 연구 모임은 오늘 패스할게요. 다들 뭐라고 말이 많겠지만."

"미안하군."

"아니에요. 어차피 이 부근 하천에는 물고기가 한 마리도 살지 않으니까, 내 발표가 일주일 정도 늦어진다고 곤란할 사람 아무도 없어요."

"그야 그렇겠지만." 하고 나는 말했다.

"당신 집에서 식사하나요?"

"아니, 우리 집은 사용할 수가 없어. 냉장고는 죽었고, 그릇도 거의 없어졌어. 그래서 요리를 할 수 없어."

"알아요." 그녀가 말했다.

"안다고?"

"네. 그래도 꽤 깔끔하게 치워졌죠?"

"당신이 치운 거야?"

"그렇죠. 그러면 안 되는 거였나요? 오늘 아침 출근길에 다른 책 한 권을 가지고 들렀는데, 문이 떨어져 있고 안은 엉망이어서 청소를 했어요. 덕분에 지각은 좀 했지만, 며칠 전에 잘 얻어먹은 일도 있고 해서. 하지 말걸 그랬나요?"

"아니야, 전혀." 하고 나는 말했다. "오히려 고맙지."

"그럼 저녁 6시 10분쯤 도서관 앞으로 올래요? 일요일에는 6시 폐관이거든요."

"좋아." 하고 나는 말했다. "고마워."

"천만에요." 그녀가 말했다. 그리고 전화가 끊겼다.

식사하러 나갈 때 입을 옷을 찾고 있는데, 통통한 손녀딸이 욕실에서 나왔다. 나는 수건과 목욕 가운을 그녀에게 건넸다. 그녀는 수건과 가운을 손에 든 채, 알몸으로 잠시 내 앞에서 있었다. 젖은 머리칼이 이마와 볼에 달라붙어 있고, 그 사이로 끝이 뾰족한 귀가 쏙 튀어나와 있었다. 귓불에는 예의 금 귀걸이가 그대로 달려 있었다.

"늘 귀걸이를 한 채로 목욕을 하나?" 나는 물어보았다.

"네, 물론. 전에도 말하지 않았나요?" 그녀는 말했다. "절대 빠지지 않으니까 괜찮아요. 이 귀걸이 좋아요?"

"응, 좋아." 하고 나는 말했다.

욕실 안에 그녀의 속옷과 치마와 블라우스가 널려 있었다. 분홍색 브래지어와 분홍색 팬티와 분홍색 치마와 얇은 분홍색 블라우스다. 욕조에 몸을 담그고 그것들을 보고만 있는데도 양쪽 관자놀이 언저리가 지끈지끈 아팠다. 나는 옛날부터 욕실에 속옷이나 스타킹이 널려 있는 걸 그다지 좋아하지 않는다. 왜냐고 물으면 대답하기 난감한데, 아무튼 좋아하지 않는다.

나는 후다닥 머리를 감고 몸을 씻은 다음 이를 닦고 수염을 깎았다. 그리고 욕실에서 나와 목욕 수건으로 몸을 닦고, 팬티와 바지를 입었다. 배의 상처는 그렇게 무모한 행동을 계속했는데도, 어제에 비하면 상당히 좋아졌다. 욕실에 들어가기 전까지 상처가 있다는 것조차 기억나지 않았을 정도다. 오통통한 손녀딸은 침대에 앉아 드라이어로 머리를 말리면서 발자크의 소설을 계속 읽고 있었다. 창밖에 내리는 비는 여전히 그칠 기미조차 보이지 않았다. 욕실에 속옷이 널려 있고, 침대에서는 여자가 머리를 말리면서 책을 읽고 있고, 밖에서는 비가 내리니, 마치 몇 년 전의 결혼 생활로 돌아간 듯한 기분이 들었다.

"드라이어 쓸래요?" 그녀가 물었다.

"아니, 괜찮아." 나는 말했다. 그 드라이어는 아내가 집을 나갈 때 두고 간 것이다. 머리가 짧은 나는 드라이어 따위는 쓸 필요가 없다.

나는 그녀 옆에 앉아서 침대 헤드에 머리를 올려놓고 눈을 감았다. 눈을 감자, 어둠 속에 갖가지 색이 떠올랐다가 사라지곤 했다. 생각해 보면 지난 며칠 동안 나는 잠을 제대로 못 잤다. 내가 잠이 들려 할 때마다 누군가가 나를 찾아와 깨웠다. 눈을 감고 있자니 잠이 나를 깊은 어둠의 세계로 끌고 들어가려는 걸 느낄 수 있었다. 그것은 마치 야미쿠로처럼 어둠 속에서 손을 내밀어 나를 그곳으로 잡아당기고 있었다.

나는 눈을 뜨고, 두 손으로 얼굴을 비볐다. 오랜만에 세수를 하고 수염을 깎은 탓에, 피부가 건조해져 큰북의 가죽처럼 당겼다. 마치 타인의 얼굴을 비벼 대는 것 같았다. 거머리에게 피를 빨린 부분도 얼얼하게 아팠다. 거머리 두 마리가 피를 어지간히 빨아먹은 모양이었다.

"저 있죠." 손녀딸이 책을 옆에 내려놓고 말했다. "정액 말인데, 정말 여자가 먹는 거 싫어요?"

"지금은." 하고 나는 말했다.

"그런 기분이 아닌 거군요."

"그래."

"나랑 자고 싶지도 않은 거죠?"

"지금은."

"내가 살이 쪄서 싫어요?"

"그렇지 않아." 하고 나는 말했다. "네 몸은 정말 귀여워."

"그럼 왜 나랑 안 자요?"

"모르겠어." 하고 나는 말했다. "왠지는 모르겠지만, 지금 너랑 자서는 안 될 것 같아."

"도덕상의 어떤 이유 때문인가요? 당신의 생활 윤리에 위반된다거나?"

"생활 윤리." 나는 반복했다. 신기한 뉘앙스의 말이었다. 나는 천장을 올려다보면서 그 말에 대해 잠시 생각해 보았다.

"아니, 그런 건 아니야." 하고 나는 말했다. "좀 다른 거야. 본능이나 직감, 그런 것에 가까워. 어쩌면 기억의 역류와 관계가 있는지도 모르겠군. 뭐라 설명을 못 하겠어. 나 자신은 지금 너랑 굉장히 자고 싶어. 그러나 무언가가 나를 제지하고 있어. 지금은 그럴 시기가 아니라면서."

그녀는 베개 위에 턱을 괴고 내 얼굴을 빤히 쳐다보았다.

"거짓말 아니고요?"

"이런 일로 거짓말을 왜 하겠어."

"정말 그렇게 생각해요?"

"그렇게 느껴."

"증명할 수 있어요?"

"증명?" 나는 깜짝 놀라서 되물었다.

"당신이 나랑 자고 싶어 한다는 것에 대해서, 내가 수긍할 수 있게."

"발기했어." 하고 나는 말했다.

"보여 줘요." 그녀가 말했다.

나는 잠시 망설이다가, 결국 바지를 내려 보여 주기로 했다. 그 이상의 논쟁을 하기에는 너무 피곤했고, 어차피 나는 이 세계에 얼마 머물지 않는다. 열일곱 살짜리 여자에게 발기한 건강한 페니스를 보여 줬다고 해서 중대한 사회적 문제로 발전할 것 같지도 않았다.

"흠." 팽창한 나의 페니스를 보면서 손녀딸은 말했다. "만져 봐도 돼요?"

"안 돼." 하고 나는 말했다. "이제 증명이 됐지?"

"그러네요. 알았어요."

나는 바지를 올리고 페니스를 그 안에 넣었다. 창문 아래로 대형 화물 트럭이 천천히 지나가는 소리가 들렸다.

"너는 언제 할아버지에게 돌아갈 거지?" 나는 물어보았다.

"잠 좀 자고 빨래가 마르면요." 손녀딸이 말했다. "저녁때까지는 물도 빠질 테니까, 그때 다시 지하철로 돌아갈게요."

"날씨가 이래서 내일 아침이나 돼야 옷이 마를 텐데."

"정말요?" 그녀가 말했다. "그럼 어떻게 하죠?"

"근처에 빨래방이 있으니까 거기 가서 말리면 되지."

"밖에 입고 나갈 옷이 없어요."

잠시 고개를 갸웃거려 보았지만 좋은 지혜가 떠오르지 않았다. 결국 내가 빨래방에 가서 그녀 옷을 건조기에 던져 놓는 방법밖에 없었다. 나는 욕실에 가서 그녀의 젖은 옷을 루프트한자 비닐백에 쑤셔 담았다. 그리고 남은 옷 중에서 올리브 그린색 치노바지와 파란색 버튼다운 셔츠를 골라 입었다. 구두는 갈색 로퍼를 신었다. 이렇게 해서 내게 남겨진 귀중한 시간의 몇 분의 일이 빨래방의 비참한 철제 의자 위에서 무의미하게 사라지려 하고 있었다. 시계는 12시 17분을 가리키고 있었다.

# 32 세계의 끝

## 죽어 가는 그림자

문지기 오두막의 문을 열었을 때, 그는 뒷문 밖에서 장작을 패고 있었다.

"날씨가 이런 걸 보니 큰 눈이 내리겠어." 문지기는 도끼를 손에 든 채 말했다. "오늘 아침에는 네 마리가 죽었더군. 내일 아침에는 더 죽어 있겠지. 올겨울 한파가 여간해야 말이지."

나는 장갑을 벗고 난로 앞에 가서 손을 쬐었다. 문지기는 잘게 가른 장작을 다발로 묶어 창고에 던지고는, 뒷문을 닫고 도끼를 벽에 걸었다. 그리고 내 옆에 와서 역시 손을 쬐었다.

"앞으로는 어째 나 혼자 짐승들의 시체를 태워야 할 것 같아. 놈이 거들어 준 덕분에 꽤 편했는데, 뭐, 어쩔 수 없지. 애당초 내 일이니까."

"그림자의 상태가 아주 안 좋은가요?"

"좋다고는 할 수 없겠지." 문지기는 고개를 빙빙 돌리면서 말했다. "좋지는 않아. 벌써 사흘이나 누워서 꼼짝도 못 하고 있어. 뭐, 나 나름으로 보살피고는 있는데, 수명이란 어쩔 수 없는 것이라서 말이지. 사람이 할 수 있는 것에는 한계가 있잖아."

"그림자를 만날 수 있을까요?"

"그럼. 만날 수 있지. 하지만 30분 정도로 끝내 줘야겠어. 30분이 지나면 내가 짐승들을 태우러 나가 봐야 해서."

나는 고개를 끄덕였다.

문지기는 벽에 걸린 열쇠 다발을 집어, 열쇠로 그림자의 광장으로 들어가는 철문을 열었다. 그리고 내 앞에 서서 광장을 빠르게 가로질러, 그림자의 오두막 문을 열고는 나를 안으로 들여보냈다. 오두막 안은 가구 하나 없이 휑했고, 벽돌 바닥은 더없이 싸늘했다. 창틈으로 차가운 바람이 불어 들어 공기가 얼어붙을 것 같았다. 마치 얼음 창고 같다.

"내 탓이 아니야." 문지기는 변명하듯이 말했다. "나라고 뭐 좋아서 자네 그림자를 여기다 처넣었겠나. 그림자가 여기 사는 건 정해진 일이야. 나는 그저 그걸 따를 뿐이지. 자네 그림자는 그나마 나은 편이야. 심하면 이 오두막 하나에 그림자 두셋이 같이 지내는 경우도 있어."

무슨 말을 해 봐야 소용이 없으니, 나는 고개만 끄덕거렸다. 역시 나는 이런 곳에 그림자를 두고 혼자 가서는 안 되는 거였다.

"자네 그림자는 밑에 있어." 그가 말했다. "밑으로 내려가 봐. 밑은 조금 따뜻해. 냄새는 좀 나지만."

문지기는 방구석에 가서, 검고 눅눅한 나무문을 열었다. 안에 계단은 없고, 단순한 사다리가 걸려 있을 뿐이었다. 문지기는 자신이 먼저 몇 계단 내려가, 내게 손짓하며 따라오라고 했다. 나는 코트 자락에 묻은 눈을 털어 내고 그를 따랐다.

지하실로 내려서자 역한 똥냄새가 코를 찔렀다. 창문이 없는 탓에 공기가 들고나지 못해 고여 있는 것이다. 지하실은 창고 크기의 넓이에, 침대가 그 삼분의 일을 차지하고 있었다. 침대 위에는 살이 쏙 빠져 초췌해진 나의 그림자가 얼굴을 이쪽으로 돌리고 누워 있었다. 침대 밑에 사기 변기가 보였다. 낡고 망가진 테이블이 있고 그 위에서 촛불이 가물거리고 있었지만, 그 외에는 조명도 난방도 보이지 않았다. 바닥도 그냥 땅이라, 실내에는 뼛속까지 스밀 듯한 눅눅한 냉기만 가득했다. 그림자는 담요를 귀밑까지 끌어올린 모습으로 꼼짝도 하지 않고서, 생기 없는 멀건 눈으로 나를 올려다보았다. 노인이 말했던 대로 정말 남은 날이 얼마 없을 것 같았다.

"나는 이제 가 볼 테니까." 문지기는 악취를 더는 못 견디겠다는 듯이 말했다. "둘이 마음껏 얘기를 나누라고. 이제 그림자는 자네에게 들러붙을 힘도 남아 있지 않으니까."

문지기가 가고 나자, 그림자는 잠시 주위를 돌아보고는 내게 이리 오라고 손짓했다.

"미안하지만 위로 올라가서 문지기가 엿듣고 있지 않은지 좀 확인해 줄 수 있을까?" 그림자는 머리맡으로 다가간 내게 작은 소리로 말했다.

나는 고개를 끄덕이고 살금살금 사다리를 올라, 문을 열고 바깥을 살폈다. 그리고 위에 아무도 없다는 걸 확인한 다음 다시 내려왔다.

"아무도 없어." 하고 나는 말했다.

"할 얘기가 있어." 그림자가 말했다. "나는 보기보다 약해지지 않았어. 문지기 눈을 속이려고 이러고 있는 거야. 몸이 상당히 약해진 건 분명하지만, 토하거나 이렇게 누워만 있는 건 연기야. 아직은 충분히 걸을 수 있어."

"도망치려는 거지?"

"물론이지. 안 그러면 왜 이런 번거로운 짓을 하겠어. 이렇게 해서 사흘을 벌었어. 앞으로 사흘 안에 도망칠 거야. 사흘 후면 정말 일어서지도 못할 테니. 이 지하실 공기가 몸에 안 좋아. 그리고 너무 추워서 뼈가 으스러질 것 같아. 그런데 바깥 날씨는 지금 어때?"

"눈이 오고 있어." 나는 코트 주머니에 손을 푹 쑤셔 넣은 채 말했다. "밤이 되면 더 많이 내릴 거야. 기온도 뚝 떨어지겠지."

"눈이 오면 짐승들이 많이 죽어." 그림자가 말했다. "짐승이 많이 죽으면 문지기가 할 일이 많아지지. 우리는 그 틈에 여길 빠져나갈 거야. 놈이 사과나무 숲에서 짐승들을 태우는 사이에 말이야. 네가 벽에 걸린 열쇠 다발을 훔쳐서 광장의 문을 열고, 그런 다음 우리 둘이 도망치는 거야."

"문으로?"

"문은 안 돼. 문은 밖에서 잠겨 있고, 운 좋게 도망쳤다 해도 문지기에게 금방 붙잡혀. 벽도 안 되고. 벽은 새밖에 넘을 수 없어."

"그럼 어디로 도망친다는 거야?"

"그건 내게 맡겨. 계획은 아주 빈틈없이 짰어. 나는 이 마을에 관한 정보만은 충분히 수집했어. 네가 준 지도도 구멍이 뚫릴 만큼 많이 보았고, 문지기에게 얘기도 많이 들었어. 놈은 이제 내가 도망치지 못할 거라 여기고 마을에 대해 많은 것을 친절하게 가르쳐 주었지. 네가 놈을 방심하게 해 준 덕분이야. 처음에 예정했던 것보다는 시간이 걸렸지만, 계획 자체는 순조롭게 진행되고 있어. 문지기도 말했다시피 나는 이제 너에게 들러붙을 힘이 남아 있지 않지만, 밖으로 나갈 수만 있으면 힘도 회복될 테고, 그러면 우리는 다시 합칠 수 있어. 나는 이런 곳에서 죽지 않을 수 있고, 너는 기억을 되찾아 원래의 너 자신으로 돌아갈 수 있어."

나는 아무 말도 하지 않고 촛불만 가만히 보고 있었다.

"왜 그러는 거야, 대체?" 그림자가 물었다.

"원래의 나 자신이 과연 뭘까?" 하고 나는 말했다.

"어이, 무슨 소리야. 설마 주저하는 건 아니지." 그림자가 말했다.

"아니, 주저하고 있어. 정말 주저하고 있어." 하고 나는 말했다. "우선 원래의 나 자신이 뭔지 기억나지 않아. 과연 그게 돌아갈 만한 가치가 있는 세계고, 돌아갈 만한 가치 있는 나 자신일까?"

그림자가 무슨 말을 하려고 했지만, 나는 손을 들어 제지했다.

"얘기를 끝까지 들어 봐. 과거에 내가 뭐였는지는 잊어버렸지만, 지금의 나 자신은 이 마을에 애착 같은 것을 느끼고 있어. 도서관에서 알게 된 여자에게도 마음이 있고, 대령도 좋은 사람이야. 짐승들을 바라보는 것도 좋고. 겨울 추위는 혹독하지만, 다른 계절의 경치는 정말 아름다워. 이곳에서는 서로 상처를 주지 않고, 싸우지도 않아. 생활은 소박하지만 나름 충실하고, 다들 평등해. 험담을 하는 사람도 없고, 뭔가를 서로 빼앗지도 않아. 노동은 해도, 모두 자신의 노동을 즐기고 있어. 그건 노동을 위한 순수한 노동일 뿐, 누가 강제로 시키거나 싫은데 억지로 하는 게 아니야. 남을 부러워하는 일도 없지. 한탄할 일도 없고 고뇌할 일도 없어."

"돈도 재산도 지위도 존재하지 않지. 소송도 없고, 병원도 없어." 그림자가 덧붙였다. "그리고 늙어 가는 일도 없고, 죽음의 예감에 벌벌 떠는 일도 없고. 그렇지?"

나는 고개를 끄덕였다. "너는 어떻게 생각해? 내가 이 마을을 떠나야 할 이유가 과연 어디 있을까?"

"글쎄." 하고서 그림자는 담요 속에서 손을 꺼내 마른 입술을 비볐다. "네 말도 일단 일리는 있어. 그런 세계가 있다면, 그곳은 정말 유토피아겠지. 내가 반대할 이유는 하나도 없어. 너는 너 좋을 대로 하면 돼. 나도 기꺼이 여기서 죽을 수 있어. 그러나 넌 몇 가지를 간과하고 있어. 그것도 아주 중요한 것을 말이야."

그림자는 그렇게 말하고 심하게 기침을 했다. 나는 그의 기침이 잦아들기를 기다렸다.

"우리가 요전에 만났을 때, 나는 이 마을은 부자연스럽고 잘못되었다고 했어. 그리고 부자연스럽고 잘못된 나름으로 완결되어 있다고 했지. 지금 너는 그 완결성의 완전함에 대해서 말하고 있어. 그러니 나는 그 부자연스러움과 잘못에 대해 얘기하지. 잘 들어. 우선 첫째로, 이건 중심이 되는 명제인데, 완전함이라는 것은 이 세상에 존재하지 않아. 전에도 말했지만 영구 기계가 원리적으로 존재하지 않는 것과 마찬가지야. 엔트로피는 언제나 증가해. 그런데 이 마을은 그걸 대체 어디로 배출하고 있을까? 여기 사람들은 ── 문지기는 예외지만 ── 서로 상처를 주거나 증오하지 않고, 욕망도 없어. 모두 충족된 상태에서 평화롭게 살고 있지. 어떻게 그럴 수 있지? 왤까? 그건 마음이 없기 때문이야."

"잘 알고 있어." 하고 나는 말했다.

"이 마을의 완전함은 마음을 버리고 성립된 거야. 마음을 버리고, 각자의 존재를 영원히 팽창되는 시간 속에 끼워 넣은 것이지. 그래서 아무도 늙지 않고 죽지도 않는 거야. 우선 그림자라는 자아의 모체를 떼어 내고, 그게 죽기를 기다려. 그림자가 죽고 나면 그다음에는 별문제가 없어. 나날이 생기는 마음의 자잘한 거품 같은 것을 퍼내기만 하면 되지."

"퍼낸다고?"

"그 얘기는 잠시 후에 다시 하고. 우선 마음의 문제야. 너는 이 마을에 싸움도 증오도 욕망도 없다고 했어. 그건 아주 좋은 일이지. 나도 기운만 있으면 박수를 치고 싶은 심정이야. 그러나 싸움과 증오나 욕망이 없다는 건, 즉, 그 반대도 없다는 뜻이야. 기쁨과 축복과 애정 같은 거 말이야. 절망이 있고 환멸이 있고 슬픔이 있어야 기쁨도 생겨날 수 있는 거라고. 절망이 없는 축복 따위는 어디에도 없어. 그게 내가 말하는 자연스러움이라는 거야. 그리고 물론 애정도 그래. 네가 말하는 그 도서관 여자를 생각해 봐. 너는 그녀를 사랑하는지도 모르지. 그러나 그 기분은 어디로도 갈 수 없어. 왜냐, 그녀에게는 마음이 없기 때문이지. 마음이 없는 인간은 걸어 다니는 환영에 불과해. 그런 걸 취하는 게 대체 무슨 의미가 있다는 거야? 너는 그런 영원한 생활을 원하는 거야? 너 자신까지 그런 환영으로 만들고 싶은 거야? 내가 여기서 죽으면 너도 그들처럼 영원히 이 마을을 벗어날 수 없게 된다고."

숨이 갑갑하고 차가운 침묵이 잠시 지하실을 감쌌다. 그림자가 또 몇 번인가 기침을 했다.

"하지만 난 그녀를 여기 남겨 두고 갈 수는 없어. 그녀가 뭐가 되었든, 나는 그녀를 사랑하고 또 원하고 있어. 내 마음을 속일 수는 없잖아. 지금 도망치면 나중에 틀림없이 후회할 테고, 한번 이곳을 떠나면 두 번 다시 돌아올 수 없는데."

"맙소사." 하면서 그림자는 침대에서 몸을 일으켜 벽에 기댔다. "너를 설득하려면 상당히 고생스럽겠군. 오래 같이 지낸 사이라 네가 고집 센 인간이라는 건 잘 알고 있지만, 남은 시간이 얼마 없는 이런 때 복잡한 문제를 들고 오다니. 넌 대체 어쩌고 싶은 거야. 나와 그 여자와 함께 셋이 이곳을 도망치고 싶다면, 그건 안 될 일이야. 그림자 없는 인간은 밖에서 살아갈 수 없다고."

"그것도 잘 알아." 하고 나는 말했다. "내 말은 너 혼자 도망치면 어떻겠나 하는 거야. 나도 거들게."

"아직도 뭘 잘 모르는군." 그림자가 머리를 벽에 기댄 채 말했다. "나를 도망치게 하고 너 혼자 여기 남으면, 너는 절망적인 상황에 놓이게 돼. 문지기가 가르쳐 주더군. 그림자는 어떤 그림자든 이곳에서 죽어야 해. 밖으로 나갔던 그림자도 죽을 때는 여기로 다시 돌아와 죽어. 여기서 죽지 않은 그림자는, 가령 죽었다 해도 불완전한 죽음밖에 남기지 못한다고. 그렇게 되면 너는 마음을 품은 채 영원히 살아가야 해. 그것도 숲 속에서 말이야. 숲속에는 그렇게 그림자를 깔끔하게 죽이지 못한 사람들이 살고 있어. 너는 그곳으로 추방되어, 온갖 생각을 품은 채 영원히 숲을 떠돌게 될 거야. 숲에 대해서는 알고 있겠지?"

나는 고개를 끄덕였다.

"하지만 너는 그녀를 숲에 데리고 갈 수 없어." 그림자가 말을 이었다. "그녀는 완전하기 때문이야. 다시 말하지만, 그녀는 마음이 없어. 완전한 인간은 마을에서 사는 거야. 숲에서 살 수 없어. 그러니 너는 외톨이가 될 테고, 그렇다면 이 마을에 남는 의미도 없잖아."

"사람들의 마음은 어디로 가는 거지?"

"너는 꿈 읽기잖아." 그림자가 어이가 없다는 듯이 말했다. "그런데 어떻게 그걸 모르지?"

"아무튼 몰라." 하고 나는 말했다.

"그럼 가르쳐 주지. 마음은 짐승들이 벽 밖으로 가져가. 그게 퍼낸다는 말의 의미야. 짐승들이 사람들의 마음을 흡수하고 회수해서 그걸 바깥 세계로 가져가. 그리고 겨울이 오면 그런 자아를 몸 안에 축적한 채 죽어 가지. 그들이 죽는 것은 겨울 추위 때문도 아니고 먹을거리가 부족해서도 아니야. 그들을 죽이는 것은 마을이 떠넘긴 자아의 무게라고. 그리고 봄이 오면 새 짐승이 태어나지. 죽은 짐승의 수만큼 새끼가 태어나. 그리고 그 새끼들도 성장하면 사람들이 토해 낸 자아를 짊어지고 똑같이 죽어 가. 그게 완전함의 대가야. 그런 완전함에 대체 무슨 의미가 있다는 거야? 약하고 무력한 것에 모든 것을 떠넘겨야 유지되는 완전함에 말이야."

나는 아무 말도 못 하고 구두코만 바라보고 있었다.

"짐승이 죽으면 문지기는 그 두개골을 잘라 내지." 그림자는 계속했다. "그 두개골 속에 자아가 오롯이 새겨져 있기 때문이야. 그리고 두개골은 깨끗하게 처리되어 1년 동안 땅에 묻혀 있다가 그 힘이 진정되면 도서관 서고로 옮겨져. 그리고 꿈 읽기가 거기 담긴 것을 대기 속으로 방출하는 거야. 꿈 읽기는 ─ 즉 너를 말하는 거야. ─ 새로 이 마을에 들어와 그림자가 아직 죽지 않은 사람이 맡는 역할이야. 꿈 읽기가 읽어 낸 자아는 대기 중으로 빨려 들어가 어딘가로 사라지지. 그게 즉 '오래된 꿈'이라고. 요컨대 너는 전기 접지 같은 역할을 하고 있는 셈이야. 내 말의 의미를 알겠어?"

"응, 알아." 하고 나는 말했다.

"그림자가 죽으면 꿈 읽기도 꿈 읽는 일을 그만두고 마을에 동화돼. 마을은 그런 식으로 완전성의 고리 속을 영원히 돌고 돌아. 불완전한 부분을 불완전한 존재에게 떠넘기고, 그리고 그 웃물만 홀짝거리면서 사는 거라고. 그게 옳은 일이라고 생각해, 너? 그게 진정한 세계냐고. 그게 존재의 진정한 모습이냐고. 잘 들어, 약하고 불완전한 쪽의 입장에서 봐. 짐승과 그림자와 숲에 사는 사람들의 입장에서 말이야."

나는 너울거리는 촛불을 눈이 아파지도록 빤히 쳐다보고 있었다. 그리고 안경을 벗고 눈에 고인 눈물을 손등으로 닦았다.

"내일 3시에 다시 올게." 하고 나는 말했다. "네 말이 맞아. 여기는 내가 있을 장소가 아니야."

# 33 하드보일드 원더랜드

비 내리는 날의 빨래, 렌터카, 밥 딜런

비 내리는 일요일이다 보니, 빨래방의 건조기 네 대가 전부 빙빙 돌아가고 있었다. 알록달록한 비닐백과 쇼핑백이 각각 건조기 고리에 걸려 있었다. 빨래방 안에는 여자가 셋 있었다. 하나는 삼십 대 후반의 주부이고, 나머지 둘은 근처에 있는 여자대학 기숙사에 사는 학생들 같았다. 주부는 파이프 의자에 앉아 마치 텔레비전이라도 보는 것처럼 빙빙 돌아가는 빨래를 가만히 바라보고 있었다. 여학생들은 둘이 나란히 앉아 《JJ》의 페이지를 넘기고 있었다. 그녀들은 내가 들어가자 이쪽을 힐금거리더니, 잠시 후에 자신들의 빨래와 잡지로 눈길을 돌렸다.

나는 의자에 앉아 루프트한자 비닐백을 무릎에 올려놓고, 순서가 돌아오기를 기다렸다. 여학생들이 짐을 지니고 있지

214

않아, 그녀들의 빨래는 이미 건조기 드럼 안에 들어 있다는 걸 알았다. 그렇다면 네 대 중 어느 한 대가 비면 내 차례라는 얘기다. 시간이 그렇게 오래 걸리지는 않겠다 싶어 나는 다소 안도했다. 이런 곳에서 돌아가는 빨래를 바라보며 1시간 가까이 시간을 죽여야 한다면, 생각만 해도 우울해진다. 내게 남은 시간은 이제 24시간도 채 안 된다.

나는 의자에 앉아 온몸의 힘을 쭉 빼고, 공간의 한 점을 멀거니 바라보았다. 빨래방 안에는 옷이 마르는 특유의 냄새와 세제 냄새가 뒤섞인 묘한 냄새가 떠다니고 있었다. 옆에서는 두 여학생이 스웨터 무늬에 대해 얘기하고 있었다. 양쪽 다 딱히 미인은 아니다. 멋진 여자는 일요일 오후에 빨래방에서 잡지 따위나 읽고 있지 않는다.

건조기는 나의 예상과 달리 좀처럼 멈추지 않았다. 빨래방에는 빨래방만의 법칙이 있어서 '기다리는 건조기는 반영구적으로 멈추지 않는다.'는 것이 그중 하나다. 밖에서는 거의 다 마른 것처럼 보이는데도 드럼은 좀처럼 회전을 멈추지 않는다.

15분을 기다려도 드럼은 멈추지 않았다. 그사이에 날씬하고 잘 차려입은 젊은 여자가 커다란 종이백을 들고 나타나, 세탁기 쪽에 아기 기저귀를 한 아름 던져 넣고 세제를 뜯어 그 위에 뿌린 다음 뚜껑을 닫고 기계에 동전을 넣었다.

나는 눈을 감고 자고 싶었지만, 내가 잠든 사이에 드럼이 회전을 멈추고 나중에 온 누군가가 먼저 그 안에 빨래를 밀어 넣을지도 모른다는 생각에 잘 수도 없었다. 그렇게 되면 또 시간이 낭비되고 만다.

나는 무슨 잡지라도 들고 올걸 그랬다고 후회했다. 뭐라도 읽고 있으면 자지 않아도 되고, 시간도 빨리 지나간다. 그러나 시간을 빨리 지나가게 하는 것이 과연 옳은 일인지는 나로서도 알 수 없었다. 아마 지금의 내게는 시간이 천천히 흘러야 할 것이다. 그러나 빨래방 안에서 천천히 흘러가는 시간에 과연 무슨 의미가 있을까? 소모를 확대하는 것에 불과할 수도 있지 않을까?

시간에 대해 생각하자 머리가 아팠다. 시간이라는 존재는 너무나 관념적이다. 그렇다고 그 시간성 속에 하나하나 실체를 끼워 맞춰 가다 보면, 거기에서 파생해 생기는 것이 시간의 속성인지 실체의 속성인지 모호해지고 만다.

나는 시간에 대해서는 그만 생각하고, 빨래방에서 나간 후에 뭘 할지를 생각하기로 했다. 우선 옷을 살 필요가 있다. 말쑥한 옷이다. 바지 사이즈를 손볼 여유는 없으니까, 지하 세계에서 결심했던 것처럼 트위드 슈트를 사는 것은 무리다. 아쉽지만 그건 포기할 수밖에 없다. 바지는 이 치노바지로 대충 버티고, 재킷과 와이셔츠와 넥타이를 사자. 그리고 레인코트다. 그 정도 갖추면 어느 레스토랑이든 들어갈 수 있다. 옷을 사는 데 한 1시간 반쯤 걸릴 것이다. 3시까지 쇼핑이 끝난다고 보면, 도서관 여자를 만나기로 한 6시까지 3시간의 공백이 생긴다.

나는 그 3시간을 어떻게 사용할지 고민해 보았지만, 좋은 생각은 전혀 떠오르지 않았다. 잠과 피로가 나의 사고를 방해하고 있었다. 그것도 내 손이 닿지 않는 아주 깊은 곳에서 방해하고 있다.

내가 사고를 조금씩 풀어 가는 와중에 제일 오른쪽 건조기 드럼이 멈췄다. 내 눈의 착각이 아니라는 걸 확인한 다음, 주위를 돌아보았다. 주부도 여대생도 그 드럼을 슬쩍 쳐다보았을 뿐, 앉은 자세 그대로 일어나려 하지 않았다. 나는 빨래방의 규칙에 따라 그 건조기의 뚜껑을 열고, 드럼 속에 축 늘어져 있는 따뜻한 빨래를 꺼내 손잡이에 걸려 있는 쇼핑백에 담았다. 그리고 내 비닐백에 든 것을 꺼내 던져 넣고 문을 닫은 후에 동전을 넣고서 드럼이 회전하기 시작하는 것을 확인하고 다시 의자로 돌아왔다. 시계는 12시 50분을 가리키고 있었다.

주부와 여대생들은 나의 일거수일투족을 뒤에서 가만히 살피고 있었다. 그러고는 내가 빨래를 넣은 건조기를 쳐다보고, 그다음 내 얼굴을 힐금 쳐다보았다. 나도 고개를 들어 내가 빨래를 넣은 드럼을 보았다. 근본적인 문제는 내가 넣은 빨래의 양이 압도적으로 적고, 그것들이 모두 여자 옷과 속옷이며, 전부 분홍색이라는 점이었다. 아무리 그래도 너무 튄다. 민망한 기분에 나는 비닐백을 건조기 손잡이에 걸어 놓고, 다른 곳에 가서 20분을 보내기로 했다.

부슬비는 마치 세계에 어떤 상황을 시사하듯, 아침과 똑같이 하염없이 내리고 있었다. 나는 우산을 쓰고 동네를 맴돌았다. 조용한 주택가를 빠져나가자 온갖 가게가 줄지은 거리가 있었다. 이발소가 있고, 빵 가게가 있고, 서프 숍이 있고 — 왜 세타가야 구에 서프 숍이 있는지 이해할 수가 없었다. — 담배 가게가 있고, 케이크 가게가 있고, 비디오 대여점이 있고,

세탁소가 있었다. 세탁소 앞에는 '비 오는 날, 10퍼센트 가격 할인합니다.' 하는 입간판이 서 있었다. 비 오는 날에 왜 값을 깎아 주는지도 나는 이해할 수 없었다. 세탁소 안에서는 머리가 벗어진 주인이 표정을 잔뜩 찡그리고 셔츠를 다림질하는 모습이 보였다. 천장에 다리미 코드가 굵은 넝쿨처럼 몇 줄이나 매달려 있었다. 주인이 직접 다림질을 하는 옛날 세탁소다. 나는 왠지 그 주인에게 호감이 일었다. 저런 세탁소라면 셔츠 자락에 스테이플러로 접수 번호를 찍는 짓은 하지 않을 것이다. 나는 그게 싫어서 셔츠를 세탁소에 맡기지 않는다.

세탁소 앞에는 평상 같은 것이 있고, 그 위에 화분 몇 개가 조르륵 놓여 있었다. 나는 그 화분들을 멍하니 바라보았지만, 거기 핀 꽃의 이름은 하나도 몰랐다. 어쩌면 이렇게 꽃 이름을 모를 수 있는지, 스스로도 알 수 없었다. 화분에 핀 꽃은 보아하니 어디에나 있는 평범한 꽃인데, 정상적인 인간이라면 그런 꽃 이름쯤은 다 알 것 같았다. 처마에서 떨어지는 빗줄기가 화분 속의 검은 흙을 적셨다. 그 정경을 가만히 바라보고 있자니 왠지 기분이 애틋해졌다. 35년이나 이 세계에 살고 있는데, 나는 흔하디흔한 꽃 이름 하나 제대로 모른다.

세탁소만 해도, 내게는 갖가지 발견이 있었다. 꽃 이름에 대해 내가 무지하다는 것도 그 하나이고, 비 오는 날에 세탁 값이 싸진다는 것도 그 하나였다. 거의 매일 이 앞을 지나다녔는데, 나는 지금까지 세탁소 앞에 평상이 있다는 것조차 알아차리지 못했다.

평상에 달팽이 한 마리가 기어 다니고 있었다. 내게는 그것도 새로운 발견이었다. 나는 지금껏 달팽이는 장마철에만 나온다고 믿고 있었다. 그런데 곰곰 생각해 보니, 만약 달팽이가 장마철에만 나타난다면 나머지 계절에는 모두 어디에서 뭘 한단 말인가.

나는 10월의 달팽이를 집어 화분 안에 넣었다가, 다시 초록색 이파리에 올려놓았다. 달팽이는 잠시 이파리 위에서 흔들거리다 마침내 살짝 기운 채 안정을 찾아, 사위를 가만히 돌아보았다.

그다음 나는 담배 가게로 돌아가 라크 롱 사이즈 한 갑과 라이터를 샀다. 담배는 5년 전에 끊었지만, 인생이 끝나는 마지막 날에 한 갑쯤 피운다고 해서 큰 해는 없을 것이다. 나는 담배 가게 처마 밑에서 한 개비를 입에 물고, 라이터로 불을 붙였다. 오랜만에 담배를 물자 상상했던 것 이상으로 입술에 이물감이 느껴졌다. 나는 연기를 천천히 빨아들이고, 천천히 내뿜었다. 양 손가락이 약간 저릿저릿하면서 머리가 띵해졌다.

그다음 나는 케이크 가게에 들러 조각 케이크 네 개를 샀다. 모두 프랑스어로 된 긴 이름이 붙어 있어, 상자에 담고 나자 뭘 샀는지도 기억나지 않았다. 프랑스어는 대학을 졸업하는 순간 까맣게 잊고 말았다. 케이크 가게 점원은 전나무처럼 키가 큰 여자로, 리본을 묶는 솜씨가 엉망이었다. 나는 키가 크면서 손끝이 야무진 여자는 한 번도 만난 적이 없다. 그러나 그것이 세상에 일반적으로 통용되는 이론인지 어떤지는 물론 알지 못한다. 그저 나의 개인적인 경우에 지나지 않을 수도 있다.

그 옆에 있는 비디오 대여점은 내가 간간이 이용하는 가게였다. 주인 부부는 나와 나이대가 비슷하고, 부인은 무척 미인이다. 가게 입구에 놓인 27인치 텔레비전 화면에는 월터 힐이 감독한 영화 「투쟁의 그늘」이 흐르고 있었다. 찰스 브론슨이 스트리트 파이터로 분하고 제임스 코번이 그의 매니저를 연기하는 영화였다. 나는 안으로 들어가 소파에 앉아서, 잠시 시간을 죽일 겸 시합 장면을 보기로 했다.

안쪽의 카운터에서 부인 혼자 따분하게 가게를 지키고 있어, 나는 그녀에게 케이크 한 개를 권했다. 그녀는 서양배 타르트를 고르고, 나는 레어치즈를 골랐다. 그리고 나는 케이크를 먹으면서 찰스 브론슨이 머리가 벗어진 거대한 남자와 치고받고 싸우는 장면을 보았다. 나는 몇 년 전에 이 영화를 한 번 본 적이 있는데, 관객 대부분이 덩치가 이길 거라고 예상했지만 나는 찰스 브론슨이 이길 거라고 확신했었다. 케이크를 다 먹고는 담배에 불을 붙여 절반 정도 피우고, 찰스 브론슨이 상대를 완전히 녹아웃시키는 걸 확인한 다음 소파에서 일어났다.

"좀 더 보고 가지 그래요." 부인이 말했다.

그러고 싶지만 빨래방 건조기에 빨래를 넣고 왔다고 나는 말했다. 문득 손목시계를 보니, 벌써 1시 25분이었다. 건조기는 오래전에 멈췄을 것이다.

"이런." 하고 나는 말했다.

"괜찮아요. 누가 꺼내서 주머니에 담아 놓았을 테니까. 아무도 당신 옷을 훔쳐 가지 않아요."

"그야 뭐." 나는 맥없이 말했다.

"다음 주에 히치콕의 옛날 영화가 세 편 들어올 거예요." 그녀가 말했다.

나는 비디오 대여점에서 나와 같은 길을 되짚어 빨래방으로 돌아갔다. 고맙게도 안에는 사람이 없고, 내가 넣은 빨래는 드럼 속에 드러누운 채 내가 오기를 얌전히 기다리고 있었다. 건조기 네 대 중 돌아가고 있는 건 한 대뿐이었다. 나는 비닐백에 빨래를 쑤셔 담고 아파트로 돌아갔다.

박사의 통통한 손녀딸은 내 침대에서 곤히 자고 있었다. 너무 깊이 잠든 탓에 처음 봤을 때는 순간적으로 죽은 게 아닐까 하고 생각했을 정도였는데, 귀를 가까이 대 보니 희미한 숨소리가 들렸다. 비닐백에서 마른빨래를 꺼내 그녀의 머리맡에 놓고, 케이크 상자는 스탠드 옆에 놓았다. 가능하면 나도 그녀 옆으로 파고들어 가 그대로 잠들고 싶었지만, 그럴 수는 없었다.

나는 부엌에 가서 물을 한 컵 마시고, 불쑥 생각이 나서 소변을 보고, 부엌 의자에 앉아 사방을 돌아보았다. 부엌에는 수도꼭지와 가스 온수기와 환풍기와 가스오븐과 다양한 사이즈의 냄비와 주전자, 냉장고와 토스터와 식기 선반과 칼꽂이와 브룩 본드 홍차 캔과 전기밥솥과 커피 메이커와, 그런 갖가지들이 놓여 있었다. 부엌은 말로는 짧은 한 단어지만 실로 다양하고 잡다한 기구와 사물로 구성되어 있다. 새삼스럽게 부엌 풍경을 찬찬히 바라보자니, 나는 세계를 구성하는 질서가 지닌 신비롭고 복잡한 고요함 같은 것을 느낄 수 있었다.

이 아파트로 이사 왔을 무렵, 내게는 아직 아내가 있었다. 이미 8년 전의 일이지만 당시 나는 밤중에 이 부엌, 이 테이블 앞에 혼자 앉아 종종 책을 읽곤 했다. 아내도 아주 조용히 잠을 자는 편이라, 때로 침대 속에서 그대로 죽은 게 아닐까 하고 걱정했다. 나는 나 나름으로, 불완전하나마 그녀를 사랑했다.

돌이켜 생각해 보니 나는 벌써 8년이나 이 아파트에 살고 있다. 8년 전의 이 아파트에는 나와 아내와 고양이가 살고 있었다. 먼저 아내가 떠나고, 그다음 고양이가 떠났다. 그리고 지금은 내가 떠나려 하고 있다. 나는 받침 접시가 사라진 낡은 커피 잔을 재떨이 삼아 담배를 피우고, 그리고 또 물을 마셨다. 왜 이런 곳에 8년이나 살았는지, 내가 생각해도 이상했다. 딱히 마음에 들어 사는 것도 아니고, 월세도 절대 싸지 않다. 서향이라 기우는 햇살이 쨍쨍 비치고, 관리인도 불친절하다. 게다가 여기에 산 후로 인생이 밝아진 것도 아니다. 인구 감소도 격심해졌다.

그러나 아무튼, 모든 상황은 끝을 고하고 있었다.

영원한 삶 — 하고 나는 생각해 보았다. 불사.

박사는 내가 불사의 세계로 가게 될 거라고 했다. 이 세계의 끝은 죽음이 아니라 새로운 전환이며, 그곳에서 나는 나 자신으로 돌아가고, 과거에 잃었고 지금도 잃어 가고 있는 것과 다시 만나게 될 거라고 했다.

그 말이 옳을지도 모른다. 아니, 아마 그럴 것이다. 그 노인은 모든 것을 알고 있다. 그가 그곳이 불사의 세계라고 하면 불사의 세계인 것이다. 그런데도 나는 박사의 말에서 조금도 현실감을 느낄 수 없었다. 그 말은 너무도 추상적이고, 너무도 막연했다. 나는 지금 이대로도 충분히 나 자신인 듯한 기분이 들었고, 죽지 않는 인간이 과연 자신의 영원한 삶에 대해 어떻게 생각할지는 내 좁은 상상력을 까마득하게 벗어난 문제였다. 일각수와 높은 벽까지 등장하면 더욱 그렇다. 「오즈의 마법사」쪽이 그나마 다소 현실적일 듯하다.

과연 나는 무엇을 잃었을까? 하고 머리를 긁적거리면서 생각해 보았다. 물론 나는 많은 것을 잃었다. 일일이 써 내려가면 대학 노트 한 권은 다 채울지도 모른다. 잃어버렸을 때는 대수롭지 않게 여기다가 나중에 괴로워한 적도 있거니와 그 반대인 경우도 있었다. 나는 수많은 것들과 사람과 감정을 잃어 온 듯하다. 나라는 존재를 상징하는 코트 주머니에는 숙명적인 구멍이 뚫려 있고, 어떤 바늘과 실도 그 구멍을 기울 수 없다. 그런 의미에서 누가 내 방의 창문을 열고 고개를 쑥 들이밀고는 "너의 인생은 제로야!" 하고 외친다 해도 그걸 부정할 만한 근거는 없었다.

그러나 내가 내 인생을 다시 한번 시작한다 해도, 나는 역시 지금 같은 인생을 보내지 않았을까 한다. 왜냐하면 그것이 — 계속 잃어 가는 인생이 — 나 자신이기 때문이다. 내게 나 자신이 되는 길 외에 다른 것은 없다. 얼마나 많은 사람들이 나를 버리고, 또 내가 얼마나 많은 사람들을 버리고, 갖가지 아름다운 감정과 뛰어난 자질과 꿈이 소멸되고 제한되었다 해도, 나는 나 자신이 아닌 무엇이 될 수 없다.

과거 좀 더 젊었던 시절, 나는 나 자신이 아닌 무엇이 될 수도 있다고 생각했다. 카사블랑카에다 바를 차리면 잉그리드 버그먼과 아는 사이가 되는지도 모른다고 생각한 적도 있었다. 또는 좀 더 현실적으로 — 실제로 현실적인지 어떤지는 별개다. — 나 자신의 자아에 어울리는 유익한 인생을 거머쥘 수 있다고 생각한 적도 있었다. 그리고 그러기 위해 나는 자기를 변혁하는 훈련까지 했다. 『미국의 녹색화』라는 책도 읽었고, 「이지 라이더」는 세 번이나 보았다. 그런데도 나는 키가 비뚤어진 배처럼 반드시 같은 장소로 돌아오고 말았다. 바로 나 자신이다. 나 자신은 어디로도 가지 않았다. 나 자신은 늘 거기에 있으면서 내가 돌아오기를 기다리고 있었다.

그런 걸 절망이라고 해야 할까?

나는 알 수 없었다. 절망일지도 모른다. 투르게네프라면 환멸이라고 했을지도 모르고, 도스토옙스키라면 지옥이라고 했을지도 모른다. 서머싯 몸이라면 현실이라고 했을 수도 있다. 그러나 누가 어떤 이름을 갖다 붙이든, 그것은 나 자신이다.

나는 불사의 세계란 것도 상상할 수 없었다. 그곳에서 나는 어쩌면 잃어버린 것을 되찾고 새로운 나 자신을 확립할 수도 있을 것이다. 누군가는 손뼉을 쳐 주고, 누군가는 축복해 줄지도 모른다. 그리고 나는 행복과 함께 내 자아에 어울리는 유익한 인생을 거머쥘 수도 있을 것이다. 그러나 어찌 되었든, 그것은 지금의 나와는 무관한 또 다른 나 자신이다. 지금의 나는 지금의 나 자신과 함께하고 있다. 그것은 누구도 움직일 수 없는 역사적 사실이다.

한참을 생각한 끝에 나는 역시 22시간 남짓 후에 내가 죽는다고 가정하는 편이 앞뒤가 맞을 것이라는 결론에 도달했다. 불사의 세계로 이동한다는 식으로 생각하면 얘기가 『돈후안의 가르침』처럼 되어 현실성이 더 없어진다.

나는 죽는다. 나는 편의상 그렇게 생각하기로 했다. 그러는 편이 한결 나답다. 그렇게 생각하자 오히려 홀가분했다.

나는 담뱃불을 끄고 침실에 가서 잠든 손녀딸의 얼굴을 잠시 바라보고, 바지 주머니에 필요한 것이 모두 들어 있는지 확인했다. 그러나 잘 생각해 보면, 지금 내게 필요한 것은 거의 아무것도 존재하지 않는다. 지갑과 신용카드 — 그 외에 뭐가 필요하단 말인가. 집 열쇠도 이제 쓸 일이 없고, 계산사 자격증도 필요 없다. 수첩도 필요 없고, 차도 버리고 왔으니 열쇠도 불필요하다. 나이프도 필요 없다. 동전도 필요 없다. 나는 주머니 속에 든 동전을 테이블 위에 좌르륵 꺼내 놓았다.

나는 우선 전철을 타고 긴자로 나가 폴 스튜어트에서 와이셔츠와 넥타이와 재킷을 사고, 아메리칸 익스프레스 카드로 결제했다. 그 정도만 몸에 걸치고 거울 앞에 섰는데도 인상이 그런대로 괜찮았다. 올리브 그린색 치노바지의 앞주름 선이 거의 사라진 게 다소 마음에 걸리지만, 하나부터 열까지 모두 완벽할 수는 없다. 네이비블루색 플란넬 재킷에 칙칙한 오렌지색 와이셔츠를 받쳐 입어, 어딘지 모르게 광고 회사의 장래가 촉망되는 젊은 사원 같은 분위기였다. 적어도 조금 전까지 땅속을 기어 다녔고, 앞으로 21시간이면 이 세계에서 사라질 인간으로는 보이지 않는다.

반듯하게 자세를 취해 보니, 재킷의 왼쪽 소매가 오른쪽보다 1센티미터 반 정도 짧다는 걸 알 수 있었다. 정확하게는 옷소매가 짧은 게 아니라 내 왼팔이 긴 것이다. 어쩌다 그렇게 되었는지는 잘 모른다. 나는 오른손잡이고, 딱히 왼팔을 혹사했던 기억도 없다. 가게 점원은 이틀이면 소매 길이를 고칠 수 있으니 그렇게 하면 어떻겠느냐고 충고했지만, 나는 물론 거절했다.

"혹시 야구 같은 걸 하셨나요?" 점원이 신용카드 전표를 건네면서 내게 물었다.

야구 같은 건 한 적이 없다고 나는 말했다.

"대부분의 스포츠는 몸을 일그러지게 하죠." 점원이 가르쳐 주었다. "과도한 운동을 피하고 음식을 과도하게 먹지 않는 것이 양복에는 가장 좋습니다."

나는 고맙다고 하고서 가게에서 나왔다. 세계에는 다양한 법칙이 참 많은 듯하다. 말 그대로 한 걸음 걸을 때마다 새로운 발견이 있다.

비는 여전히 내리고 있었다. 나는 이제 옷을 사기도 지쳐 레인코트를 찾는 건 포기하고, 맥주 펍에 들어가 생맥주를 마시고 생굴을 먹었다. 맥주 펍 안에는 어떻게 된 일인지 브루크너의 교향곡이 흐르고 있었다. 몇 번 교향곡인지는 모르겠지만, 브루크너의 교향곡 번호 따위는 아무도 모른다. 아무튼 맥주 펍에서 브루크너를 듣기는 처음이었다.

손님은 나 외에 두 팀밖에 없었다. 젊은 남녀와 모자를 쓴 자그마한 노인이다. 노인은 모자를 쓴 채로 맥주를 한 모금씩 마시고, 젊은 남녀는 맥주에는 거의 입도 대지 않고 뭐라고 작

은 소리로 소곤거리고 있었다. 비 내리는 오후의 맥주 펍 풍경
은 대체로 이렇다.

나는 브루크너를 들으면서 레몬즙을 뿌려 시계 방향 순으
로 생굴을 먹고, 저그 한 잔을 들이켰다. 거대한 벽시계의 바
늘은 앞으로 5분 후면 3시를 가리키려 하고 있었다. 숫자판
밑에 사자 두 마리가 마주하고 서서 서로 몸을 비틀며 태엽
을 돌리고 있었다. 양쪽 다 수사자이고, 꼬리가 코트 걸이처럼
굽어 있었다. 마침내 브루크너의 긴 교향곡이 끝나고, 라벨의
「볼레로」가 시작되었다. 브루크너의 교향곡 다음이 「볼레로」
라니, 기묘했다.

나는 맥주를 한 잔 더 주문해 놓고 화장실에 가서 소변을
보았다. 소변이 한없이 나왔다. 왜 그렇게 많은 양의 소변이 나
오는지 스스로도 잘 알 수 없었지만, 딱히 서둘러 해야 할 일
이 있는 것도 아니어서 나는 느긋하게 소변을 보았다. 2분 정도
는 걸렸을 것이라고 생각한다. 그동안 등 뒤에서 계속 「볼레로」
가 들렸다. 라벨의 「볼레로」를 들으면서 소변을 보고 있자니 왠
지 이상했다. 소변이 영원히 나올 듯한 기분이 들고 말았다.

긴 소변을 보고 나자, 내가 다른 인간으로 다시 태어난 것
처럼 느껴졌다. 나는 손을 씻고, 일그러진 거울에 얼굴을 비춰
본 다음 테이블로 돌아가 맥주를 마셨다. 담배를 피울까 했는
데 라크 갑을 아파트 부엌에 깜박 두고 왔다는 것을 깨닫고,
웨이터를 불러 세븐스타를 사고 성냥을 얻었다.

실내가 휑해서 시간이 걸음을 멈춘 것처럼 느껴졌지만, 실
제로는 시시각각 흐르고 있었다. 사자는 번갈아 180도 선회를

계속하고, 시곗바늘은 3시 10분까지 옮겨 가 있었다. 나는 테이블에 턱을 괴고 시곗바늘을 바라보면서 맥주를 마시고 담배를 피웠다. 시곗바늘을 바라보면서 시간을 보낸다는 건 어느 모로 보나 시간을 보내는 순수하고 무의미한 방법이었지만, 대신할 만한 좋은 아이디어도 떠오르지 않았다. 인간의 행동 대부분은 자신이 앞으로도 계속 살아갈 것이라는 전제에서 출발하는 것이라, 그 전제를 제거하고 나면 거의 아무것도 남지 않는다.

나는 주머니에서 지갑을 꺼내 안에 든 것을 하나하나 확인해 보았다. 만 엔짜리 지폐가 다섯 장, 그리고 1000엔짜리가 몇 장 들어 있었다. 반대쪽 주머니에는 클립을 끼운 만 엔짜리 지폐 스무 장이 들어 있었다. 현금 외에는 아메리칸 익스프레스와 비자카드, 그리고 은행 현금카드도 두 장 있었다. 나는 현금카드 두 장을 두 번 꺾어 재떨이에 버렸다. 어차피 쓸 일도 없다. 실내 수영장 회원권과 비디오 대여점 회원권과 원두를 사면 주는 서비스 쿠폰도 버렸다. 운전면허증은 놔두고, 오래된 명함 두 장도 버렸다. 재떨이는 내 생활의 잔해로 그득해졌다. 결국 내게는 현금과 신용카드와 운전면허증만 남았다.

시곗바늘이 3시 반까지 움직였을 때, 나는 자리에서 일어나 계산을 하고 가게에서 나왔다. 맥주를 마시는 사이에 비가 거의 그쳐, 나는 우산을 우산꽂이에 그냥 놔두고 가기로 했다. 나쁘지 않은 징조였다. 날씨는 회복되었고, 나는 점차 가벼워지고 있다.

우산을 버리고 나자 나는 아주 가뿐해져, 다른 장소로 자리를 옮기고 싶어졌다. 그것도 가능하면 사람이 많이 모이는 장소가 좋다. 나는 소니 빌딩에서 아랍 관광객들과 함께 죽 진열된 텔레비전 화면을 한참 바라보다가 지하로 내려가, 신주쿠로 가려고 마루노우치선 전철표를 샀다. 좌석에 앉자마자 잠이 들었는지, 눈을 떠 보니 전철이 벌써 신주쿠에 도착해 있었다.

지하철 개찰구에서 나오자 신주쿠역 보관소에 맡겼던 두개골과 셔플링 자료를 찾지 않은 게 기억났다. 지금 와서 그런 게 무슨 도움이 될 것 같지도 않고, 접수증도 갖고 있지 않았지만, 달리 할 일이 없어 찾으러 가기로 했다. 나는 역의 계단을 올라가, 임시 보관소 창구 앞에 가서 접수증을 잃어버렸다고 말했다.

"잘 찾아보셨습니까?" 담당 직원이 물었다.

잘 찾아봤다고 나는 말했다.

"어떤 물건이죠?"

"나이키 마크가 찍힌 파란색 스포츠 백." 하고 나는 말했다.

"나이키 마크가 어떤 거죠?"

나는 메모지와 연필을 빌려 짓눌린 부메랑 같은 모양의 나이키 마크를 그리고, 그 위에 NIKE라고 썼다. 담당 직원은 그걸 미심쩍다는 듯이 보고는 메모지를 한 손에 들고 선반을 죽 살펴보더니, 내 가방을 들고 돌아왔다.

"이겁니까?"

"네." 하고 나는 말했다.

"주소와 이름을 확인하고 싶은데요."

내가 운전면허증을 내밀자 그는 그것과 가방에 붙어 있는 이름표를 번갈아 보았다. 그리고 이름표를 떼어 볼펜과 함께 카운터에 올려놓고, "여기에 사인 부탁합니다." 하고 말했다. 나는 이름표에 사인을 하고, 가방을 받아 든 다음 상대에게 고맙다고 말했다.

짐을 찾는 데는 성공했지만, 나이키 마크가 찍힌 파란색 스포츠 백은 지금의 내 차림새에 조금도 어울리지 않았다. 나이키 스포츠 백을 메고 여자와 식사하러 갈 수는 없다. 가방을 새로 사는 방법도 생각해 봤지만 그 두개골이 들어갈 크기의 가방은 대형 여행 가방이나 볼링공 케이스 정도밖에 없다. 여행 가방은 너무 무겁고, 볼링공 케이스를 드니 차라리 이대로 나이키 스포츠 백을 들고 다니는 편이 훨씬 나았다.

여러 가지로 생각한 끝에 결국 렌터카를 빌려 뒷좌석에 백을 두는 게 가장 현실적인 방법이 아닐까 하는 결론에 도달했다. 그러면 백을 들고 걸어 다니는 불편도 없고, 옷차림과 어울리는지도 신경 쓸 필요가 없다. 차는 가능하면 시크한 유럽 차가 좋겠다. 딱히 유럽 차를 좋아하는 건 아니지만, 오늘은 내 인생에서 상당히 특수한 하루이니까 한껏 멋을 살린 차를 타는 것도 나쁘지 않을 듯했다. 나는 태어나서 지금까지 폐차 직전의 폴크스바겐과 국산 소형차 외에는 몰아 본 적이 없다.

나는 찻집에 들어가 직업별 전화번호부를 빌려서 신주쿠 역 근처에 있는 렌터카 대리점 네 군데의 전화번호에 볼펜으로 표시를 하고, 순서대로 전화를 걸어 보았다. 그러나 어느 대리점에도 유럽 차는 없었다. 이 계절의 일요일에 빌릴 수 있는 차는 거의 남아 있지 않았고, 외제 차는 아예 있지도 않았다. 네 군데 중 두 군데에는 승용차 종류가 한 대도 남아 있지 않았다. 한 군데에 시빅이 딱 한 대 남아 있었다. 마지막 한 군데에는 카리나 1800GT·트윈컴 터보와 마크Ⅱ가 한 대씩 남아 있었다. 양쪽 다 신형이고 카스테레오가 있어요, 하고 여직원이 말했다. 나는 그 이상 전화를 걸기가 귀찮아, 카리나 1800GT·트윈컴 터보를 빌리기로 했다. 애당초 차에 그리 관심이 있는 것도 아니니 사실 어떤 차든 상관이 없었다. 신형 카리나 1800GT·트윈컴 터보와 마크Ⅱ가 어떤 모양인지조차 나는 모른다.

그리고 나는 레코드 가게에 들러 카세트테이프를 몇 개 샀다. 조니 마티스의 베스트 셀렉션과 주빈 메타가 지휘하는 쇤베르크의 「정화된 밤」과 케니 버렐의 「스토미 선데이」와 듀크 엘링턴의 「더 파퓰러 듀크 엘링턴」과 트레버 피녹의 「브란덴부르크 협주곡」과 「라이크 어 롤링 스톤」이 들어 있는 밥 딜런의 테이프 등 잡다했지만, 카리나 1800GT·트윈컴 터보 안에서 과연 어떤 음악이 듣고 싶어질지 나 자신도 알 수가 없으니 어쩔 수 없다. 실제로 시트에 앉으면 제임스 테일러가 듣고 싶어질 수도 있고, 또는 빈 왈츠를 듣고 싶어질 수도 있다. 폴리스일 수도 있고 듀란듀란일 수도 있다. 아니면 아무것도 듣고 싶지 않을 수도 있다. 그런 건 알 수 없다.

나는 가방에 테이프 여섯 개를 쑤셔 넣고 렌터카 대리점에 가서 차를 확인한 다음, 운전면허증을 건네고 서류에 사인했다. 카리나 1800GT·트윈컴 터보의 운전석은 내가 늘 타는 차에 비하면 마치 스페이스 셔틀의 조종석 같았다. 카리나 1800GT·트윈컴 터보에 익숙한 사람이 내 차를 탄다면 아마 선사시대의 움집처럼 보일지도 모르겠다. 나는 밥 딜런의 테이프를 데크에 밀어 넣고 「워칭 더 리버 플로」를 들으면서 패널 스위치를 하나하나 확인했다. 시간이 한참 걸렸다. 혹시나 운전 중에 스위치를 잘못 눌렀다간 난감한 일이 벌어진다.

내가 차를 세워 놓고 스위치를 하나하나 확인하자 나를 상대했던 인상 좋은 젊은 여직원이 사무실에서 나와 차 옆에 서서, 무슨 문제라도 있으세요, 하고 물었다. 그녀의 미소는 잘 만든 텔레비전 광고처럼 청결하고 상큼했다. 치아는 하얗고, 턱살도 늘어지지 않았고, 립스틱 색도 좋다.

문제는 없어요, 혹시 타다가 문제가 생길까 봐 확인하고 있을 뿐입니다, 하고 나는 말했다.

"알겠어요." 하고서 그녀는 또 생긋 웃었다. 그녀의 미소에 고등학교 시절 알았던 여자가 떠올랐다. 머리가 좋고 상큼한 여자였다. 전해 들은 얘기에 따르면 그녀는 대학 시절에 사귄 혁명 운동가와 결혼해 아이를 둘 낳았는데, 아이를 놔두고 집을 나가 지금은 아무도 행방을 모른다고 한다. 렌터카 사무실 여자의 미소는 내게 고등학교 시절 그 반 친구를 떠올리게 했다. J. D. 샐린저와 조지 해리슨을 좋아했던 열일곱 살의 여자가 몇 년 후에 혁명 운동가의 아이를 둘 낳고서 그대로 행방불명이 되다니, 누가 예측이나 할 수 있었을까.

"차를 빌리는 분들이 그 정도로만 주의 깊게 운전해 주시면 저희들이 참 좋을 텐데 말이죠." 그녀가 말했다. "요즘 차는 컴퓨터식 패널이라서, 익숙하지 않은 분들은 다루기 힘들거든요."

나는 고개를 끄덕였다. 익숙하지 않은 사람이 나만은 아니었다. "185의 제곱근의 해답은 어느 버튼을 누르면 알 수 있을까요?" 나는 물어보았다.

"그건 이 다음 새 모델이 나올 때까지는 무리겠죠." 그녀는 웃으면서 말했다. "이 곡 밥 딜런이죠?"

"그래요." 하고 나는 말했다. 밥 딜런은 「포지티브 포스 스트리트」를 노래하고 있었다. 20년이 지나도 좋은 노래는 여전히 좋다.

"밥 딜런은 조금만 들어도 바로 알겠더라고요." 그녀는 말했다.

"하모니카를 스티비 원더보다 잘 못 불어서?"

그녀는 웃었다. 그녀를 웃게 하는 건 정말 즐거운 일이었다. 나도 아직은 여자를 웃게 할 수 있는 것이다.

"그런 게 아니라 목소리가 독특하잖아요." 그녀는 말했다. "마치 어린아이가 창가에 서서 내리는 비를 가만히 쳐다보고 있는 듯한 목소리예요."

"좋은 표현이군요." 하고 나는 말했다. 좋은 표현이었다. 나는 밥 딜런에 관한 책을 몇 권이나 읽었지만, 그렇게 적절한 표현은 한 번도 본 적이 없다. 간결하고 적확하다. 내가 그렇게 말하자 그녀는 얼굴을 조금 붉혔다.

"잘 몰라요. 그냥 그렇게 느꼈을 뿐이지."

"느낀 걸 자기 언어로 표현한다는 건 아주 어려운 일이에요." 하고 나는 말했다. "다들 많은 걸 느끼지만, 그걸 정확하게 언어로 말할 수 있는 사람은 별로 없잖아요."

"소설을 쓰는 게 꿈이에요." 그녀가 말했다.

"좋은 소설을 쓸 수 있을 거예요." 나는 말했다.

"감사합니다."

"그래도 그쪽처럼 젊은 여자가 밥 딜런을 듣다니, 의외입니다."

"옛날 음악을 좋아해요. 밥 딜런, 비틀스, 도어스, 버즈, 지미 헨드릭스, 그런 음악들이요."

"다음에 언제 천천히 얘기를 나누고 싶군." 하고 나는 말했다.

그녀는 싱긋 웃고는 고개를 약간 옆으로 기울였다. 재치 있는 여자는 삼백 종류 정도의 대답하는 방법을 알고 있다. 그리고 이혼 경험이 있는 서른다섯 살의 지친 남자에게도 평등하게 대답을 선사해 준다. 나는 그녀에게 고맙다고 말하고 시동을 걸었다. 밥 딜런은 「멤피스 블루스 어게인」을 부르고 있었다. 그녀를 만난 덕분에 나는 기분이 무척 좋아졌다. 카리나 1800GT·트윈컴 터보를 선택한 보람이 있었다.

패널의 디지털시계는 4시 42분을 표시하고 있었다. 거리의 하늘은 태양을 잃은 채 저녁을 향해 가고 있었다. 도로가 복잡해서 나는 집이 있는 방향으로 천천히 차를 몰았다. 비 내리는 일요일이라 안 그래도 정체가 심한데, 초록색 소형 스포츠카가 콘크리트 블록을 실은 8톤짜리 트럭의 옆구리를 박은 덕분에 교통의 흐름은 비극적일 정도로 마비 상태였다. 초록색 스포츠카는 누가 빈 종이상자인 줄 모르고 앉아 버린 꼴로 변형되어 있었다. 검은 비옷을 입은 경관이 몇 명 그 주변에 서 있고, 견인차가 차 뒤에서 쇠사슬을 걸고 있는 중이었다.

사고 현장을 빠져나가는 데 시간이 꽤나 오래 걸렸지만, 약속 시간까지는 아직 여유가 있어서 나는 느긋하게 담배를 피우고, 밥 딜런의 테이프를 계속 들었다. 그리고 혁명 운동가와 결혼하는 게 어떤 일인지 상상해 보았다. 혁명 운동가를 직업의 하나로 간주하는 게 가능한 일일까? 물론 혁명은 정확하게는 직업이 아니다. 그러나 정치가 직업이 될 수 있다면, 혁명 또한 그 변형의 일종일 수 있다. 하지만 그 부분에 대해서는 정확하게 판단할 수 없었다.

일을 끝내고 돌아온 남편이 식탁에서 맥주를 마시면서 혁명의 진척 상황에 대해 얘기하는, 그런 것일까?

밥 딜런은 「라이크 어 롤링 스톤」을 부르기 시작했다. 나는 혁명에 대해 생각하는 건 그만두고, 딜런의 노래에 맞춰 허밍을 했다. 우리는 모두 나이를 먹는다. 그것은 내리는 비만큼이나 확실한 것이다.

# 34 세계의 끝

## 두개골

날아가는 새가 보였다. 새는 하얗게 얼어붙은 서쪽 언덕 비탈을 아슬아슬하게 스치며 날아가, 내 시야에서 사라졌다.

나는 난로 앞에서 손발을 쬐면서, 노인이 끓여 준 뜨거운 차를 마셨다.

"오늘도 꿈을 읽으러 가나? 이렇게 계속 내리면 상당히 많이 쌓일 테고, 언덕을 오르내리기도 위험할 게야. 일을 하루쯤 쉬면 안 되겠나?" 노인이 말했다.

"오늘은 도저히 쉴 수 없습니다." 하고 나는 말했다.

노인은 고개를 저으며 나갔다가, 어디선가 스노부츠를 한 켤레 찾아다 주었다.

"이걸 신고 가게나. 그러면 눈길에서도 미끄러지지 않을 거야."

나는 그걸 신어 보았다. 사이즈가 딱 맞았다. 좋은 징조다.

시간이 되어 나는 목에 목도리를 두르고 장갑을 끼고, 노인의 모자를 빌려 썼다. 그리고 아코디언을 접어 코트 주머니에 넣었다. 나는 그 아코디언이 마음에 들어, 한시도 떼어 놓고 싶지 않았다.

"조심하게나." 노인이 말했다. "지금이 자네에게 가장 중요한 시기야. 지금 무슨 일이 생기면 돌이킬 수 없어요."

"네, 잘 알고 있습니다." 하고 나는 말했다.

예상했던 대로 구멍 안에는 눈이 상당히 쌓여 있었다. 구멍 주위에 노인들의 모습은 이미 없고, 도구들도 말끔히 치워져 있었다. 이대로 눈이 계속 오면, 내일 아침이면 구멍은 완전히 눈으로 메워질 것이다. 나는 구멍 앞에 서서, 한참이나 그 속을 들여다보다가 그곳을 떠나 언덕을 내려갔다.

몇 미터 앞이 보이지 않을 만큼 눈발이 심하게 흩날렸다. 나는 안경을 벗어 주머니에 넣고, 목도리를 눈 바로 밑까지 끌어올리고서 비탈을 내려갔다. 발밑에서는 부츠의 스파이크가 뽀드득뽀드득 상쾌한 소리를 내고, 수풀에서는 간혹 새 우는 소리가 들렸다. 나는 새들이 눈을 어떻게 느끼는지 모른다. 그리고 짐승들이 어떻게 느끼는지도. 그들은 이렇게 계속 내리는 눈 속에서 과연 무슨 생각을 하고 있을까.

도서관에 도착한 시간은 평소보다 1시간쯤 빨랐지만, 그녀는 난로를 피워 방을 덥히면서 나를 기다리고 있었다. 그녀는 내 코트에 쌓인 눈을 털어 내고, 부츠의 스파이크 사이에 긴 얼음 조각도 떨어내 주었다.

어제도 똑같이 여기 있었는데, 도서관 안의 풍경이 더없이 정겹게 느껴졌다. 부연 유리에 비치는 노란색 전등 빛과 난로에서 피어오르는 친밀한 온기, 주전자에서 보글보글 끓고 있는 커피의 향, 방 구석구석에 밴 소리 없는 오랜 시간의 기억과 그녀의 조용하고 군더더기 없는 몸짓을, 나는 아주 오래도록 잃어버렸던 것 같은 기분이 들었다. 나는 몸에서 힘을 빼고, 그런 공기 속에 가만히 몸을 맡겼다. 그리고 내가 이 고요한 세계를 영원히 잃으려 한다는 걸 생각했다.

"지금 식사할래요? 아니면 조금 더 있다가?"

"식사는 안 해도 돼. 배가 안 고파서." 하고 나는 말했다.

"좋아요. 배가 고파지면 언제든 말해요. 그럼 커피는?"

"고마워, 마실게."

나는 장갑을 벗어 난로 고리에 걸었다. 그리고 손가락 하나하나를 풀듯이 불을 쬐면서, 난로 위에서 주전자를 들어 컵에 커피를 따르는 그녀 모습을 바라보았다. 그녀는 컵을 내게 건네고, 그리고 혼자 테이블 앞에 앉아 커피를 마셨다.

"밖에 눈이 많이 와. 거의 앞이 안 보여." 하고 나는 말했다.

"앞으로 며칠이나 계속될 거예요. 하늘에 머물고 있는 두꺼운 구름이 눈을 전부 뿌릴 때까지는."

나는 따뜻한 커피를 절반 정도 마시고 컵을 들고 일어나 그녀와 마주한 의자에 앉았다. 그리고 컵을 테이블에 내려놓고, 잠시 아무 말 없이 그녀의 얼굴을 쳐다보았다. 그녀를 가만히 쳐다보고 있자니 나는 자신이 어디로 빨려 들어가는 듯한 애틋한 기분이 들었다.

"눈이 그칠 때쯤에는 아마 당신이 지금껏 본 적이 없을 만큼 많이 쌓여 있을 거예요." 그녀가 말했다.

"하지만 난 그걸 볼 수 없을지도 몰라."

그녀가 컵에서 눈을 들어 나를 보았다.

"왜요? 눈은 아무나 볼 수 있는데."

"오늘은 오래된 꿈을 읽는 대신 둘이 얘기를 좀 하고 싶어." 하고 나는 말했다. "아주 중요한 얘기야. 나도 하고 싶은 얘기가 많지만, 당신도 해 줬으면 해. 괜찮겠어?"

무슨 얘기를 하려는지 모르는 채 그녀는 테이블에 놓인 두 손을 깍지 끼고, 멍한 눈으로 나를 보면서 고개를 끄덕였다.

"내 그림자가 죽어 가고 있어." 하고 나는 말했다. "당신도 알겠지만, 올 겨울은 추위가 심해서 아마 오래는 버티지 못할 거야. 시간문제지. 그림자가 죽어 버리면 나는 영원히 마음을 잃게 돼. 그래서 나는 지금 여기에서 여러 가지를 결정해야만 해. 나 자신에 관한 것, 당신에 관한 것, 그런 모든 것을 말이야. 생각할 수 있는 시간이 이제 얼마 남지 않았지만, 만약 마음껏 오래 생각할 수 있다 해도 결론은 역시 똑같지 않을까 해. 결론은 이미 나 있어."

나는 커피를 마시면서 자신이 내린 결론이 틀리지 않다는 것을 머릿속으로 다시 한번 확인해 보았다. 틀리지 않았다. 그러나 어느 쪽 길을 선택하든, 나는 많은 것을 결정적으로 잃게 된다.

"아마 나는 내일 오후에 이 마을을 떠나게 될 거야." 하고
나는 말했다. "어디서 어떤 식으로 떠날지는 나도 몰라. 그 방
법은 그림자가 가르쳐 줄 거야. 나와 그림자는 함께 이 마을
을 벗어나 우리가 왔던 옛날 세계로 돌아가서 거기에서 살 거
야. 나는 옛날에 그랬던 것처럼 그림자를 끌고서, 고뇌하고 고
통스러워하면서 나이를 먹고, 그리고 죽어 가겠지. 내게는 그
런 세계가 맞는 것 같아. 마음에 휘둘리고 질질 끌려가면서
살아가는 거지. 당신은 아마 이해할 수 없겠지만."

그녀는 가만히 내 얼굴을 쳐다보았지만, 나를 본다기보다
내 얼굴이 있는 공간을 들여다보는 듯했다.

"당신은 이 마을이 좋지 않아요?"

"당신은 처음에, 만약 내가 고요함을 찾아 이 마을에 왔다
면 이곳이 마음에 들 거라고 했지. 나는 아닌 게 아니라 이 마
을의 고요함과 평온함이 마음에 들어. 그리고 만약 내가 이대
로 마음을 잃어버린다면 이 고요함과 평온함이 완전해진다는
것도 알아. 이 마을에는 사람을 괴롭히는 것이 하나도 존재하
지 않으니까. 그리고 나는 이 마을을 잃어버린 것을 평생 후회
하게 되겠지. 하지만, 그래도 나는 이 마을에 머물 수 없어. 왜
냐하면 내 마음이 나의 그림자와 짐승들을 희생하면서까지 이
곳에 머무는 걸 허락하지 않기 때문이야. 그 희생으로 얼마간
평온함을 얻었다 한들 나는 내 마음을 속일 수는 없어. 만약
그런 마음이 머지않아 완전히 사라져 버린다 해도 그래. 그건
또 다른 문제야. 한번 훼손된 것은 그게 완전히 소멸한 다음에
도 영원히 지속적으로 훼손돼. 내가 하는 말을 이해하겠어?"

그녀는 오래도록 아무 말 없이 자신의 손가락만 가만히 보고 있었다. 컵에 든 커피에서 피어오르던 김도 이제는 사라졌다. 방 안에서 움직이는 것은 하나도 없었다.

"두 번 다시 이곳으로 돌아오지 않는 거죠?"

나는 고개를 끄덕였다. "이곳은 한번 나가면 두 번 다시 돌아올 수 없어. 그건 분명해. 만약 내가 돌아온다 해도, 이 마을의 문은 열리지 않겠지."

"그래도 당신은 괜찮아요?"

"당신을 잃는 건 무척 괴로워. 그러나 나는 당신을 사랑하고 있고, 중요한 것은 그 마음의 존재 양식이야. 그걸 부자연스러운 형태로 변형시키면서까지 당신을 얻고 싶지는 않아. 그럴 거면 이 마음을 부둥켜안은 채 당신을 잃는 편이 그나마 견딜 수 있을 거야."

방이 다시 침묵하고, 석탄이 튀는 소리만 요란스레 사방에 울렸다. 난로 옆에는 내 코트와 목도리와 모자와 장갑이 걸려 있었다. 모두 이 마을이 내게 준 것이다. 검소하지만, 제각기 마음이 밴 옷들이다.

"그림자만 밖으로 내보내고, 혼자 여기 남는 것도 생각해 봤어." 나는 그녀에게 말했다. "하지만 만약 그러면 나는 숲으로 추방될 테고, 두 번 다시 당신을 만날 수 없게 되겠지. 당신은 숲속에서 살 수 없으니까 말이야. 숲에는 그림자를 제대로 죽이지 못해서 몸속에 마음이 남아 있는 사람이 아니면 살 수 없어. 내게는 마음이 있고, 당신에게는 없어. 그래서 당신은 나를 원할 수조차 없는 거야."

그녀가 소리 없이 고개를 저었다.

"그래요. 나는 마음이 없어요. 엄마에게는 마음이 있었지만, 나는 없어요. 엄마는 마음을 남긴 탓에 숲으로 추방당했어요. 당신에게는 말 안 했지만, 나는 엄마가 숲으로 쫓겨났을 때의 일을 똑똑히 기억하고 있어요. 지금도 때로 생각해요. 만약 내게 마음이 있었다면 엄마와 함께 숲속에서 살 수 있었을텐데, 하고요. 게다가 마음이 있으면 나도 당신을 원할 수 있어요."

"설령 숲으로 추방된다 해도 말이야? 그래도 마음이 있으면 좋겠어?"

그녀는 테이블에 놓인, 깍지 낀 손을 가만히 쳐다보다가 손가락을 풀었다.

"마음이 있으면 어디에 가든 잃을 게 없다고 했던 엄마 말, 지금도 기억하고 있어요. 그게 정말이에요?"

"모르겠어." 나는 말했다. "그 말이 정말인지 어떤지 나는 몰라. 하지만 당신 어머니는 그렇게 믿었던 거겠지. 문제는 당신이 그걸 믿느냐 안 믿느냐야."

"나는 믿을 수 있을 거예요." 그녀는 내 눈을 똑바로 들여다보면서 그렇게 말했다.

"믿어?" 나는 놀라서 되물었다. "당신이 그걸 믿을 수 있단말이야?"

"아마." 그녀가 말했다.

"잘 생각해 봐. 이건 아주 중요한 일이야." 하고 나는 말했다. "가령 그게 뭐가 되었든, 무언가를 믿는다는 것은 분명한 마음의 작용이야. 알겠어? 당신이 뭔가를 믿는다고 쳐. 그 믿음 때문에 어쩌면 배신당할 수도 있어. 그렇게 되면 실망이 찾아오지. 그런 게 바로 마음의 움직임이야. 당신은 마음이란 게 있는 거야?"

그녀는 고개를 저었다. "모르겠어요. 나는 엄마를 생각했을 뿐이에요. 그다음 일을 생각하지 않았어요. 그냥 믿는다는 게 가능하지 않을까 하고 생각했을 뿐."

"당신 안에는 마음이라는 존재와 이어지는 무언가가 남아 있는 것 같아. 그런데 그게 단단히 봉인되어서 밖으로 나오지 못하는 거야. 그래서 지금까지 벽에게 발각되지 않고 지내 올 수 있었던 거지."

"내 안에 마음이 남아 있다는 말은, 나도 엄마처럼 그림자를 완전히 죽이지 못했다는 뜻인가요?"

"아니, 아마 그렇지 않을 거야. 당신의 그림자는 이곳에서 제대로 죽었고, 사과나무 숲에 묻혔어. 그건 기록에도 남아 있어. 그런데 당신 안에 어머니 기억을 매체로, 그 마음의 잔상이든지 단편 같은 게 남아 있어서, 그게 아마 당신을 흔들고 있는 거겠지. 그리고 그걸 더듬어 가면 틀림없이 무언가에 도착할 거라고 나는 생각해."

모든 소리가 밖에서 흩날리는 눈에 빨려 들어간 것처럼, 방 안이 고요했다. 나는 벽이 어딘가에서 숨죽이고 우리 얘기를 엿듣고 있는 것처럼 느껴졌다. 부자연스러울 만큼 너무 고요하다.

"오래된 꿈 얘기를 하지." 하고 나는 말했다. "매일 생기는 당신들의 마음을 짐승들이 빨아들이고, 그게 오래된 꿈이 된다면서?"

"네, 그래요. 그림자가 죽으면, 우리 마음은 남김없이 짐승들이 맡아서 빨아들여요."

"그렇다면, 나는 오래된 꿈에서 당신의 마음을 하나하나 읽어 낼 수 있다는 말이 되지 않나?"

"아니요. 그럴 수는 없어요. 나의 마음은 하나로 뭉쳐 짐승에게 빨려 들어간 게 아니에요. 내 마음은 뿔뿔이 흩어져서 여러 짐승들에게 빨려 들어가, 그 단편 단편은 타인의 단편과 함께 구분할 수 없을 정도로 복잡하게 얽혀 있어요. 당신은 그중 어느 게 내 마음이고 어느 게 타인의 마음인지 가려낼 수 없을 거예요. 당신은 지금까지 수많은 오래된 꿈을 읽어 왔지만, 어느 게 나의 꿈인지 알아내지 못했잖아요. 오래된 꿈이란 그런 거예요. 아무도 그걸 풀어낼 수 없어요. 혼돈은 혼돈인 채로 사라져요."

그녀가 무슨 말을 하는지 충분히 이해할 수 있었다. 나는 오래된 꿈을 매일 계속해 읽고 있지만, 그 의미를 단 한 톨도 이해할 수 없었다. 그리고 지금 내게 남겨진 시간은 21시간밖에 없다. 나는 그 21시간 사이에 어떻게든 그녀 마음에 닿아야 한다. 참 이상했다. 이 불사의 마을에서, 21시간이라는 한정된 시간 안에 내 모든 선택이 담기고 말았다. 나는 눈을 감고 몇 번인가 심호흡을 하고서, 모든 신경을 집중해서 상황을 풀기 위한 단서를 찾아야 했다.

"서고에 가 보자." 하고 나는 말했다.

"서고?"

"서고에 가서 두개골을 보면서 생각해 보자고. 좋은 방법이 떠오를지도 모르잖아."

나는 그녀 손을 잡고 테이블 앞에서 일어나, 카운터 뒤로 돌아가 서고로 통하는 문을 열었다. 그녀가 전등 스위치를 켜자, 어슴푸레한 빛이 선반에 나란히 놓인 무수한 두개골을 비쳤다. 두개골은 먼지를 두껍게 뒤집어쓴 채, 어슴푸레함 속에 그 허옇게 바랜 색을 드러내고 있었다. 그들은 똑같은 각도로 입을 벌리고, 그 뻥 뚫린 눈으로 하나같이 앞쪽의 허공을 가만히 쏘아보고 있었다. 그들이 토해 내는 싸늘한 침묵이 투명한 안개가 되어 서고에 자욱하게 끼어 있었다. 우리는 벽에 기대어, 그런 두개골의 대열을 한참이나 바라보았다. 냉기가 피부를 찌르고 뼈를 떨게 했다.

"정말 내 마음을 읽을 수 있겠어요?" 그녀가 내 얼굴을 쳐다보면서 물었다.

"나는 당신의 마음을 읽을 수 있을 거라고 생각해." 나는 차분하게 말했다.

"어떻게?"

"그건 아직 몰라." 하고 나는 말했다. "하지만 할 수 있어. 나는 알아. 반드시 좋은 방법이 있을 거야. 그리고 나는 그걸 찾아낼 거야."

"당신은 강물 속에 떨어진 빗방울을 가려내려 하고 있어요."

"마음이라는 건 빗방울과는 달라. 그건 하늘에서 떨어지는 것도 아니고, 다른 것과 구별할 수 없는 것도 아니야. 만약 당신이 나를 믿을 수 있다면, 나를 믿어 줘. 나는 반드시 찾아낼 거야. 이곳에는 모든 것이 있고, 또 아무것도 없어. 그리고 나는 내가 원하는 것을 꼭 찾아낼 수 있을 거야."

"내 마음을 찾아 줘요." 한참 후에 그녀는 그렇게 말했다.

# 35 하드보일드 원더랜드

손톱깎이, 버터 소스, 쇠 꽃병

 

도서관 앞에 차를 세운 건 5시 20분이었다. 시간이 아직 넉넉히 남아 있어, 나는 차에서 내려 비 내리는 거리를 슬렁슬렁 산책하기로 했다. 카운터식 커피숍에 들어가 텔레비전에서 방영하는 골프 중계를 보면서 커피를 마시고, 게임 센터에서 비디오 게임을 하면서 시간을 죽였다. 강을 건너 공격해 오는 전차대를 대전차포로 섬멸하는 게임이었다. 처음에는 내 쪽이 우세했는데, 게임이 진행되면서 적의 전차 수가 나그네쥐 떼처럼 늘어나, 결국 나의 진지를 파괴하고 말았다. 진지가 파괴되자 화면이 핵폭발을 일으키듯 열광으로 새하얘졌다. 그리고 'GAME OVER — INSERT COIN'이라는 글자가 떴다. 나는 그 지시를 따라 구멍에 100엔짜리 동전을 밀어 넣었다. 그러자 음악이 울려 퍼지면서, 나의 진지가 고스란히 재현되었다.

그것은 말 그대로 패배를 위한 전투였다. 내가 지지 않으면 게임은 언제까지나 끝나지 않고, 언제까지 끝나지 않는 게임에는 아무런 의미가 없다. 게임 센터도 곤란하고, 나 또한 곤란하다. 마침내 나의 진지는 다시 파괴되고, 화면에 또 하얀 열광이 나타났다. 그리고 'GAME OVER ― INSERT COIN'이라는 글자가 떴다.

게임 센터 옆은 철물점이었다. 쇼윈도에 갖가지 공구가 보기 좋게 전시되어 있었다. 렌치와 스패너와 드라이버 세트와 나란히 못 박는 전동 기계와 전동식 드라이버도 보였다. 가죽 케이스에 든 독일제 휴대용 공구 세트도 있었다. 케이스 자체는 여자들이 들고 다니는 파우치 크기밖에 안 되는데 그 안에 소형 톱에서 망치, 검전기까지 빽빽하게 들어차 있다. 그 옆에는 삼십 자루 세트 조각도가 있었다. 지금껏 조각도 날이 서른 종류나 있다는 생각은 해 본 적이 없어서, 그 서른 종을 다 갖춘 조각도 세트는 내게 적지 않은 충격을 주었다. 서른 종의 날이 조금씩 서로 달랐고, 그중의 몇 가지는 어떻게 사용하면 좋을지 상상이 잘 안 되는 모양이었다. 시끌시끌한 게임 센터에 비하면 철물점 안은 빙산의 이면처럼 조용했다. 어두운 가게 안쪽의 카운터에 머리숱이 적고 안경 낀 중년 남자가 앉아서, 드라이버로 무언가를 분해하고 있었다.

나는 불쑥 생각이 나서 가게 안으로 들어가, 손톱깎이를 찾았다. 손톱깎이는 면도기 세트 옆에, 곤충표본 같은 모양으로 반듯하게 줄지어 있었다. 그중에 하나 도저히 어떻게 사용하는지 모를 신기한 모양의 손톱깎이가 있어서, 나는 그걸 골라 카운터로 가져갔다. 5센티미터 길이의 납작한 스테인리스 금속편의 어디를 어떻게 눌러야 손톱을 깎을 수 있는지 상상이 가지 않았다.

내가 카운터에 가자 가게 주인은 드라이버로 분해 중이던 소형 전기 거품기를 내려놓고, 내게 그 손톱깎이 사용법을 가르쳐 주었다.

"잘 봐요. 이게 하나입니다. 그리고 둘. 그다음이 셋. 봐요, 손톱깎이가 되었죠?"

"호오." 하고 나는 말했다. 과연 그것은 훌륭한 손톱깎이로 변신해 있었다. 그는 손톱깎이를 다시 원래의 금속편으로 돌려놓은 다음 내게 건넸다. 나는 그가 했던 대로 다시 그것을 손톱깎이로 돌려놓았다.

"좋은 물건이에요." 그는 비밀을 털어놓듯이 말했다. "헹켈 제품, 평생을 쓸 수 있죠. 여행 다닐 때도 아주 편리합니다. 녹슬지 않고, 날도 아주 단단해요. 개 발톱도 깎을 수 있어요."

나는 2800엔을 지불하고 손톱깎이를 샀다. 손톱깎이는 조그맣고 검은 가죽 케이스에 들어 있었다. 그는 내게 거스름돈을 건네고서 다시 거품기를 분해하기 시작했다. 무수한 나사가 각각의 크기에 따라 하얗고 예쁜 접시에 나뉘어 담겨 있었다. 접시에 담긴 검은 나사들은 모두 행복해 보였다.

손톱깎이를 산 다음 나는 차로 돌아가 「브란덴부르크 협주곡」을 들으면서 그녀를 기다렸다. 그리고 접시에 담긴 나사들이 왜 그렇게 행복해 보였을지 생각해 보았다. 어쩌면 그 나사들이 거품기의 일부에서 벗어나 나사로서의 독립성을 되찾았기 때문인지도 모른다. 또는 하얀 접시라는, 나사에게는 파격적이라 할 수 있는 멋진 장소가 주어졌기 때문인지도 모른다. 아무튼 무언가가 행복해 보인다는 것은 무척 기분 좋은 일이었다.

나는 윗도리 주머니에서 손톱깎이를 꺼내 다시 한번 펼쳐, 시험 삼아 내 손톱 끝을 약간 잘라 보고는 다시 접어 케이스에 넣었다. 그런대로 잘 깎였다. 철물점이라는 곳은 어딘가 모르게 사람 없는 수족관을 닮았다.

폐관 시간인 6시가 다가오자 도서관 현관에서 사람들이 우르르 나왔다. 대부분이 열람실에서 공부하던 고등학생인 듯했다. 그들은 대개 나처럼 비닐 스포츠 백을 들고 있었다. 가만히 보고 있자니, 고등학생이란 모두 어딘가 모르게 부자연스러운 존재인 것처럼 생각되었다. 모두 어딘가가 지나치게 확대되었든가, 무언가가 부족하다. 하기야 그들 눈에는 내가 훨씬 더 부자연스러울 것이다. 세상이란 그런 것이다. 사람들은 그것을 세대 차라고 한다.

고등학생들에 섞여 노인들의 모습도 보였다. 노인들은 일요일 오후를 잡지 열람실에서 잡지를 읽거나 네 종류의 신문을 읽으며 보낸다. 그리고 코끼리처럼 지식을 쌓아 저녁밥이 기다리는 자기 집으로 돌아간다. 노인들의 모습에서는 고등학생만큼의 부자연스러움은 느낄 수 없었다.

그들이 나가고 나자 어디선가 사이렌이 울렸다. 6시였다. 사이렌 소리를 듣고 있으려니, 정말 오랜만에 공복감이 밀려왔다. 생각해 보면 아침부터 햄에그 샌드위치 절반과 조그만 타르트 한 개와 생굴 몇 개밖에 먹지 않았고, 어제는 거의 아무것도 먹지 못한 거나 다름없다. 공복감은 거대한 구멍 같았다. 지하 세계에서 본, 돌을 던져도 아무 소리가 들리지 않는 그 어둡고 깊은 구멍이다. 나는 의자 등받이를 젖히고 차의 낮은 천장을 쳐다보면서 음식을 생각했다. 온갖 종류의 음식이 내 머리에 떠올랐다 사라졌다. 하얀 접시에 담긴 나사도 떠올랐다. 화이트소스를 끼얹고 물냉이로 장식하자, 나사도 꽤 맛있어 보였다.

참고 문헌 담당 여자가 도서관 현관에서 나온 건 6시 15분이었다.

"이거, 당신 차?" 그녀가 물었다.

"아니, 빌린 거야." 나는 말했다. "안 어울리나?"

"음, 별로 안 어울리네. 이런 차는 좀 더 젊은 사람이 타는 거 아닌가?"

"렌터카 대리점에 이 차밖에 남아 있지 않았어. 딱히 마음에 들어서 빌린 건 아니야. 어떤 차든 상관없었어."

"흐음." 하고서 그녀는 품평을 하듯 차 주위를 빙 돌아, 반대쪽 문을 열고 차에 올라탔다. 그리고 차 안을 또 일일이 검사하고, 재떨이를 열어보고 컴파트먼트 안을 들여다보았다.

"「브란덴부르크」죠?" 하고 그녀가 물었다.

"좋아해?"

"네, 좋아해요. 늘 듣고 있어요. 난 카를 리히터의 연주가 가장 좋은데, 이건 비교적 새 녹음이네. 음, 누구지?"

"트레버 피녹." 하고 나는 말했다.

"피녹을 좋아해요?"

"아니, 그다지." 하고 나는 말했다. "보여서 그냥 샀어. 그래도 나쁘지는 않아."

"파블로 카잘스의 「브란덴부르크」는 들어 봤어요?"

"아니."

"그건 꼭 한번 들어 봐야 해요. 정통적이라고 할 수는 없지만 상당히 박력 있어요."

"다음에 들어 보지." 하고 말했지만, 그럴 여유가 있을지는 나로서도 알 수 없었다. 내게는 앞으로 18시간밖에 남아 있지 않고, 그동안에 잠깐은 잠도 잘 필요가 있다. 아무리 남은 인생이 얼마 없다 해도 하룻밤 내내 자지 않고 깨어 있을 수는 없다.

"뭘 먹으러 가지?" 나는 물어보았다.

"이탈리아 음식은 어때요?"

"좋아."

"내가 아는 곳이 있으니까, 거기로 가요. 비교적 가까워요. 재료가 엄청 신선하고."

"배고프다." 하고 나는 말했다. "나사라도 먹을 수 있을 것 같아."

"나도." 하고 그녀가 말했다. "그 셔츠, 좋은데요."

"고마워." 하고 나는 말했다.

레스토랑은 도서관에서 차로 15분 정도 거리에 있었다. 주택가 안의 구불구불한 길을 사람과 자전거를 비켜 가면서 천천히 달리자, 언덕길 도중에 불쑥 이탈리안 레스토랑의 모습이 나타났다. 하얀 서양식 목조 주택을 그대로 레스토랑으로 꾸민 듯한 구조에 간판도 작아서, 찬찬히 보지 않으면 레스토랑이라는 것도 알 수 없다. 주위는 높은 담에 둘러싸인 조용한 주택가이고, 우뚝 선 히말라야 삼나무와 소나무 가지가 해저문 하늘에 그 윤곽을 어둡게 그리고 있었다.

"이런 곳에 레스토랑이 있다니, 어떻게 알겠어." 나는 차를 가게 앞 주차장에 세우면서 말했다.

가게는 그렇게 넓지 않아, 테이블 세 개와 카운터 자리가 네 개 있을 뿐이었다. 앞치마를 두른 웨이터가 우리를 가장 안쪽 테이블로 안내해 주었다. 테이블 옆 창밖으로 매화나무 가지가 보였다.

"술은 와인으로 하면 될까?" 그녀가 물었다.

"맡길게." 나는 말했다. 나는 와인에 대해서는 맥주만큼 잘 알지 못한다. 그녀가 웨이터와 와인을 고르느라 이것저것 의논하는 동안, 창밖의 매화나무 가지를 바라보고 있었다. 이탈리안 레스토랑의 마당에 매화나무가 서 있다는 것이 왠지 신기했지만, 사실은 그렇게 신기한 일이 아닐지도 모른다. 이탈리아에도 매화나무는 있을 수 있다. 프랑스에도 수달이 있다. 와인이 결정되자 우리는 메뉴를 펼치고 식사 작전을 짰다. 메뉴를 선택하는 데 시간이 꽤 오래 걸렸다. 우선 오르되브르로 딸기 소스 잔새우 샐러드와 생굴, 이탈리안 리버 무스, 오징어 먹물찜, 가지 치즈 튀김, 빙어 마리네를 고르고, 파스타로 나는 탈리아텔레 카살린가를, 그녀는 바질리코 스파게티를 골랐다.

"그리고, 이 생선 소스 마카로니도 하나 시켜서 둘이 나누지 않을래요?" 그녀가 말했다.

"좋아." 하고 나는 말했다.

"오늘은 생선이 뭐가 좋을까요?" 그녀가 웨이터에게 물었다.

"오늘은 농어가 신선합니다." 웨이터가 말했다. "아몬드 농어찜 요리는 어떠시겠어요?"

"좋아요, 그걸 주세요." 그녀가 말했다.

"나도." 하고 나는 말했다. "그리고 시금치 샐러드와 버섯 리소토,"

"나는 채소와 토마토 리소토." 그녀가 말했다.

"리소토는 볼륨이 상당한데요." 걱정스러운 듯 웨이터가 말했다.

"괜찮아요. 나는 어제 아침부터 거의 뭘 못 먹었고, 그녀는 위 확장이니까." 하고 나는 말했다.

"블랙홀 같아요." 그녀도 말했다.

"그럼 주문하신 대로 준비하겠습니다." 웨이터가 말했다.

"디저트는 포도 셔벗과 레몬 수플레와 에스프레소 커피." 그녀는 또 말했다.

"같은 걸로." 하고 나는 말했다.

웨이터가 우리가 주문한 내용을 주문표에 차근차근 쓴 다음 가 버리자, 그녀는 싱긋 웃고는 내 얼굴을 보았다.

"내게 맞춰서 일부러 음식을 많이 주문한 건 아니죠?"

"정말 배가 고파." 하고 나는 말했다. "이렇게 배가 고프기는 오랜만이군."

“멋져요.” 그녀가 말했다. “나는 소식하는 사람, 안 믿어요. 소식하는 사람, 어디 다른 곳에서 못 먹은 걸 다 메우고 있지 않나 하는 생각이 드는데, 어떨까요?”

“잘 모르겠어.” 하고 나는 말했다. 잘 모른다.

“잘 모른다, 그 말이 입에 붙었네요, 아주.”

“그럴지도 모르지.”

“그럴지도 모르지도 그렇고.”

나는 할 말이 없어서 잠자코 고개를 끄덕였다.

“왜 그러는데요? 모든 사상은 불확정이니까?”

잘 모르겠는데, 그럴지도 모르지, 하고 머릿속에서 중얼거리는데, 웨이터가 다가와 궁정 전속 척추 교정사가 황태자의 탈구를 고칠 때 같은 자세로 정중하게 마개를 따고 와인을 잔에 따라 주었다.

“‘내 탓이 아니야.’는 『이방인』의 주인공 말버릇이었죠, 아마. 그 사람, 이름이 뭐였더라. 음.”

“뫼르소.” 하고 나는 말했다.

“아, 맞다. 뫼르소.” 그녀가 되풀이했다. “고등학교 때 읽었어요. 하지만 요즘 고등학생들은 『이방인』 같은 소설, 전혀 안 읽어요. 얼마 전에 도서관에서 조사를 했거든요. 당신은 어느 작가를 좋아해요?”

“투르게네프.”

“투르게네프는 그렇게 대단한 작가가 아닌데. 시대에도 뒤떨어지고.”

“그럴지도 모르지.” 하고 나는 말했다. “하지만 좋아해. 플로

베르나 토머스 하디도 좋지만."

"새로운 작가는 안 읽어요?"

"서머싯 몸은 간혹 읽어."

"요즘 세상에 서머싯 몸을 새로운 작가라고 하는 사람은 없어요." 그녀가 와인 잔을 기울이면서 말했다. "주크박스에 베니 굿맨 레코드가 들어 있지 않은 거랑 똑같죠."

"그래도 재미있어. 『면도날』은 세 번이나 읽었어. 그 소설은 대단한 작품은 아니지만 잘 읽혀. 그 반대보다는 훨씬 낫지."

"흐음." 하고 그녀는 이상하다는 듯이 말했다. "그건 그렇고, 그 오렌지색 셔츠 잘 어울리네."

"고마워." 하고 나는 말했다. "당신 원피스도 아주 멋져."

"어머나, 감사." 그녀가 말했다. 다크 블루의 벨벳 원피스에 조그맣고 하얀 레이스 깃이 달려 있다. 목에는 가느다란 은 목걸이가 두 줄.

"당신 전화를 받은 후에 집에 가서 옷을 갈아입고 왔어요. 집이 직장 바로 근처라서 무척 편리해요."

"그렇겠군." 나는 말했다. 그렇겠군.

오르되브르가 몇 가지 나와, 우리는 한동안 말없이 그것을 먹었다. 꾸밈없고 상큼한 맛이었다. 재료도 신선했다. 굴은 바닷속에서 막 캐 온 것처럼 탱글탱글하고 만물의 근원인 바다 냄새가 났다.

"그래서 일각수에 관한 일은 잘 마무리되었어요?" 그녀가 포크로 굴 껍데기를 벗기면서 물었다.

"뭐 그런대로." 하고서 나는 입가에 묻은 오징어 먹물을 냅킨으로 닦았다. "일단은 끝났어."

"일각수가 어디에 있었어요?"

"여기에." 하고 나는 손가락으로 내 머리를 콕콕 찔렀다. "일각수는 내 머릿속에 살고 있어. 무리 지어서."

"그거, 상징적인 의미인가요?"

"아니, 그렇지 않아. 상징적인 의미는 거의 없어. 실제로 내 의식 속에 살고 있어. 어떤 사람이 그걸 발견해 주었지."

"흥미롭네. 좀 더 듣고 싶어요. 얘기해 봐요."

"그렇게 흥미롭지 않아." 하고 나는 가지 접시를 그녀 쪽으로 돌렸다. 그녀는 빙어 접시를 내게로 돌렸다.

"그래도 듣고 싶은데."

"의식 속에는 본인은 감지하지 못하는 핵 같은 게 있어. 내 경우는 그게 한 마을이야. 그 마을에는 강이 하나 흐르고, 주위는 높은 벽돌담이 둘러싸고 있어. 마을에 사는 사람들은 벽 밖으로 나갈 수 없어. 나갈 수 있는 건 일각수뿐이지. 일각수는 사람들의 자아와 에고를 기름종이처럼 빨아들여서 마을 밖으로 옮겨 가. 그래서 마을에는 자아도 에고도 없어. 나는 그런 마을에 살고 있어. ― 그런 내용이야. 실제로 내 눈으로 본 게 아니라서 그 이상은 잘 모르겠어."

"무척 독창적인 얘기네." 그녀가 말했다. 나는 그녀에게 설명한 후에 노인이 강에 대해서는 한마디도 하지 않았다는 걸 깨달았다. 어째 조금씩 그 세계로 끌려가고 있는 듯하다.

"하지만 내가 의식해서 만든 건 아니야." 하고 나는 말했다.

"가령 무의식적으로든, 만든 건 당신이란 말이죠?

"그래." 하고 나는 말했다.

"그 빙어 맛, 나쁘지 않죠?"

"응, 나쁘지 않아."

"하지만 그 얘기, 내가 당신에게 읽어 준 러시아 일각수 얘기와 비슷하지 않나요?" 그녀가 나이프로 가지를 가르면서 말했다. "우크라이나의 일각수도 주위가 절벽으로 에워싸인 커뮤니티 안에서 살았어요."

"비슷하군." 하고 나는 말했다.

"어떤 공통점이 있을지도 모르겠네."

"아 참." 하고서 나는 윗도리 주머니에 손을 밀어 넣었다. "당신에게 선물이 있어."

"선물, 엄청 좋아하는데." 하고 그녀는 말했다.

나는 주머니에서 손톱깎이를 꺼내 그녀에게 건넸다. 그녀는 케이스에서 손톱깎이를 꺼내 신기하다는 듯이 바라보았다.

"이게 뭐예요?"

"이리 줘 봐." 하고서 나는 그녀에게 손톱깎이를 받았다. "잘 봐. 이게 하나고, 다음이 둘, 그리고 셋."

"손톱깎이?"

"맞아. 여행할 때 편리할 거야. 반대로 하면 원래대로 접혀. 이렇게."

나는 손톱깎이를 다시 조그만 금속편으로 바꿔 그녀에게 돌려주었다. 그녀는 제 손으로 손톱깎이로 만들었다가 다시 원래 모양으로 접었다.

"재미있네. 고마워요." 그녀가 말했다. "당신, 여자에게 손톱깎이 같은 걸 선물해요?"

"아니, 손톱깎이는 처음이야. 아까 철물점을 구경하다가 뭔가 갖고 싶어서 샀어. 조각도 세트는 너무 크고."

"손톱깎이면 돼요. 고마워요. 손톱깎이는 늘 어디로 사라져 버리니까, 이걸 가방 안주머니에 넣어 다닐게요."

그녀는 손톱깎이를 케이스에 담아 숄더백 안에 넣었다.

웨이터가 오르되브르 접시를 치우고 파스타를 갖다 주었다. 나의 심각한 공복감은 여전히 계속되고 있었다. 오르되브르 여섯 접시는 내 몸 속의 텅 빈 구멍에 거의 아무런 흔적도 남기지 못했다. 나는 양이 상당한 탈리아텔레를 비교적 짧은 시간에 먹어 치우고, 그리고 생선 소스 마카로니를 절반 먹었다. 그 정도를 먹어 치우고 나자 어둠 속에 희미한 불빛이 보인 듯한 기분이 들었다.

파스타를 다 먹고 농어찜이 나올 때까지 우리는 와인을 마셨다.

"저, 그런데." 그녀가 와인 잔에 입술을 댄 채 말했다. 그 탓에 그녀의 목소리는 잔 속에서 울리는 것처럼 웅얼거리는 느낌이었다. "당신의 파괴된 방 말이에요, 그거 무슨 특별한 기계를 사용한 건가요? 아니면 몇 명이 한꺼번에 한 건가요?"

"기계는 사용하지 않았어. 그리고 한 사람이 한 거야." 하고 나는 말했다.

"상당히 튼튼한 사람인가 보네요."

"지치는 법이 없어."

"당신이 아는 사람?"

"아니, 처음 만난 사람."

"방 안에서 미식축구 시합을 해도 그렇게 엉망이 되지는 않는데."

"그렇겠지."

"그 일도 그 일각수와 관련이 있는 거예요?" 그녀가 물었다.

"아마 그럴 거야."

"그 일도 이제 해결됐어요?"

"해결은 되지 않았어. 적어도 그들에게는 해결되지 않았어."

"그럼 당신에게는 해결된 거예요?"

"그렇다고도 할 수 있고, 그렇지 않다고도 할 수 있어." 하고 나는 말했다. "선택의 여지가 없으니까 해결되었다고 할 수도 있고, 스스로 선택한 게 아니니까 해결되지 않았다고 할 수도 있어. 아무튼 이번 일에 관해서는 나의 주체성이라는 게 처음부터 싹 무시되었어. 강치 수영 팀에 인간이 하나 섞인 것처럼 말이야."

"그래서 내일 어디 먼 데로 간다는 거죠?"

"뭐, 그런 셈이지."

"복잡한 사건에 휘말렸나 보네요."

"너무 복잡해서 난 뭐가 뭔지 잘 모르겠어. 세계는 점점 복잡해지고 있어. 핵이며 사회주의의 분열에 컴퓨터의 진화, 게다가 인공수정에 스파이 위성, 인공 장기, 로보토미. 차의 운전석 패널도 뭐가 어디 붙어 있는지 모를 정도야. 내 경우는 간단히 설명하면 정보 전쟁에 휘말린 거야. 요컨대 자아를 가진 컴퓨터가 출현하기 전의 징검다리인 셈이지. 임시방편."

"컴퓨터가 언젠가는 자아를 갖게 되나요?"

"아마, 그렇겠지." 나는 말했다. "그러면 컴퓨터 스스로 데이터를 스크램블해서 계산하게 될 거야. 그럼 아무도 훔칠 수 없어."

웨이터가 다가와 우리 앞에 농어 요리와 리소토 접시를 내려놓았다.

"나는 이해가 잘 안 되네." 그녀는 피시 나이프로 농어의 살을 가르면서 말했다. "도서관은 아주 평화로운 곳이라서. 책이 가득하고, 모두가 그걸 읽으러 올 뿐이고, 정보는 모두에게 열려 있으니까, 아무도 싸우지 않아요."

"나도 도서관에서 일하면 좋았을걸 그랬어." 하고 나는 말했다. 정말 그래야 했다.

우리는 농어를 먹고, 리소토를 한 톨 남기지 않고 깔끔하게 먹어 치웠다. 나의 공복감의 구멍은 이제야 바닥이 좀 보였다.

"농어, 맛있었어요." 그녀는 만족한 듯이 말했다.

"버터소스를 만드는 비법이 있어." 하고 나는 말했다. "에샬로트를 잘게 썰어서 좋은 버터에 섞어 정성스럽게 졸이는 거야. 졸일 때 한눈을 팔면 좋은 맛이 배지 않아."

"요리하는 거 좋아해요?"

"요리는 19세기 이후로 거의 진화하지 않았어. 적어도 맛있는 요리에 한해서는 말이지. 재료의 신선함, 정성, 미각, 미감, 그런 것은 영원히 진화하지 않아."

"여기 레몬 수플레도 맛있는데." 그녀가 말했다. "더 먹을 수 있어요?"

"물론이지." 나는 말했다. 수플레 정도는 다섯 개라도 먹을 수 있다.

나는 포도 셔벗을 먹고, 수플레를 먹고, 에스프레소 커피를 마셨다. 과연 들은 대로 훌륭한 수플레였다. 이쯤은 되어야 디저트라 할 수 있다. 에스프레소도 손바닥에 올려놓을 수 있겠다 싶을 정도로 맛이 단단하면서도 부드러웠다.

우리가 모든 음식을 각자의 거대한 구멍 속에 전부 싹 다 던져 넣었을 즈음, 셰프가 인사를 하러 나왔다. 우리는 그에게 상당히 만족스러웠다고 말했다.

"이렇게 잘 드셔 주시니, 우리로서도 만든 보람이 있었습니다." 셰프가 말했다. "이탈리아에도 이렇게 잘 드시는 분은 그렇게 많지 않습니다."

"감사합니다." 나는 말했다.

셰프가 주방으로 돌아가고 나자, 우리는 웨이터를 불러 에스프레소 커피를 한 잔씩 더 주문했다.

"나랑 비슷하게 먹고도 태연한 사람, 당신이 처음이에요." 하고 그녀가 말했다.

"아직 더 먹을 수 있어."

"우리 집에 냉동 피자와 시바스 리갈이 한 병 있는데."

"나쁘지 않군." 하고 나는 말했다.


그녀 집은 정말 도서관 바로 근처에 있었다. 집 장사가 지어 파는 조그만 주택이었지만, 그래도 어엿한 단독이었다. 번듯한 현관이 있고, 인간 하나가 누워 잘 만한 마당도 있었다. 햇볕이 거의 들 것 같지 않은 마당이었지만, 그래도 한구석에서 철

쪽이 자라고 있었다. 2층까지 있다.

"결혼했을 때 이 집을 샀어요." 그녀가 말했다. "대출금은 남편 생명보험을 받아서 갚았어요. 아이를 가질 생각으로 샀는데, 혼자 살기에는 너무 넓죠."

"그렇겠는데." 나는 거실 소파에 앉아 실내를 죽 돌아보면서 말했다.

그녀는 냉동고에서 피자를 꺼내 오븐에 넣고, 그다음 시바스 리갈과 잔과 얼음을 거실 테이블로 가져왔다. 나는 오디오의 스위치를 켜고, 카세트테이프 플레이 버튼을 눌렀다. 내가 적당히 고른 테이프에는 재키 매클레인과 마일스 데이비스와 윈턴 켈리, 그런 유의 음악이 들어 있었다. 나는 피자가 구워질 때까지 「백스 그루브」와 「더 서리 위드 더 프린지 온 톱」을 들으면서 혼자 위스키를 마셨다. 그녀는 자신을 위해 와인을 땄다.

"옛날 재즈 좋아해요?" 하고 그녀가 물었다.

"고등학교 다닐 때는 재즈 카페에서 이런 음악만 들었어." 하고 나는 말했다.

"새로운 음악은 안 들어요?"

"폴리스, 듀란듀란, 뭐든 들어. 모두가 들려 주니까."

"하지만 스스로 선택해서는 별로 듣지 않는 거네요?"

"필요가 없으니까." 하고 나는 말했다.

"그 사람은 ― 죽은 남편 말인데 ― 언제나 옛날 음악만 들었어요."

"나랑 비슷하군."

"그래요, 좀 닮았어요. 버스에서 얻어맞아 죽었어요, 쇠 꽃병에."

"어쩌다?"

"버스에서 헤어스프레이를 뿌리는 젊은 남자에게 주의를 주었더니, 그 사람이 쇠 꽃병을 휘두르며 달려들었어요."

"왜 젊은 남자가 쇠 꽃병 같은 걸 갖고 있었지?"

"모르죠." 그녀가 말했다. "어떻게 알겠어요."

나 또한 상상조차 가지 않았다.

"죽어도 버스 안에서 얻어맞아 죽다니, 좀 너무하지 않나요."

"정말 그렇군. 안됐어." 나는 동의했다.

피자가 다 구워져, 우리는 그걸 반으로 나눠 먹고, 소파에 나란히 앉아 술을 마셨다.

"일각수의 두개골, 보고 싶어?" 나는 물어보았다.

"응, 보고 싶어요." 그녀가 말했다. "정말 갖고 있어요?"

"이미테이션이지만. 진짜는 아니야."

"그래도 보고 싶어."

나는 밖에 세워 둔 차에 가서, 뒷좌석에 둔 스포츠 백을 들고 돌아왔다. 10월 초순의 평화롭고 기분 좋은 밤이었다. 하늘을 뒤덮고 있던 구름이 군데군데 갈라져, 그 사이로 보름달에 가까운 달이 보였다. 내일은 잘하면 날씨가 맑을 것 같다. 나는 거실 소파로 돌아가, 가방의 지퍼를 열고 목욕 수건에 둘둘 만 두개골을 꺼내 그녀에게 건넸다. 그녀는 와인 잔을 테이블에 내려놓고, 찬찬히 두개골을 점검했다.

"참 잘 만들었네."

"두개골 전문가가 만들어 준 거야." 나는 위스키를 마시면서 말했다.

"거의 진짜 같아요."

나는 카세트테이프를 끄고, 가방 안에서 예의 부젓가락을 꺼내 두개골을 톡톡 두드려 보았다. 예전처럼 구웅 하는 메마른 소리가 났다.

"그건 뭔데요?"

"두개골에는 제각각 특유의 소리가 있어." 하고 나는 말했다. "두개골 전문가는 그 소리로 갖가지 기억을 되살릴 수 있다는군."

"멋진 얘기네." 그녀가 말했다. 그러더니 자기도 그 부젓가락으로 두개골을 두드려 보았다. "이미테이션 같지 않아요."

"상당히 편집증적인 인간이 만들었으니까."

"우리 남편의 두개골은 부서졌어요. 그러니까 아마 정확한 소리가 안 나겠죠."

"글쎄, 잘 모르겠군." 하고 나는 말했다.

그녀는 두개골을 테이블에 내려놓은 다음 잔을 들고 와인을 마셨다. 우리는 소파 위에서 서로 어깨를 기댄 채 잔을 기울이며 두개골을 바라보았다. 살을 싹 벗겨 낸 짐승의 두개골이 우리를 향해 웃고 있는 것처럼 보이기도 하고, 한껏 공기를 들이쉬려는 것처럼 보이기도 했다.

"음악 틀어 봐요." 그녀가 말했다.

나는 쌓인 테이프 속에서 또 적당한 것을 꺼내 플레이어에 넣은 다음 버튼을 눌러 놓고 소파로 돌아왔다.

"여기가 좋아요, 아니면 2층 침대로 갈래요?" 그녀가 물었다.

"여기가 좋아." 하고 나는 말했다.

스피커에서는 팻 분의 「아일 비 홈」이 흘러나오고 있었다. 시간이 잘못된 방향으로 흐르는 듯한 기분이 들었지만, 이제는 그런 것도 별 상관 없는 일이었다. 시간 따위는 흐르고 싶은 방향으로 제멋대로 흐르면 그만이다. 그녀는 마당이 보이는 창문의 레이스 커튼을 치고, 불을 껐다. 그리고 달빛 속에서 옷을 벗었다. 그녀는 목걸이를 풀고, 팔찌 형태의 손목시계를 풀고, 벨벳 원피스를 벗었다. 나도 손목시계를 풀어 소파 등받이 너머로 던졌다. 그리고 윗도리를 벗고, 넥타이를 풀고, 잔에 남은 위스키를 들이켰다.

그녀가 팬티스타킹을 돌돌 말듯이 벗고 있을 때 곡이 레이 찰스의 「조지아 온 마이 마인드」로 넘어갔다. 나는 눈을 감고 두 다리를 테이블에 올려놓은 채 온 더 록 잔에 든 얼음을 빙빙 돌리듯이 머릿속에서 시간을 돌려 보았다. 모든 일이 아주 오래전에 한 번 일어났던 일처럼 느껴졌다. 벗은 옷과 백 뮤직과 대사가 조금씩 달라졌을 뿐이다. 하지만 그 정도 차이는 별 의미가 없다. 빙빙 돌아 언제나 같은 곳으로 돌아온다. 그것은 회전목마를 타고 선두를 겨루는 게임 같은 것이다. 아무도 앞지를 수 없고, 아무도 앞지르지 않고, 언제나 같은 곳에 도착한다.

"모든 것이 옛날에 한 번 있었던 일 같아." 나는 눈을 감은 채 말했다.

"당연하죠." 그녀가 말했다. 그리고 내 손에서 잔을 들어 내려놓고, 셔츠 버튼을 껍질콩 줄기를 벗길 때처럼 하나씩 천천히 빗겼나.

"어떻게 알지?"

"알고 있었으니까." 그녀가 말했다. 그리고 내 벗은 가슴에 키스했다. 그녀의 긴 머리칼이 내 배 위에서 찰랑거렸다. "모두 옛날에 한 번 있었던 일이에요. 그저 빙빙 돌고 있을 뿐. 그렇죠?"

나는 눈을 감은 채 그녀의 입술과 머리칼의 감촉에 몸을 맡겼다. 나는 농어를 생각하고, 손톱깎이를 생각하고, 세탁소 앞에 놓인 평상과 달팽이를 생각했다. 세계는 수많은 암시로 가득하다.

나는 눈을 뜨고 그녀를 살며시 껴안았다. 그리고 브래지어 후크를 풀려고 손을 등 뒤로 돌렸다. 그러나 후크는 없었다.

"앞이에요." 그녀가 말했다.

세계는 확실하게 진화하고 있다.


우리는 세 번 섹스를 한 후에 샤워를 하고 소파에서 같이 담요를 덮고 빙 크로스비의 레코드를 들었다. 기분이 정말 좋았다. 나의 페니스는 기자의 피라미드처럼 완벽하게 발기했고, 그녀의 머리칼에서는 린스의 향기로운 냄새가 났고, 소파도 쿠션은 좀 딱딱했지만 나쁘지 않았다. 오래되었지만 탄탄하고, 옛 시절의 햇살 냄새가 나는 소파였다. 과거에 이런 소파가 아주 당연하게 공급되던 멋진 시대가 존재했던 것이다.

"좋은 소파군." 하고 나는 말했다.

"너무 오래되고 낡아서 버리고 다시 살까 했는데."

"이대로 놔두는 편이 좋겠어."

"그럼, 그렇게 할게요." 하고 그녀는 말했다.

나는 빙 크로스비의 노래에 맞춰 「대니 보이」를 흥얼거렸다.

"이 노래 좋아해요?"

"좋아해." 나는 말했다. "초등학교 때 하모니카 콩쿠르에서 이 곡을 연주해서 우승했어. 상으로 연필 한 다스를 받았지. 옛날에는 하모니카를 잘 불었거든."

그녀가 웃었다. "인생이란 게 참 알 수 없네."

"그러게." 하고 나는 말했다.

그녀가 「대니 보이」를 다시 틀어서, 나도 또 한 번 노래를 흥얼거렸다. 두 번째로 흥얼거리자 나는 이유도 없이 슬퍼졌다.

"거기 가더라도 편지 보내 줄 거예요?" 그녀가 물었다.

"보낼게." 나는 대답했다. "그곳이 편지를 보낼 수 있는 곳이라면."

그녀와 나는 병 바닥에 남은 마지막 와인을 절반씩 나눠 마셨다.

"지금 몇 시지?" 하고 나는 물었다.

"밤중이에요." 하고 그녀가 대답했다.

# 36 세계의 끝

## 아코디언

"그렇게 느끼는 거죠?" 그녀가 말했다. "당신은 내 마음을 읽을 수 있다고 느끼는 거죠."

"아주 강하게 느껴. 당신 마음은 내 손이 바로 닿는 곳에 있는데, 내가 그걸 미처 알지 못하는 거야. 그 방법은 이미 내 앞에 제시되어 있을 텐데."

"당신이 그렇게 느낀다면, 그게 맞을 거예요."

"그런데 나는 그걸 찾아낼 수가 없어."

우리는 서고 바닥에 앉아, 둘이 나란히 벽에 기대어 두개골의 대열을 올려다보았다. 두개골은 내게 아무 말도 하지 않은 채 가만히 침묵할 뿐이었다.

"당신이 강하게 느낀다는 건 그게 비교적 최근에 일어난 일이어서 그런가요?" 그녀가 물었다. "당신의 그림자가 약해지기 시작한 후로 당신 주변에서 일어난 일을 하나하나 떠올려 봐요. 그 안에 열쇠가 있을지도 몰라요. 내 마음을 찾아낼 수 있는 열쇠가."

나는 그 싸늘한 바닥에서, 눈을 감고 두개골들이 내는 침묵의 울림에 한참이나 귀를 기울였다.

"오늘 아침에 노인들이 내 방 밑에서 구멍을 팠어. 뭘 묻으려는 구멍인지는 모르겠지만, 내 머릿속에 구멍을 파고 있는 것 같았지. 눈이 내려 그 구멍을 메웠어."

"그 외에는?"

"당신과 둘이 숲에 있는 발전소에 다녀왔어. 그 일은 당신도 알잖아. 나는 젊은 관리인을 만나 숲 얘기를 들었지. 그리고 바람 구멍 위에 있는 발전 장치를 보았고. 바람 소리가 아주 스산했어. 마치 지옥에서 불어오는 듯한 소리였지. 관리인은 젊고 말이 없고 야위었어."

"그리고?"

"그가 아코디언을 쳤어. 조그맣고 이렇게 착착 접을 수 있는 아코디언이야. 구식이지만, 소리는 잘 나."

그녀는 바닥에 앉은 채 생각에 골몰했다. 서고 안 기온이 시시각각 떨어지는 듯 느껴졌다.

"아마 아코디언일 거예요." 그녀가 말했다. "그게 열쇠일 거예요. 틀림없어요."

"아코디언?" 하고 나는 말했다.

"그러면 앞뒤가 맞아요. 아코디언은 노래와 연결되고, 노래는 우리 엄마와 연결되고, 우리 엄마는 내 마음의 끝자락과

연결되어 있어요. 그런 게 아닐까요?"

"그래, 당신 말이 맞아." 나는 말했다. "그렇게 이어지는군. 아마 그게 열쇠겠지. 하지만 중요한 링크가 하나 모자라. 내가 노래를 하나도 기억해 내지 못한다는 거야."

"부르지 않아도 돼요. 그 아코디언 소리를 조금만이라도 내 게 들려줄 수 있겠어요?"

"그건, 가능하지." 나는 서고에서 나와 난로 옆에 걸린 코트 주머니에서 아코디언을 꺼내 들고 그녀 옆에 앉았다. 양손을 패널에 붙은 밴드에 끼우고 코드를 몇 개 눌러 보았다.

"정말 아름다운 소리네요." 그녀가 말했다. "그 소리는 바람 소리 같은 건가요?"

"바람 자체지." 나는 말했다. "여러 가지 소리가 나는 바람 을 만들어 내서, 그걸 조합하는 거야."

그녀는 눈을 꼭 감고 그 화음의 울림에 귀를 기울였다.

나는 기억나는 코드를 차례로 눌러 보았다. 그리고 오른 손 손가락으로 살며시 더듬듯 음계를 눌러 보았다. 멜로디는 떠오르지 않았지만, 그래도 상관없다. 나는 그저 바람처럼 그 아코디언 소리를 그녀에게 들려주기만 하면 된다. 나는 그 이 상은 뭐 하나 바라지 않기로 다짐했다. 나는 새처럼 마음을 그 바람에 맡기면 되는 것이다.

마음을 버릴 수는 없다, 하고 나는 생각했다. 그것이 얼마 나 무겁고 얼마나 어둡든, 때로 그것은 새처럼 바람 속을 날고 영원을 내다볼 수도 있다. 이 조그만 아코디언의 울림 속에도 나는 나의 마음을 담을 수 있다.

건물 밖에서 부는 바람 소리가 내 귀에 들린 듯한 기분이 들었다. 겨울바람이 마을에 휘몰아치고 있는 것이다. 그 바람은 높이 솟아 있는 시계탑을 휘감고, 다리 밑을 지나, 강을 따라 줄지은 버드나무 가지를 흔들고 있다. 숲의 나뭇가지를 흔들고, 초원을 질러, 공장가의 전선을 윙윙 울리고, 문에 부딪힌다. 짐승들은 그 속에서 얼어붙고, 사람들은 집 안에서 숨을 죽이고 있다. 나는 눈을 감고 마을의 다양한 풍경을 머릿속에 떠올려 보았다. 강에는 모래톱이 있고, 서쪽 벽에는 망루가 서 있고, 숲에는 발전소가 있고, 관사 앞에는 노인들이 앉아 두런두런 담소하는 양지바른 곳이 있다. 강물이 고인 곳에서는 짐승들이 몸을 굽혀 물을 마시고, 운하의 돌계단에는 여름의 푸른 풀이 바람에 나부끼고 있다. 그녀와 둘이 갔던 남쪽 웅덩이도 또렷하게 떠올릴 수 있었다. 발전소 뒤의 조그만 밭과 낡은 병사가 있는 서쪽 초원과, 동쪽 숲의 벽 앞에 남아 있던 폐옥과 오래된 우물도 기억하고 있다.

그리고 나는 이곳에서 만난 여러 사람들을 생각해 보았다. 옆방의 대령과, 관사에 사는 노인들, 발전소 관리인, 그리고 문지기 — 그들은 아마 지금 각자의 방에서 바깥에서 휘몰아치는 눈발 섞인 바람 소리에 귀를 기울이고 있을 것이다.

나는 그런 풍경 하나하나를, 그런 사람들 한 명 한 명을 영원히 잃으려 하고 있다. 그리고 물론 그녀도. 그러나 나는 아마 언제까지나, 마치 어제 일인 것처럼 이 세계와 여기 사는 사람들을 기억하리라. 만약 내 눈에도 이 마을이 부자연스럽고 잘못되었다고 해도, 그리고 여기 사는 사람들이 모두 마음을 잃었다고 해도, 그건 절대 그들 탓이 아니다. 나는 아마 그 문지기까지 그리워할 것이다. 그 역시 이 마을의 견고한 사슬 고리에 포함된 한 고리에 지나지 않는다. 무언가가 거대하고 강력한 벽을 만들었고, 사람들은 그저 거기에 삼켜졌을 뿐이다. 나는 이 마을 안의 모든 풍경과 사람들을 사랑할 수 있을 듯한 기분이 들었다. 나는 이 마을에 머물 수는 없다. 그러나 그들을 사랑하고 있다.

그때 무언가가 내 마음을 희미하게 두드렸다. 한 가지 화음이 마치 무언가를 추구하듯, 문득 내 안에 남았다. 나는 눈을 뜨고 그 코드를 다시 한번 눌러 보았다. 그리고 오른손으로 그 코드에 있는 소리를 더듬어 보았다. 시간이 오래 걸렸지만, 나는 그 코드에 있던 첫 네 음을 찾아낼 수 있었다. 그 네 가지 음은 마치 부드러운 태양 빛처럼, 하늘에서 천천히 내 마음으로 날아 내려왔다. 그 네 가지 음은 나를 원하고, 나 또한 그 네 가지 음을 원하고 있었다.

나는 그 한 코드의 버튼을 누르면서 몇 번이나 네 가지 음을 순서대로 짚어 보았다. 네 가지 음은 그다음으로 이어지는 몇 가지 음과 다른 코드를 원하고 있었다. 나는 먼저 다른 코드를 찾아보았다. 코드는 바로 이어졌다. 멜로디를 찾는 것은 다소 힘들지만, 첫 네 음이 나를 그다음 다섯 음으로 인도해 주었다. 그리고 또 다른 코드와 세 가지 음이 찾아왔다.

그것은 노래였다. 완전한 노래는 아니어도, 노래의 첫 소절이었다. 나는 그 세 가지 코드와 열두 가지 음을 몇 번이나 몇 번이나 반복해 눌러 보았다. 그것은 내가 잘 아는 노래였다.

「대니 보이」.

나는 눈을 감고, 그다음을 연주했다. 제목이 떠오르자 멜로디와 코드가 절로 내 손끝에서 흘러나왔다. 나는 그 곡을 몇 번이나 연주했다. 멜로디가 마음에 스미면서 딱딱하게 굳어 있던 몸 구석구석에서 힘이 빠져나가는 것을 분명하게 느낄 수 있었다. 오랜만에 노래를 들으니, 내 몸이 얼마나 간절하게 그걸 원했는지를 절실하게 느낄 수 있었다. 나는 너무나 오래 노래를 잃어버려, 그에 대한 주림조차 느낄 수 없었던 것이다. 음악은 긴 겨울에 얼어붙은 내 근육과 마음을 풀고, 그리고 내 눈에 따스하고 그리운 빛을 선사해 주었다.

나는 그 음악 속에서 마을 자체의 숨결을 느낄 수 있을 듯한 기분이었다. 나는 마을 안에 있고, 마을은 내 안에 있었다. 마을은 내 몸의 흔들림에 맞춰 숨쉬고, 흔들렸다. 벽도 꿈틀꿈틀 움직였다. 벽이 마치 나 자신의 피부처럼 느껴졌다.

나는 아주 오래 그 곡을 반복해 연주하고는 악기를 바닥에 내려놓고, 벽에 기대어 눈을 감았다. 나는 몸의 흔들림을 아직도 느낄 수 있었다. 이곳에 있는 모든 것이 바로 나 자신인 듯 느껴졌다. 벽도 문도 짐승도 숲도 강도 바람구멍도 웅덩이도, 모두가 나 자신이다. 그들은 모두 내 몸속에 있었다. 이 긴 겨울조차, 아마 나 자신이리라.

내가 아코디언을 내려놓은 후에도 그녀는 눈을 감은 채 두 손으로 내 팔을 꼭 잡고 있었다. 그녀의 눈에서도 눈물이 흐르고 있었다. 나는 그녀의 어깨에 손을 얹고, 그 눈에 입을 맞췄다. 눈물은 따스하고, 그녀에게 부드러운 습기를 주고 있었다. 흐릿하고 부드러운 빛이 그녀의 볼을 비추고, 그녀의 눈물을 빛나게 했다. 그러나 그 빛은 서고의 천장에 매달린 어슴푸레한 전등 빛이 아니었다. 별빛처럼 더 하얗고, 따스한 빛이다.

나는 일어나 천장의 전등을 껐다. 그리고 그 빛이 어디서 오는지 찾을 수 있었다. 두개골이 빛나고 있었다. 방은 마치 낮처럼 밝아졌다. 그 빛은 봄의 햇살처럼 부드럽고, 달빛처럼 고요했다. 선반 위에 줄지은 무수한 두개골 속에 잠들어 있던 오래된 빛이 지금 깨어나고 있는 것이다. 두개골의 대열은 마치 빛을 자잘하게 깨서 수놓은 아침 바다처럼, 거기에서 소리 없이 빛나고 있었다. 내 눈은 그 빛 앞에서도 이제 아무런 눈부심을 느끼지 않았다. 빛은 내게 평온함을 선사하고, 내 마음을 추억이 빚어내는 따스함으로 채워 주었다. 나는 내 눈이 이미 치유되었다는 걸 느낄 수 있었다. 이제 아무것도 나의 눈을 아프게 할 수 없다.

그것은 멋진 광경이었다. 모든 곳에 빛이 점재하고 있었다. 맑은 물속에 보이는 보석처럼 그들은 약속된 침묵의 빛을 발하고 있었다. 나는 두개골 하나를 손에 들고, 손끝으로 그 표면을 살며시 더듬어 보았다. 그리고 나는 거기에서 그녀의 마음을 느낄 수 있었다. 그녀의 마음은 거기에 있었다. 그것이 내 손끝에 조그맣게 떠올랐다. 그 빛의 입자 하나하나는 희미한 온기와 빛밖에 지니고 있지 않았지만, 그것은 누구도 빼앗을 수 없는 온기이며 빛이었다.

"저기 당신 마음이 있어." 하고 나는 말했다. "당신의 마음만 떠올라, 저기에서 빛나고 있어."

그녀는 고개를 약간 끄덕이고는, 그리고 눈물에 젖은 눈으로 가만히 나를 쳐다보았다.

"나는 당신의 마음을 읽을 수 있어. 그리고 그걸 하나로 모을 수 있어. 당신의 마음은 이제 상실되어 여기저기 흩어진 단편이 아니야. 그건 저기에 있고, 이제 아무도 그걸 빼앗을 수 없어."

나는 다시 한번 그녀의 눈에 입을 맞췄다.

"여기 잠깐 혼자 있게 해 줘." 하고 나는 말했다. "아침까지 당신의 마음을 읽고 싶어. 그리고 조금 잘게."

그녀는 다시 한번 고개를 끄덕이고 빛나는 두개골의 대열을 죽 바라보고는, 서고에서 나갔다. 문이 닫히자, 나는 벽에 기대어 두개골에 수놓인 무수한 빛의 입자를 가만히, 하염없이 쳐다보았다. 그 빛은 그녀가 안고 있었던 오래된 꿈이기도 하고, 동시에 나 자신의 오래된 꿈이기도 했다. 나는 벽으로 둘러싸인 이 마을 안에서 먼 길을 돌고 돌아 겨우 그것과 만날 수 있었던 것이다.

나는 두개골 하나를 들어, 거기에 손을 대고 살며시 눈을 감았다.

# 37 하드보일드 원더랜드

## 빛, 자성, 청결

얼마나 오래 잤는지는 알 수 없었다. 누군가가 내 어깨를 흔들고 있었다. 내가 처음 느낀 것은 소파 냄새였다. 그리고 누군가가 나를 깨우고 있다는 것에 대한 짜증이 찾아왔다. 다들 가을철 메뚜기처럼 나의 풍요로운 잠을 빼앗아 간다.

그러나, 그런데도 내 안의 무언가가 내게 일어나라고 강요하고 있었다. 잠자고 있을 틈이 없다고 하면서. 내 안의 무언가가 커다란 쇠 꽃병으로 내 머리를 내려치고 있었다.

"일어나요, 제발." 그녀가 말했다.

나는 소파에서 몸을 일으키고 눈을 떴다. 나는 오렌지색 목욕 가운을 입고 있었다. 하얀 남성용 티셔츠를 입은 그녀가 내 몸에 거의 올라타다시피 하고서 내 어깨를 흔들고 있었다. 하얀 티셔츠와 손바닥만 한 하얀 팬티만 걸친 그녀의 가녀린 몸은 마치 조그맣고 불확실한 어린애처럼 보였다. 조금 센 바람만 휭 불어도 그대로 티끌이 되어 흩어질 듯하다. 우리가 먹은 그 엄청난 양의 이탈리아 요리는 다 어디로 가 버린 것일까. 그리고 나의 손목시계는 어디로 가 버린 것일까. 사방은 아직 어둡다. 내 눈이 어떻게 된 게 아니라면, 밤이 아직 밝지 않았을 것이다.

"테이블 위를 봐요." 그녀가 말했다.

나는 테이블 위를 보았다. 테이블 위에 소형 크리스마스트리 같은 것이 놓여 있었다. 그러나 그것은 크리스마스트리가 아니었다. 크리스마스트리치고는 너무 작고, 게다가 지금은 10월 초다. 크리스마스트리일 리가 없다. 나는 목욕 가운 깃을 두 손으로 여민 채 테이블 위에 놓인 그 물체를 빤히 쳐다보았다. 그것은 내가 거기 놓아둔 두개골이었다. 아니, 거기에 두개골을 놓은 것은 그녀일지도 모른다. 누가 거기에 두개골을 놓았는지, 나는 기억나지 않았다. 어느 쪽이든 상관없다. 아무튼 테이블 위에서 크리스마스트리처럼 빛나는 것은 내가 가져온 일각수 두개골이었다. 빛이 두개골 위에 점처럼 존재하고 있다.

하나하나의 점은 아주 작고 여리고, 빛 자체도 그렇게 강하지 않았다. 그러나 그 작은 빛이 두개골 위에 마치 밤하늘을 수놓은 별들처럼 떠 있다. 빛은 하얗고 보얗고 부드러웠다. 하나의 빛 주위에 보얀 다른 빛의 막이 겹쳐진 듯, 그 윤곽이 아른거렸다. 그 탓에 빛이 두개골의 표면에서 빛나는 게 아니라, 두개골 위에 둥실 떠 있는 것처럼 보였다. 우리는 소파에 나란히 앉아, 말없이 그 빛의 조그만 바다를 한없이 바라보고 있었다. 그녀는 두 손으로 내 팔을 꼭 잡고, 나는 두 손으로 목욕 가운의 깃을 잡고 있었다. 밤은 깊고, 사방에서는 어떤 소리도 들리지 않았다.

"저렇게 빛나는, 무슨 장치가 있는 거야?"

나는 고개를 저었다. 나는 두개골과 함께 하룻밤을 지냈지만, 그때는 빛나지 않았다. 만약 저 빛이 형광도료나 빛이끼 같은 것 때문이라면, 경우에 따라 빛나거나 빛나지 않는 일은 없다. 어두워지면 반드시 빛난다. 그런데 우리 둘이 잠들기 전에 두개골은 빛나지 않았다. 그러니 어떤 장치가 있을 리 없다. 인위를 넘어선 무언가 특별한 것이다. 어떤 인위적인 힘도 이렇듯 부드럽고 평온한 빛을 만들어 낼 수 없다.

나는 내 오른팔을 꼭 잡고 있는 그녀의 손을 살며시 풀어 내고 테이블 위의 두개골로 손을 내밀었다. 그리고 조심조심 들어 올려 내 무릎에 내려놓았다.

"무섭지 않아요?" 그녀가 조그만 소리로 물었다.

"무섭지는 않아." 나는 말했다. 무섭지는 않다. 이것은 어딘가 나 자신과 이어져 있는 것이다. 아무도 자기 자신을 무서워하지 않는다.

두개골을 손바닥으로 감싸자, 잔불 같은 희미한 온기가 느껴졌다. 그리고 내 손가락마저 얇은 빛의 막에 싸인 것처럼 보였다. 눈을 감고 그 희미한 온기 속에 열 손가락을 맡기자, 오래전 기억이 먼 구름처럼 내 마음속에 떠오르는 것을 느낄 수 있었다.

"전혀 이미테이션 같지가 않네." 그녀가 말했다. "진짜 두개골 아닐까? 아득한 옛날에서 먼 기억을 가지고 찾아온⋯⋯."

나는 고개를 끄덕였다. 그러나 내가 뭘 알 수 있겠는가. 기령 그게 무엇이든, 그것은 지금 빛을 발하고, 그 빛은 내 손 안에 있다. 내가 아는 것은 그 빛이 내게 무슨 말을 하고 있다는 것뿐이었다. 나는 그걸 직감적으로 안다. 그들은 무언가를 암시하고 있는 것이다. 그것은 다가올 새 세계 같기도 하고, 또 내가 뒤에 남기고 온 옛 세계인 것 같기도 했다. 나는 그것을 충분히 이해할 수는 없었다.

나는 눈을 뜨고, 내 손가락을 하얗게 물들인 빛을 다시 한 번 바라보았다. 나는 그 빛의 의미를 파악할 수 없었다. 그러나 악의나 적대적인 요소가 전혀 없다는 것만은 확실하게 느낄 수 있었다. 내 손안에 안긴 두개골은 그 안에 머무는 데 만족하고 있는 듯 보였다. 나는 손가락으로 둥실 떠 있는 빛의 줄기를 더듬어 보았다. 무서워할 것은 전혀 없다, 하고 나는 생각했다. 자기 자신을 무서워할 이유는 없다.

나는 두개골을 다시 테이블에 내려놓고, 그 손을 그녀의 볼에 대었다.

"정말 따뜻해요."

"빛이 따뜻해."

"나도 만져 봐도 돼요?"

"그럼."

그녀는 두개골에 두 손을 올려놓고 잠시 눈을 감았다. 그녀 손가락 역시 하얀 빛의 막에 감싸였다.

"뭔가가 느껴져요." 그녀가 말했다. "그게 뭔지는 모르겠지만, 옛날에 어디선가 느낀 적이 있어요. 공기나 빛이나 소리 같은 것. 설명할 수 없지만."

"나도 설명할 수 없어." 하고 나는 말했다. "목이 마르군."

"맥주가 좋을까, 아니면 물?"

"맥주가 좋겠어."

그녀가 냉장고에서 맥주를 꺼내 잔과 함께 거실로 가져오는 동안, 나는 소파 뒤에 널브러져 있는 손목시계를 주워 시간을 보았다. 4시 16분이었다. 이제 1시간쯤 지나면 날이 밝기 시작한다. 나는 전화기를 들고 내 집 전화번호를 돌렸다. 집으로 전화를 건 적이 한 번도 없어서, 번호를 기억해 내는 데 시간이 좀 걸렸다. 아무도 받지 않았다. 나는 벨이 열다섯 번 울린 후에 수화기를 내려놓고, 다시 다이얼을 돌린 다음 벨이 열다섯 번 울릴 때까지 기다렸다. 결과는 마찬가지였다. 아무도 받지 않는다.

박사의 오동통한 손녀딸은 지하에서 기다리는 할아버지에게 돌아간 것일까? 아니면 내 집에 찾아온 기호사나 '조직' 인간들에게 잡혀 어딘가로 끌려간 것일까? 그러나 어느 쪽이든 그녀는 잘 해낼 것이라고 나는 생각했다. 그녀는 무슨 일이 생겨도 나보다 열 배는 잘 대처할 것이다. 그것도 내 절반밖에 안 되는 나이에 말이다. 대단하다. 나는 수화기를 내려놓고, 두 번 다시 그녀를 만날 수 없으리라는 생각에 조금은 서운해졌다. 마치 폐관되는 호텔에서 소파와 샹들리에가 하나둘 밖으로 옮겨지는 것을 바라보는 듯한 기분이었다. 창문이 하나씩 닫히고, 커튼이 내려진다.

우리는 소파에 둘이 나란히 앉아 하얀 빛으로 수놓인 두개골을 바라보면서 맥주를 마셨다.

"저 두개골이 당신에게 감응해서 빛나는 건가요?" 그녀가 물었다.

"모르겠어." 나는 말했다. "하지만, 그런 기분은 들어. 나는 아닐지 모르지만, 무언가에 감응하는 거겠지."

나는 남은 맥주를 잔에 따르고, 천천히 시간을 들여 마셨다. 날이 밝기 전의 세계는 숲속처럼 조용하고 고즈넉했다. 바닥의 카펫 위에는 내 옷과 그녀의 옷이 이리저리 흩어져 있었다. 나의 재킷과 셔츠와 넥타이와 바지, 그리고 그녀의 원피스와 스타킹과 슬립이다. 바닥에 내던져진 옷들의 모양이 내 35년 인생의 한 귀결인 듯 느껴졌다.

"뭘 보고 있어요?" 그녀가 물었다.

"옷." 하고 나는 말했다.

"옷은 왜 보는데?"

"조금 전까지는 나의 일부였어. 당신 옷도 당신의 일부였지. 그런데 지금은 그렇지 않아. 다른 사람의 다른 옷 같아. 내 옷처럼 보이지 않아."

"섹스를 한 탓 아닐까." 그녀가 말했다. "섹스를 하고 나면 사람들은 보통 자신을 성찰하게 되는 경향이 있으니까."

"아니, 그런 게 아니야." 나는 빈 잔을 손에 든 채 말했다. "나 자신을 성찰해서가 아니야. 다만 세계를 구성하는 온갖 자잘한 것들이 눈에 띌 뿐이야. 달팽이나 빗줄기, 철물점의 전시품, 그런 것들이 신경 쓰여."

"옷, 치울까요?"

"아니, 저대로 둬. 그냥 놔두는 게 편해. 치우지 않아도 돼."

"달팽이 얘기를 좀 더 해 봐요."

"세탁소 앞에서 달팽이를 봤어." 나는 말했다. "가을에도 달팽이가 있는 줄은 몰랐어."

"달팽이는 1년 내내 있어요."

"그렇겠지."

"유럽에서는 달팽이가 신화적인 의미를 지녀요." 그녀가 말했다.

"껍데기는 암흑세계를 의미하고, 달팽이가 껍데기에서 나오는 것은 빛의 도래를 뜻해요. 그래서 사람들은 달팽이를 보면 본능적으로 껍데기를 두드려서 달팽이가 밖으로 나오게 한대요. 그런 거 해 본 적 있어요?"

"없어." 나는 말했다. "당신은 많은 걸 알고 있군."

"도서관에서 일하다 보면 잡다한 걸 많이 알게 돼요."

나는 테이블에서 세븐스타를 집어 맥주 펍 성냥으로 불을 붙였다. 그리고 또 바닥에 널린 옷을 바라보았다. 그녀의 엷은 파란색 스타킹에 내 셔츠 소매가 얹혀 있었다. 벨벳 원피스는 허리 부분에서 몸을 뒤틀듯 접혔고, 그 옆에는 얇은 슬립이 축 늘어진 깃발처럼 놓여 있었다. 목걸이와 손목시계는 소파에 던져져 있고, 검은 가죽 숄더백은 방구석의 커피 테이블 위에 누워 있다.

그렇게 널려 있는 그녀의 옷이 그녀 자신보다 더 그녀다워 보였다. 어쩌면 내 옷 역시 나보다 더 나다워 보일지 모른다.

"왜 도서관에서 일하게 되었지?"

"도서관이 좋아서." 그녀가 말했다. "조용하고, 책이 많고, 지식이 가득하고. 은행이나 무역회사에서는 일하고 싶지 않았고, 선생님이 되기도 싫었고."

나는 천장을 향해 담배 연기를 뿜어내고는, 피어오르는 연기를 한참이나 바라보았다.

"나에 대해 알고 싶어요?" 그녀가 물었다. "어디서 태어났고 어떤 소녀 시절을 보냈으며, 어느 대학을 나왔고 언제 처녀성을 잃었는지, 어떤 색을 좋아하는지, 그런 것들."

"아니." 하고 나는 말했다. "지금은 괜찮아. 조금씩 알고 싶어."

"당신에 대해서도 조금씩 알고 싶어요."

"바다 근처에서 태어났어." 나는 말했다. "태풍이 지나간 다음 날 아침에 해변에 가면, 모래사장에 온갖 것들이 밀려와 있었어. 파도에 떠밀려 온 거지. 상상도 못 할 것들이 정말 많이 보였어. 병도 있고 게다도 있고 모자나 안경 케이스에 의자, 책상에 이르기까지 뭐든 있었지. 왜 그런 것들이 해변으로 떠밀려 왔는지 나는 도무지 알 수가 없었어. 하지만 그런 걸 찾는 게 너무 재미있어서, 태풍이 오는 걸 기대했어. 어느 해변에 버려졌던 것들이 파도에 쓸려서 그 해변으로 떠밀려 온 거겠지."

나는 담뱃불을 재떨이에 끄고, 빈 잔을 테이블에 내려놓았다.

"파도에 떠밀려 올라온 것들은 뭐가 되었든 깨끗하게 정화되어 있었어. 대개 쓸모없는 잡동사니이지만, 신기하게도 모두 청결해. 더러워서 만질 수 없는 건 하나도 없었어. 바다는 그렇게 특수한 거야. 나 자신의 생활을 돌아볼 때면, 늘 그런 해변의 잡동사니를 떠올려. 내 생활은 언제나 그런 식이었어. 잡동사니를 모아 나 나름으로 청결하게 해서 다른 장소에 옮겨 놓는 — 그러나 여전히 쓸모는 없어. 거기서 썩어 갈 뿐이지."

"하지만 그러려면 스타일이란 게 필요하잖아요? 청결하게 하기 위해서는."

"스타일이 무슨 필요가 있을까? 스타일은 달팽이에게도 있어. 나는 그저 저쪽 해변과 이쪽 해변을 오갈 뿐이야. 그 사이에 일어난 많은 일들은 잘 기억하고 있지만, 그건 그냥 기억하고 있을 뿐인 거지 지금의 나와는 전혀 이어지지 않아. 그냥 기억하고 있을 뿐이야. 청결하지만 쓸모는 없어."

그녀는 내 어깨에 손을 얹으면서 소파에서 일어나 부엌에 갔다. 그리고 냉장고를 열어 와인을 꺼내 잔에 따르고, 나의 새 맥주와 함께 쟁반에 담아 들고 왔다.

"날이 밝기 전의 어두운 시간을 좋아해요, 나." 그녀가 말했다. "청결하고 쓸모가 없으니까."

"하지만 그런 시간은 금방 끝나 버리지. 날이 밝고 신문 배달원과 우유 배달원이 다녀가고, 전철도 달리고."

그녀는 내 겨드랑이 밑으로 스르륵 파고들어 담요를 가슴까지 끌어올리고, 와인을 마셨다. 나는 맥주를 잔에 따르고, 잔을 손에 든 채 아직도 빛을 잃지 않은 테이블 위의 두개골을 바라보았다. 두개골은 그 엷은 빛으로 테이블에 놓인 맥주병과 재떨이와 성냥을 비추고 있고, 그녀는 내 어깨에 머리를 기대고 있었다.

"아까 부엌에서 당신이 이쪽으로 오는 걸 봤어." 하고 나는 말했다.

"어땠어요?"

"다리가 무척 예뻤어."

"마음에 들었어요?"

"아주."

그녀는 잔을 테이블에 내려놓고, 내 귀 바로 밑에 키스했다.

"그거 알아요?" 그녀가 말했다. "나, 칭찬받는 거 아주 좋아해요."

날이 밝아 오면서 두개골은 아침 햇살에 씻겨 내리듯 천천히 그 빛을 잃어 가고, 끝내는 아무 특별할 것 없는 원래의 밋밋한 하얀 뼈로 돌아갔다. 우리는 소파에서 서로를 안고, 커튼 너머 바깥 세계가 어둠을 아침 빛에 내주는 광경을 바라보고 있었다. 그녀의 뜨거운 숨결이 내 어깨에 촉촉이 뿌려지고, 가슴은 조그맣고 따스했다.

와인을 다 마시자, 그녀는 그 작은 시간 속에 몸을 접어 넣듯 소리 없이 잠들었다. 태양 빛이 옆집 지붕을 또렷이 물들이고, 새가 마당으로 날아왔다 날아갔다. 텔레비전에서 아침 뉴스를 보도하는 아나운서의 목소리가 들리고, 어딘가에서 누군가가 자동차 시동을 거는 소리가 들렸다. 이제 잠은 오지 않았다. 몇 시간이나 잤는지 잘 기억나지 않았지만, 아무튼 잠은 완전히 소멸했고, 술기운도 남아 있지 않았다. 나는 내 어깨에 기댄 그녀의 머리를 살며시 내려놓고, 소파에서 일어나 부엌에 가서 물을 몇 잔 마시고 담배를 피웠다. 그리고 부엌과 거실 사이의 문을 닫고, 식탁 위의 조그만 카세트 라디오를 켜서 FM 방송을 들었다. 밥 딜런의 곡을 들고 싶었지만, 아쉽게도 딜런의 곡은 틀어 주지 않았다. 대신 로저 윌리엄스가 「고엽」을 연주했다. 가을인 것이다.

그녀 집의 부엌은 우리 집 부엌과 아주 비슷했다. 싱크대가 있고 환풍기가 있고 냉장고가 있고 가스 온수기가 있다. 넓이도 기능성도 조리 도구의 수도, 그것들을 사용하는 방식도 대개 비슷했다. 내 부엌과의 차이는 가스오븐이 없는 대신 전자레인지가 있다는 것뿐이었다. 전동식 커피 메이커도 있다. 칼은 용도에 따라 몇 종류 갖추고 있었지만, 각 칼의 날은 간 정도가 들쭉날쭉했다. 칼을 잘 가는 여자는 많지 않다. 조리용 볼은 전부 전자레인지에도 사용할 수 있는 내열 유리이고, 프라이팬에는 깔끔하게 기름이 입혀져 있었다. 싱크대 안의 거름망도 깨끗했다.

왜 그렇게 타인의 부엌 상태에 신경이 쓰이는지, 나 자신도 알 수 없었다. 타인의 생활을 굳이 속속들이 들출 마음은 없는데, 아주 자연스럽게 부엌 안의 것들이 눈에 들어온다. 로저 윌리엄스의 「고엽」이 끝나고, 프랭크 첵스필드 오케스트라의 「뉴욕의 가을」이 흐르기 시작했다. 나는 가을 아침의 햇살 속에서, 선반에 나란히 놓인 냄비와 볼과 조미료 병을 멍하니 바라보았다. 부엌이 세계 그 자체 같았다. 마치 윌리엄 셰익스피어의 대사 같다. 세계는 부엌이다.

곡이 끝나자 여자 디스크 자키가 "벌써 가을이네요." 하고
말했다. 그리고 가을에 처음 입는 스웨터 냄새 얘기를 했다.
그런 냄새를 아름답게 묘사한 글이 존 업다이크의 소설에 나
온다고 한다. 다음 곡은 우디 허먼의 「얼리 어텀」이었다. 식탁
에 놓인 부엌 시계는 7시 25분을 가리키고 있었다. 10월 3일,
오전 7시 25분이다. 월요일. 하늘은 마치 예리한 칼날로 안을
깊숙이 도려낸 것처럼 깊고 화창하게 개었다. 인생을 마감하
기에 나쁘지 않은 하루가 될 듯했다.

나는 냄비에 물을 끓여 냉장고 안에 있던 토마토를 살짝 데
쳐 껍질을 벗기고, 마늘과 있는 채소를 썰어 토마토소스를 만들
고, 거기에 토마토퓌레와 스트라스부르 소시지를 넣고 부글부
글 끓였다. 그리고 그동안에 양배추와 피망을 가늘게 썰어 샐러
드를 만들고, 커피 메이커로 커피를 내리고, 물을 살짝 뿌린 바
게트를 포일에 싸서 오븐 토스터에 구웠다. 식사 준비가 끝나자
나는 그녀를 깨우고, 거실 테이블의 빈 잔과 병을 치웠다.

"좋은 냄새가 나네." 그녀가 말했다.

"이제 옷을 입어도 될까?" 나는 물었다. 여자보다 먼저 옷을
입지 않는 것은 나의 징크스다. 문명사회에서는 매너라고 하
는 것일 수도 있다.

"그럼요, 입어요." 하고서, 그녀는 자신의 티셔츠를 벗었다.
아침 햇살에 그녀의 가슴과 배에 엷은 그림자가 지고, 솜털이
빛났다. 그녀는 벗은 채로 잠시 자신의 몸을 바라보았다.

"나쁘지 않네." 그녀가 말했다.

"나쁘지 않아." 나는 말했다.

"군살도 없고, 배에 주름도 없고, 피부도 여전히 탄력 있고. 아직 한동안은 괜찮겠네." 하고서 그녀는 두 손을 소파에 대고 내 쪽을 향했다. "하지만 어느 날 갑자기 사라지겠지. 그렇지 않을까요? 실이 끊어지는 것처럼 사라져서, 원래 모습으로 돌아가지 않아. 그럴 것 같네."

"아침을 먹지." 하고 내가 말했다.

그녀는 옆방에 가서 노란색 면 티셔츠를 뒤집어쓰고, 낡아서 색이 바랜 청바지를 입었다. 나는 치노바지와 셔츠를 입었다. 그리고 우리는 부엌 식탁에 마주 앉아, 빵과 소시지와 샐러드를 먹고, 커피를 마셨다.

"당신은 어느 부엌에나 이렇게 쓱 적응해요?" 그녀가 물었다.

"부엌의 본질은 어느 집이나 다 비슷해." 하고 나는 말했다. "음식을 만들고 음식을 먹지. 어디든 큰 차이가 없어."

"혼자 사는 게 싫어지는 일은 없어요?"

"잘 모르겠는데, 그렇게 생각해 본 적이 한 번도 없어서. 5년 동안 결혼 생활을 했지만, 지금은 그게 어떤 생활이었는지 전혀 기억나지 않아. 줄곧 혼자 살았던 기분이야."

"결혼은 다시 할 생각이 없는 거예요?"

"어느 쪽이든 상관없어." 나는 말했다. "어느 쪽이든 다르지 않으니까. 입구와 출구가 있는 개집 같은 거야. 어느 쪽으로 나와 어느 쪽으로 들어가든 대개는 비슷하지."

그녀는 웃으면서 화장지로 입가에 묻은 토마토소스를 닦았다. "결혼 생활을 개집에 비유한 사람은 당신이 처음이에요."

식사가 끝나자 나는 포트에 남은 커피를 데워 한 잔씩 따랐다.

"토마토소스 꽤 맛있었어요." 하고 그녀가 말했다.

"월계수 잎과 오레가노가 있었으면 더 맛있게 할 수 있있는데." 나는 말했다. "10분쯤 더 끓여야 했고."

"그래도 맛있었어요. 이렇게 공들인 아침을 먹기는 오랜만이네." 그녀가 말했다. "이제 뭐 할 거예요?"

나는 시계를 보았다. 8시 반이었다.

"9시에 나가자." 하고 나는 말했다. "그리고 어디 공원에 가서 둘이 햇볕 쬐면서 맥주를 마시는 거야. 그리고 10시 반이 되면 당신을 어딘가에 데려다주고, 나는 그다음에 갈게. 당신은 뭐 할 건데?"

"집에 와서 빨래하고, 청소하고, 그리고 혼자서 당신과 했던 섹스를 생각할 거예요. 나쁘지 않죠?"

"나쁘지 않네." 하고 나는 말했다. 나쁘지 않다.

"나, 아무하고나 막 자는 사람 아니에요." 그녀가 덧붙이듯 말했다.

"알아." 하고 나는 말했다.

내가 싱크대에서 설거지를 하는 동안 그녀는 샤워를 하면서 노래를 불렀다. 나는 거품이 거의 나지 않는 식물성 기름으로 접시와 냄비를 씻고, 행주로 훔친 다음 테이블에 늘어놓았다. 그리고 손을 씻고, 부엌에 있던 칫솔을 빌려 이를 닦았다. 그 다음 욕실에 가서 면도기가 없는지 그녀에게 물었다.

"오른쪽 위 선반을 열어 봐요. 옛날에 그 사람이 쓰던 게 있을 텐데, 아마." 그녀가 말했다.

선반 안에는 질레트 레몬라임 셰이빙 폼과 시크 면도기가 들어 있었다. 셰이빙 폼은 절반 정도 남아 있었고, 분출구에는 하얀 거품이 말라붙어 있었다. 죽음이란 셰이빙 폼을 절반 남기고 가는 일이다.

"있어요?" 그녀가 물었다.

"있어." 나는 대답했다. 그리고 면도기와 셰이빙 폼과 새 수건을 들고 부엌으로 돌아가, 물을 데워 수염을 깎았다. 수염을 다 깎고서는 면도기와 홀더를 깨끗하게 씻었다. 내 수염과 죽은 이의 수염이 세숫대야 속에서 뒤섞여, 바닥에 가라앉았다.

나는 그녀가 옷을 입는 동안 거실 소파에 앉아 아침 신문을 읽었다. 택시 운전사가 운전 중에 심장 발작을 일으키는 바람에 육교 다리에 충돌, 사망했다. 서른두 살의 여자와 네 살짜리 여자아이 손님은 중상을 입었다. 어느 시의회에서 점심으로 나온 도시락에 상한 굴튀김이 있어, 두 사람이 죽었다. 외무대신이 미국의 고금리정책에 대해 유감의 뜻을 표명했고, 미국 은행가 협의회는 중남미에 대한 대출 금리를 검토하고, 페루 수상은 미국의 남미에 대한 경제침략을 비난했고, 서독일 외상은 대일 무역수지 불균형의 시정을 촉구했다. 시리아가 이스라엘을 비난하고, 이스라엘은 시리아를 비난했다. 아버지의 폭력에 시달리는 열여덟 살짜리 아들을 상담한 내용도 실려 있었다. 신문에는 나의 마지막 몇 시간에 도움될 만한 것은 아무것도 실려 있지 않았다.

그녀는 베이지색 면바지에 갈색 체크무늬 오픈 셔츠 차림으로 거울 앞에 서서, 브러시로 머리를 빗었다. 나는 넥타이를 매고 윗도리를 입었다.

"그 일각수 두개골은 어떻게 할 거예요?" 그녀가 물었다.

"당신에게 선물할게." 나는 말했다. "어딘가에 올려놓으면 될 거야."

"텔레비전 위는 어떨까?"

나는 이제는 완전히 빛을 잃은 두개골을 들고 거실 구석에 가서, 텔레비전 위에 올려놓았다.

"어때요?"

"나쁘지 않은데." 하고 나는 말했다.

"다시 빛날까요?"

"그럴 거야." 하고 나는 말했다. 그리고 다시 한번 그녀를 꼭 안고, 그 온기를 머릿속에 새겼다.

# 38 세계의 끝

## 탈출

날이 밝아 오면서 두개골의 빛은 점차 희미하고 엷어져 갔다. 서고 천장 근처에 뚫린 조그만 창문으로 회색의 음울한 아침 햇살이 비쳐 그 부근의 벽이 희붐하게 밝아 오기 시작할 무렵, 빛은 조금씩 그 광휘를 잃고 깊은 어둠의 기억과 함께 하나둘 어딘가로 사라져 갔다.

나는 마지막 빛이 보이지 않을 때까지 두개골을 쓰다듬으면서 그 온기를 몸속에 품었다. 밤사이 읽어 낸 빛이 전체에서 얼마나 되는지는 알 수 없었다. 읽어야 할 두개골의 수는 너무도 많고, 내게 주어진 시간은 너무도 한정되어 있었다. 그러나 나는 시간은 염두에 두지 않고, 그 하나하나를 정성껏 주의 깊게 더듬었다. 나는 그 한순간 한순간, 손끝에 그녀 마음의 존재를 똑똑히 감지할 수 있었다. 그렇게만 할 수 있어도 충분할 듯했다. 수치와 양과 비율의 문제가 아니다. 가령 어떻게 애를 쓴들, 사람의 마음을 구석구석 읽어 낼 수는 없는 것이다. 거기에는 분명히 그녀의 마음이 있고, 나는 그것을 감지할 수 있다. 그 이상 뭘 바랄 수 있을까.

나는 마지막 두개골을 선반에 돌려놓고 바닥에 앉아 벽에 몸을 기댔다. 창문이 머리 위 너무 높은 곳에 있어, 바깥 날씨를 알 수는 없었다. 다만 희붐한 빛으로, 어두운 구름이 잔뜩 껴 있다는 것만은 알 수 있었다. 엷은 어둠이 부드러운 액체처럼 서고 안에 소리 없이 떠돌고, 두개골들은 다시 찾아온 깊은 잠 속으로 가라앉았다. 나도 눈을 감고 새벽의 냉기 속에서 머리를 쉬었다. 볼에 손을 대어 보니, 손가락에 아직도 빛의 온기가 남아 있다는 걸 알 수 있었다.

침묵과 냉기가 흥분한 마음을 진정시켜 줄 때까지, 나는 서고 구석에 앉아 꼼짝하지 않았다. 내가 느낄 수 있는 시간은 일정하지 않고 뒤죽박죽이었다. 창문으로 비치는 빛의 색은 시간이 흘러도 변하지 않고, 그림자는 같은 장소에 멈춰 있었다. 내 안에 배어든 그녀의 마음이 몸속을 돌아다니며, 거기에 있는 나 자신의 온갖 요소와 섞여 몸 구석구석까지 퍼져 가는 걸 느낄 수 있었다. 내가 그것을 좀 더 확실한 형태로 정리하려면 오랜 시간이 걸릴 것이다. 그리고 내가 그녀에게 그것을 전하고, 그녀의 몸에 배게 하려면 더 오랜 시간이 걸릴 것이다. 그러나 시간이 얼마나 걸리고 그 형태가 얼마나 완전하지 않든, 나는 그녀에게 마음을 돌려줄 수 있다. 그리고 그녀는 자신의 힘으로 그 마음을 아마 완전한 형태로 만들어

갈 수 있을 것이라고 나는 생각했다.

나는 바닥에서 일어나, 서고에서 나왔다. 열람실 테이블에 그녀가 혼자 동그마니 앉아, 나를 기다리고 있었다. 이른 아침의 멀건 빛 탓에, 그녀 몸의 윤곽이 평소보다 다소 희미하고 엷어 보였다. 내게도 그녀에게도, 긴 밤이었다. 내 얼굴을 보자 그녀는 아무 말 않고 테이블에서 일어나, 커피 주전자를 난로 위에 올려놓았다. 커피가 데워지는 동안 나는 안쪽 개수대에서 손을 씻고 수건으로 닦았다. 그리고 난로 앞에 앉아 불을 쬐었다.

"피곤한가요?" 그녀가 물었다.

나는 고개를 끄덕였다. 몸이 진흙 덩어리처럼 무거워 손을 들기도 버거웠다. 나는 쉬지 않고 12시간이나 꿈을 계속해 읽었던 것이다. 그러나 피로가 내 마음까지 잠식한 건 아니었다. 꿈 읽기의 첫날 그녀가 말했듯이, 몸이 얼마나 피곤하든 마음속까지 그 피로에 내줘서는 안 된다.

"집에 돌아가서 쉬지 그랬어." 하고 나는 말했다. "당신은 여기 있을 필요가 없는데."

그녀는 컵에 커피를 따라 내게 건네주었다.

"당신이 여기 있는 한, 나도 여기에 있어요."

"그렇게 정해져 있는 거야?"

"내가 정했어요." 그녀는 미소를 머금고 말했다. "게다가 당신은 내 마음을 읽고 있었어요. 내가 내 마음을 두고 어딜 갈 수는 없잖아요."

나는 고개를 끄덕이고 커피를 마셨다. 낡은 벽시계의 바늘이 8시 15분을 가리키고 있었다.

"아침을 준비할까요?"

"아니, 됐어." 하고 나는 말했다.

"하지만 어제부터 아무것도 먹지 않았잖아요?"

"먹고 싶지 않아. 그보다 지금은 좀 자고 싶어. 2시 반에 깨워 줄 수 있을까. 그때까지 내 옆에 앉아서, 잠든 나를 지켜봐 줬으면 좋겠어. 그럴 수 있을까?"

"당신이 원한다면." 그녀는 미소를 머금은 채 말했다.

"지금은 무엇보다 그걸 원해." 하고 나는 말했다.

그녀는 안쪽의 방에서 담요를 두 장 가져와 내 몸에 덮어 주었다. 언제가도 그랬던 것처럼, 그녀 머리칼이 내 볼에 닿았다. 눈을 감자 귓가에서 석탄이 튀는 소리가 들렸다. 그녀 손가락이 내 어깨에 놓였다.

"겨울이 언제까지 계속될까?" 나는 그녀에게 물었다.

"모르죠." 그녀가 대답했다. "겨울이 언제 끝날지는 아무도 몰라요. 하지만 이제 그렇게 오래 끌지는 않을 거예요. 이 눈이 마지막 폭설이 되지 않을까 싶어요."

나는 손을 내밀어 그녀의 볼에 손가락을 대었다. 그녀는 눈을 감고 잠시 그 온기를 느끼고 있었다.

"이게 내 빛의 온기인 거죠?"

"어떤 느낌이지?"

"마치 봄날의 햇살 같아요." 그녀가 말했다.

"나는 당신에게 마음을 전할 수 있을 거야." 나는 말했다. "시간은 걸리겠지. 하지만 당신이 믿어만 주면, 나는 언젠가 반드시 당신에게 마음을 전할 수 있을 거야."

"알아요." 그녀가 말했다. 그리고 손바닥으로 살며시 내 눈을 덮었다. "이제 자요."

나는 잠들었다.


그녀가 2시 반에 정확하게 나를 깨웠다. 내가 일어나 코트를 입고 목도리를 두르고 장갑을 끼고 모자를 쓰는 동안, 그녀는 아무 말 없이 혼자 커피를 마시고 있었다. 난로 옆에 걸어 둔 덕분에, 눈에 덮였던 코트는 보송보송하고 따뜻하게 말라 있었다.

"이 아코디언 좀 맡아 줄 수 있겠어?" 하고 나는 말했다.

그녀가 고개를 끄덕였다. 그리고 테이블에 놓인 아코디언을 집어 그 무게를 가늠하듯 잠시 들고 있다가 다시 내려놓았다.

"걱정 마요. 잘 간직하고 있을게요." 그녀는 고개를 끄덕였다.


밖으로 나가자 눈송이는 드문드문 흩날리고, 바람도 잔잔했다. 밤새 휘몰아치던 눈보라는 벌써 몇 시간 전에 잠잠해진 듯했지만, 하늘에 여전히 낮게 끼어 있는 거뭇거뭇 묵직한 구름은 본격적인 눈이 다시 마을을 뒤덮으리라고 암시하고 있었다. 지금은 한순간의 소강상태인 것이다.

북쪽을 향해 서쪽 다리를 건널 즈음에, 벽 너머에서 이 겨울 들어 날마다 보는 회색 연기가 피어오르기 시작했다. 처음에는 하얀 연기가 갈 길을 몰라 당황한 것처럼 드문드문 피어오르더니, 마침내는 대량의 살을 태우는 듯 거무죽죽한 색으로 변해 갔다. 문지기가 사과나무 숲 안에 있는 것이다. 나는 무릎 바로 밑까지 쌓인 눈에 스스로도 놀랄 만큼 또렷한 발자국을 남기면서 문지기의 오두막으로 발길을 서둘렀다. 마을은 모든 소리를 눈에 먹힌 듯 잠잠한 고요에 갇혀 있었다. 바람도 없고, 새조차 울지 않는다. 내 스노부츠의 스파이크가 새 눈을 밟는 소리만 사방에 기묘하게 과장된 울림을 남겼다.

문지기 오두막에 사람은 없고, 여느 때와 똑같은 시큼한 냄새가 났다. 난롯불은 꺼져 있었지만, 바로 조금 전까지 거기에 있었을 온기가 아직 사방에 남아 있었다. 테이블 위에는 지저분한 접시와 파이프가 널려 있고, 벽에는 하얗게 빛나는 손도끼가 주르륵 걸려 있었다. 그런 방 안을 돌아보고 있자니 금방이라도 등 뒤에서 문지기가 소리 없이 나타나 그 커다란 손을 내 등에 올려놓을 듯한 착각이 들었다. 날붙이와 주전자와 파이프 같은 주위의 온갖 사물이 침묵 속에서도 모두 나의 배신을 비난하는 듯 느껴졌다.

나는 으스스한 날붙이들을 비키듯 조심스럽게 손을 내밀어 벽에 걸린 열쇠 다발을 재빨리 벗겨 손에 움켜쥐고, 뒷문을 통해 그림자의 광장으로 나갔다. 그림자의 광장에 쌓인 하얀 눈 위에 사람의 발자국은 없고, 그 한가운데 검은 느릅나무가 덩그러니 솟아 있을 뿐이었다. 순간 그곳이 사람의 발로 더럽혀져서는 안 되는 신성한 공간처럼 느껴졌다. 모든 것이 균형 잡힌 고요함 속에 제자리를 잡고서, 황금률 같은 기분 좋은 잠에 몸을 맡기고 있는 것처럼 보였다. 눈 위에는 아름다운 바람 무늬가 새겨져 있고, 느릅나무 가지는 군데군데 하얀 덩어리를 인 채 구불구불하게 흰 팔을 공중에서 쉬고 있고, 움직이는 것은 하나도 없다. 눈은 이제 거의 그쳤다. 때로 바람이 생각났다는 듯이 조그만 소리를 내며 대지를 훑고 지나갈 뿐이었다. 내가 그 짧고 평화로운 잠을 흙발로 짓밟은 것을 그들은 영원히 잊지 않을 것만 같았다.

그러나 주저할 시간은 없었다. 지금 와서 되돌아갈 수는 없다. 나는 열쇠 다발을 손에 들고, 그 네 개의 커다란 열쇠를 곱은 손으로 차례차례 열쇠 구멍에 끼워 보았다. 그러나 네 열쇠 중 어느 것도 열쇠 구멍에 맞지 않았다. 겨드랑이에 식은땀이 배는 걸 느낄 수 있었다. 나는 문지기가 이 문을 열었을 때를 다시 한번 떠올려 보았다. 그때도 열쇠는 역시 네 개였다. 틀림없다. 나는 정확하게 세고 있었다. 이 중 어느 열쇠가 반드시 구멍에 맞을 것이다.

나는 열쇠 다발을 일단 주머니에 집어넣고, 손을 마주 비벼 충분히 덥힌 다음에 다시 꺼내 하나하나 순서대로 꽂아 보았다. 세 번째 열쇠가 구멍 속까지 쑥 들어가, 커다랗고 마른 소리를 내며 회전했다. 사람 없는 광장에 금속 소리가 날카롭고 또렷하게 울려 퍼졌다. 온 마을 사람들이 들을 수 있으리만큼 큰 소리였다. 나는 열쇠를 열쇠 구멍에 꽂은 채 잠시 사방을 살폈다. 누군가가 이쪽으로 오는 기척은 없었다. 누구의 목소리도 누구의 발소리도 들리지 않는다. 나는 무거운 철문을 살짝 열고 그 틈새로 몸을 들이밀고는, 소리 나지 않게 살며시 문을 닫았다.

광장에 쌓인 거품처럼 부드러운 눈이 내 발을 완전히 삼켜

버렸다. 눈을 밟는 뽀드득거리는 소리는 마치 거대한 생물이 포획한 먹이를 조심스럽게 우적거리는 듯한 소리를 내며 울렸다. 나는 두 줄의 똑바른 발자국을 남기면서 광장을 가로질러, 눈이 높게 쌓인 벤치 옆을 지나갔다. 느릅나무 가지가 머리 위에서 위협하듯 나를 내려다보고 있었다. 어디선가 날카로운 새소리가 들렸다.

오두막 안의 공기는 바깥보다 훨씬 차가워서 몸이 오그라들 듯했다. 나는 여닫이문을 열고, 사다리를 타고 지하로 내려갔다.

그림자는 지하실 침대에 앉아 나를 기다리고 있었다.

"안 오는 줄 알았어." 그림자가 하얀 숨을 토하면서 말했다.

"약속했잖아. 약속은 반드시 지켜." 나는 말했다. "자, 빨리 여길 나가자. 냄새가 너무 심해."

"사다리를 오를 수가 없어." 그림자는 한숨을 쉬면서 말했다. "조금 전에 한번 시도해 봤는데, 못 올라가겠어. 생각보다 내 몸이 훨씬 약해진 것 같아. 아이러니하군. 약해진 척하다 보니 자신이 정말 얼마나 약해졌는지를 자각하지 못하게 되었어. 특히 어젯밤 추위는 뼈가 다 얼어붙는 것 같았으니까."

"끌어올려 줄게."

그림자는 고개를 저었다. "끌려서 올라갔다 치고, 그다음은? 나는 이제 뛸 수 없어. 도저히 탈출구까지 갈 수 없을 것 같아. 이제 다 끝난 모양이야."

"네가 시작한 일이야. 지금 와서 그렇게 징징거리면 안 되지." 나는 말했다. "업고 갈게. 무슨 일이 있어도 반드시 이곳을 벗어나 살아남아야지."

그림자가 퀭한 눈으로 내 얼굴을 보았다.

"네가 그렇게 하겠다고 하면, 물론 나는 할 거야." 그림자가 말했다. "그러나 나를 업고 이런 눈길을 빨리 걷자면 엄청 고생스러울 텐데."

나는 고개를 끄덕거렸다. "일이 마냥 쉽게 풀리리라고는 애당초 생각지 않았어."


나는 축 늘어진 그림자를 사다리 위로 끌어올리고, 그다음에는 어깨에 둘러메듯 하고 광장을 가로질렀다. 왼쪽에 솟아 있는 싸늘하고 검은 벽이 우리 둘의 모습과 발자국을 말없이 내려다보고 있었다. 느릅나무 가지가 무게를 견디지 못하겠다는 듯이 눈 덩어리를 지상으로 떨어뜨리고는 그 반동으로 흔들리는 게 보였다.

"발에 감각이 거의 없어." 그림자가 말했다. "누워만 있어서 약해지지 않도록 운동을 꽤나 했는데, 방이 워낙 좁다 보니까."

나는 그림자를 거의 끌다시피 하며 광장을 나와 문지기 오두막으로 들어가서, 열쇠 다발을 벽의 제자리에 돌려놓았다. 잘하면 문지기는 우리가 탈출한 것을 한동안 알아차리지 못할지도 모른다.

"이제 어디로 가면 되지?" 나는 지금은 불기가 사라진 난로 앞에서 몸을 부들부들 떨고 있는 그림자에게 물었다.

"남쪽 웅덩이로 가면 돼." 그림자가 말했다.

"남쪽 웅덩이?" 나도 모르게 되물었다. "남쪽 웅덩이에 대체 뭐가 있는데?"

"남쪽 웅덩이에는 남쪽 웅덩이가 있지. 거기로 뛰어들어 도 망칠 거야. 계절이 이러니 감기쯤은 걸릴지도 모르겠지만, 우 리가 놓인 처지를 생각하면 뭐라 투덜거릴 수 없지."

"그 웅덩이 속에는 강한 물살이 흘러서, 그런 짓을 했다가 는 땅속으로 빨려 들어가 순식간에 죽을 거야."

그림자는 몸을 떨면서 몇 번 기침을 했다.

"아니, 그렇지 않아. 아무리 생각해 봐도 출구는 거기밖에 없어. 샅샅이 다 생각해 봤어. 출구는 남쪽 웅덩이야. 그 외에 는 있을 수 없어. 네가 불안해하는 것도 이해는 가지만, 아무 튼 지금은 나를 믿고 맡겨 줘. 나도 하나밖에 없는 내 목숨을 걸고 있는데, 무모한 짓은 하지 않아. 자세한 것은 가는 길에 설명할게. 앞으로 1시간이나 1시간 반이 지나면 문지기가 돌 아올 거야. 놈은 돌아오자마자 내가 사라진 걸 발견하고 뒤쫓 아 오겠지. 여기서 꾸물거릴 시간이 없어."

문지기의 오두막 밖에도 사람은 없었다. 눈 위에 두 종류의 발자국이 나 있을 뿐이었다. 하나는 오두막에 들어올 때의 내 발자국이고, 다른 하나는 오두막에서 나와 문으로 가는 문지 기의 발자국이었다. 수레의 바퀴 자국도 있었다. 나는 그림자 를 업었다. 그림자의 몸은 야월 대로 야위어 가벼웠지만, 그래 도 역시 업고 언덕을 넘으려면 상당한 부담이 될 듯했다. 그림 자가 없는 홀가분한 생활에 완전히 길들어 버린 내 몸이 그 무게를 얼마나 견딜 수 있을지 스스로도 가늠할 수 없었다.

"남쪽 웅덩이까지 가려면 거리가 꽤 되는데. 서쪽 언덕을 동쪽으로 넘어서 남쪽 언덕을 끼고 돌아 수풀 속 길로 나가야 돼."

"끝까지 갈 수 있겠어?"

"상황이 이렇게까지 되었는데, 갈 수밖에 없잖아." 하고 나는 말했다.

나는 동쪽을 향해 눈길을 걸었다. 눈 위에는 내가 왔을 때 남긴 발자국이 아직도 또렷하게 남아 있어, 마치 내가 과거의 나 자신과 스쳐 지나가는 듯한 인상을 주었다. 내 발자국 외에는 짐승들의 조그만 발자국이 나 있을 뿐이었다. 뒤를 돌아보자, 벽 너머에서 여전히 굵은 회색 연기가 똑바로 피어오르고 있었다. 그 똑바로 치솟은 연기의 기둥은 구름 속에 꼭대기가 가려진 불길한 회색 탑처럼 보였다. 연기의 굵기로 봐서, 문지기가 태우는 짐승들의 수가 어마어마한 것 같았다. 밤새 내린 폭설이 그 어느 밤보다 많은 짐승들을 죽인 것이다. 짐승들의 시체를 전부 태우려면 시간이 꽤 걸릴 테고, 그것은 문지기의 추적이 늦어진다는 것을 의미했다. 나는 짐승들이 그 고요한 죽음을 통해 우리의 계획을 돕고 있는 듯 느껴졌다.

그러나 동시에 그 깊은 눈은 나의 보행을 방해했다. 부츠의 스파이크에 딱딱하게 들러붙은 눈 때문에 발이 무겁고 미끄러웠다. 나는 어디에서 설피나 보행용 스키 같은 것을 찾아 오지 않은 것을 후회했다. 이렇게 눈이 많이 내리는 곳이니 어딘가에는 반드시 그런 것이 있을 텐데. 문지기 오두막의 창고에는 있을지도 모르는데, 하고 나는 생각했다. 문지기는 창고 안에 온갖 도구를 갖추고 있다. 그러나 지금 오두막으로 돌아갈 수는 없었다. 나는 이미 서쪽 다리 바로 앞까지 와 있었고, 돌아가면 그만큼 시간을 잃게 된다. 걸어가면서 몸이 뜨겁게 화끈거리고, 이마에는 땀이 맺히기 시작했다.

"발자국이 우리가 가는 곳을 일목요연하게 보여 주고 있군." 뒤를 돌아보며 그림자가 말했다.

나는 눈 속을 걸으면서, 문지기가 우리 뒤를 쫓아오는 모습을 상상해 보았다. 아마 그는 악귀처럼 눈을 헤치고 달려올 것이다. 그는 나에 비할 수 없을 정도로 강건하고, 등에 누군가를 업고 있지도 않다. 그리고 아마 그는 눈 위에서도 편히 걸을 수 있는 장비를 갖추고 있을 것이다. 그가 오두막으로 돌아오기 전에 한 걸음이라도 서둘러야 했다. 그러지 않으면 모든 것이 끝장이다.

나는 도서관 난로 앞에서 나를 기다리고 있을 그녀를 떠올렸다. 테이블에는 아코디언이 있고, 난롯불은 빨갛게 타오르고, 주전자에서는 뜨거운 김이 오르고 있다. 나는 볼에 닿은 그녀 머리칼의 감촉을 생각하고, 어깨에 놓인 그녀 손가락의 감촉을 생각했다. 나는 여기서 그림자를 죽게 할 수 없었다. 만약 문지기에게 잡히면 그림자는 또 지하실로 돌아가, 거기에서 죽음을 맞게 될 것이다. 나는 온몸의 힘을 있는 대로 쥐어짜 발을 앞으로 앞으로 내밀고, 때로 뒤를 돌아보며 벽 너머에서 피어오르는 회색 연기를 확인했다.

가는 도중에 수많은 짐승과 마주쳤다. 그들은 많지 않은 먹거리를 찾아 깊은 눈 속을 허망하게 떠돌고 있었다. 내가 하얀 숨을 토하면서 그림자를 업고 그 옆을 지나가는 것을, 그들은 짙은 파란색 눈으로 가만히 지켜보았다. 짐승들은 우리 행동의 의미를 속속들이 다 알고 있는 듯 보였다.

언덕의 오르막에 접어들자 숨이 끊어질 것 같았다. 그림자의 무게가 버거워, 눈 속에서 다리가 꼬이는 것 같았다. 생각해 보면 나는 오래도록 운동다운 운동도 하지 않았다. 하얀 숨이 점점 짙어지고, 다시 날리기 시작한 눈송이가 눈으로 스며들었다.

"괜찮아?" 그림자가 등에서 물었다. "조금 쉴래?"

"미안하지만 5분만 쉬자. 5분만 쉬면 될 거야."

"괜찮아, 마음 쓰지 마. 내가 걷지 못하는 건 내 책임이야. 너는 네 마음대로 쉬어도 돼. 모든 걸 너에게 떠맡기고 있는데 어쩌겠어."

"하지만 이건 나를 위한 일이기도 해." 하고 나는 말했다. "그렇잖아?"

"나도 그렇게 생각해." 그림자도 말했다.

나는 그림자를 내려놓고, 눈 속에 쭈그리고 앉아 숨을 몰아쉬었다. 몸이 화끈거려 눈의 차가움조차 느낄 수 없었다. 두 다리는 허벅지에서 발끝까지 돌처럼 딱딱했다.

"사실 나도 가끔은 망설였어." 그림자가 말했다. "만약 내가 너에게 아무 말 않고 조용히 죽으면, 너는 너대로 이곳에서 아무런 고뇌 없이 행복하게 살아갈 수 있지 않나 하고 말이야."

"그럴지도 모르지." 하고 나는 말했다.

"그걸 내가 방해하는 셈이니까."

"하지만 내가 알아야 하는 일이었어."

그림자가 고개를 끄덕였다. 그리고 얼굴을 들고, 사과나무 숲 쪽에서 피어오르는 회색 연기를 바라보았다.

"저렇게 연기가 많은 걸 보면 문지기가 짐승들을 다 태우고 놀아오려면 아직 시간이 꽤 걸리겠는데." 그가 말했다. "조금만 더 가면 오르막이 끝나. 그러면 남쪽 언덕을 끼고 돌기만하면 되고, 거기까지 가면 일단 안심이야. 문지기는 우리를 쫓아올 수 없어."

그림자는 그렇게 말하고 손으로 부드러운 눈을 떴다가 후드득 지면에 떨어뜨렸다.

"내가 이 마을에 반드시 숨겨진 출구가 있을 거라고 생각했던 건, 처음에는 그냥 직감이었어. 그러다 확신으로 변했지. 왜냐하면 이 마을은 완전하기 때문이야. 완전함은 모든 가능성을 품고 있기 마련이야. 그런 의미에서 이곳은 마을이라고도 할 수 없지. 그보다 유동적이고 총체적인 것이야. 모든 가능성을 제시하면서 끊임없이 그 형태를 바꾸고, 그리고 그 완전성을 유지하고 있어. 그러니까 이곳은 절대 고정적이고 완결된 세계가 아니야. 움직이면서 완결되어 있는 세계지. 그러니까만약 내가 탈출구를 원한다면, 탈출구는 있어. 너, 내가 하는말을 이해할 수 있겠어?"

"응, 잘 알아." 하고 나는 말했다. "나도 그렇다는 걸 어제 막깨달았어. 이곳은 가능성의 세계라는 걸. 이곳에는 모든 것이있고, 모든 것이 없어."

그림자는 눈 속에 앉은 채 잠시 내 얼굴을 쳐다보았다. 그리고 잠자코 몇 번 고개를 끄덕였다. 눈발이 조금씩 굵어지고있었다. 새로운 폭설이 마을에 다가오고 있는 듯했다.

"탈출구가 반드시 어딘가에 있다면, 이제 소거법을 사용하면 되지." 그림자가 말을 이어 갔다. "문은 제일 먼저 지워야겠지. 가령 문을 통해 탈출했다 해도, 문지기는 순식간에 우리를 쫓아와 잡을 거야. 놈은 그 부근에 대해서는 나뭇가지 하나하나까지 다 알고 있으니까. 게다가 문이라는 것은 누군가가 탈출을 계획할 때 가장 먼저 떠올리는 곳이야. 그러나 출구가 그렇게 쉽게 생각날 수 있는 곳이어서는 안 되지. 벽도 마찬가지야. 동쪽 문도 안 되고. 그곳은 단단히 막혀 있고, 강의 입구에도 굵은 격자가 끼여 있어. 도저히 탈출할 수 없지. 그렇게 되면 남는 것은 남쪽 웅덩이밖에 없어. 강과 함께 이곳을 벗어나는 거지."

"확신은 있는 거야?"

"확신해. 감으로 알 수 있지. 다른 출구는 모두 엄중하게 막아 놓았는데, 남쪽 웅덩이만 손대지 않은 채 그냥 내버려 두었어. 울타리도 없고. 이상하다고 생각지 않아? 그들은 공포로 그 웅덩이의 울타리를 대신하고 있는 거야. 그 공포를 걷어 낼 수 있다면, 우리는 이 마을을 이길 수 있어."

"언제 그걸 알았지?"

"처음 이곳의 강을 봤을 때야. 딱 한 번 문지기를 따라 서쪽 다리 근처까지 간 적이 있어. 나는 강을 보고 생각했어. 이 강에서는 악의를 전혀 느낄 수 없다, 그리고 이 물에는 생명이 충만하다, 이 물을 따라가 그 흐름에 몸을 맡기면 우리는 틀림없이 이 마을을 벗어나, 진정한 생명이 원래 모습으로 살아 있는 장소로 돌아갈 수 있을 것이다, 그렇게 말이야. 너는 내 말을 믿을 수 있겠어?"

"믿을 수 있어." 하고 나는 말했다. "나는 네가 하는 말을 믿을 수 있어. 아마 강은 거기로 통할 거야. 우리가 뒤에 남기고 온 세계로. 나도 지금은 조금씩 그 세계를 기억할 수 있어. 공기와 소리와 빛과, 그런 것들을. 노래가 내게 기억나게 해 주었어."

"그렇게 멋진 세계인지 어떤지는 나도 몰라." 그림자가 말했다. "그러나 그곳은 적어도 우리가 살아야 할 세계야. 좋은 일도 있고 나쁜 일도 있어. 좋지도 나쁘지도 않은 일도 있고. 너는 그곳에서 태어났어. 그리고 거기에서 죽어. 네가 죽으면 나도 사라져. 그게 가장 자연스러운 일이야."

"아마 네 말이 옳겠지." 하고 나는 말했다.

그리고 우리는 또 둘이 마을을 내려다보았다. 시계탑도 강도 다리도 그리고 벽도 연기도, 흩날리는 눈송이에 완전히 뒤덮여 있었다. 우리가 볼 수 있는 것은 폭포처럼 하늘에서 대지로 내리는 거대한 눈의 기둥뿐이었다.

"너만 괜찮으면 이제 또 가 볼까 싶은데." 그림자가 말했다. "지금처럼 눈이 계속 내리면 문지기가 짐승들을 태우는 걸 포기하고 빨리 돌아올지도 모르겠어."

나는 고개를 끄덕이고 일어나, 모자챙에 쌓인 눈을 털어 냈다.

## 39 하드보일드 원더랜드

팝콘, 로드 짐, 소멸

 

우리는 공원으로 가는 길에 술 가게에 들러 캔 맥주를 샀다. 내가 어떤 맥주가 좋으냐고 묻자 그녀는 거품이 일고 맥주 맛이 나면 뭐든 상관없다고 대답했다. 나도 같은 의견이었다. 하늘은 오늘 아침에 갓 만들어진 것처럼 얼룩 하나 없이 맑게 개었고, 계절은 초가을이었다. 마실 것이야 거품이 일고 맥주 맛이 나면 그것으로 족하다.

그러나 나는 돈이 많이 남아 여섯 캔짜리 수입 맥주 팩을 사고 말았다. 밀러 하이 라이프의 금색 캔은 가을 햇살이 스민 것처럼 반짝반짝 빛났다. 듀크 엘링턴의 음악도 맑게 갠 10월의 아침에 딱 어울렸다. 하기야 듀크 엘링턴의 음악은 세밑의 남극기지에도 어울릴지 모른다. 「두 나싱 틸 유 히어 프롬 미」의 로런스 브라운의 유니크한 트롬본 솔로에 맞춰 휘파람을 불면서 차를 몰았다. 뒤이어 조니 호지스의 색소폰 솔로가 「소피스티케이티드 레이디」를 연주했다.

나는 히비야 공원 옆에 차를 세우고, 공원의 잔디밭에 누워 맥주를 마셨다. 월요일 아침의 공원은 비행기가 전부 이륙해 버린 후의 항공모함 갑판처럼 횅하고 조용했다. 비둘기 떼가 워밍업이라도 하는 것처럼 잔디밭 여기저기를 돌아다닐 뿐이었다.

"구름이 한 점도 없군." 하고 나는 말했다.

"저기 하나 있는데." 그녀가 히비야 공회당 조금 위 부근을 가리켰다. 정말 구름이 딱 하나 떠 있었다. 녹나무 가지 끝에 무슨 보푸라기처럼 걸려 있는 하얀 구름이 하나 보였다.

"저게 무슨 구름이야." 나는 말했다. "구름 축에 못 끼지."

그녀는 손바닥을 이마에 대고 가만히 구름을 보고 있었다. "그러네, 작기는 하네." 그녀가 말했다.

우리는 한참이나 아무 말 않고 그 조그만 구름 조각을 바라보고, 그리고 두 번째 캔을 따서 마셨다.

"왜 이혼했는데?" 그녀가 물었다.

"기차 타고 여행할 때 창가 자리에 앉을 수 없어서." 하고 나는 말했다.

"농담이죠?"

"J. D. 샐린저의 소설에 그런 대사가 있어. 고등학생 때 읽었는데."

"실제로는 뭐 때문이었는데요?"

"간단해. 5년인가 6년 전 여름에 그녀가 집을 나갔어. 그리

ㄱ 두 번 다시 돌아오지 않았어."

"그다음에 한 번도 안 만났어요?"

"음." 하고서 나는 맥주를 한 모금 입에 머금고, 천천히 삼켰다. "굳이 만날 이유도 없으니까."

"결혼 생활이 순조롭지 못했나요?"

"결혼 생활은 아주 순조로웠어." 나는 손에 든 맥주 캔을 바라보면서 말했다. "하지만 그런 건 사건의 본질과는 별 관계가 없어. 둘이서 같은 침대에 자면서도 눈은 혼자 감잖아. 내 말 뜻 알겠어?"

"응, 알 것 같아."

"총체로서의 인간을 단순히 유형화할 수는 없지만, 인간이 품는 비전은 대략 두 가지로 나눌 수 있지 않을까 해. 완전한 비전과 한정된 비전. 나는 한정된 비전 속에서 사는 사람이야. 그 한정성의 정당성은 문제가 되지 않아. 어딘가에 선이 있어야 하니까 거기에 선이 있는 거지. 하지만 모두 그렇게 생각하는 건 아니니까."

"그렇게 생각하는 사람도 그 선을 어떻게든 밖으로 좀 더 확대하려고 노력하는 거 아닌가요?"

"그럴지도 모르지. 하지만 나는 그렇지 않아. 모두 스테레오로 음악을 들어야 할 이유는 없어. 왼쪽에서 바이올린 소리가 들리고 오른쪽에서 콘트라베이스 소리가 들린다고 해서 음악성이 특별히 깊어지는 것도 아니잖아. 이미지를 환기하기 위한 수단이 복잡해질 뿐이지."

"당신 너무 고집스러운 거 아니에요?"

"그녀도 비슷한 말을 했어."

"부인?"

"그래." 하고 나는 말했다. "테마가 명확하면 융통성이 부족해지지. 맥주는?"

"고마워요." 그녀가 말했다.

나는 네 번째 밀러 하이 라이프를 따서 그녀에게 건넸다.

"당신은 자신의 인생을 어떻게 생각해요?" 그녀가 물었다. 그녀는 맥주를 마시지는 않고 캔 위에 뚫린 구멍 안을 물끄러미 쳐다보고 있었다.

"『카라마조프가의 형제들』 읽은 적 있어?" 나는 물었다.

"있죠. 아주 오래전에 한 번."

"다시 한번 읽어 봐. 그 책에는 여러 가지가 담겨 있어. 소설의 끄트머리에 알료샤가 콜랴 크라소트킨이라는 젊은 학생에게 이렇게 말하지. 콜랴, 너는 훗날 불행한 인간이 될 거야. 그러나 전체로서는 인생을 축복해라."

나는 두 번째 맥주를 다 마시고, 잠시 망설이다가 세 번째 캔을 땄다.

"알료샤는 많은 걸 알아." 하고 나는 말했다. "하지만 그 책을 읽었을 때, 나는 상당히 의문이었어. 아주 불행한 인생을 총체로서 축복한다는 게 가능할까 하고 말이야."

"그래서 인생을 한정했어요?"

"그랬는지도 모르지." 나는 말했다. "아마 당신 남편을 대신해 내가 버스 속에서 쇠 꽃병에 얻어맞아야 했는지도 모르겠어. 그런 죽음이야말로 내게 어울릴 듯한데. 직접적이고 단편

적이구 이미지가 완결되잖아. 뭘 생각할 틈도 없고."

나는 잔디밭에 누운 채 얼굴을 들어 아까 그 구름이 있던 자리를 돌아보았다. 구름은 이미 없었다. 녹나무 이파리에 가려진 것이다.

"음, 나도 당신의 한정된 비전 속에 끼어들 수 있을까?" 그녀가 물었다.

"누구든 들어올 수 있고, 누구든 나갈 수 있어." 나는 말했다. "그게 한정된 비전의 좋은 점이지. 들어올 때는 신발을 잘 닦고, 나갈 때는 문을 닫으면 그만이야. 다들 그렇게 하고 있어."

그녀는 웃으면서 일어나 면바지에 묻은 풀을 털어 냈다.

"슬슬 가 볼게. 시간이 다 됐지?"

나는 시계를 보았다. 10시 22분이었다.

"집에 데려다줄게." 하고 나는 말했다.

"괜찮아요." 그녀가 말했다. "이 근처 백화점에서 혼자 쇼핑 좀 하고 전철 타고 돌아갈래요. 그러는 편이 좋아요."

"그럼 여기서 헤어지지. 나는 좀 더 여기 있을게. 기분이 아주 좋아."

"손톱깎이 고마웠어요."

"천만에." 하고 나는 말했다.

"돌아오면 전화해 줄래요?"

"도서관으로 갈게." 나는 말했다. "일하는 사람 모습 보는 걸 좋아하거든."

"안녕." 그녀가 말했다.

나는 공원 안의 똑바른 길을 걸어가는 그녀 뒷모습을 「제3의 사나이」의 조지프 코튼처럼 물끄러미 바라보았다. 그녀 모습이 나무 뒤로 사라지자, 나는 비둘기를 바라보았다. 비둘기는 한 마리 한 마리가 미묘하게 달리 걸었다. 한참 후에 차림새가 단정한 여자가 어린 여자아이를 데리고 와 팝콘을 뿌리자, 내 주위에 있던 비둘기들이 모두 그쪽으로 날아가 버렸다. 여자아이는 세 살이나 네 살쯤으로, 그 또래 여자아이들이 흔히 그러듯 양팔을 쫙 벌리고 비둘기를 껴안으러 갔다. 그러나 물론 비둘기는 잡히지 않았다. 비둘기에게는 비둘기만의 조촐한 삶이 있다. 차림새가 단정한 엄마는 내 쪽을 한 번 슬쩍 쳐다보고는, 그 후로는 돌아보려 하지 않았다. 월요일 아침의 공원에 누워 빈 맥주 캔을 다섯 개나 늘어놓고 있는 인간은 정상이 아니다.

　나는 눈을 감고 『카라마조프가의 형제들』에 등장하는 세 형제의 이름을 떠올려 보았다. 미챠, 이반, 알료샤, 그리고 배다른 스메르쟈코프. 카라마조프가의 형제들의 이름을 전부 말할 수 있는 사람이 세상에 과연 몇 명이나 있을까?

　하늘을 가만히 올려다보고 있으려니 나 자신이 가없는 해원에 떠 있는 조그만 보트처럼 여겨졌다. 바람도 없고, 파도도 잔잔하고, 나는 그저 거기에 가만히 떠 있을 뿐이다. 광활한 바다에 뜬 보트에는 뭔지 모를 특수한 것이 있다, 라고 한 사람은 조지프 콘래드다. 『로드 짐』의 난파 부분이다.

　하늘은 깊고, 사람의 의심이 파고들 여지 없는 확고한 관념처럼 밝게 빛났다. 지상에서 하늘을 올려다보면, 존재의 모든 것이 하늘에 집약되어 있는 듯이 느껴지곤 한다. 바다도 그렇다. 며칠이나 바다를 계속 바라보다 보면, 세계에는 바다밖에 없는 것처럼 생각되곤 한다. 조지프 콘래드 역시 나와 비슷한 생각을 했을 것이다. 배라는 본체에서 떨려 나와 한없는 대양에 내던져진 조그만 보트에는 뭔지 모를 특수한 것이 있고, 아무도 그 특수성에서 벗어날 수 없다.

나는 누운 채 마지막 맥주 한 캔을 마시고, 담배를 피우고, 머릿속에서 문학적 성찰을 털어 냈다. 좀 더 현실적이어야 한다. 이제 남은 시간은 1시간 남짓밖에 없다.

나는 일어나 빈 맥주 캔을 껴안고 쓰레기통까지 가서 버렸다. 그리고 지갑에서 신용카드를 꺼내 재떨이 안에서 태웠다. 단정하게 차려입은 엄마가 또 내 쪽을 힐금 보았다. 정상적인 인간은 월요일 아침에 공원에서 신용카드를 태우지 않는다. 나는 우선 아메리칸 익스프레스 카드를 태우고, 그다음 비자 카드를 태웠다. 신용카드는 재떨이 안에서 아주 기분 좋게 타올랐다. 폴 스튜어트에서 산 넥타이도 웬만하면 태워 버릴까 하다가, 잠시 생각하고는 그만두었다. 너무 눈에 띄는 데다 넥타이까지 태울 필요는 없다.

그리고 나는 매점에서 팝콘을 열 봉지 사 들고, 그중에 아홉 봉지를 비둘기를 위해 지면에 뿌리고, 남은 한 봉지는 벤치에 앉아 먹었다. 비둘기 떼가 10월 혁명의 기록 영화처럼 우르르 몰려와 팝콘을 먹었다. 나도 비둘기와 함께 팝콘을 먹었다. 팝콘을 먹기는 정말 오랜만이었는데, 꽤 맛있었다.

차림새가 단정한 엄마와 어린 딸은 둘이 분수를 바라보고 있었다. 엄마의 나이는 대충 나와 비슷할 것 같다. 그녀를 바라보다가 나는 혁명 운동가와 결혼해서 아이를 둘 낳고는 그대로 사라져 버린 과거의 반 친구를 다시 떠올렸다. 그녀는 이미 아이를 데리고 공원에 가는 것조차 할 수 없다. 나는 물론 그녀가 그 점에 대해 어떻게 생각하는지는 알 수 없었지만, 자신의 생활이 완전히 사라진다는 점에 관해서는 그녀와 무언가를 나눌 수 있지 않겠나 하는 기분이 들었다. 그러나 어쩌면 그녀는 — 있을 법한 일이지만 — 나와 그 무언가를 나누려 하지 않을지도 모른다. 우리는 20년 가까이 얼굴을 마주한 적이 없고, 그 20년 사이에 정말 많은 일이 생겼다. 각자 놓인 상황도 다르고, 사고방식도 다르다. 게다가 둘 다 지금까지의 인생을 떨어냈다 해도, 그녀는 자기 의지로 그렇게 했지만 나는 그렇지 않다. 내 경우는 내가 잠든 사이에 누군가가 시트를 벗겨 갔을 뿐이다.

그 일로 그녀가 나를 비난할 것이라는 생각이 들었다. 네가 대체 뭘 선택했다는 거야? 하고 그녀는 내게 다그치리라. 그 말이 옳다. 나는 아무것도 선택하지 않았다. 내가 나의 의지로 선택한 것은, 박사를 용서한 것과 그의 손녀딸과 자지 않은 것 뿐이다. 그러나 그 선택이 내게 무슨 도움이 되었을까? 그녀는 그 정도의 일로, 내가 나라는 존재의 소멸에 대해 행한 역할을 평가해 줄 것인가?

알 수 없었다. 20년 가까운 세월이 우리를 아주 멀리 갈라놓았다. 그녀가 무엇을 평가하고 무엇을 평가하지 않을지, 그 기준은 내 상상력 밖에 있었다.

내 상상력의 틀 안에는 거의 아무것도 남아 있지 않았다. 비둘기와 분수와 잔디밭과 모녀가 보일 뿐이다. 그런데 그런 풍경을 바라보다가, 요 며칠 사이에 처음으로 이 세계에서 사라지고 싶지 않다는 생각이 들었다. 내가 이다음에 어떤 세계로 갈지는 아무래도 상관없는 일이었다. 내 인생의 찬란함이 지난 35년 동안에 93퍼센트나 소모되었다 해도, 그래도 상관없다. 나는 나머지 7퍼센트를 소중하게 껴안고서 이 세계가 어떻게 생겼는지를 한없이 바라보고 싶었다. 왠지는 모르지만, 그렇게 하는 것이 내게 주어진 하나의 책임인 듯 생각되었다. 나는 어느 시점부터 나 자신의 인생과 삶의 방식을 억지로 비틀며 살아왔다. 그렇게 하는 데는 나름의 이유가 있었다. 아무도 이해하지 못하더라도, 나는 그럴 수밖에 없었다.

그러나 나는 내 인생을 비틀린 채로 내버려 두고 소멸하고 싶지 않았다. 나는 그걸 마지막까지 지켜볼 의무가 있다. 그러지 않으면 나는 나 자신에 대한 공정함을 잃게 된다. 나는 내 인생을 이대로 두고 갈 수는 없다.

나의 소멸을 아무도 슬퍼하지 않는다 해도, 누구의 마음에도 공백이 생기지 않는다 해도, 또는 어느 누구도 알아차리지 못한다 해도, 그것은 나 자신의 문제다. 물론 나는 너무도 많은 것을 잃어 왔다. 그리고 이제 더 이상 잃을 것도 나 자신 외에는 거의 남아 있지 않은 듯하다. 그러나 내 안에는 잃어버린 것의 희미한 빛이 앙금처럼 남아 있고, 그것이 지금까지 나를 살아 있게 했다.

나는 이 세계에서 사라지고 싶지 않았다. 눈을 감자 나는 마음이 흔들리는 것을 분명하게 느낄 수 있었다. 그것은 슬픔이나 고독을 넘어선, 나 자신의 존재를 근원부터 뒤흔드는 높고 큰 너울이었다. 그 너울은 끝없이 출렁거렸다. 나는 벤치 등받이에 팔을 괴고, 그 출렁거림을 견뎠다. 아무도 나를 도와주지 않았다. 아무도 나를 구할 수 없는 것이다. 내가 아무도 구할 수 없는 것처럼.

나는 소리 내어 울고 싶었지만 울 수는 없었다. 눈물을 흘리기에는 너무 나이를 먹었고, 너무 많은 것을 경험했다. 세계에는 눈물조차 흘릴 수 없는 슬픔이 존재한다. 그 슬픔은 누구에게 설명할 수도 없고, 가령 설명할 수 있다 해도 아무도 이해해 주지 못할 종류이다. 그 슬픔은 어떤 형태로도 바꿀 수 없고, 바람 잔 밤의 눈처럼 그저 고요히 마음에 쌓여 갈 뿐이다.

좀 더 젊었던 시절, 나는 그런 슬픔을 어떻게든 언어로 환치해 보려 시도한 적이 있었다. 그러나 어떤 언어를 늘어놓아도 그것을 누군가에게 전할 수는 없었고, 나 자신에게도 전할 수 없다는 생각에 나는 포기하고 말았다. 그렇게 해서 나는 나의 언어를 닫고, 나의 마음을 닫았다. 깊은 슬픔이라는 것은 눈물이라는 형태조차 띨 수 없다.

담배를 피우려고 했는데, 담뱃갑이 없었다. 주머니 안에는 종이 성냥이 있을 뿐이었다. 성냥도 이제 세 개밖에 남아 있지 않았다. 나는 그 세 개를 차례대로 태워 땅에 버렸다.

다시 한번 눈을 감았을 때, 그 너울은 어딘가로 사라지고 없었다. 머릿속에는 티끌처럼 고요한 침묵이 떠 있을 뿐이었다. 나는 그 티끌을 오래도록 혼자 바라보았다. 티끌은 위로 오르지도 아래로 내려가지도 않고, 가만히 거기에 떠 있었다. 입술을 오므리고 숨을 부는데도, 그것은 움직이지 않았다. 아무리 휘몰아치는 바람도 그것을 날려 보낼 수 없는 것이다.

그리고 나는 조금 전에 헤어진 도서관 여자를 생각했다. 그리고 카펫 위에 쌓여 있던 그녀의 벨벳 원피스와 스타킹과 슬립을 생각했다. 그것들은 지금도 정리되지 않은 채 그 바닥에 그녀 자체인 것처럼 누워 있을까? 그리고 나는 그녀에게 공정하게 처신했던가? 아니, 그렇지 않아, 하고 나는 생각했다. 누가 공정함 따위를 원한단 말인가? 아무도 공정함은 원하지 않는다. 그런 것을 원하는 것은 나 정도일 뿐. 그러나 공정함을 잃은 인생에 얼마나 의미가 있을까? 나는 그녀가 좋았던 만큼 그녀가 바닥에 벗어던진 원피스와 속옷도 좋았다. 그것도 내 공정함의 한 형태일까?

공정함이란 아주 한정된 세계에서만 통용되는 개념이다. 그러나 그 개념은 모든 위상에 영향을 미친다. 달팽이에서 철물점 카운터와 결혼 생활에 이르기까지. 누구 하나 그런 것을 원하지 않아도, 그게 아니면 내가 줄 수 있는 것은 없다. 그런 의미에서 공정함은 애정과 유사하다. 내가 상대에게 주려는 것이 상대가 내게 원하는 것과 일치하진 않는다. 그러니 많은 것들이 내 앞을, 또는 내 안을 그냥 지나치고 마는 것이다.

아마 나는 나 자신의 인생을 후회해야 하리라. 그것도 공정함의 한 형태다. 그러나 나는 아무것도 후회할 수 없었다. 가령 모든 것이 나를 뒤에 남기고 바람처럼 스쳐 지나갔다 해도, 그것은 나 자신이 바란 일이기도 했다. 그리고 내게는 머릿속에 떠 있는 하얀 티끌밖에 남지 않았다.

공원 매점에서 담배와 성냥을 사는 길에, 혹시나 하는 마음으로 공중전화 부스에 들어가 다시 한번 집에 전화를 걸었다. 누군가가 전화를 받으리라는 기대는 없었지만, 인생의 마지막에 자기 집에 전화를 걸어 보는 것도 나쁘지 않은 생각이었다. 그곳에서 벨이 울리는 광경을 알알이 상상할 수 있었다.

그러나 예상과 달리 세 번째 벨이 울릴 때 누군가가 수화기를 들었다. 그리고 "여보세요." 하고 말했다 분홍색 투피스를 입은 박사의 오동통한 손녀딸이었다.

"계속 거기 있었어?" 나는 놀라서 물었다.

"설마 설마." 그녀가 말했다. "한 번 갔다가 다시 돌아온 거예요. 그렇게 느긋하게 있을 수 없잖아요. 책을 마저 읽고 싶어서 돌아왔어요."

"발자크를?"

"네. 이 책 정말 재미있네요. 운명의 힘 같은 걸 느껴요."

"그래서." 나는 말했다. "네 할아버지는 구했어?"

"물론이죠. 아주 간단했어요. 물은 다 빠졌고, 길은 한 번 오갔던 길이고. 전철 표도 두 장 사 두었고. 할아버지는 아주 펄펄했어요. 당신에게 안부 전해 달라고 하던데."

"고맙군." 나는 말했다. "그래서 할아버지는 지금 어디 있지?"

"핀란드에 갔어요. 일본에 있으면 성가신 일이 너무 많아 연구에 집중할 수 없다고, 핀란드에 연구소를 만들 거래요. 아주 조용한 곳인가 봐요. 순록도 있고."

"너는 안 갔어?"

"나는 여기 남아서 당신 집에 살기로 했어요."

"내 집?"

"네, 그래요. 이 집이 완전 마음에 들어요. 문도 새로 달 거고, 냉장고랑 비디오도 새로 사 놓을게요. 누가 와서 부숴 버렸잖아요. 그리고 침대 커버와 시트와 커튼, 분홍색으로 해도 돼요?"

"그래, 괜찮아."

"신문도 구독해도 돼요? 텔레비전 프로그램 난을 보고 싶은데."

"상관없어." 하고 나는 말했다. "그래도 거기 있는 건 위험해. '조직' 사람들이나 기호사들이 올지도 모른다고."

"어머나, 그런 건 무섭지 않아요." 그녀는 말했다. "그들이 원하는 사람은 할아버지와 당신이지, 나는 관계없어요. 그리고 아까도 덩치 큰 사람이랑 작은 사람이랑, 이상한 이인조가 왔는데 내쫓았어요."

"어떻게?"

"권총으로 덩치 쪽 귀를 쐈죠. 아마 고막이 찢어졌을 거예요. 별일 아니에요."

"아파트에서 권총을 쏘다니, 소동이 벌어졌겠군."

"그런 일 없었어요." 그녀가 말했다. "한 발 정도 쏴 봐야 다들 자동차 뒤 타이어가 펑크 났나 할 뿐이에요. 그야 물론 몇 발을 쏘면 일이 시끄러워지겠지만, 나는 총을 잘 쏘니까 한 발이면 충분해요."

"호오." 하고 나는 말했다.

"그래서 말인데요, 당신 의식이 없어지면 당신을 냉동하려고 하는데, 어떻게 생각해요?"

"마음대로 해도 좋아. 어차피 난 아무것도 느끼지 못할 테니까." 나는 말했다. "지금 하루미 부두로 갈 거니까, 거기에서 회수하면 될 거야. 하얀색 카리나 1800GT·트윈컴 터보라는 차를 타고 있어. 차가 어떻게 생겼는지는 나도 설명할 수 없으니까, 밥 딜런의 테이프를 틀어 놓을게."

"밥 딜런이 누구예요?"

"비 내리는 날에……" 하고 말을 꺼냈다가 설명하기가 귀찮아 그만두었다. "목소리가 허스키한 가수야."

"냉동해 놓으면, 할아버지가 새로운 방법을 찾아서 당신을 되돌려 놓을지도 모르잖아요. 너무 기대해도 곤란하지만, 그런 가능성도 없지는 않아요."

"의식이 없는데 어떻게 기대하겠어." 나는 지적했다. "그래서 네가 나를 냉동할 건가?"

"괜찮아요, 걱정 마요. 나, 냉동 잘해요. 동물 실험 할 때 개나 고양이를 산 채로 냉동하기도 했어요. 당신을 고스란히 냉동해서, 아무도 찾을 수 없는 곳에 숨겨 놓을게요." 그녀가 말했다. "그러니까 잘돼서, 당신이 의식이 돌아오면 나랑 자 줄래요?"

"물론이지." 하고 나는 말했다. "그때도 나랑 자고 싶어 한다면."

"제대로 잘해 줄 거예요?"

"있는 기술을 다해서." 나는 말했다. "몇 년 후가 될지는 모르겠지만."

"아무튼 그때 나는 이미 열일곱 살이 아니에요." 그녀가 말했다.

"그래, 사람은 나이를 먹지." 하고 나는 말했다. "가령 냉동이 되었어도 말이야."

"잘 지내요." 그녀가 말했다.

"너도." 나는 말했다. "너랑 얘기하고 나니까 왠지 마음이 편해진 것 같아."

"이 세계로 돌아올 수 있는 가능성이 생겨서요? 하지만 아직 그럴 수 있을지 없을지 잘 모르는 일인데, 너무……."

"아니, 그런 뜻이 아니야. 물론 그런 가능성이 생긴 건 고마운 일이지. 하지만 내 말은 그런 뜻이 아니라, 너랑 얘기할 수 있어서 아주 기뻤다는 거야. 네 목소리를 듣고, 네가 지금 뭘 하는지 알게 되어서."

"그럼, 더 오래 얘기할래요?"

"아니, 됐어. 시간이 별로 없어."

"저 있죠." 오동통한 손녀딸이 말했다. "무서워하지 말아요. 당신이 만약 영원히 상실된다 해도, 나는 죽을 때까지 당신을 잊지 않을 거예요. 내 마음속에서 당신은 사라지지 않아요. 그거 하나는 꼭 잊지 말아요."

"잊지 않을게." 하고 나는 말했다. 그리고 전화를 끊었다.

11시가 되자 나는 근처에 있는 화장실에서 소변을 보고 공원에서 나왔다. 그리고 시동을 건 다음, 냉동되는 것에 대해

이리저리 생각하면서 항구를 향해 차를 몰았다. 긴자 거리는
양복을 입은 사람들로 가득했다. 신호를 기다리는 동안 나는
그중에서 쇼핑을 하고 나왔을 도서관 여자를 찾았지만, 아쉽
게도 그녀는 보이지 않았다. 낯선 사람들의 모습밖에 보이지
않았다.

항구에 도착하자 나는 인기척 없는 창고 옆에 차를 세우
고, 담배를 피우면서 밥 딜런의 테이프를 자동 반복으로 세팅
해 놓고 들었다. 등받이를 뒤로 젖히고, 두 다리를 핸들에 올
려놓고 조용히 숨을 쉬었다. 맥주를 좀 더 마시고 싶은 기분도
들었지만, 이제 맥주는 없었다. 공원에서 그녀와 둘이 한 캔
도 남기지 않고 다 마셔 버린 것이다. 햇살이 앞 유리창에 비
쳐, 나를 빛으로 감쌌다. 눈을 감자 그 빛에 내 눈두덩이 따스
해지는 것을 느낄 수 있었다. 먼 길을 더듬어 이 작은 행성에
도착한 태양 빛이 그 힘의 한 자락으로 내 눈두덩을 따스하게
해 주고 있다고 생각하자, 나는 신비로운 감동을 느꼈다. 우
주의 섭리는 나의 눈두덩 하나도 허투루 여기지 않는다. 나는
알료샤 카라마조프의 기분을 조금은 이해할 수 있을 듯했다.
한정된 인생에는 한정된 축복이 주어지는 것이리라.

나는 이어서 박사와 그의 통통한 손녀딸과 도서관 여자에
게도 나 나름의 축복을 보냈다. 타인을 축복할 권한이 내게
있는지 어떤지는 알 수 없었지만, 나는 어느 쪽이든 이제 곧
소멸할 테니, 누군가에게 그 책임을 추궁당할 일은 절대 없었
다. 나는 폴리스=레게 택시 운전사도 그 축복 리스트에 올렸
다. 그는 흙으로 범벅이 된 우리를 차에 태워 주었다. 리스트

에 올려서 안 될 이유가 하나도 없었다. 그는 아마 지금도 카세트 라디오로 록을 들으면서 젊은 손님을 찾아 어느 도로 위를 달리고 있을 것이다.

바로 앞에 바다가 보였다. 짐을 다 부려 흘수선이 쑥 올라온 낡은 화물선도 보였다. 갈매기가 하얀 얼룩처럼 여기저기 앉아 있다. 밥 딜런은 「블로잉 인 더 윈드」를 노래하고 있다. 나는 그 노래를 들으면서, 달팽이와 손톱깎이와 농어 버터 크림찜과 셰이빙 폼을 생각해 보았다. 세계는 온갖 형태의 계시로 가득하다.

초가을 태양 빛이 파도에 흔들리는 것처럼 바다 위에서 자잘하게 빛났다. 마치 누군가가 커다란 거울을 산산조각 내 버린 것처럼 보인다. 너무나도 잘게 깨져서 아무도 그걸 원래대로 되돌릴 수 없다. 왕의 군대를 동원해도 그렇다.

밥 딜런의 노래에 자동적으로 렌터카 대리점의 여자가 떠올랐다. 그렇다, 그녀도 축복해야 한다. 그녀는 내게 아주 좋은 인상을 주었다. 그녀를 리스트에서 제외할 수 없다.

나는 그녀 모습을 머릿속에 떠올려 보았다. 그녀는 시즌 초의 야구장 잔디밭 같은 색감의 초록 재킷을 입고, 하얀 블라우스에 검은 보타이를 매고 있었다. 아마 그것은 렌터카 회사의 유니폼일 것이다. 그런 게 아니라면 아무도 초록색 재킷에 검은 보타이를 맞춰 매지 않는다. 그리고 그녀는 밥 딜런의 옛 노래를 들으면서 내리는 비를 상상한다.

나도 비를 생각해 보았다. 내가 떠올린 비는 내리고 있는지 어떤지 모를 부슬비였다. 그러나 비는 확실하게 내리고 있다.

그리고 그 비는 달팽이를 적시고, 울타리를 적시고, 소를 적신다. 아무도 비를 그치게 할 수 없다. 아무도 비에서 벗어날 수 없다. 비는 늘 공정하게 내린다.

마침내 그 비가 부연 색의 불투명한 커튼이 되어 나의 의식을 덮었다.

잠이 찾아온 것이다.

이제 내가 잃은 것을 되찾을 수 있겠군, 하고 나는 생각했다. 한 번 잃기는 했지만, 그러나 그것은 절대 훼손되지는 않았다. 나는 눈을 감고, 그 깊은 잠에 몸을 맡겼다. 밥 딜런은 「어 하드 레인스 어고너 폴」을 부르고 있었다.

# 40 세계의 끝

## 새

남쪽 웅덩이에 도착했을 때, 숨이 막힐 정도로 눈이 휘몰아쳤다. 마치 하늘이 그대로 푸슬푸슬 부서져 지표로 무너져 내리는 것 같았다. 눈은 웅덩이 위에도 끊임없이 내려, 스산할 정도로 깊은 파란색을 띤 수면에 소리 없이 빨려 들어갔다. 온통 하얗게 물든 대지에, 웅덩이만 거대한 눈동자처럼 둥그렇게 입을 쩍 벌리고 있었다.

나와 나의 그림자는 눈 속에 우뚝 서서, 한참이나 아무 말 없이 그 광경을 물끄러미 쳐다보고 있었다. 전에 왔을 때와 마찬가지로 사방 가득하게 불길한 물소리가 울리고 있었지만, 눈 탓에 소리는 훨씬 낮아져 어딘가 아주 먼 곳에서 들려오는 땅울림처럼 느껴졌다. 나는 하늘이라고 하기엔 너무 낮게 내려앉은 하늘을 올려다보고, 흩날리는 눈발 너머로 흐릿하게 떠 있는 검은 남쪽 벽을 바라보았다. 벽은 내게 이제 아무말도 하지 않았다. 그것은 '세계의 끝'이라는 이름에 어울리는 황량하고 써늘한 광경이었다.

그렇게 가만히 서 있자니, 눈이 내 어깨와 모자챙에 끝없이 쌓였다. 이 정도면 우리가 남기고 온 발자국도 싹 뒤덮이고 말 것이다. 나는 조금 떨어진 곳에 서 있는 그림자를 돌아보았다. 그림자는 몸에 쌓인 눈을 간간이 털어 내면서, 눈을 찡그리고 웅덩이의 수면을 노려보고 있었다.

"여기가 출구야. 틀림없어." 그림자가 말했다. "이 마을도 더 이상 우리를 가둘 수 없어. 우리는 새처럼 자유로워질 수 있어."

그리고 그림자는 똑바로 하늘을 우러른 채 눈을 감고, 마치 축복의 비라도 맞듯이 눈을 맞았다.

"좋은 날씨야. 하늘도 개어 있고, 바람도 잔잔해." 하면서 그림자가 웃었다. 마치 무거운 족쇄를 풀어낸 것처럼, 그림자의 몸은 본래의 힘을 되찾아 가고 있는 듯했다. 그는 다리를 약간 끌면서 혼자 내게로 걸어왔다.

"나는 느낄 수 있어." 그림자가 말했다. "이 웅덩이 너머에 바깥 세계가 있다는 걸 말이야. 너는 어때? 여기로 뛰어드는 게 아직도 두려워?"

나는 고개를 저었다.

그림자는 지면으로 몸을 굽히고, 신발 끈을 풀었다.

"여기 마냥 서 있으면 얼어 버릴 것 같으니까, 이제 그만 뛰어들까. 신발을 벗고, 우리 허리띠를 서로 묶는 거야. 밖에 나갔는데 떨어져 버리면 헛수고니까."

나는 대령에게 빌린 모자를 벗어 쌓인 눈을 털어 내고, 그걸 손에 든 채 물끄러미 쳐다보았다. 모자는 옛 시절의 전투모였다. 천은 군데군데 닳고, 색은 허옇게 바랬다. 아마도 대령은 몇십 년이나 이 모자를 소중하게 써 왔으리라. 나는 다시 한번 눈을 깨끗이 털어 내고, 그걸 머리에 썼다.

　"나는 여기에 남으려고 해." 하고 나는 말했다.

　그림자는 마치 눈의 초점을 잃어버린 것처럼 멍하니 내 얼굴을 보았다.

　"충분히 생각해 봤어." 나는 그림자에게 말했다. "너에게는 미안하지만, 나는 나 나름으로 많이 생각했어. 혼자 여기에 남는다는 게 어떤 건지도 잘 알아. 너도 말했듯이, 우리 둘이 함께 옛 세계로 돌아가는 게 도리라는 것도 잘 알아. 그게 나의 진짜 현실이고, 그곳에서 도망치는 것이 잘못된 선택이라는 것도 잘 알아. 그러나 나는 이곳을 떠날 수 없어."

　그림자는 두 손을 주머니에 쑤셔 넣은 채, 천천히 몇 번 고개를 저었다.

　"왜지? 얼마 전에 이곳을 탈출하겠다고 나와 약속했잖아. 그래서 나는 계획을 짰고, 너는 나를 업고 여기까지 온 거잖아. 대체 뭐가 너의 마음을 그렇게 싹 변하게 만든 거지. 여자인가?"

　"그런 것도 있어." 나는 말했다. "하지만 그게 전부는 아니야. 내가 어떤 한 가지를 발견했기 때문이야. 그래서 나는 여기 남기로 결정했어."

　그림자가 한숨을 쉬었다. 그리고 다시 한번 하늘을 우러렀다.

"그녀의 마음을 발견한 거구나. 그리고 그녀와 둘이 숲에서 살기로 하고, 나를 쫓아내려는 거지?"

"다시 한번 말하는데, 그게 다가 아니야." 나는 말했다. "나는 이 마을을 만들어 낸 게 과연 무엇이었는지, 그걸 발견했어. 그래서 나는 여기에 남을 의무가 있고, 책임이 있는 거야. 너는 이 마을을 만들어 낸 것이 무엇인지 알고 싶지 않아?"

"알고 싶지 않아." 그림자가 말했다. "이미 알고 있기 때문이야. 그런 건 벌써부터 알고 있었다고. 이 마을을 만든 건 너 자신이야. 네가 모든 걸 만들었어. 벽이며 강이며 숲이며 도서관이며 문이며 겨울이며, 하나부터 열까지 전부. 이 웅덩이도, 이 눈도 다. 그 정도는 나도 안다고."

"그럼 왜 좀 더 빨리 가르쳐 주지 않았지?"

"가르쳐 줬으면 넌 이렇게 여기 남겠다고 했을 거 아냐. 나는 무슨 일이 있어도 너를 바깥으로 데리고 가고 싶었어. 네가 살아야 할 세계는 밖에 있다고."

그림자는 눈 속에 쭈그리고 앉아, 머리를 몇 번 좌우로 흔들었다.

"하지만 그걸 발견하고 말았으니, 이제 너는 내 말을 듣지 않겠지."

"내게는 책임이 있어." 나는 말했다. "나는 내 멋대로 만들어 낸 사람들과 세계를 그냥 내버려 두고 가 버릴 수는 없어. 미안해. 정말 미안하고, 너와 헤어지는 것도 괴로워. 하지만 나는 내가 한 일에 책임을 져야 해. 이곳은 나 자신의 세계야. 벽은 나 자신을 둘러싸는 벽이고, 강은 나 자신 속을 흐르는 강이고, 넌기는 나 자신을 태우는 연기야."

그림자는 일어서서, 웅덩이의 고요한 수면을 가만히 내려다보았다. 흩날리는 눈 속에 꼼짝 않고 선 그림자는, 조금씩 그 깊이를 잃어 원래의 편평한 모습으로 돌아가고 있는 듯한 인상이었다. 한참을 그렇게 둘이 말없이 서 있었다. 입에서 토해내는 하얀 입김만 공중으로 떠올랐다가 사라졌다.

"말려도 소용없다는 건 잘 알겠어." 그림자가 말했다. "그러나 숲속 생활은 네가 생각하는 것보다 훨씬 힘들 거야. 숲은 마을과는 전혀 달라. 살아남기 위한 노동은 혹독하고, 겨울은 길고 힘겨워. 한번 숲에 들어가면 두 번 다시 나올 수도 없어. 너는 영원히 그 숲속에 있어야 한다고."

"그것도 충분히 생각했어."

"그런데도 마음은 변함없다는 거지?"

"그래, 변함없어." 하고 나는 말했다. "너를 잊지 않을게. 숲속에서 옛 세계의 일도 조금씩 기억해 볼게. 기억해 내야 할 일이 아마 무척 많을 테지. 여러 사람들, 여러 장소, 여러 빛, 여러 노래."

그림자는 딱딱해진 두 팔을 마주 잡고 몇 번이나 비비면서 풀었다. 그림자의 몸에 쌓인 눈이 그에게 신비로운 음영을 드리우고 있었다. 그 음영은 그의 몸 위에서 천천히 늘어났다 줄어들었다 하는 듯이 보였다. 그는 양팔을 비벼 대면서 마치 그 소리에 귀를 기울이듯 살짝 고개를 기울였다.

"이제 나는 그만 갈게." 그림자가 말했다. "앞으로 두 번 다시 만날 수 없다니, 참 묘하군. 마지막으로 무슨 말을 하면 좋을지 모르겠어. 적당한 말이 도무지 떠오르지 않는군."

나는 또 모자를 벗어 눈을 털어 내고 다시 썼다.

"행복하길 빌게." 하고 그림자는 말했다. "너를 좋아했어. 내가 너의 그림자였다는 사실을 빼고도."

"고마워." 하고 나는 말했다.

웅덩이가 내 그림자를 완전히 삼켜 버린 후에도 나는 오래도록 그 수면을 쳐다보고 있었다. 수면에는 파문 하나 남지 않았다. 물은 짐승의 눈처럼 파랗고, 그리고 잔잔했다. 그림자를 잃고 나자, 나 자신이 우주의 끝에 홀로 남겨진 듯 느껴졌다. 나는 이제 어디로도 갈 수 없고, 어디로도 돌아갈 수 없다. 이곳은 세계의 끝이며, 세계의 끝은 어디로도 통하지 않는다. 이곳에서 세계는 종식을 고하고, 고요히 머물러 있다.

나는 돌아서 웅덩이를 등지고, 서쪽 언덕을 향해 눈 속을 걷기 시작했다. 서쪽 언덕 너머에는 마을이 있고, 강이 흐르고, 도서관에서는 그녀와 아코디언이 나를 기다리고 있을 것이다.

한없이 흩날리는 눈 속에 남쪽을 향해 날아가는 하얀 새 한 마리가 보였다. 새는 벽을 넘어, 눈에 가린 남쪽 하늘로 사라져 갔다. 그 후에는 내가 눈을 밟는 뽀드득뽀드득 소리만 남았다.

# 작가 연보

1949년   일본 교토부 교토시 후시미구에서 태어나, 효고현 니
         시노미야시, 아시야시에서 자람.

1968년   와세다 대학교 제1문학부에 입학.

1974년   고쿠분지에 재즈 카페 '피터캣'을 열고 운영.(1977년에
         센다가야로 이전.)

1975년   와세다 대학교 제1문학부를 졸업.

1979년   『바람의 노래를 들어라(風の歌を聴け)』로 제22회 군조
         신인 문학상을 수상하며 작가로 데뷔.

1980년   『1973년의 핀볼(1973年のピンボール)』을 출간.

1981년   재즈 카페 '피터캣'을 양도하고 전업 소설가가 됨.

1982년   『양을 쫓는 모험(羊をめぐる冒険)』으로 제4회 노마 문예
         신인상 수상.

1985년   『세계의 끝과 하드보일드 원더랜드(世界の終りとハード

ボイルド・ワンダーランド)』로 제21회 다니자키 준이치로 상 수상.

1986년 약 3년간 유럽 지역에 체류.

1987년 『노르웨이의 숲(ノルウェイの森)』을 출간하여 대형 베스트셀러가 됨.

1988년 『댄스 댄스 댄스(ダンス・ダンス・ダンス)』를 출간.

1990년 유럽에서 귀국.

1991년 미국 프린스턴 대학교에 객원 연구원으로 초빙.(객원 강사로 대학원에서 세미나를 담당.)

1993년 터프츠 대학교로 이적.

1994년 『태엽 감는 새(ねじまき鳥クロニクル)』를 출간.

1995년 여름에 약 4년간에 걸친 미국 체류를 마치고 귀국.

1996년 『태엽 감는 새』로 제47회 요미우리 문학상 수상.

1999년 『스푸트니크의 연인(スプートニクの恋人)』을 출간. 『약속된 장소에서 ― 언더그라운드 2(約束された場所で―underground 2)』로 제2회 구와바라 다케오 학예상 수상.

2002년 『해변의 카프카(海辺のカフカ)』를 출간.

2005년 『해변의 카프카』 영역본이 《뉴욕 타임스》 '올해의 책'으로 선정.

2006년 『Blind Willow, Sleeping Woman(장님 버드나무와 잠자는 여자, めくらやなぎと眠る女)』(영역 단편집)으로 프랭크 오코너 국제 단편상, 프란츠 카프카 상 수상.

2007년 2006년도 아사히 상 수상. 리에주 대학교에서 명예박사 학위를 받음. 제1회 와세다 대학교 쓰보우치 쇼요 대상 수상.

2008년　프린스턴 대학교에서 명예박사 학위(문학)를 받음. 캘리포니아 버클리 대학교에서 제1회 버클리 일본 상 수상.

2009년　예루살렘 상 수상, 수상 연설로 화제가 됨. 제63회 《마이니치》 출간 문화상 수상. 스페인 예술 문학 훈장을 받음.

2011년　카탈로니아 국제상 수상.

2012년　『오자와 세이지 씨와 음악에 대해 이야기하다(小澤征爾さんと、音楽について話をする)』(오자와 세이지와 공저)로 고바야시 히데오 상 수상.

2013년　『색채가 없는 다자키 쓰쿠루와 그가 순례를 떠난 해(色彩を持たない 多崎つくると、彼の巡礼の年)』 출간.

2014년　독일의 유력 일간지 《디 벨트》가 수여하는 '벨트 문학상' 올해의 수상자로 선정.

2016년　안데르센 문학상 수상.

2017년　『기사단장 죽이기(騎士団長殺し)』 출간.

2021년　와세다 대학교 국제 문학관('무라카미 하루키 라이브러리') 개관.

2023년　『도시와 그 불확실한 벽(街とその不確かな壁)』을 출간.

세계문학전집 430

# 세계의 끝과 하드보일드 원더랜드 2

1판 1쇄 펴냄  2020년 6월 29일
2판 1쇄 펴냄  2020년 7월 3일
3판 1쇄 펴냄  2023년 10월 20일
3판 3쇄 펴냄  2024년 8월 26일

지은이  무라카미 하루키
옮긴이  김난주
발행인  박근섭, 박상준
펴낸곳  (주)민음사

출판등록  1966. 5. 19. (제 16-490호)
서울특별시 강남구 도산대로1길 62(신사동) 강남출판문화센터 5층 (우편번호 06027)
대표전화 02-515-2000  팩시밀리 02-515-2007
www.minumsa.com

ISBN 978-89-374-6430-0 04800
ISBN 978-89-374-6000-5 (세트)

* 잘못 만들어진 책은 구입처에서 교환해 드립니다.

# 세계문학전집 목록

세계문학전집은 계속 간행됩니다.